오기 마치의 모험 2

재생종이로 만든 책

솔 벨로

오기 마치의 모험 2

이태동 옮김

펭귄클래식코리아

오기 마치의 모험 2

초판 1쇄 발행 2011년 11월 15일
초판 6쇄 발행 2022년 12월 26일

지은이 | 솔 벨로 옮긴이 | 이태동

발행인 | 이재진 단행본사업본부장 | 신동해 편집장 | 김경림
마케팅 | 최혜진 이은미 홍보 | 반여진 최새롬 정지연
국제업무 | 김은정 제작 | 정석훈

브랜드 펭귄클래식코리아
주소 경기도 파주시 회동길 20 웅진씽크빅 단행본사업본부 펭귄클래식코리아
문의전화 031-956-7213(편집) 02-3670-1123(마케팅)
홈페이지 www.wjbooks.co.kr
페이스북 www.facebook.com/wjbook
포스트 post.naver.com/wj_booking

발행처 ㈜웅진씽크빅
출판신고 1980년 3월 29일 제406-2007-000046호

THE ADVENTURES OF AUGIE MARCH
Copyright ⓒ 1949, 1951, 1952, 1953, The Estate of Saul Bellow
Copyright renewed ⓒ 1977, 1979, 1980, 1981, The Estate of Saul Bellow
All rights reserved
Korean translation copyright ⓒ 2011 by Woongjin Think Big Co., Ltd.
This edition published by arrangement with The Estate of Saul Bellow c/o
The Wylie Agency(UK) Ltd. through Milkwood Agency Co.
이 책의 한국어 판 저작권은 밀크우드 에이전시를 통한 와일리 에이전시 사와의
독점계약으로 ㈜웅진씽크빅이 소유합니다. 신저작권법에 의하여 한국 내에서
보호를 받는 저작물이므로 무단 전재와 무단 복제를 금합니다.

Penguin Classics Korea is the Joint Venture with Penguin Books Ltd.
arranged through Yu Ri Jang Literary Agency. Penguin and the associated logo
are registered and/or unregistered trade marks of Penguin Books Limited.
Used with permission.
펭귄클래식 코리아는 유리장 에이전시를 통해 펭귄북스와 제휴한
㈜웅진씽크빅 단행본개발본부의 브랜드입니다. 펭귄 및 관련 로고는
펭귄북스의 등록 상표입니다. 허가를 받아야만 사용할 수 있습니다.

한국어 판 ⓒ 웅진씽크빅, 2011

ISBN 978-89-01-13345-4 04800
ISBN 978-89-01-08204-2 (세트)

* 잘못된 책은 바꾸어 드립니다.
* 책값은 뒤표지에 있습니다.

차례

오기 마치의 모험 2 · 7

옮긴이 주 · 330

10장

 저녁이 되자, 우리는 개리를 벗어나 사우스 시카고로 접어들었다. 도시 입구의 모닥불과 불빛이 우리를 향해 마구 흔들렸다. 마치 불타는 만(灣)이 귀향하는 나폴리 사람들을 위해 떨고 있듯이. 물고기처럼 뛰놀던 고향의 물로 들어가 보라. 그러면 거기 물고기의 위대한 신(神)과 다곤[1]이 앉아 있을 것이다. 그때 친숙한 물속에 있는 다곤 앞에서 한 마리의 작은 물고기처럼 영혼을 되찾아 살아날 수 있게 된다.

 나는 내가 평화와 안락함 속으로 돌아온 것이 아님을 알았다. 돈에 대해 항상 바가지 긁는 폴란드인 가정부가 어려운 집안 살림을 맡아 해내고 있을 거다. 그다음 엄마는 확실히 나를 믿을 수 없는 사람으로 느꼈을 거다. 그리고 사이먼은 내게 뭔가를 벼를 것이다. 나는 그로부터 심한 말을 들을 각오를 했다. 그렇게 멀리 갔다 온 것에 대해 뭔가 벌을 받아야 한다고 느꼈다. 나 역시 그 전보에 대답할 몇 마디 말은 있었다. 그러나 보통 다른 일로 집안싸움을 할 때처럼 흥분해서 말을 더듬으며 설복시킬 의도는 전혀 없었다. 그런 것은 의도했던 것과 달리 더욱 나쁜 결과를 가져오게 될 것이니 말이다.

 영어는 한마디도 못하는 새로 온 폴란드 여자가 문에 나타났다. 전의 가정부가 나가고 이 여자가 들어왔구나 생각했다. 이 여자가 부엌에 피를 흘리는 십자가와 성인(聖人)들의 그림을 가득 붙여 놓은 게 이상했다. 물론 그녀가 그것들을 자기가 일하는 곳에 둬야만 했을지라도, 어떻든 엄마는 그걸 볼 수 없었을 게다. 작은 어린애들도 있어서, 나는 사이먼이 전 가족을 데리고 이사를 온 거나 아닌지 의아했다. 그런데 그녀가 나를 문간에 계속 오래 세워놓는 걸 보고 우리 아파트가 아님을 깨닫기 시작했다. 그리고 성 헬렌 교구학교 제복을 입은 나이 든 소녀가 내게 와서 그녀 아버지가 가구를 샀고 아파트를 인수했다고 했다. 판 사람은 사이먼이었다.

 "그럼 우리 엄마는 이곳에 없어? 어디 계시지?"

 "그 눈먼 아주머니? 이웃집의 아래층에 계셔요."

 크레인들 부부가 엄마를 코치의 방에 모셨다. 그곳엔 사람들이 벽돌로 된 지하실로 내려가기 위해 지름길로 빠지거나 소변을 보기 위해 머무는 통로 쪽으로 창살 있는 작은 창이 하나 있을 뿐이다. 엄마는 명암만 겨우 구별할 뿐이고 전망이 필요없었으므로 그런 점에서 이런 곳에 모신 것이 불친절하다고만 할 수는 없었다. 부엌에서 벤 엄마 손바닥의 깊은 상처는 아물지 않았는데 엄마가 내 손을 잡고 여느 때보다 더 이상하게 갈라진 목소리로 말했다.

 "너, 할머니 소식 들었니?"

 엄마의 목소리는 섬뜩하게 느껴졌다.

 "아뇨, 무슨 일이 있었어요?"

 "돌아가셨다."

"아니, 그럴 리가!"

그것은 화살이었다. 내 창자를 곧장 싸늘하게 꿰뚫었다. 나는 허리를 펼 수도, 달리 움직일 수도 없었다. 그저 꾸부리고 있었다. 죽다니! 얼굴이 덮이고 무겁게 눌린 채 관 속에 담겨 묻힌 죽은 할머니를 생각하는 건 무서웠다. 내 가슴은 이런 무서운 생각에 내려앉는 듯했다. 너무 격렬했기 때문이다. 치과의사의 손을 뿌리치듯 항상 간섭을 싫어했던 할머니가 숨도 못 쉬고 질식해 죽어갔을 것이다. 잘못도 있었지만 할머니는 열심히 싸운 투사였다. 옷을 입고 똑바로 서서 생기 넘치게 싸웠다. 지금은 붙잡혀 무덤에 끌려가 가만히 누워 있을 할머니를 생각해야 한다. 그것은 너무 가혹한 일이었다.

나는 감정을 누를 수 없었다. 소매 깃으로 눈물을 닦았다.

"무슨 병으로 언제 돌아가셨어요, 엄마?"

엄마는 그걸 몰랐다. 며칠 전 아래층으로 오기 전에 크레인들이 엄마에게 그걸 말해 주었고, 그날 이래 엄마는 슬픔에 잠겼다. 엄마가 얼마나 슬퍼했던가 하는 것은 이야기 중에 충분히 알 수 있었다.

엄마가 이 지하실 골방에 가진 거라고는 침대와 의자 하나뿐이었다. 나는 크레인들 부인에게 물어서 왜 사이먼이 이런 짓을 했는지 그 이유를 알려고 했다. 저녁 식사 시간이라 크레인들 부인은 집에 있었다. 그녀는 보통 오후에 나가서 다른 집 주부들과 포커를 했다. 그들은 열을 올리며 열심이었다. 그녀가 어떻게 큰 양처럼 잠을 자는가 내게 묻지 마라. 그녀는 도박을 해서 열이 나고, 남편과 싸워서 열이 나 있기 때문이다.

그녀는 사이먼에 대해 아무 말도 해줄 수 없었다. 그가 모든 걸 팔아야 했던 건 결혼을 위해서였을까? 내가 떠나기 전 그는 시시와의 결혼 문제에 앞뒤를 가리지 않고 필사적이었다. 낡아 고물이 된 가구들을 폴란드인들은 대체 얼마를 주었을까? 누가 다리 부러진 부엌 난로에 값을 쳐주었을까? 더 낡은 침대는! 어릴 때 미끄럼을 타며 흔들던 모조 가죽 가구는? 이런 물건은 지난 세기 라메시즈의 『아메리카나』 세트에까지 거슬러 올라간다. 아마 아버지가 가구를 샀을 것이다. 모든 것들이 가슴 아프게 했다. 이런 오래된 금속과 가죽 제품들을 다 팔고 엄마를 크레인들네 작은 방에 모신 걸 보니, 사이먼은 돈 때문에 꽤 곤경에 처했음이 틀림없다.

나는 크레인들 부인에게 물으면서 시장기를 느꼈지만 그녀가 음식에 대해 퍽 인색한 걸 알고 있는 터라 밥을 달라고 하지는 못했다.

"엄마, 돈 좀 있어요?"

내가 물었다. 하지만 엄마 지갑에는 겨우 50센트짜리 동전 한 닢뿐이었다. 나는 엄마에게 말했다.

"엄마가 작은 젤리 과자나 허쉬 초콜릿바 같은 걸 원할 때 잔돈을 갖고 계시는 게 좋을 거예요."

만일 사이먼이 엄마에게 돈을 좀 남겼더라면 1달러쯤 얻어낼 테지만, 그 마지막 50센트 없이도 난 좀 더 견딜 수 있었다. 그걸 달라면 엄마는 놀랄 것이고 또한 야비한 짓이란 생각이 들었다. 더구나 할머니의 죽음으로 인해서 엄마는 이미 놀라 있었다. 아플 때처럼 곧은 자세를 하고, 슬픔이 멈추기를 기다리는 듯했다. 마치 이 멈춤이 지휘자에 의해 요구된 것처럼. 엄마는 나와 함께 사이먼이 해놓은 일에 대해 의논하기보다 자기 생각에 집착했다. 엄마는 그 일에 대해 어떤 말도 듣기를 원치 않았다. 나는 엄마를 이해했다.

나는 엄마가 원한다는 걸 알고 좀 더 머물렀다. 그러나 곧 떠나야 했다. 내가 의자 뒤를 긁어대자, 엄마가 말했다.

"갈 거냐? 어디로?"

　이것은 아파트가 팔릴 때 내가 없었던 데 대한 물음이었다. 나는 대답을 할 수 없었다.

"왜요, 엄마? 전에 엄마에게 말한 사우스사이드에 그 방을 아직 갖고 있어요."

"너 일하고 있니? 일자리를 가졌어?"

"저는 항상 할 게 있어요. 엄마도 아시잖아요? 염려 마세요. 모든 게 잘될 거예요."

　나는 대답하면서, 이유 없이 엄마의 얼굴을 약간 피했다. 마치 금이 가고 줄로 쓸어낸, 창피하고 나쁜 목적을 가진 열쇠나 되듯, 내 얼굴은 얻어맞은 느낌이었다.

　나는 아인혼의 집으로 향했다. 거리에는 시카고의 4월 저녁의 아름다운 자줏빛 속에 나무의 싹이 돋아나기 시작하고, 탄소와 길 옆 하수도에서 파낸 오물 냄새가 서서히 스며들고, 유대교회의 등불 옆에는 새 코트와 외출용 모자를 쓴 사람들이 기도서를 넣은 사각 벨벳 주머니를 들고 밖으로 나오고 있었다. 죽음의 신(神)이 피가 묻지 않은 모든 집 문을 통과해서 이집트인들의 맏아들을 전부 죽인 것과, 유대인들이 사막으로 떼 지어 들어간 것을 축하하는 유월절(踰月節)의 첫날밤이었다. 나는 여기를 지나가지 못하고 말았다. 코블린과 파이브 프로퍼티즈가 내 걸음을 멈추게 했다. 그들은 내가 군중들 주위를 돌아 한길로 들어가려 할 때 나를 보았다. 그들은 길가에 서 있었다. 그때 파이브 프로퍼티즈가 내 소매를 잡고 말했다.

"이봐, 오늘밤 교회(*Shul*)에는 누가 있을까?"

두 사람 다 목욕을 한 듯하고 옷을 깨끗이 입고 남성미 넘치는 아주 건장한 모습으로 이를 드러내며 웃었다.
"이봐, 뭔가 맞혀 봐."
코블린이 말했다.
"무엇이죠?"
"잘 모르겠나 봐."
파이브 프로퍼티즈가 말했다.
"나는 아무것도 몰라요. 그동안 이곳을 떠나 있다가 방금 돌아왔어요."
"파이브 프로퍼티즈가 곧 결혼한다."
코블린이 말했다.
"마침내 말이야. 미인이야. 그가 준 결혼반지를 네가 한번 봐야 했는데. 어쨌든 우린 매춘부 같은 여자들과는 관계없지. 그렇잖아? 오, 맙소사, 어떤 사람은 그걸 피할 수 없지."
"정말예요?"
파이브 프로퍼티즈가 말했다.
"그러니 나를 최대한으로 도와다오. 나를 거들어줘. 애야, 너를 결혼식에 초대하마. 다음다음 주 일요일 노스가의 라이온스 클럽 홀에서 4시에 할 거야. 여자를 하나 데려와라. 네가 내 청을 거절하지 않기를 바란다."
"거절할 게 뭐 있겠어요?"
"글쎄, 거절해선 안 되다마다. 우린 사촌 간이지. 네가 결혼식에 꼭 와주길 바란다."
"행복하시길 빕니다!"
나는 말했다. 주위가 너무 어두워 다행히 그들은 나를 잘 볼 수가 없었다.

코블린이 내 팔을 잡아끌었다. 그는 내가 세이더 만찬에 오기를 원했다.

"따라와. 집에 가자."

내가 유치장 냄새를 풍기며 불행을 소화하기도 전에? 사이먼을 찾기도 전에?

"아니, 다음에 가죠. 여하튼 너무 고맙습니다."

나는 뒤로 물러서며 말했다.

"왜 그러는데?"

"그냥 내버려 두지. 데이트가 있는가 봐, 그렇지?"

"사실 누구를 좀 만나야 해서요."

"이제 좋은 때를 맞았군. 결혼식에 네 작은 애인을 데려와."

사촌 하이만은 여전히 미소를 띠었다. 그는 아마 그의 딸을 생각했었나 보다. 더 이상 강요는 안 했다. 그는 침묵을 지켰다.

아인혼의 집 앞에서 퓨즈를 사러 내려오던 바바츠키를 만났다. 틸리가 머리를 고데하다가 퓨즈가 나갔다. 위층엔 절름거리는 여자가 있었고, 다른 여자는 몸이 무겁고 잘 안 보여서 천천히 촛불을 들고 다가와 나를 두 번이나 부르면서 오늘이 유월절임을 상기시켰다. 그러나 이곳에는 만찬회나 어떤 의식은 없었다. 아인혼은 성일(聖日) 중에 욤 키푸르[2] 하루만을 지켰다. 그것도 아내의 사촌 카라스 홀로웨이가 그렇게 하도록 주장했기 때문이다.

"저 술 취한 사마귀 같은 바바츠키에게 무슨 일이 생겼어요?"

"지하실 문이 잠겨서 퓨즈 박스에 갈 수 없어요. 그래서 관리인의 아내에게 열쇠를 가지러 갔어요."

밀드레드가 말했다.

"만약 그녀 집에 맥주가 있다면 오늘 밤은 어둠 속에서 잠자야 할 거요."

갑자기 틸리 아인혼이 초를 받쳐 들고 나와 나를 비췄다.

"봐요. 오기가 왔어요."

그녀가 말했다.

"오기라고? 어딨어?"

아인혼이 똑바로 불빛 속을 재빨리 쳐다보면서 말했다.

"오기야, 어딨니? 널 보고 싶구나."

나는 앞으로 나가 그 옆에 앉았다. 그는 악수하고 싶다는 표시로 자기 어깨를 돌렸다.

"틸리, 부엌에 가서 커피 한잔 끓여요. 밀드레드, 당신도."

그는 두 여자를 어두운 부엌으로 내보냈다.

"그리고 고데기의 플러그를 뽑아둬. 저 전기 기구들 때문에 미칠 지경이다."

"전기가 나갔어요."

밀드레드는 싫증 나긴 했으나 이런 의무적 대답을 항시 준비한 듯한 목소리로 말했다. 그러나 사소한 일에까지도 복종하며 문을 닫았다. 나는 그와 단둘이 있게 됐다. 어두운 그의 방에 말이다. 적어도 나는 그가 나를 쏘아보며 찌푸린다고 생각했다. 악수를 나눴다. 그러나 손가락과 냉정함의 깊이를 느끼게 하는 형식적인 악수에 불과했다. 지금 내게 촛불들은 마치 밤이라는 빵덩어리에 끼워진 것처럼 감미로웠다. 촛불은 컴컴한 인디언 호수 밑바닥에 가라앉은 익사체를 찾기 위해 호수 표면을 떠다니는 것 같았다. 그는 담배를 말아 촛불에 불을 붙이기 위해 가르마 탄 흰 머리를 책상 위 받침 유리 가까이 내렸다. 여느 때처럼 개미들이 파리를 옮기는 듯한 행동으로 그는 조직적으로 몸을 움직이며 소매로 팔을 끌어당겼다. 그가 서서히 담배 연기를 내뿜으며 얘기할 준비를 했다. 나는 그가 지금쯤 분명히 알고 있을 고맨 문제로 나를 열 살 난 어린애처럼 꾸짖게 가만있을 수 없다고 결심했다. 나는 사이먼에 대해 얘길 해야만 했다. 그러나 그가 전혀 설교할 것 같지는 않았다. 내가 너무 창백하게 보였음에 틀림없다. 나는 기가 죽었고, 수척했으며, 극한 상황으로 밀린 듯했고, 또 햇볕에 그을린 모습을 했으니 말이다. 지난번 만났을 때 나는 에반스턴에서 잘 지내서 살이 좀 쪄 있었다. 그에게 양자 문제를 의논하려고 왔을 때 말이다.

"일이 잘되지 않는 모양이구나. 그런 것 같은데."

"그렇습니다."

"고맨이 체포됐다. 너는 어떻게 도망쳤지?"

"어리석은 운 때문이죠."

"어리석다고? 지명수배 중인 차 속에서, 게다가 번호판도 안 바꿨다니 말이다. 어디 그 어리석음에 대해 얘기나 해봐! 그는 시카고로 다시 압송됐어. 《타임스》에도 사진이 났지. 한번 볼래?"

나는 보고 싶지 않았다. 그 사진이 어떤지 알고 있었기 때문이다. 두 명의 건장한 형사 틈에 끼여 꽉 붙잡힌 팔이 허락하는 한 두 눈 위로 모자를 눌러쓰려고 애쓰며, 또 카메라에 정면으로 찍혀 가족들에게 알려지는 걸 피하려고 했을 게 뻔하다. 그런 경우 누구나 그런 식이니까.

"돌아오는 데 어찌 그리 오래 걸렸냐?"

아인혼이 물었다.

"이리저리 방랑했죠. 아주 재수가 없었어요."

"그러나 왜 돌아다녔지? 네 형은 버펄로에 있는 네게 돈을 부쳤다고 하던데."

"네? 형이 와서 그런 말을 했다고요?"

나는 애써 이마에 주름을 지었다.

"형이 당신에게서 돈을 빌렸단 말씀입니까?"

"내게서 그 돈을 가져갔어. 또 다른 대부도 해줬지."

"무슨 대부를요? 나는 형에게서 아무것도 받지 못했습니다."

"다 소용없는 일이었어. 내가 어리석었지. 내가 직접 그 돈을 네게 부쳐야 했는데 말이야."

그는 놀라서 혀를 밖으로 내며 눈을 빛냈다.

"그가 나를 속였어. 글쎄, 속여 넘겼단 말이야. 하지만 네 위신까지 떨어뜨리진 말아야 했는데. 특별히 그 돈을 그에게 건네주었고 거기다 개인적으로도 빌려줬으니 말이야. 아무리 그가 꽤 안 좋은 상태에 있다 해도 이건 너무 지나쳤어."

나는 마음이 몹시 쓰리고 화가 났다. 그러나 현재의 그 아픈 밑바닥보다 더 악화된 어떤 여파로 인해 사전에 마음의 동요를 느꼈다.

"무슨 말씀이지요? 꽤 안 좋다니요? 왜 그가 돈을 마련하려 했을까요? 그 돈으로 뭘 하려 했습니까?"

"그가 내게 도움을 청했을 때, 나는 그가 네 형이기 때문에 돈을 빌려줬지. 그렇잖으면 그는 내가 모르는 사람이야. 그는 노시무즈니크—내가 거래하던 사람이지.—와 거래를 했지. 기억하나? 이제 난 그에게 대적할 수 있어. 그러나 네 형은 풋내기였어. 그는 도박 당구에 흥미를 가졌지. 이번 시즌 화이트 삭스 첫 게임에서 그들은 그에게 그의 돈을 잃었다고 말하고, 만약 더 버티려면, 100달러를 더 가져와야 한다고 했지. 자, 이제 모든 얘길 다 하지. 그들은 그 돈 역시 전부 따갔어. 그가 흥분하자, 주먹으로 이를 세게 얻어맞었어. 무즈니크의 패들이 그를 때려눕혀 도랑에 처박았지. 그런 일이 있었어. 그가 왜 돈을 급히 마련하려 했는지 알겠지?"

"네, 결혼하기 위해서지요."

"그를 거칠게 만든 조 플렉스너의 딸을 얻기 위해 말이지. 지금은 결코 그렇지 않지."

"아니, 왜 안 그렇죠? 그들은 약혼했는걸요."

"비록 네 형이 별로 똑똑하지 못한 녀석이지만 퍽 불쌍한 생각이 든다."

나는 사이먼이 얻어맞고 도랑에 처박혀 피 흘리는 고통스러운 장면을 생각했기 때문에, 그저 그의 얘기를 듣기만 하고 할머니의 죽음이나 가구에 대해서는 일질 말하지 않았다. 엄마가 집에서 내쫓긴 얘기도 안 했다.

"그녀는 사이먼과 결혼 안 할 거야."

아인혼이 말했다.

"안 할 거라니요? 내게도 얘기해 주세요!"

"나도 크레인들에게서 들었다. 그가 그녀를 네 친척에게 중매했지."

"파이브 프로퍼티즈는 아니겠죠? 그 사람이에요?"

나는 소리 질렀다.

"바보 같은 네 사촌 말이야. 그렇게 아름다운 계집애의 다리를 갈라놓은 것이 바로 그의 손이 되겠지."

"오, 빌어먹을! 그만하세요! 그자들이 사이먼에게 그런 짓을 할 수가!"

"이미 저질렀는걸."

"그러면 지금쯤 그도 알고 있겠네요."

"알고 있지! 그는 플렉스너 집에 가서 의자를 부수며 소동을 벌였지. 그 계집애는 화장실로 들어가 문을 잠갔고, 늙은 영감은 경찰을 불렀지. 순찰차가 와서 사이먼을 잡아갔어."

또 잡혀가다니! 나는 사이먼 때문에 괴로웠다. 어쨌든 미칠 노릇이었다. 얘기를 듣고 그 장면을 상상하니 쓰러질 것 같았다.

"얼마나 맹랑한 계집이냐, 응?"

아인혼이 말했다. 그는 이상스레 엄격한 눈으로 나를 응시하며 이런 사실을 내가 절실히 느끼게끔 했다.

"크레시다[3]는 그리스 진영으로 건너갈 거야."

"그럼 사이먼은 어디 있어요? 아직 유치장에 있어요?"

"아냐, 늙은 플렉스너가 사이먼이 더 이상 소동 피우지 않겠다고 약속하자, 고소를 취하했어. 점잖은 노인 양반이야. 누구에게도 빚을 안 지고 돈이 없으면 없는 대로 지내지. 그는 차마 그럴 수 없는 사람이야. 서글서글하지. 경찰은 네 형을 하룻밤 유치장에 가뒀다가 오늘 아침 내줬어."

"그럼 지난밤 유치장에서 지냈군요?"

"그래, 하룻밤 살았지. 그뿐이야. 지금은 석방됐어."

"형은 지금 어디 있어요? 혹시 아세요?"

"몰라. 하지만 집에서는 그를 찾을 수 없을 게 분명해."

크레인들이 엄마 얘기를 그에게 이미 해주었다. 그는 내게 모든 걸 들려줄 수 있게 준비하고 있었다. 그러나 나는 벌써 집에 다녀왔다고 말했다. 나는 그 앞에서 맥이 풀려 앉아 있었다. 어디로 발길을 돌려야 할지 몰랐고, 그 자리를 떠날 기력조차 없었다.

비록 우리가 버림받은 애들이고 이스트사이드에 맡겨졌다는 것이 세상에 알려졌지만, 그래도 지금까지는 가족으로서 프라이버시를 갖고 있었다. 할머니가 계실 땐 사회복지 조사원인 루빈조차도 우리에 관한 정확한 정보를 얻지 못했다. 나는 무료 진료소에서 간교를 부리기도 했다. 단지 돈 때문만이 아니라 자신을 지도하고 인도하는 어떤 세력을 얻기 위해서였다. 그런데 지금은 아무 비밀도 없다. 우리에게 관심 있는 자라면 누구나 들여다볼 수 있다. 아마 이 때문에 나는 가장 비참한 일인 할머니의 죽음을 아인혼에게 얘기하지 않았는지 모른다.

"유감이군. 특히 네 어머니에게."

아인혼이 나를 일으켜 세우려 하면서 말을 꺼냈다.

"네 형은 자신을 억제하지 못하는 자야. 말초적인 것에 너무 자극을 받지. 뭣 때문에 그가 그렇게 흥분하는 거지?"

이런 질문은 어떤 면에선 그런 자극과 흥분에 얽매인 인간이 느끼는 질투에서 나온 거라 생각했다. 그러나 이런 면에서 아인혼은 전적으로 동정적이 아닐 수 없었다.

차츰 얘기를 해가면서 그는 처음 의도했던, 나를 위로할 생각을 잃어갔다. 그는 너무 마음이 아파, 자기 주먹을 힘껏 움켜쥐더니 책상을 가슴으로 밀쳤다.

"도대체 넌 네 형이 영창을 사는 데 왜 신경을 써야 하느냐? 그는 그런 벌을 받아 마땅해. 그는 널 곤경에 빠뜨렸어. 아파트를 팔고 너를 핑계 삼아 내게서 돈을 가져갔다. 넌 동전 냄새도 맡지 못하고 말이야. 사실 네가 자신에게 정직하다면, 기뻐해야 할 거야. 네가 그렇게 말하면 너한테 뭔가 유리해질 수 있지. 그러면 그러한 너를 존경하겠다."

"뭐라고요? 그게 모두 형의 잘못이고 내가 그런 사실에 기뻐한다고요? 그가 사랑에 빠져 엄마에게 무슨 일이 생기든 거들떠보지 않는다고요? 아니면 그가 비참해졌다는 사실 말입니까? 아인혼 씨, 내가 뭣 때문에 기뻐하리라 생각하나요?"

"넌 이제부터 처하게 될 유리한 입장을 모른단 말이냐? 너는 그에게 고분고분하지 않는 편이 낫겠다. 그는 네게 사과해야만 해. 너는 유리한 입장에 놓였으니 야구에서처럼 볼로도 그를 이길 수 있을 거야. 알아듣겠니? 그리고 네가 지금 바로 여기서 빠져나올 길이 하나 있다면, 그건 그가 곤경에 처했을 때 네가 행복하다고 인정하는 길뿐이다. 하느님 맙소사! 누군가 내게 이런 짓을 하면 나는 분명히 그가 착해서 그 자신을 불태웠다는 것을 알고 만족감을 느낄 텐데. 만약 내가 안 그렇다면 내 정신이 똑바르지 못하다고 염려할 거다. 그에게는 좋아! 좋아, 좋지!"

나는 아인혼이 뭣 때문에, 새삼 느끼는 실망에 가까운 야만적인 태도로 나를 공격하는지 알 수 없었다. 그는 고맨을 야단칠 생각조차 잊었다. 그 배후에는 그가 필요 이상으로 개입해 온 딩뱃의 상속 문제를 생각하고 있다고 추측했다. 아마 그는 딩뱃이 화를 내지 않아서 경멸받는 것처럼 내가 경멸받길 원치 않았다. 아니, 그가 비록 쭉 뻗은 손을 책상에 놓았지만, 그렇게 강력히 밀고 나가는 데는 더 큰 무엇이 있었다. 옛날 방식에는 이보다 효과적인 방법이 없고 또 우리는 꿈속이나 이미 끝나 버린 환상 속에 있기 때문에, 육신의 적나라한 형체 속에서 인간은 힘을 갖고 선택과 포착을 해야 한다고 그는 생각했다. 인간은 불리한 데서 힘을 길러내야 하며, 무섭고 분노에 찬 적과 대적해 나감으로써 앞으로 나가야 한다. 또 형제간에도 서로 깎아내려야 하고 그것에 억압당해선 안 된다. 타인의 소리를 묵살시키기 위해 자기의 목소리에 힘을 줘야 한다. 민족·정당·국가들 간에서와 똑같이 개인들 사이에서도 이 같은 원리가 적용되는 것이다. 이것은 머리는 뒤로 흐트러지고 슬픔에 찬 불안한 얼굴을 하고 털이 뽑히고 묶여서 고통 당하는 인간 닭도 아니고, 빗자루에 쫓기는 인간 가금(家禽)도 아니다.

바바츠키가 퓨즈 박스를 만지작거리자 드디어 불이 켜지려고 깜박거렸다. 내가 당연히 해야 할 생각을 하지 않고 소리 지르고 있음이 드러났다. 아인혼이 실망했다고, 아니 충격을 받았으리라고 생각한다. 그것은 한 인간이 마땅히 그러리라 생각한 지점으로 쏘아올려 포물선을 그은 탄도에서 내가 자기 뒤를 따라오기에 적합한 인간이라고 잘못 판단한 데서 오는 것이다. 그는 소녀에게나 베풀 만한 냉담한 부드러움으로 나를 대했다.

"걱정 마라. 우리는 네 어머니를 도와줄 생각이야."

그는 엄마에 대해 크게 걱정해 왔던 것처럼 보였다. 그는 내가 할머니의 죽음을 슬퍼하고 있는 줄은 몰랐다.

"이 촛불을 꺼라. 틸리가 커피와 샌드위치를 가져올 거야. 너는 오늘밤 딩뱃과 함께 자고 내일 나와 뭔가 일을 시작해 보자."

다음 날 나는 사이먼을 찾아 나섰으나 그의 행방을 알 수 없었다. 그는 엄마를 보러 다시 오지 않았다. 나는 집에서 크레인들을 만났다. 그는 구운 생선과 빵만으로 늦은 아침을 먹고 있었다. 그가 말했다.

"앉아서 뭐 좀 먹어봐."

"난 이제야 당신이 내 사촌을 위해 신붓감을 구해 준 걸 알았습니다."

나는 사팔뜨기 늙은 포병에게 말했다. 그러면서 금빛 나는 조그만 생선 껍질을 벗기는, 짧고 두툼한 팔 근육과 턱이 어떻게 움직이는지 바라보았다.

"미인이야. 굉장한 미인이지! 오기야, 나를 비난하진 마라. 누구에게도 강요하진 않아. 강요하지 않는다고(*Zwing keinem*). 특히 그처럼 자랑스러운 한 쌍의 부부에겐 말이야. 넌 젊은 여자들에 관해 뭘 좀 알고 있니? 좀 알기를 바란다! 글쎄, 어떤 여자가 그러한 걸 가졌을 때 아무도 그녀에게 뭘 하라고 일러줄 순 없지. 네 형이 실수한 것은 바로 이 점에 있어. 그렇게 하려고 했으니 말이야. 그에게는 미안하구나."

그는 자기 아내가 멀리 있는 걸 확인하려 두 눈을 치켜뜨며 속삭였다.

"이 아이가 내 조그만 그것을 일어서게 만들었어. 내 나이에 말이야. 그리고 인사를! 어쨌든 그녀는 젊은 녀석에겐 너무 콧대가 세지. 그녀는 좀 더 나이 든 남자가 필요해. 즉 대답해 놓고 실제 행동은 않는, 좀 냉정한 사람 말이야. 그렇잖으면 누구를 망칠 거야. 어쩌면 사이먼은 결혼하기에 너무 젊지. 나는 너희 둘을 코흘릴 때부터 알지. 용서해라. 하지만 사실이야. 이제 너희들은 다 자랐고 열망하고 있어. 이제 결혼할 준비가 됐다는 생각이겠지만 서둘 필요가 있겠니? 배필을 얻어 자리 잡기 전에 너희들 앞엔 많은 즐거운 일이 있어. 그걸 잡아라! 잡으란 말이다! 그들이 네게 주면 놓치지 말고! 결코 거절하지 마라! 네 귀에 대고 쨱쨱 노래하는 작은 계집애들과 함께 놀아라. 그게 인생이지!"

그는 늙은 뚜쟁이나 송충이 모습을 하고 흉한 눈을 찌푸리며 이 문제에 대해 연설을 했다. 심지어 나를 웃게 만들었다. 하지만 웃을 기분이 아니었다. 그는 또 말했다.

"너는 네 형이 어떤 인간인가를 알 거다. 그가 그런 생각을 마음속에 품고는, 가구들을 전부 팔고 어머니를 내쫓기까지 했잖아."

나는 그가 이런 걸 들고 나와서 엄마의 부양에 관한 변명에서 실질적인 문제로 들어갈 거라 예견했다. 지난날의 크레인들은 항상 친절한 이웃이었다. 그러나 우리는 그가 엄마를 지켜줄 것이라고 기대할 수는 없었다. 특히 사이먼이 그를 원수로 생각하고 때려눕히려고 벼르는 지금에는 말이다. 게다가 나는 엄마를 벽돌 지하실 속에 그대로 내버려 둘 수는 없었다. 나는 크레인들에게 엄마를 위해 다른 방도를 강구해 보겠다고 했다.
 나는 어두운 웰즈가의 이스트사이드에 가서 루빈에게 간청하려 했다. 예전에 루빈은 먼 양아버지뻘로 우리를 자주 찾아왔다. 내가 성장한 눈으로 사무실에서 봤을 때, 그는 전과 달랐다. 그는 돈을 기부한 단체가 우리 가난뱅이들이 어떻게 하기를 바랄까 하는 걸 속으로 생각하고 있었다. 즉 성실하고 본분을 지키며 단정하고 깨끗하며 애처롭고 겸손한 그런 걸 말이다. 그가 몸담은 분야의 슬픔과 혼란이 그를 분별 있는 사람으로 만들었다. 그의 콧구멍이 두껍다는 사실에 주목하게 만드는 무거운 숨결만이 사람들에게 어려운 감정을 느끼게 했다. 다음은 참는 노력이었다. 나는 원숭이 성격으로 길들여진 출세한 인간이 바지를 입고 사무실에 자리를 잡은 모습을 보았다. 이는 죄를 짓고 에덴에서 쫓겨난 신의 타락한 이미지, 혹은 신성함과 황금의 지위를 되찾아 준다는 자비로운 신의 약속에 흥분해서 달아오른 흉한 복사본과 반대되는 것이다. 루빈은 자신이 낙원에서 떨어지지 않고 동굴에서 솟아났다고 믿었다. 그러나 그는 좋은 사람이었다. 이것은 그에 대한 비방이 아니라 단지 그 자신의 견해였다.
 사이먼의 얘기와 엄마를 위해 요양소를 찾아야겠다는 얘기를 그에게 했을 때, 그는 틀림없이 우리가 모든 사람을 쫓아내고 있다는 생각을 했다. 맨 먼저 조지, 다음은 할머니, 지금은 엄마를 말이다. 그래서 나는 말했다.
 "잠시일 뿐예요. 우리가 자립할 때까지죠. 자립하면 엄마를 위해 다른 아파트와 집안일을 돌볼 사람을 구할 겁니다."
 그러나 그는 이 말을 아주 냉담하게 받아들였다. 좋은 옷은 망가지고 눈은 충혈되어 찌꺼기나 먹고 지낸 듯한 방랑자 같은 내 모습을 생각하면 이상할 게 없다. 그는 우리가 비용의 일부를 댈 수 있다면 아싱턴의 장님 요양소에 보낼 수 있다고 했다. 비용은 한 달에 15달러였다.

그것은 내가 기대했던 것만큼 좋았다. 또 그는 내게 짤막한 소개장을 써주며 고용부로 보냈다. 하지만 당시는 별 할 일이 없었다. 나는 사우스사이드에 있는 내 방에 가서 저당 잡힐 만한 옷들, 턱시도, 운동복, 작은 체크무늬의 모직 코트 등을 가져왔다. 그것들을 전당포에 잡히고, 엄마를 정착시켰다. 그리고 일자리를 찾으러 나섰다. 모두들 일자리 구하기 어렵다고 해서, 놓치지 않고(au pied du mur), 내게 들어온 첫 일자리를 택했다. 그 일은 호기심을 가져본 적도 없는 일이었다.

아인혼이 그 사업에 재정적 관계를 가진 카라스 홀로웨이를 통해 구해 준 일이었다. 그것은 싸구려 술집, 전당포, 고물상, 음울한 싸구려 음식점들이 들어선 노스 클라크가에 있는 고급 개 서비스 센터였다.

아침에 왜건 차를 몰고 골드 해변을 따라 큰 저택 뒷문이나 호숫가 아파트 호텔의 화물운반용 엘리베이터 등에서 개를 태워서 이 합동 클럽으로 데려왔다. 이곳은 클럽이라 불렸다.

원장은 프랑스인으로 개 이발사 또는 개 훈련사, 개 선생(maître de chiens)이었다. 상스럽고 거친 사람이었다. 몽마르트르 발치에 가까운 플레이스 클리시에서 온 사내다. 그의 얘기에 따르면, 이 다른 직업을 배우는 동안 그는 카니발 때마다 레슬링 선수의 들러리를 했다. 어떤 면에서 그 얼굴은 인간미가 부족했다. 마치 주사기처럼 뻣뻣하고 무뚝뚝한 안색을 짓고 있었다. 그와 동물과의 관계는 투쟁이었다. 그는 동물들로부터 뭔가 캐내려 했다. 개에 대한 사람들 생각이 아마 바로 그와 같았는지도 모른다. 그는 여기 시카고에서 크세노폰[4]의 '페르시아의 1만 병사'

같은 형편에 있었다. 그는 자신의 셔츠를 빨고 다리미질하며, 시장을 보고, 개가 있는 한구석에 연구실·부엌·침실을 겸한 칸막이 막사를 마련하여 손수 요리도 했기 때문이다. 나는 해외에서 프랑스인이 되는 게 무얼 의미하며 또 모든 게 얼마나 변칙적으로 나타나는지, 해외에서와 달리 노스 클라크가에서 얼마나 단순한지를 지금 훨씬 더 잘 알게 됐다.

우리가 있던 곳은 불이 나도 나갈 비상구도 없는 아주 새로운 현대식 2층 건물로 성 밸런타인데이 대학살[5]의 장소에서 멀지 않은 골드코스트 바로 근처에 있었다. 개를 위한 클럽으로서, 애완동물이 환영받을 뿐만 아니라 한증도 하고 마사지도 하며 매니큐어도 바르고 온갖 예절과 재주를 배우게 되어 있는데, 이것이 이 집의 위대한 면이었다. 요금은 한 달에 20달러였고, 개의 수는 충분했다. 사실 기욤이 다룰 수 있는 이상으로 많았다. 그는 수용 능력 이상으로 개를 받으려는 사무실과 계속 싸워야 했다. 클럽은 벌써 개들이 목청껏 짖는 소리로 지옥 같았다. 내가 마지막 일을 끝내고 들어와 운전복을 벗고 고무장화와 판초로 갈아입을 때 지옥을 지키는 개가 침을 흘리며 질식하는 대소동이 났다. 이 때문에 천장 채광창 유리가 산산조각이 났다. 그러나 그 조직은 놀라웠다. 기욤은 실제로 그 처리 방법을 알고 있었다. 그는 사람들을 조금씩 나가도록 했다. 그러면 그들은 에스코리알[6]을 지을 것이다. 그랜드센트럴에서처럼 거대한 소음이 질서에 대한 혼란의 항거였다. 기차는 정시에 떠났다. 개들은 치료를 받았다.

그래도 기욤은 내 생각보다 더 많은 피하주사를 사용했다. 그는 모든 것에 주사를 썼다. 그리고 특별 요금을 받았다. 그는 "이건 불결한 똥개!(*Cette chienne est galeuse!*)"라고 프랑스어로 말하고 주사기를 갖고 왔다. 더구나 조직이 위협받을 때마다 "갈기

갈기 찢어버릴 개새끼! 한 대 맞아봐!" 하고 소리 지르며 사나운 개들에게 한 방울의 마취제를 놓았다. 그래서 나는 완전히 힘 빠진 개들을 집에 데려다 주었다. 졸고 있는 복서나 셰퍼드를 안고 층계를 오르는 건 꽤 힘들었고, 그 개가 단지 놀고 즐겨서 지쳤다고 흑인 요리사에게 설명하기도 쉽지 않았다. 기욤은 발정 난 개에 참을 수 없었다. "매춘부 같은 것! 사냥개!" 하면서 내게 걱정스레 "뒤에서 정말 무슨 일이 없었느냐?" 하고 물었다. 나는 운전했는데 어떻게 알 수 있는가? 그는 개 주인들에게 격분했고, 특히 그 개가 순종(*chienne de race*)이면 더욱 그랬다. 귀족성은 아랑곳없었다. 그리고 주(州)의 클럽에 이런 개를 가입시킨 것에 사무실이 초과 비용을 물기를 바랐다. 순종의 혈통은 그를 신하처럼 굽실거리게 했다. 그가 원한다면 높은 예절을 갖추어 그 순종을 방문해서 입을 꽉 다물어 입술을 일직선으로 만들고 다른 종의 천한 개를 싫어한다는 표정을 지을 만했다. 그는 동물의 좋은 점들을 가르쳐주기 위해 그의 참모인 두 흑인 소년과 나를 불러들였다. 기욤에 대해 말하면, 그의 생각은 아틀리에를 경영하고 길드의 노주인같이 행동하려는 것이다. 그는 좋은 푸들 한 마리를 얻었는데 털을 깎아주는 일을 중단하고 우리에게 그걸 시범으로 가르쳐주었다. 나는 그와 어린양처럼 온순하고 재치 있는 작은 동물에 순간적으로 호감이 갔다. 아! 마르쿠스 아우렐리우스가 인간의 매일의 경망스러운 짓들을 어린 개들에게 비유했지만, 그렇다고 개들에게 괴로움이나 물고 뜯고 싸우는 일만 항상 있었던 것은 아니다. 그래도 나는 그가 무엇을 이해하려 한지를 알고 있다. 개에게도 조화가 있고, 개의 눈으로 보면 많은 개가 그러한 빛을 지니고 있다.

    일로만 따지면 나는 피곤했고, 몸에서는 개 냄새가 났다. 마치 마구간 마부에게 대하듯 사람들은 전차에서 나를 멀리 피했고, 혼잡한 코티지 그로브 노선에서는 내게 입을 삐죽거리거나 멀거니 바라보았다. 더구나 나의 직업, 개에게 부족함이 없게 하는 일거리엔 뭔가 폼페이적인 데가 있었다. 그래서 문명화한 정신을 반영하는 그들의 여러 가지 방법은 기호품에 대한 기질과 그 신경증에 대한 반사를 전부 망쳐버렸다. 거기에다 이 클럽의 회비는 내가 요양소의 엄마를 위해 내는 것보다 더 많다는 생각이 나를 괴롭혔다. 가끔 이 모든 것은 내게 좌절감을 주었다. 나는 자신을 개선(改善)하는 데 소홀한 깃에 또한 가책을 느꼈다. 나는 보다 더 큰 희망을 가져야만 했을 것이다. 종종 잡지에서 직업에 관한 힌트도 찾아봤고, 야간학교에서 법원의 판결 기록계원 교육을 받을까 생각도 했고, 뭔가 더 큰 것을 위해 대학에 돌아갈까 생각도 했다. 개를 소유한 높은 사회계층의 주변을 돌아다녔기에 때로 나는 에스터 펜첼을 마음에 그려보았다. 부유한 사회 계급의 뒷문을 힐끗 바라보기만 하면 나는 반드시 그녀로 인해 영혼의 아픔과 비슷한 어리석음을 느꼈다. 어린애처럼 순진한 태양은, 보다 뜨거운 큰 몸체의 별들이 떠올라 당신을 녹여 그들의 영향력으로 덮을 때도 그 빛을 계속 발한다. 더욱 가까운 별들은 우리 눈에 중대하고 더 잘 보일지도 모른다. 그러나 보다 일찍 솟은 태양은 그만큼 오랫동안 남아 있다.

  나는 흠모하는 아픔의 매력을 느꼈다. 그리고 나중에는 성(性)에 대해 더 깊은 아픔을 느꼈다. 내가 동물과 더불어 일한다는 데서 오는 것이었으리라. 거리는 너무 성욕을 자극시켰다. 싸구려 술집들과 가슴을 드러내고 찍은 사진들, 번쩍거리는 금속 조각 장식을 단 다리들이 거리를 휩쓸었다. 거기다 거대한 모차렐라 치즈 같은 유방을 갖고, 머리를 사치스럽게 웨이브를 만들고 화장을 짙게 한 기욤의 정부가 있었다. 중년의 그녀는 저녁때 가게 문을 닫자마자 기욤과 침실로 바로 가기 위해 그를 기다리며 마치 희고 강인한 나무처럼 가게 앞을 서성거렸다. 무엇보다 이곳엔 내 필요에 따라 할 수 있는 일이 별로 많지 않았다. 나는 가죽끈으로 묶이다시피 돈에 묶여서 도망칠 수가 없었다. 위험을 무릅쓰고 이웃의 렌링 집에도 가보고 사이밍턴의 친구 윌라를 찾기 위해 에반스턴에도 갔다. 그러나 그녀는 결혼을 해서 떠나고 없었다. 엘에 되돌아와서 나는 부부의 결합, 시시와 파이브 프로퍼티즈의 행동, 형이 그들의 결혼식과 신혼여행에 대해 생각하면서 제정신을 잃던 일들에 몰두하게 되었다.

그동안 사이먼은 나와 떨어져 있었으며, 엄마와 다른 곳에 맡긴 편지에 답장도 안 했다. 그가 틀림없이 나쁜 길에 빠진 것이다. 그는 엄마에게 한 푼도 안 보냈다. 그를 본 사람은 그가 굉장히 두들겨 맞은 것 같더라고 했다. 그래서 그가 내 방과 같은, 아니면 더욱 누추한 어떤 방구석에 은신하고 있음을 이해할 만했다. 그는 전에 설명이나 변명 때문에 굴욕을 느껴 내게 접근하지 않던 사람이다. 지금도 그럴 것이다. 나는 그에게 마지막 보내는 편지 속에 5달러를 동봉했다. 그는 이걸 잘 받았으나, 그걸 갚을 때까지는 소식을 주지 않았다. 돈을 갚은 건 그로부터 몇 달이 지난 후였다.

사이먼이 가구를 팔 때 남겨 둔 내 유일한 재산이라고는 아인혼이 화재를 당한 후 손상은 되었지만 내게 준, '엘리어트 박사의 다리 다섯 개의 책장'[7] 한 세트였다. 나는 이걸 내 방에 갖다 놓고, 시간 날 때 들여다보았다. 어느 날 변두리 변화가 차들 틈에서 헬름홀츠[8]의 한 구절을 읽고 있을 때, 한때 크레인 대학 동창이던 파딜라라는 멕시코 친구가 내가 뭘 읽는지 빼앗아 보곤 돌려주며 말했다.

"무엇 때문에 이런 걸 읽냐? 옛날에 한물 간 것이야."

그는 최근 것을 얘기하기 시작했다. 나는 무슨 말인지 모르겠다고 말하지 않을 수 없었다. 그는 어떻게 그런 일이 있을 수 있는지 물었다. 그래서 우리는 오랜 대화를 나눴다.

수학 시간에 파딜라는 방정식을 잘 푸는 학생이었다. 그는 교실 뒤에 앉아 앞이마를 문지르며, 다른 학생들이 책상 속에 처넣은 종이를 펴서 공부했다. 그는 공책을 살 수가 없었다. 다른 사람들이 문제를 못 풀어 곤란을 당할 때는 언제나 칠판으로 불려 나갔다. 그때 그는 싸구려 여름모자를 만드는 천으로 지은, 흰 크림빛 나는 낡고 때 묻은 양복에 양말도 신지 않은 채 구세군을 뒤져서 얻은 구두를 신고 나갔다. 그는 바짝 마른 몸으로 분필을 들고 산만한 글씨로 풀기 시작했다. 무한대를 표시하는 기호는 동강 난 개미 같은 모양이었고, 그리스 문자를 쓴 것은 마지막 등식 부호로 가기 위한 목적에서였다. 내 생각엔 문제의 전후관계가 누구에게나 명백했다. 양말을 안 신어 헐거운 구두를 신고 빨리 제자리로 돌아올 때는 덜거덕거리는 소리 때문에 가끔 구두에 손을 가져갔다. 그러나 작은 매부리코와 천연두로 곰보가 된 그의 얼굴은 예상과 달리 만족한 빛은 전혀 안 보였다. 그는 표정이 별로 없었다. 때로 추워 보였다. 나는 지금 그의 성격을 얘기하는 건 아니다. 추운 겨울이었다. 그가 때로 학교 건물에서 몸을 녹이기 위해 집에서 나와 눈길을 가로질러 흰 양복을 입고 매디슨가를 뛰어가는 걸 봤다. 그는 결코 따뜻해 보이지 않고 춥고 병들어 보였으며, 원시인처럼 누가 접근하는 것도 기피했다. 그는 멕시코 담배를 피우며 가끔 아름답고 검은 긴 머리를 빗으면서 혼자서 홀을 통해 갔다. 그런데 어떤 변화가 있었다. 그는 더 건강해 보였다. 아니 적어도 엉겅퀴꽃 같은 자줏빛이 얼굴에서 사라졌다. 이전보다 좋은 옷을 입고 팔에 무거운 책들을 끼었다.

"대학교에 다니냐?"

나는 물었다.

"장학금으로 수학과 물리학을 공부해. 너는?"

"개들을 목욕시키지. 내가 개들과 시간을 보낸다는 걸 알 수 있겠어?"

"아니, 아무것도 알아챌 수 없는데. 넌 뭘 하니?"

"그게 내가 하는 일이야."

이렇게 내가 개집 청소를 하고, 개들의 털을 빗겨 주는 더럽고 천한 일을 한다는 것과 또 내가 이젠 대학생도 아니면서 그에겐 죽은 사람인 헬름홀츠를 계속 읽고 있다는 것, 다시 말하면 내가 암흑 속에 흘러가는 하나같이 똑같은 군중의 무리 가운데 한 사람이어야 한다는 것이 그를 크게 괴롭혔다. 세상이 내게 달리 대해 줘야 한다고 사람들이 느끼는 것은 내 경우 종종 그랬다.

"내가 대학교에서 뭘 하겠어? 매니, 난 특출한 재주를 가진 너와는 달라."

"자신을 너무 낮춰서 학대하지 마. 캠퍼스에는 비열한 녀석들이 있다는 걸 모르나. 그들이 무슨 재능이 있니? 돈 이외에 말이야. 대학에서 네가 할 수 있는 걸 찾아야 해. 사 년 후에 비록 어떤 특수한 일에 크게 도움이 안 되더라도 적어도 학위를 갖게 되지. 그럼 어떤 녀석도 학대하진 못할 거야."

나는 등골이 아파왔다. 학위를 갖더라도 여전히 내가 일자리를 못 구하게 되는 어두운 힘이 도사리고 있을 것이다. 만일 학위를 가졌다면, 나의 분노는 더욱 클 거다. 또 그것 때문에 가슴 아파할 것이다.

그는 계속 말했다.

"오기, 시간을 낭비하지 마. 어떤 작은 일을 해도 시험 치르고 수업료를 내고 또 성적표나 자격증을 받아야 하는 걸 모르니? 이 문제에 네가 현명하기를 바라. 네가 어떤 자격을 갖고 있지 않으면 네게 무슨 일을 시킬 수 없지. 그렇게 되면 곤란해. 대학에 들어가, 자신을 위해 뭔가 해야 해. 그냥 기다리더라도 무엇을 위해 기다린다는 건 알아야 하잖아. 구체적으로 뭔가를 전공해야 해. 너무 오래 기다리면 안 돼. 때를 놓치고 마니까."

비록 그가 한 말은 재미가 있고, 아마 진리에 찬 얘기였지만, 내게 큰 영향을 주진 못했다. 내가 반응을 보인 건 그의 우정이었다. 나는 그를 못 가게 붙잡았다. 그가 나를 그렇게 생각해 준 데 대해 감동했다.

"매니, 돈이 없는데, 어떻게 학교를 간단 말이야?"

"나는 어떻게 다닌다고 생각하니? 장학금은 크게 도움이 안 돼. 겨우 등록금만 면제해 줄 정도야. 나는 NYA[9]에서 약간의 돈을 벌고, 책을 훔치고 있어."

"책을?"

"이처럼 말이야. 오늘 오후에 훔쳤지. 전문서적들이고 교과서들이지. 나는 주문까지 받아. 한 달에 20~30권만 훔쳐서 한 권에 2달러 내지 5달러 받으면 괜찮지. 교과서는 값이 나가거든. 이 일이 어때서? 넌 정직하니?"

그는 내게 신용을 잃지나 않았나 하고 쳐다보면서 말했다.

"아니, 완전치는 못해. 매니, 다만 놀랐을 뿐이야. 내가 너에 대해 아는 거라곤 수학 귀신이라는 것밖에 없으니까."

"나 역시 하루 한 끼밖에 못 먹고 외투도 못 입었어. 너도 그걸 알잖아. 지금은 좀 여유가 생겼지. 아직은 좀 더 여유가 있어야겠어. 난 재미로 훔치진 않아. 안 해도 되면 당장 그만둘 거야."

"만일 붙잡히면 어쩌지?"

"거기에 대한 내 생각을 설명하지. 알다시피 내 본심은 도둑이 아냐. 정말 악한 인간은 아니지. 나는 그런 것에 아무 흥미도 없어. 아무도 도둑질을 내 운명으로 만들 수는 없어. 그건 내 운명이 아냐. 붙잡힐 가능성도 없지 않지. 그러나 결코 그들이 나를 붙잡게 놔두지 않겠어. 알겠나, 내 말뜻을?"

나는 고맨과 다녔기 때문에 그 뜻을 이해했다. 그는 같은 문제를 다른 각도에서 보는 친구였다.

그러나 파딜라는 똑같이 지능적인 도둑이었다. 그래서 자신의 기술에 자신을 갖고 있었다. 토요일에 만나서, 그는 내게 그 기술을 보여 주었다. 우리가 어떤 가게를 나왔을 때 그가 뭘 훔쳤는지 안 훔쳤는지 알 수 없었다. 그는 그 술책에 매우 능숙했다. 밖에 나와 시노트의 식물학 책 한 권과 슐레징거의 화학 책 한 권을 보여 주었다. 모두 비싼 책이었다. 그는 결코 값싼 책을 주문받지 않았다. 내게 책 목록을 건네주며 한번 훔쳐 보라고 했다. 그는 그 책이 카운터 뒤에 있더라도 훔치기를 원했다. 그는 헌책을 갖고 가서 원하는 책을 그걸로 덮어서 갖고 나왔다. 그는 결코 코트 밑에 숨기지 않았다. 그래서 가게 주인이 그를 세우면, 무엇을 들여다보기 위해 자신의 책을 내려놓았다가 자기도 모르게 다른 책도 집게 되었다고 항상 변명할 수 있었다. 훔친 책은 그날로 배달을 해서 그의 방엔 죄를 씌울 아무것도 없었다. 그가 조금도 도둑 같아 보이지 않다는 게 크게 유리했다. 다만 어깨가 좁고 행동이 민첩했으나 왠지 얻어맞은 듯하고 천진난만해 보였다. 그는 가게에 들어와서 안경을 쓰고 다리를 포개고 앉아 열역학이나 물리화학 책에 정신을 잃은 듯 보였다. 그가 절도범으로는 전혀 보이지 않는다는 사실이 그 일을 크게 성공시켰다.

  나는 어느 이탈리아인 화랑에서 네덜란드 화가가 그린, 퍽 오래되고 독특하고 아름다운 그림을 본 적이 있었다. 그것은 지혜로운 노인이 텅 빈 들판을 명상에 잠겨 걷는데 도둑이 뒤에서 그의 지갑줄을 끊는 장면을 그린 것이었다. 노인은 검은 옷을 입고 아마 천국을 생각하는 듯했는데, 코는 우스꽝스럽게 너무 길었으며, 꿈에 너무 도취돼 있었다. 그런데 이 도둑의 특이한 점은 그가 어떤 유리공 속에 둘러싸여 있다는 것이다. 유리공 위엔 높이 솟은 십자기가 있었다. 마치 제왕의 통치권을 상징하는 듯했다. 이것은 어리숙한 현인들이 현세와는 다른 세계를 꿈꾸는 동안 속세에 물든 자들이 몰래 들어온다는 걸 의미했다. 다시 말해 이 세상을 잃어버리면 현세도 내세도 아무것도 갖지 못할 거라는 뜻이다. 이 재미있는 그림 속엔 날카롭고 아픈 풍자가 있었다. 그러나 채색한 들판은 별 매력을 지니지 못했다. 그것은 다만 밋밋한 평지에 불과했다.

  그런데 도둑질을 하는 파딜라는 이런 속물 계급에 속해 있지 않았다. 그는 전체 세계에 관계되는 그런 생각은 전혀 없었다. 도둑질은 그의 실제 직업이 아니다. 하지만 그는 그걸 잘하는 걸 즐겼고 그 행위 전체를 좋아했다. 그는 여러 종류의 사기꾼들과 소매치기들, 그들의 여러 속임수 등에 대한 모든 정보를 다 갖고 있었다. 너무 교활해서 법의 속에 넣어둔 신부의 돈까지 훔쳐내는 스페인 치기배들에 대해서도, 또는 너무 등록금이 비싸 졸업 후 오 년 동안 갚기로 계약해야 되는 로마의 사기꾼 학교에 대해서도 정보를 갖고 있었다. 그는 시카고의 하급 술집이나 요란스러운 직업 등에 대해 많이 알고 있었다. 이것은 그에게 하나의 취미였다. 마치 사람들이 야구의 타율을 즐기는 것처럼 말이다. 그에게 매혹적인 것은 자성(磁性)을 갖고 중심을 잡고 있는 사람에게 대항하여 저력을 갖고 원주 밖을 자기 힘으로 돌리고 하는 작은 사람이었다. 그는 술집 접대부들을 알고 있었고, 엉덩이가 나온 계집애들이 큰 호텔에서 어떻게 행동하는가에 대해서도 알고 있었다. 그가 종종 읽는 책은 시카고 메이[10]의 자서전이었다. 시카고 메이는 그녀를 호송하는 자의 옷을 창문을 통해 골목에 있는 공범자에게 던져 주곤 했던 대단한 여자였다.

파딜라 자신은 즐기는 데에 인색하지 않았다. 그는 가지고 있던 모든 것을 써버렸다. 나는 그의 손님으로서 두 명의 흑인 계집애들이 있는 레이크 파크가의 아파트를 방문했다. 우선 그는 힐맨의 가게에서 햄·닭고기·맥주·절인 오이·포도주·커피·네덜란드 초콜릿 등을 샀다. 그런 다음 우리는 방 두 개와 부엌, 침실이 있는 그 아파트에서 토요일 밤과 일요일을 보냈다. 혼자 있을 수 있는 공간은 오직 화장실이었다. 모든 것은 서로 같이 사용했다. 아침이 가까이 왔을 때 그는 서로 배타적인 기분을 없애기 위해 여자를 바꿔야 한다고 말했다. 계집애들은 좋아했고 이해할 수 있는 일이라고 동의했다. 그들은 파딜라와 그에 대한 파딜라의 생각에 감사하며 재미를 위해 몸을 내맡겼다. 별 어려운 것도 없었고 주저할 것도 없었으며, 서로가 깊은 공감을 느꼈다. 나는 처음 같이 놀았던 여자가 제일 좋았다. 그녀는 내게 재미 이상으로 사사로이 대했고, 뺨을 맞대기를 원했었다. 둘째 번 여자는 앞서 여자보다 좀 더 키가 컸고 몸과 마음을 좀 덜 허락했다. 이 여자는 우리로부터 보호해야 할 더 많은 개인 생활이 있었던 것 같다. 그녀는 스타일이 더 좋았는데 역시 나이를 더 먹은 여자였다.

여하튼 이것은 파딜라의 쇼였다. 그는 침대에서 나올 때는 언제나 먹거나 춤을 췄는데 나도 그러기를 원했다. 그날 밤 그는 오락가락하면서 베개 위에 앉아 자기 인생에 대해 얘기했다.

"나는 결혼을 했었지."

화제가 결혼 문제에 이르자 파딜라가 말했다.

"치와와에서 열다섯 살 때였어. 어른이 되기도 전에 어린애가 생겼어."

나는 그가 아내와 어린애를 멕시코에 두고 왔다고 자랑하는 걸 믿지 않았다. 이 말을 들은 키 큰 여자는 자기도 아이가 있다고 했다. 어쩌면 나머지 한 명도 마찬가지일지 모른다. 단지 입 밖에 내지 않았을 뿐이지. 나는 이런 화제를 그냥 흘러버렸다. 그 많은 사람들이 똑같은 잘못을 저지른다면, 거기엔 당장은 명백하지 않은 무엇인가가 있을 것이기 때문이다.

우리 넷은 두 침대에 누워 있었다. 일요일을 천천히 열고 있는 커튼 사이로 들어오는 빛이 우리의 모습을 드러냈다. 그것은 동쪽에서 흰빛으로 시작되어 똑바로 선 벽에 어지럽게 회색으로 비쳤다. 늙은 흑인들이 사는 이 거리의 집 벽과 같은 이런 광경은 다소 무섭긴 하나 독특한 웅장함이 있었다. 이 외관은 사람들이 지금은 볼 수 없는 위대한 휴머니티가 있었다. 그것은 마치 카라칼라의 욕장[11] 같았다. 보이지 않는 거대한 인구가 일요일 아침 잠에 빠져 있었다. 내가 좋아하던 작은 여자가 안장코에 졸린 듯한 뺨, 크고 감각적이며 무심한 듯한 입을 하고 파딜라의 말에 미소 지으며 누워 있었다. 우리는 자리에 누워 마치 제왕처럼 여자의 체온으로 우리의 몸을 따스하게 하면서 거의 저녁때까지 있었다. 그리고 나서 옷을 입으며 여자들에게 키스와 애무를 해주고 문간에서 다시 올 약속을 하며 그곳을 떠났다.

무일푼이 된 파딜라와 나는 그의 집에서 저녁을 먹었다. 그 집은 우리가 방금 떠나온 곳보다 더 텅 비어 있었다. 거기에는 적어도 오래된 양탄자, 오래된 부드러운 의자, 그리고 여자들의 값싼 수예품 등이 널려 있었다. 반면 파딜라는 매디슨가에서 좀 떨어진 철로변 큰 아파트에서 나이 든 친척 여자들과 함께 살고 있었다. 그 집은 거의 비어 있었다. 한 방에 의자 몇 개와 테이블 하나가 있었고, 다른 방에는 바닥에 매트리스 말고는 아무것도 없었다. 나이 든 여자들이 부엌에 앉아 숯불에 부채질하며 음식을 만들었다. 파딜라는 이 목석 같은, 뚱뚱한 늙은이들에게 얘기조차 걸지 않았다. 우리는 그릇 밑바닥에 고기가 깔린 수프와 냅킨에 싸여 들어온 토르티야[12]를 먹었다. 식사를 빨리 마치고 파딜라는 나를 혼자 식탁에 남겨 두고 자리를 떴다. 그에게 무슨 일이 생겼나 하여 가보니, 그는 이미 군용 담요를 얼굴까지 덮고, 뾰족한 코와 머리를 뒤로 젖히고 침대에 누워 있었다.

그는 말했다.

"자야겠어. 아침 일찍 시험이 있어."

"준비는 다한 거야, 매니?"

"문제가 쉽거나, 아니면 별것 아니야."

그 말은 내 머리에서 떠나지 않았다. 나는 전차에서 계속 생각했다. 물론이다! 쉽거나 별것 아니다. 사람들은 자신이 어려움에 부딪히면 그것이 옳다는 증거라고 생각하곤 정신을 잃고 굴복해버린다. 그래서 나는 이것을 해보려고 했다. 무엇보다 먼저 책 훔치는 일부터. 만일 그것이 잘되면 개 클럽에서 떠나는 거다. 만일 파딜라만큼만 할 수 있다면, 기음이 내게 지불하는 액수의 두 배다. 나는 대학에 갈 등록금을 위해 저축도 할 수 있다. 비록 벌이가 잘되더라도 도둑질에 정착할 생각은 전혀 없다. 다만 보다 나은 어떤 일을 위한 출발에 자신을 내맡겨 볼 뿐이다.

그래서 나는 시작했다. 처음엔 감당할 수 없을 정도로 흥분했다. 그다음엔 구역질이 나고 식은땀이 솟았다. 내가 훔친 책은 조웻[13]의 『플라톤』이었다. 파딜라가 말한 대로 일리노이 중앙역의 싸구려 창고에 맡겼다. 뒤이어 다른 것을 훔쳤다. 나는 상당한 진전을 보였고 그 일에 제법 침착해졌다. 가장 어려운 순간은 책 가게에서 걸어나올 때가 아니라, 오히려 책을 집어 내 팔에 낄 때였다. 차츰 그것도 대수롭지 않게 됐다. 만일 발각되면 나는 정신없이 저지른 실수로 웃어넘기고 슬쩍 밖으로 빠져나올 자신을 가졌다. 파딜라가 말하기를, 형사들이 상점에서는 결코 체포하지 않을 거라 했다. 그자들이 나를 체포할 때는 바로 거리에 발을 내딛는 순간이라고 했다. 그러나 백화점에서 나는 뒤를 힐끗 돌아보지도 않고 다른 곳—카슨 피리에의 양화점이나 마셜 필드의 과자나 러그 가게—으로 슬그머니 들어갔다. 나는 범위를 넓혀 다른 물건도 훔칠 생각은 꿈에도 없었다.

계획했던 것보다 훨씬 빨리 나는 개 클럽을 떠났다. 그 일자리를 그만둔 것이 내가 사기꾼적 재능에 자신이 있어서만이 아니라 나 자신이 독서열에 사로잡혔기 때문이다. 방에 누워 굶주린 사람처럼 인쇄물과 책 페이지를 통째로 삼킬 듯 열심히 읽었다. 때론 책을 주문했던 고객에게 그 책을 줄 수가 없었다. 오랫동안 내가 염려했던 것은 바로 이것이었다. 내가 가졌던 느낌은 굶주림의 그물과 혼미 속에 빠진 어떤 살아 있는 무게 같은 것이었다. 나는 그러한 느낌을 끌어들이기를 원했다. 파딜라가 방에 들어와 내가 오래전에 치워 버려야 했던 책 더미를 보고 열화같이 화를 냈다. 그 책들을 갖고 있는 건 위험했다. 만약 그가 내게 수학·열역학·기계학 책들을 읽게 제안했더라면 아마 사태는 달랐을 거다. 클러크 맥스웰이나 막스 플랑크 같은 사람의 기원 등은 외

워두지 않았기 때문이다. 그러나 그가 신학·문학·역사학·철학 책들에 대한 주문을 내게 인계하여 내가 가톨릭 신학교 학생들을 위한 랑케의 『교황들의 역사』, 사르피의 『트렌트 회의』나, 부르크하르트나 메르츠의 『19세기의 서구 사상』 등을 훔쳤을 때 나는 앉아서 그 책들을 읽었다. 파딜라는 내가 메르츠의 책을 끝까지 읽기엔 시간이 너무 오래 걸리며 또 역사학과의 어떤 사람이 책 때문에 그걸 찾는다는 이유로 방해했다.

"너는 내 대출 카드로 도서관에서 빌려 볼 수 있잖아."

그가 말했다. 그러나 어쨌든 그것은 달랐다. 자신의 음식을 먹는 것은, 열량으로는 같더라도, 동냥해서 먹는 것과는 다르다. 아마 신체에서 작용될 때조차 크게 다른가 보다.

아무튼 나는 어떤 알 수 없는 상실감 속에 뭔가를 느꼈고, 일반적인 사랑이나 갈망이 밖으로 드러나거나 그 대상을 발견하기 전에, 어떻게 권태로움이나 다른 고통으로 나타나는가를 깨달았다. 나는 이런 커다란 기회들, 그리고 훨씬 더 큰 이전 책들의 존재감과 관련하여 나 자신에 대해 뭘 생각했는가? 아니, 나는 무엇보다도 먼저 그 책들을 봤다. 그래서 위대한 연설문을 읽거나 팔츠[14]를 마음대로 주무르거나 또는 아비뇽으로 메시지를 보내는 등의 일을 하게 태어나진 못했더라도 이미 일어났던 것 가운데는 나를 위한 몫이 있음을 볼 수 있었다. 그 몫이 얼마나 될까? 아니, 나는 나의 독서가 전혀 불가능했기 때문에 결코 얻어질 수 없는 것들이 있음을 알았다. 이런 사실을 안다는 것은, 사랑의 침실 한구석에 항상 존재하나 멀리 있는 것처럼 느껴지는 죽음과 별로 다를 게 없다. 비록 그 죽음이란 존재가 구석에서 조금도 움직이지 않더라도 당신은 사랑을 멈추진 않을 것이다. 나는 앉아서 독서를 했다. 독서 이외의 것—즉 일상적인 것, 중고품 주문, 오트밀, 단순한 자연현상, 엉킨 구두끈과 전차삯과 세탁소 물표의 구분, 막연한 우울함, 알 수 없는 것의 포로, 다시 말해 실망에 빠진 생활이나, 조용한 인내로 우연한 사건들을 밀어내 버리는 조직에 얽매인 습관적 생활 등에 눈도 귀도 열지 않고 흥미조차 기울이지 않았다. 지금 누가 정말로 매일매일 일이 진행되고, 노동이나 감옥들이 계속 존재하며, 오트밀과 세탁소 물표나 기타 여러 가지 일들이 발생하리라 기대할 수 있는가? 또 어느 누가 모든 순간이 가장 중요하게 이루어져야 한다고 주장하며, 모든 사람들이 가장 어려운 난국에서조차도 반짝이는 별로 가득 찬 대기를 호흡하고 모든 벽돌이나 궁륭 같은 방과 모든 황량함을 제거해 버리도록 요구하며, 예언자나 신들처럼 살기를 기대할 수가 있단 말인가? 사람들은 이러한 승리에 찬 생활이 단지 주기적일 수 있음을 안다. 그래서 사람은 이런 승리에 찬 생활만이 현실이라고 말하거나, 단지 매일매일 일어나는 일이 현실이라고 말하는 두 부류로 나뉜다. 나로서는 논쟁할 여지가 없었다. 나는 전자의 의견을 향해 속력을 냈다.

  이것은 사이먼으로부터 다시 소식을 들었을 때였다. 그는 전화로, 내가 보냈던 5달러를 갚기 위해 온다고 했다. 이것은 그가 나와 대면할 준비가 됐음을 의미했다. 그렇지 않다면 돈을 우편으로 보낼 것이었다. 그가 왔을 때 나는 그가 얼마나 당당하게 철면피 같은 뻔뻔함을 지녔는가를 느꼈다. 그게 그가 준비한 태도였다. 만약 내가 불평하거나 비난하려 하면, 꼼짝 못하게 윽박지르기 준비가 돼 있었다. 그는 내가 맨발에 낡은 가운을 입고 책들에 둘러싸여 있고, 벽지에 공기가 들어가 부풀고 노란 기포가 생긴 것, 그리고 가난의 빛을 보고 한층 더 자신이 생기고 마음이 편해졌다. 아마 내가 전과 다름없으며 내 운명의 수레바퀴가 너무 자유롭게 돌아가고, 내가 조급하고 지나치게 열광적이라는 것, 한마디로 말해 무능한 바보라고 느꼈기 때문이다. 만약 그가 할머니의 죽음을 꺼냈더라면 나는 쉽게 울음을 터뜨렸을 것이다. 그렇게 되면 그는 나를 이겼을 것이다. 그의 의문은 항상 나의 꼴이 성격 때문인지 선택에 의해서인지 하는 것이었다. 만약 선택에 의해서라면 아마 바뀔 수도 있을 것이다.

나로서는 그가 돌아온 것이 기뻤고 만나고 싶었다. 그에게 뻣뻣하게 굴고 또 지지 말라는 아인혼의 충고를 결코 받아들일 수 없었다. 사실 버펄로에서 전보를 쳤을 때 그는 내게 돈을 부쳐줘야 했었다. 그러나 그때 그는 시궁창에 처박혀 있었으므로 그를 용서할 수 있었다. 아인혼에게 빌린 돈은 아인혼 자신이 훨씬 더 많은 액수로 많은 사람들을 굴복시켰기 때문에 별로 슬픈 일은 아니었다. 아인혼 역시 그런 문제에 비명 지르거나 비통해할 사람은 아니었고 또 신사였다. 여기까지는 좋다. 그러나 엄마와 아파트 문제는 어떤가? 그것은 납득하기가 힘들었다는 것을 고백해야겠다. 만약 내가 엄마를 찾아 아래층 크레인들 집에 뛰어갔을 때 사이먼을 봤더라면, 나는 아마 그의 머리를 부숴버렸을 것이다. 그러나 나중에 곰곰이 생각해 보니, 우리가 옛날 집을 더 오래 간직할 수도 없었고, 또 거기에 엄마를 위해 아늑한 거처를 마련하기도 어렵다고 스스로 결론지었다. 우리 중 어느 누구도 선천적인 독신남처럼 자식으로서 얼룩고양이같이 엄마 곁에 머물러 있을 수는 없기 때문이다. 우리들 속에 있는 무엇인가가 아파트를 팔아버린 사실을 인정하게 했다. 사이먼이 할 일이란 이것에 대해 언급하는 것뿐이고, 하지 않는다면 그것은 그의 과오가 너무 커서 정신 차릴 수 없기 때문이다.

나는 그가 야위었으리라고 생각했는데 실상은 살이 더 쪄 있었다. 그러나 그것은 보기 좋게 찐 것이 아니라 먹지 못해서 부은 듯했다. 그는 구겨진 미소를 지었고, 턱 위의 노란 황금빛 억센 수염—면도를 안 한 것이 사이먼답지 않은—에 대한 불쾌감을 극복하는 데는 시간이 별로 안 걸렸다. 그는 만족스러운 듯했고 큰 손가락을 가슴에 바짝 댄 채 앉아 있었다.

여름날 늦은 오후였다. 비록 오래된 목조 건물 위층에 있었지만 나무 그늘이 온통 지붕을 덮었다. 그 근처 모두가 마치 그럴듯한 숲 속에 있는 듯 푸른빛이었다. 아래 잔디밭 위에선 새가 송수관을 망치로 누드리듯 쪼아댔다. 그런 정경은 우리에게 평화스러움을 느끼게 했지만 실은 그렇지 못했다.

나는 사람들이 지금 하고 있는 것처럼, 그렇게 해를 끼치며 서로를 관찰하는 걸 결코 몰랐다고 믿는다. 친척도 물론이다. 나는 사이먼과는 그런 걸 피하려고 했다. 그러나 피할 수가 없었다. 그리하여 서로 잠시 동안 가장 최악의 상태였다고 생각된다. 그는 말했다.

"넌 사우스사이드에서 이 책들을 갖고 뭘 하려는 거냐? 학생이 될래?"

"내가 그럴 수만 있다면 얼마나 좋아."

"그럼 넌 틀림없이 책을 팔고 있구나. 그건 별로 큰 사업이 될 수 없지. 네가 그것들을 읽는 것도 봤으니 말이야. 그런 일은 너나 찾아봐."

그는 경멸하며, 아니면 그런 태도로 말했다. 그러나 그런 경멸을 마땅히 받아야 했던 마비된 곳이 있었다. 그는 사리에 맞게 말했다.

"그런데 내가 계획하고 조종했던 일들이 나를 어디로 몰고 갔는지 네가 물어보고 싶을 거라고 생각되는데."

"물을 필요도 없어. 알고 있어. 볼 수도 있고."

"오기, 너 화났니?"

"아니."

나는 목쉰 듯한 소리로 대답했다. 한 번 힐끗 쳐다보는 것으로 그는 내가 결코 화난 것은 아님을 알았다. 한 번 힐끗 쳐다보는 것, 이것이 사이먼이 원한 전부였다. 그는 눈을 내리깔았다.

"나는 모든 걸 알고선 화가 났지. 그것은 모두 한꺼번에 닥쳐왔어. 게다가 할머니의 소식까지."

"그래, 할머니는 돌아가셨지, 그렇잖아? 할머니는 틀림없이 나이가 퍽 많을 거야. 몇 살인지 넌 아니? 내 생각으로는 우린 결코……."

그는 풍자와 슬픔, 두려움까지 보이며 말꼬리를 흐렸다. 우리는 항상 미소를 지으며 기이한 일들은 모두 할머니 탓이라고 했다.

그러고서 사이먼은 들어올 때의 그 뻔뻔함을 벗어버리고 말했다.

"내가 그 도둑 녀석과 어울려 다니다니, 나도 빌어먹을 바보지. 그놈들이 돈을 빼앗고 나를 때렸어. 나는 그들이 위험한 존재라는 걸 알았지만 그래도 그들과 더불어 내 몫은 찾을 거라 생각했지. 내 말은, 내가 사랑에 빠져 있었기 때문은 아니라는 거야. 사랑! 그녀는 단지 나를 떠나가게 했을 뿐이야. 햇빛이 잘 드는 베란다에서 밤에 말이야. 난 흥분해서 가슴이 터질 듯했어. 그녀 때문에 죽을 지경이었지. 단지 만져보고 싶어서. 그리고 그게 전부야."

그는 심한 분노에 차서 경멸하듯 얘기했다. 이 말에 나는 몸을 떨었다.

"그들이 결혼한다는 말을 들었을 때, 그들이 재즈를 추는 꿈을 꾸었어. 마치 한 마리의 원숭이와 여자가 추는 그런 것 말이야. 그녀는 아무것도 상관하지 않았어. 그가 어떤지 너는 알지. 그 역시 별 차이가 없어. 그는 다른 남자들처럼 거기서 법석을 떨 수도 있지. 게다가 돈도 있어. 그녀가 생각한 건 돈이야! 그가 가진 건 빌딩 몇 채지. 그건 닭 모이처럼 몇 푼 안 되는 거야. 그러나 그녀가 더 좋은 걸 알게 될 때까진 상당하게 보이겠지."

그의 얼굴은 상기됐고, 경멸에 차서 화를 내던 것과는 달리 다른 감정으로 계속 말했다.

"너도 알다시피 난 이렇게 되어 그런 생각을 갖는 것이 싫어. 사실 솔직히 말해 이렇게 생각하는 것이 부끄럽다. 그 계집애도 그렇게 굉장한 여자는 아니었고, 그 사람도 전적으로 나쁜 것은 아니었기 때문이지. 그는 어렸을 때 우리에게 나쁘게 굴지 않았어. 너도 그걸 잊지 않았겠지? 나는 그녀가 나를 마치 생선 한 점을 얻어먹으려고 목을 길게 빼는 빌어먹을 에스키모 개처럼 행동하게 만들기를 원치 않아. 어린애처럼 언제나 나의 시야를 높은 곳에 고정시켜 두었지. 하지만 얼마 뒤에 너는 네가 실제로 얻은 것과 얻지 못한 것이 뭔지를 알게 될 거다. 그리고 아주 이기적이고 질투심이 강한 요소가 제일 먼저 오고, 네 걸 얻기만 하면, 다른 사람이야 어떻든 전혀 상관 않는다는 사실을 알게 될 거야. 그리고 너와 가까운 누가 죽어서 너를 자유롭게 해준다면 그게 얼마나 기쁜 일인지 느끼게 될 거야. 내가 만약 죽으면 어느 누가 이와 똑같이 느낄 거라 생각했어."

"죽다니, 무슨 말이야?"

"자살이지. 나는 노스가의 유치장에서 하마터면 그럴 뻔했어."

자살 문제에 대한 말은 단지 이야기에 그칠 뿐이었다. 사이먼은 내게 동정심을 불러일으키지 못했다. 그는 결코 내게 그런 걸 요구하는 것 같지 않았다.

　"나는 죽음에 대항할 생각은 별로 없어. 넌 어때, 오기?"

　그는 물었다. 나뭇잎들이 그의 주위에서 이리저리 움직였다. 그는 더욱 조용하고 무거운 자세로 앉아 있었다. 그의 중산모 윗부분은 노란 나뭇잎과 초록 그림자가 서로 어울리면서 여러 가지 변형을 이루었다.

　"음, 넌 어때? 말해 봐."

　"난 죽음에 대해 별로 관심 없어."

　연속해서 두세 가지 생각이 그의 얼굴을 스쳤다. 이 말에 그는 여유와 안도감을 느낀 듯 더 부드럽게 나를 대했다. 그는 마침내 웃었다.

　"모든 사람들처럼 너도 죽을 거다. 그러나 그건 사람들이 너를 쳐다볼 때 그렇게 생각하도록 네가 만드는 게 아니라는 걸 인정해. 넌 정말 최고로 멋진 녀석이야. 널 위해 이 말을 하는 거야. 그러나 넌 네 자신을 생각하는 데는 별로 좋지 못해. 너 아닌 다른 동생이라면 어떻게 해서라도 나한테서 그 돈을 받아 갔을 거야. 만약 내가 너에게 했듯이 네가 나를 속였다면 나는 네게 난폭한 짓을 했을 테지. 여하튼 항상 하던 식으로 너의 바보스러움에 대해 말하게 되니 기쁘다. 나는 말할 수 있어. '그게 네게 도움이 될 거다. 잘됐어!' 라고. 너는 네 이익을 찾으려 하지 않기 때문에 내가 널 위해 해야겠다고 생각하는 거야."

　"내 이익이라고?"

　"그래."

　그는 내 물음에 약간 화난 듯이 대답했다.

"내가 너에 대해 생각하는 걸 믿지 않니? 우리 둘은 패배자로 너무 많은 일을 당해 왔어. 이제 난 지쳤어."

"지금 어디서 살고 있어?"

"노스사이드 부근에."

그는 내가 자기에 대해 명백히 알고 싶어 한다는 걸 모른 체했다. 그는 자기가 사는 방에 싱크대나 양탄자, 혹은 리놀륨 등이 있는지, 차가 다니는 곳에 있는지, 벽을 마주 보고 있는지 말하려 하지 않았다. 내가 자세한 형편에 대해 이런 호기심을 갖는 것은 당연했다. 그러나 그는 그 호기심을 풀어주려 하지 않았다. 이런 것에 대해 설명한다는 건 거기에서 탈피하기 어렵다는 걸 은연중에 암시하기 때문이다. 그에게 이런 것들은 쉽게 지나쳐 버리는 것이었다.

"나는 그곳에 머물지 않을 거야."

그는 말했다.

"어떻게 생활해 왔어? 지금은 뭘 하고 있고?"

나는 물었다.

"어떻게 생활하다니! 무슨 뜻이야?"

그는 내 질문을 되풀이함으로써 내게로 곤란함을 던졌다. 그는 너무 자존심이 강해서 자기 형편이 어떤지 말도 안 했고, 그가 가진 것에 얼마나 심한 타격을 받았는지 보이려 하지도 않았다. 형으로서 항상 갖던 일종의 그 당당한 표현을 포기하지 않았다. 그는 바보짓을 했고 과오를 범했다. 혈색이 나빴고, 많이 먹는 것이 마치 파멸에 대한 그의 응답인 양, 자기가 살이 찐 걸 별로 수치스럽게 생각 않고 드러냈다. 이런 모든 허식적인 것 때문에 어떤 조그만 일도 내게 말해 주려 하지 않고 회피했다. 그는 내 물음을 하나의 타격으로 생각하고 수치스러운 함정에서 벗어나려

했으며, 그것을 건장한 팔로 막고, 마치 내가 그를 치려고 했거나 적어도 괴롭히려 했음을 뒤늦게 생각해 낸 듯 "무슨 뜻이야?" 했다. 조금 후 그는 싸구려 음식점에서 마루를 닦았지만 오래전 일이라고 서슴없이 말했다. 지금은 거기서 손을 뗐다고 했다. 그는 딱딱한 검은 안락의자에 기대고 앉아—나는 몸이 불어난 그의 체구 때문에 그렇게 하도록 했다—그의 신경과 에너지를 정열적으로 집중했다. 그가 그렇게 하는 걸 볼 수 있었다. 그러고 나서 그는 얘기를 시작했다. 그는 군사령관 같은 힘을 가지고 필요 이상으로 힘주어 얘기했다.

"나는 시간을 낭비하지는 않았어. 무슨 일인가를 해왔지. 곧 결혼할 생각도 하고."

그런 말을 하면서도 그는 웃거나 보다 유쾌하게 표현하려 하지 않았다.

"언제, 누구와?"

"돈 있는 여자."

"어떤 여자? 나이가 든 여자야?"

그게 내가 그 말을 해석하는 방법이었다.

"그런데 네가 무슨 상관이야? 그래, 난 나이 든 여자와 결혼하려 한다. 왜, 안 돼?"

"장담하는데, 형은 그렇게 못 해."

어린 시절을 생각나게 하듯 그는 아직도 나를 놀라게 할 수 있었다.

"그 문제로 싸울 필요는 없어. 늙은 여자는 아니야. 내가 듣기엔 스물두 살쯤이래."

"누가 그래? 그럼 그 여자를 한 번도 보지 않았어?"

"그래, 본 적이 없지. 그 구매계원 알지? 내 옛날 보스 말이야.

그가 중매한 거야. 사진은 갖고 있지. 별로 못생기진 않았어. 살은 쪘지만, 나도 체중이 늘고 있잖아. 미인에 속하지. 어떻든 미인이 아닐지라도 그 사람이 거짓말한 게 아니라면, 그녀 집안은 산더미처럼 많은 돈을 가졌어. 난 그 여자와 결혼할 거야."

"이미 결심했어?"

"결심했다고 말할 수 있지."

"그런데 그 여자가 형을 싫어할 경우를 상상해 봤어?"

"그녀가 날 원하는 걸 알아. 내가 그녀와 결혼할 수 있으리라 생각하지 않니?"

"아마 할 수 있겠지. 하지만 난 싫어. 그것은 냉혹해."

"냉혹하다고!"

그는 격하게 말했다.

"뭐가 냉혹하단 말이야? 내가 현재 상태로라면 냉혹해지겠지. 난 이 결혼에 대해 알고 있고, 또 결혼 후의 일도 알고 있어. 난 결혼에 대해 다시는 그 숱한 어리석은 짓을 되풀이하지 않을 거야. 아마 너와 나 같은 몇 사람을 제외하고 네가 눈여겨보는 사람들은 누구나 결혼하게끔 태어났어. 넌 그런 큰 행운을 가져오게 된 것에 예외적이고 놀라운 어떤 걸 못 느끼니? 이렇게 완전하고 훌륭한 결혼에 왜 시간을 낭비하겠니? 무엇 때문에 넌 결혼을 않지? 그것이 누구나—괴짜들, 바보, 저능아, 짐꾼(*Schlepper*), 술주정뱅이, 원숭이나 쥐 새끼나 토끼 같은 녀석들, 또는 고상하나 불행한 사람들, 혹은 소위 네가 말하는 점잖은 사람들을 결혼 못 하게 했나? 그들은 모두 결혼했거나 또 결혼하게끔 태어난 사람들이야. 그런데 넌 어떻게 제리와 결혼하는 메리를 보브가 사랑하는 것이 차이가 있는 것처럼 구는 거니? 그건 영화에나 필요하지. 넌 사람들이 사랑을 위해 어떻게 결혼할까를 곰곰이 생각하면서도, 그들로부터 사기당한 혈통을 얻으려 하는 걸 보지 못했니? 그들은 최선의 것을 찾으면서—그게 네게 잘못된 거라 생각해.—다른 모든 건 잃고 말기 때문이지. 슬프고 유감스러운 일이야. 그러나 그런 식으로 돼."

그럼에도 여전히 나는 그에 대해 강력히 반대했다. 그는 그걸 알았다. 비록 그때 나는 사랑하는 사람들 중의 한 사람으로 나 자신을 생각할 수도 없고 더 이상 에스터 펜첼을 위해 타오르는 횃불을 못 들게 되었더라도 말이다. 나는 그의 얼굴을 보면서 잘못을 저지른 사람의 표정을 읽을 수 있었다. 그의 주위엔 너무 많은 인생의 소음이 있었기 때문에 그가 올바른 결정을 내릴 수 없었다고 생각했다. 더구나 사이먼은 내가 계속 읽어온 책들이 그에 대한 나의 반대를 뒷받침한다는 걸 알았으며, 그 책들을 적대시했고, 그의 시선에 약간의 조소가 깃들어 있었다. 나는 책을 읽으며, 심각하게 섭취하고 내 영혼 속에 간직해 둔 것을 도전자의 무서운 시선이나 조소 때문에 부정하거나 반대할 수 없었다.

"뭣 때문에 내가 동의하길 바라? 만일 형 자신이 그걸 믿는다면 내가 동의하건 말건 무슨 상관이 있겠어?"

"오, 이런!"

그는 다가앉으며 눈을 크게 뜨고 나를 쳐다보며 말했다.

"야, 우쭐대지 마! 네가 진실로 이해한다면, 내 말에 동의할 거다. 그게 바람직해. 내가 해야 한다면 네 이해가 없어도 잘해 나갈 수 있어. 또 이건 우리 중 어느 누구도 기쁘게 하는 건 아니나 우리는 똑같고, 똑같은 것을 바라지. 너도 그렇게 생각하지?"

나는 자존심이 아닌 단지 사실 때문에 그런 생각은 없었다. 그는 내가 자기와 비슷하길 바란다는 걸 알고 있었지만, 나는 아무 말도 안 했다. 그가 혈통의 신비한 면에 대해, 즉 우리의 기관이 똑같은 길이의 파동이나 양을 받아들일 수 있다고 말하고 있었지만 나는 그것을 형과 구별 지어 생각할 만큼 잘 알지는 못했다.

"글쎄, 그건 형이 말한 것과 같을 거야. 하지만 무엇 때문에 그 여자와 그 여자의 가족이 형을 원한다고 생각해?"

"내 재산이 뭐냐고? 글쎄, 우선 우리 집안은 모두 미남이야. 조지도 그가 정신만 정상이라면 말이야. 할머니도 그걸 알고 우리가 그 점을 활용해야 한다고 생각했지. 하지만 그 밖에 난 부유한 여자의 재산으로 살아가고 향락을 누리기 위해 결혼하려곤 안 해. 그들은 내게서 충분한 가치를 얻어갈 기야. 그리고 내기 눕거나 쉬려 하지 않는다는 걸 그들이 알게 될 거야. 누워 있을 수 없지. 돈을 벌어야 해. 나는 스스로 원하는 걸 알자마자 그걸 포기하는 그런 사람은 아냐. 난 돈을 원해. 원한단 말이야. 난 돈을 잘 다룰 수 있어. 이게 내 재산이지. 그러니 더 이상 그들에게 적합하지 않을 수 없지."

내가 이런 얘기들을 의심스레 받아들인다 해서 날 탓할 사람은 없다. 이런 일들은 그걸 하려는 독특한 야심을 가진 사람이 할 수 있다. 나는 그의 말하는 태도가 싫었다. 이를테면 미남이라는 자만심 같은 것, 그건 우리를 장식품처럼 보이게 한다. 하지만 그가 다시 실패하기를 바랄 수는 없었다. 그가 그걸 잘 이용할 만큼 마음이 풍부한 사람이 못 되기 때문이다.

"그 여자 사진 좀 봐."

그는 그걸 바지 주머니에 갖고 있었다. 그녀는 크고 예쁜 얼굴로 아주 젊어 보였다. 탁 트인 원만한 성격을 가졌다기보다는 예쁘게 생겼다고 나는 생각했다.

"매력적이라고 말했잖아. 약간 무거워 보이지만."

그녀 이름은 샬럿 매그너스였다.

"매그너스? 아인혼 씨 집에 석탄 배달하던 차가 매그너스 트럭 아냐?"

"그게 탄광업을 하는 그녀의 숙부가 하는 거야. 네다섯 개의 큰 탄광을 가졌지. 부친은 많은 땅을 소유했어. 또 호텔도 있어. 몇 개의 싸구려 백화점도 가졌지. 내가 바라는 건 탄광업이야. 대부분의 돈이 거기에 있다고 생각해. 결혼 선물로 탄광 하나를 요구할 작정이지."

"잘도 계산했군."

"물론. 또 널 위해서도 뭘 생각해 놨지."

"뭐라고? 나 역시 결혼하게끔 돼 있다고 생각하는 거야?"

"그럼, 즉시 결혼하게 해주지. 대신 넌 날 도와줘야지. 나도 어느 정도 가족이 있어야 해. 그들이 가족적인 사람들이란 얘길 들었어. 그들은 우리 같은 가족 상황을 이해하려고도 않고 좋아하지도 않을 거야. 우리도 잘 보여야지. 만찬 같은 게 있을 거고, 아마 거창한 약혼 파티도 있겠지. 넌 내가 그들에게 보이기 위해 시골에 있는 조지를 데려와야 한다곤 생각 않지? 아냐, 난 널 데리고 있어야 해. 옷이 필요한데, 너 뭐 있니?"

"전부 전당포에 있어."

"찾아와."

"돈이 없는데 어떻게?"

"전혀 없어? 여기서 넌 책 장사를 한다면서."

"쓸 돈은 모두 엄마가 갖고 계셔."

"그렇게 똑똑한 체하지 마. 곧 모든 걸 내가 맡을 테니. 내가 그 돈을 마련하마."

그는 단호하게 말했다. 나는 그가 돈을 빌릴 곳이 아직 있는지 의심스럽게 생각했다. 아마 그 구매계 친구가 얼마 빌려주었을 것이다. 어쨌든 며칠 후 사이먼이 우편환을 보내주어 전당포에 맡긴 옷을 찾았는데, 그가 바로 와서 내 옷을 한 벌 빌려 갔다. 그는 샬럿 매그너스를 만났다고 했다. 그는 그녀가 이미 자기를 사랑한다고 믿었다.

11장

지금 웨스트민스터 사원은 어둡고 수많은 물체들이 희미하게 보이는 때다. 북해의 어둠은 너무 짙고 섬에는 비가 왔다. 이 어둠 속에 템스 강의 물줄기가 보였다. 거기서 뭔가 해결이 이루어져야 하는 어둠, 이건 단순히 이 지방의 어둠이 아니다. 뜨거운 메시나[15]의 밝은 빛 가운데 존재하는 어둠과 같은 것이다. 차가운 비는 또 어떤가? 인간의 얼굴에 박혀 있는 어리석음을 식히지 않으며, 기만을 제거하지도 않고 결점들을 바꾸지도 않는다. 이 비는 이런 모든 걸 공유한 조건을 상징하는 엠블럼이다. 이것은 아마 어리석음을 덜어주거나, 혹은 기만성을 없애기 위해 필요한 것은 항상 우리 주위에 풍부하게 있고 또 계속 우리에게 제공된다는 걸 의미할지 모른다. 채링 크로스에서 제공되는 흑색, 또 비와 안개 속에 각양각색의 수많은 사람들이 이리저리 다니는 플레이스 페래이르 속 회색, 그리고 똑바르게 통일된 와바시가 속 갈색 말이다. 어둠과 함께 이 용매제가 하나의 일이 결정될 때까지 이렇게 제공되고, 그 제공과 자비와 기회가 끝을 맺는다.

내가 살고 있던 사우스사이드의 집은 고요한 저녁이면 대학교의 차임벨과 교회의 종소리가 들리는 학생 기숙사였다. 이 집의 좁은 벽 내부에는 중세풍이 물씬 풍기는 사람들이 빽빽히 밀집해서 살았으며 촘촘히 나 있는 창문에선 그들의 얼굴이 비쳤다. 나는 여기서 책을 사러 오는 학생 고객들과 몇몇 친구들을 알았다. 사실 내가 이들을 알게 된 것은 이 집을 경영하는 웨일즈 태생 늙은 오웬즈가 마련해 준 여건에 힘입은 바가 컸다. 그는 내게 전화를 받고 로비에 있는 니스를 칠한 작은 편지함의 우편물을 배달하는 일을 시켰다. 이런 일은 내가 집세를 내는 대신에 했다. 그리고 내가 편지를 분류할 때, 어쩔 수 없이 수신인 주소와 엽서를 읽게 되었고, 전화가 왔을 때 벨로 신호를 하는데 공중전화실이 따로 없어서 그들의 대화를 듣게 마련이었다. 오웬즈도 역시 들었다. 그의 살림을 돌보는 노처녀 누이도 함께 들었다. 썩은 응접실 문은 항상 열려 있어서 부엌 냄새가 집 안을 뒤덮었다. 키버들 나무로 세공한 흔들의자에 앉아 나는 매일 저녁 두 시간 동안 여러 모습, 즉 저녁 식사 후의 그들의 모습, 네모난 호두나무 기둥, 뻣뻣이 풀 먹인 레이스, 영감을 주는 곤충 눈 같은 컷 글라스, 바이올린의 목과 스크롤에 새겨진 고사리의 나선형 세공, 과일을 그린 유연하지 못하고 딱딱한 정물화, 징두리 벽 둘레를 원형으로 둘러싼 푸른 접시들을 볼 수 있었다. 그들 사고방식의 창고를 만들어주는 이러한 가정용 기구들이—세 가닥 사슬에 걸린 버펄로 유리 제품의 큰 시설물들을 잊을 수 없다.—어떻게 그들이 여기서 버티며 살고 있나를 보여 주었다. 이곳의 거주자들은 임시로 머무는 사람들이었다. 그래서 오웬즈 일가는 그들 스스로 집을 세우기 위해 이 같은 것이 필요했으리라. 또한 집이 대단히 복잡하게 만들어졌다.

클렘 탬보가 나를 방문했다. 늙은 정치가였던 아버지가 죽었으므로 로우 순례 연예단에서 탭 댄스를 추는 그의 형과 클렘은 보험 증권을 둘로 나누었다. 클렘은 유별난 괴팍성 탓인지, 프라이버시를 지키려는 건지, 아니면 미신 때문인지, 상속받은 액수를 말하지 않았다. 어떻든 그는 대학 심리학과에 등록했고, 이웃에 살았다.

"내게 돈을 남겨 준 그 노인을 어떻게 생각하나?"

그는 웃으면서 큰 입과 벌레 먹은 이에 신경을 쓰며 말했다. 눈의 흰자위는 아직도 크고 맑았다. 머리 뒷부분에는 소년처럼 부드러운 털이 많이 나 있었다. 그는 코에 상처가 난 것에 우울해하면서 자신이 못생겼다고 고백했다. 그러다 화통한 웃음을 터뜨리며 불평을 무마하면서 시가가 떨어지자 주우려고 손을 재빨리 움직였다. 그는 돈이 있어서 코트 안에는 퍼펙토 퀸즈 시가 한 줄을 가지고 다녔다.

"노인네에게 뭐라 감사해야 할지 모르겠어. 나는 어머니를 위해 전심전력을 다했어. 정말 성의를 다했지. 계속 그렇게 할 거야. 하지만 지금 어머니는 너무나 늙었어. 더 이상 이 사실을 속일 수 없어. 특히 심리학 서적을 몇 권 읽은 후에는 말이야."

심리학에 대해 말할 때 그는 늘 웃었다.

"나는 여자 때문에 학교에 다니지."

그러면서 약간 우울한 표정을 지으며 말했다.

"내게 돈이 좀 있어. 그러니 무엇을 거두어들이는 게 좋겠어. 그렇지 않으면, 이 물고기 입과 코로는 아무 데도 가지 않겠어. 교육받은 여자들에게는 마음에 호소할 수 있지. 그런 여자들은 자기들에게 많은 돈을 낭비하는 것을 기대하지 않아."

그는 자신을 학생이라고 생각할 수 없었다. 그는 등록금을 내고 다니는 방문객이었다. 그는 법대 지하실에서 포커를 했고, 레이놀드 클럽에서 당구를 쳤고, 53번가에 가서 경마에 돈을 걸고 장부에 기록했다. 교실에 들어올 때면 켄트의 큰 계단 강의실에서 "하하하!" 하고 웃는 경우도 있었다. 학문의 관례적인 익살 때문에 혹은 참을 수 없이 혼자 재미있어서 그렇게 웃었다.

그는 웃는 이유를 이렇게 설명했다.

"그러나 어리석은 친구는 행동주의자들의 폐물을 넘겨 주려고 했어. 말하자면 모든 사고(思考)는 말 속에 있기 때문에 부분적으로 목구멍에서, 즉 목청에서 이루어져야 했지. 그가 말하는 것은 '금시된 하부 음성화'였어. 그래서 그들은 벙어리에게 어떤 현상이 생기는가를 알기 위해 몇 사람을 불러다 목에다 작은 장치를 걸어두고 삼단논법을 읽어주었어. 그러나 그들이 수화(手話)를 하기 때문에 모든 내용은 손가락 새로 빠져 달아났었지. 그때 그들은 손 위에 석고를 부었어. 그런데 그 친구가 이렇게 했을 때, 내가 소리 내어 하하! 웃었지. 그러자 그는 내게 떠나라고 했어."

클렘은 더 웃어야만 해소될 난처함과 부끄러움으로 경련을 일으키며 얘기했다. 하―하―하! 크게 넘쳐흐르는 환희, 그리고 다시 찾아드는 우울. 본래 자신은 천부적인 재능이 부족하다고 여기며 걱정거리를 상기했을 때처럼 말이다. 나는 그가 올바르지 못하고 무언가를 보상할 필요가 없다는 것을 말해 주려고 했다. 그에게 큰 충격을 주는 시간이었다. 당시에 그는 22달러 50센트짜리 도박사들의 줄무늬 옷―그 옷을 살 때, 돈이 있어도 월부로 사려고 했다.―을 입었고 텁수룩한 수염을 하고 있어서, 다소 허풍을 떠는 맛이 있기는 했지만, 외모는 대단히 남성적이었다.

"나에게 친절하게 대하지 마, 오기. 너는 그럴 필요가 없어."

때때로 그는 비슷한 또래의 조카와 같이 있는 삼촌의 표정을 지었다. 그는 중년티를 내려 했다. 약간 시들고 다소 신랄하고 방탕한 아저씨—그게 그가 행동하는 방식이었다.—로서 자기는 경험이 많은 여자들 마음에 든다고 생각했다.

"오기, 너는 어떻게 된 거야, 무슨 일이 생겼니? 왜 여기서 너절하게 지내고 있어? 너는 네가 뭔가 할 수 있다고 알고 있는 것 이상으로 잠재력을 가지고 있어. 문제는 네가 매니저를 찾고 있다는 거야. 지금 너는 멕시코 사람과 공모하고 있어. 왜, 모든 걸 뒤로 미루기만 하니?"

"뭐가 모든 것이야?"

"나는 몰라. 하지만 너는 나무 의자에 앉아 쉬면서 가슴에 책을 얹고, 가능성이 있는 수천 가지 일들이 올 때까지 시간만 보내고 있잖아."

클렘은 해야 할 일에 대해 거창한 생각을 갖고 있었다. 그가 이런 일을 할 수 없다고 믿게 하는 것이 그에게 깊은 상처를 줄 것이라고 생각하는 것은 당연했다. 내가 알기로 그는 돈과, 존경과, 사랑 앞에 무력해진 여자를 생각하고 있었다. 행복을 위한 필수품이다. 그는 이러한 수천 가지 일들로 머리가 어지러웠고, 때로는 나도 그러했다. 그는 내가 어디론가 가야 하되, 가는 방법과 무엇이 얼마나 필요한가에 관심을 가지며, 되돌아서는 안 되고, 정력적으로, 절대적으로 전진해야 한다고 주장했다. 물론 나는 나 자신보다 더 대단한 것을 취하는 것이 불안했다. 열을 흡수함으로써 군중의 머리 위에서 반짝이며 세상의 태양이 되는 위대한 개성을 가진 별로 나는 빛날 수 없었다. 군중에게 별이란 필연적인 온기가 아니라, 쏟아져 내리는 플루타르크의 광채였다. 필요하다면 물론 그렇게 잘될 수 있고, 아주 훌륭한 일이다. 그러나 태양의 신 포이보스의 아들이 된다면? 나는 그런 꿈조차 꾸지 않았다. 결코 내 소질과 능력을 초월하려고 하지 않았다. 클렘 같은 자가 나를 꾸짖든 칭찬하든 경청하지 않았다. 나는 스스로 비판 능력을 갖고 있었다. 그것에 전혀 오류가 없는 것은 아니었으나 내가 견딜 수 있는 정도의 것이었다.

클렘은 이 대주제에 있어서는 내게 어리석게 굴지 않았다. 내게 얘기하는 것은 집에 찾아온 진짜 목적이 아니었다. 나를 능가하려 하거나, 내게 지미 클라인―그는 이미 결혼하여 자식도 하나 있고 시내에서 장사하고 있다.―에 대한 소식을 전할 때나, 브로드웨이에서 크게 활약하던 그의 형 얘기를 할 때노 역시 그러했다. 그는 그 집에 사는 미미 빌라즈란 여자를 쫓아서 왔다.

미미는 학생이 아니었다. 그녀는 엘리스가에 있는 학생 전용 싸구려 식당에서 웨이트리스를 했다. 나는 그녀를 감상해 보았다. 그녀를 살필 생각이 없었기 때문에 판단한다는 말이 더욱 어울리겠다. 그녀는 예뻤고 혈색이 좋아 보였다. 야성적인 미를 지닌 얼굴에 유글레나의 편모처럼 연필로 가볍게 치켜올린 눈썹은 원래의 선에서 벗어나 웨이브 있는 머리카락 사이에 착 붙은 갈색의 두 귀 쪽으로 뻗어 있었다. 야성적인 욕망의 정신을 나타내는 큰 입은 무엇으로도 막을 수가 없었다. 그녀는 무엇이나 다 말했으며, 자기를 막을 수 있는 게 있다고 생각지 않았다. 엉덩이는 길고 좁았으며, 가슴은 풍만했다. 또 몸에 꽉 끼는 스커트와 스웨터를 입고 굽 높은 구두를 신어 장딴지의 근육이 팽팽한 아치형을 이루었다. 걸음걸이는 잘고 아름다웠고, 웃음소리는 크고 시원스러웠으며 비판적이었다. 그녀는 나에게 사이밍턴에서 온 웨이트리스인 윌라를 과히 생각나게 하지는 못했다. 나는 윌라라는 그 시골 처녀를 더 좋아했다. 기회만 잡았더라면 그녀와 대단히 행복할 수가 있었고 조그마한 읍에서 나머지 여생을 보냈을 것이다. 여하튼 때때로 나는 그것을 속으로 중얼거렸다.

미미는 로스앤젤레스에서 왔다. 그녀의 부친은 무성영화 시대의 배우였다. 영국인을 그녀가 얼마나 싫어하는가에 대해 말할 때는 아버지를 들먹거렸다. 원래는 공부하려고 시카고에 왔으나 라운지의 그린홀에서 지나치게 키스를 하고 애무를 한 탓에 대학에서 쫓겨났다. 그녀는 쫓겨나는 데 들어맞는 사람이었다. 잘못을 저지를 만한 사람이라는 것은 의심의 여지가 없고, 처벌에 관한 것이라면 그것은 그녀가 즐겨 찾는, 험악한 유머의 소재였다.

클렘이 그녀의 사랑을 얻을 가망이 없다는 건 분명했다. 그녀의 얼굴이 강한 홍조를 띤 것은 그녀가 건강해서나 흥분해서가 아니고 사랑의 작용 때문이었다. 우연히도 그녀의 애인은 파딜라가 내게 넘겨 준 고객 중의 하나인 후커 프레이저였다. 그는 대학원에서 조교로 일하며 정치학을 공부하는 사람이었다. 그는 귀한 책이나 절판된 책을 주문했기 때문에 거래하기가 어려웠다. 두 권으로 된 니체의 『권력에의 의지』는 훔치는 데 너무나 힘들었다. 그 책은 경제학 책을 파는 서점의, 뚜껑 덮인 상자 속에 들어 있었기 때문이다. 나는 역시 그에게 헤겔의 『권리에의 철학』, 그 외에도 디비전가의 공산주의 서적 센터에서 가져온 최근판 『자본론』, 게르첸의 『자서전』과 토크빌의 책 몇 권을 구해 주었다. 그는 말씨도 흥정에도 매우 간결하고 날카로웠다. 훤칠한 키에 신중한 생각으로 젊은 나이에 벌써 눈 위에 주름살이 진 지성적이고 자유로운 모습이며, 초지일관적인 준엄성을 시사해 주는 맑고 푸른 두 뺨과 지진계 그래프와도 같이 너무 빨리 나타난 주름살로 보아 그는 대학에서 호감을 살 만한 사람이었다. 흔히들 키 큰 사람은 기계적인 원칙을 지키는 사람과 다른 부류라고 생각하는데 그는 그렇지 않았다. 자세는 엉성했으나 어색하지는 않았다. 그가 버턴 코트에서 신교 교회와 막달레나 교인과 너무나 비슷하게 살았고, 학식이 있는 독신자로서 대학의 조교로 살았다는 사실이 내 관심을 끌었다. 기자의 미라를 닮은 뻣뻣한 코며 멍든 것처럼 검푸른 눈언저리, 좁고 굽은 어깨와 등, 존경받으려는 듯 돌 같은 걸음걸이 때문에 파딜라는 그에게 관심을 두지 않았다. 매니는 산속에 있는 빈민굴 출신이어서 교양이 없었다. 그는 유럽적인 것을 별로 좋아하지 않았다.

그러나 후커 프레이저는 미미 빌라즈의 애인이었다. 오웬즈의 집 계단에 서 있는 그들을 보았을 때, 나는 놀라고 말았다. 이들 둘은 너무나 잘 어울렸다. 그녀는 듣지도 않는 말을 지껄이느라고 정신없는 듯한 모습을 하고, 프레이저는 특이한 생김새가 크로마뇽인의 직계 후손처럼 보였다. 물론 크로마뇽인은 현대의 무질서를 포함한 갖가지 변화를 겪고 있지만 그는 태연자약하고 거만해서 동료들과 어울리지 못했다. 그의 이는 엉성했지만 아주 큼직했고, 매우 신경질적으로 마무리된 쭉 뻗은 코는 후천적 성격에 의해 이루어졌음에 틀림없었다. 그를 좋아하지 않는 파딜라까지도 그를 굉장한 사내(*muy hombre*)라고 말했다. 그러나 파딜라는 지나치게 정중한 그의 태도를 못마땅하게 여겼다. 파딜라에게보다는 오히려 내게 더욱 정중했다. 왜냐하면 프레이저는 파딜라가 수리물리학 분야에서 천재란 것을 알고 있기 때문이다. 하지만 그는 자기가 육군 사관생도인 것처럼 우리 둘을 '미스터'라고 불렀고, 자기는 훔친 물건을 받지 않은 사람처럼 우리를 재미있는 도둑으로 취급했다.

"미스터 마치, 시내에 가서 공동 소유자들로부터 깨끗한 『법의 정신』 한 권만 뺏어다 주지 않겠어? 언젠가 확실히 그걸 본 적이 있어."

그는 내게 부탁했다. 나는 그의 거만한 태도와 혁명가적인 횡설수설과 변형된 테네시 악센트에 참지 못해 소리 내어 웃었다. 처음에 그는 나를 말 잘 듣는 바보 얼간이로 여겼는지 내 피부색을 보고 놀려댔다.

"누구든지 자네를 보면 농장에서 일했다고 하지, 책방 공기를 마셨다곤 안 할 걸세. 미스터 마치."

한바탕 웃은 후부터 그는 내게 좀 신중해졌고 나에게 오래된 《공산주의자와 트로츠키주의자》 신문과 잡지를 주었다. 그것은 다양한 언어로 된 것으로 자기 서재에 묶어서 쌓아두고 있었다. 그는 각종 간행물과 보고문을 받아 보고 있었다. 한번은 내게 자기 강의를 들으러 오라고 초대까지 했다. 그것은 내가 싸게 자료를 제공했기 때문이리라. 즉 나는 그에게 외상을 주게 되었고, 그는 계속 좋은 관계를 유지하기를 원했다. 내가 프레이저에게 책을 외상으로 주었다고 말했을 때 파딜라는 발끈 화냈다. 그래서 나는 그가 나를 끌어내어 바싹 마른 긴 손가락으로 주먹을 한 대 날릴 것이라고 생각했다. 그는 내게 소리쳤다.

"이 바보야! 너는 둘도 없는 얼간이야!"

그래서 나는 25달러에서 그와 외상 거래를 끊겠다고 했으나 그것은 그를 안심시키기 위한 거짓말이었다. 사실 프레이저는 벌써 40달러 가까이 빚지고 있었다.

"망할 자식! 나라면 그에게 1페니도 외상 주지 않겠어. 이게 바로 그가 너보다 낫다는 증거야."

매니는 말했다. 그러나 나는 조금도 영향을 받지 않았다. 아마 나는 프레이저에게 책 몇 권을 가져다주고 그걸 기회로 반 시간가량 그의 방 안 공기를 맡으며 그가 하는 얘기를 듣는 게 너무나 즐거웠는지도 모른다. 가끔씩 나는 호기심에 주문받은 책을 두

권 훔쳐 한 권은 내가 읽었다. 이럴 때 나는 으레 지루하고 힘든 오후를 보냈다.

열심히 읽히지 않은 책을 던져버렸다고 나 스스로를 책망하지는 않았다. 그런 책들은 내게 아무것도 주지 않았다. 나는 도둑질에 대해 양심의 가책을 느끼지 않게 파딜라에게 지도를 받았다. 결국 나는 그때까지도 특별한 수완이 없었고, 단지 여러 가지를 시도해 보고 있을 따름이었다.

그러나 나는 클렘에게 미미 빌라즈와 사귈 수 없을 거라고 말해 주어야만 했다.

"왜, 내가 못생겼기 때문에? 미미는 외모엔 관심 없는 여자라고 생각했는데. 사실 그 앤 호색적이야."

"네 외모 때문이 아니야, 미미에겐 벌써 남자가 있단 말이야."

"뭐라고? 그러면 너는 그 애가 다른 남자가 없을 거라고 생각했어? 네가 아는 것이 고작 그 정도란 말이야?"

그래서 그는 미미에 대한 신념을 완강하게 밀고 나갔다. 그는 세수하고 깨끗이 면도하고 번쩍이는 흑색 구두를 광을 내 신고서 내 곁에 와 앉았다. 그리고 나에게까지 권태롭고 엄숙한 연극을 연출했다. 그의 연기에서 추방당한 타락한 스튜어트 왕가의 추종자가 되기엔 다만 옷에 단 레이스와 무기가 부족할 뿐이었다. 단지 소년처럼 뒤로 빗어 넘긴 머리에 볼품없고 자극적인 모피 옷, 부드럽게 윤이 나는 흰자위와 하하! 하는 웃음은 그의 다른 면을 말해 주었다. 나는 그와 같이 있는 게 좋았다. 물론 미미에 대해 아는 전부를 그에게 말해 줄 수는 없었다. 내가 아는 바는 우편엽서를 읽거나 통화 내용을 엿듣는 이상이었다. 미미는 비밀을 숨기려고 조금도 신경 쓰지 않았다. 그녀는 공개적인 생활을 했고, 일단 말할 땐 절대로 숨김이 없었다. 프레이저는 가끔 그녀에게 데이트 약속을 취소하는 엽서를 보내곤 했다. 그러면 그녀는 화가 나서 엽서를 집어 던지고 지갑을 찢을 듯이 열며 사납게 말했다.

"동전 하나 바꿔줘."

그리고 프레이저에게 전화를 걸어 말했다.

"이 비겁한 녀석, 오지 못하는 이유를 얘기할 수 없어? 논문 쓴다는 그 썩어빠진 허튼소리는 더 이상 하지 마라! 지난번 밤 논문 쓸 시간에 그 살찐 바보 녀석들과 57번가에서 뭘 했지? 그 녀석들은 누구야? 녀석들 중 한 놈이 1마일 밖에서도 알아볼 수 있는 영국 놈이야. 내가 알지 못한다고 말하지 마. 너의 허풍 섞인 거짓말에 지쳤어. 이 말 많은 녀석아!"

내 자리에서 고개를 내밀고 귀를 기울였을 때, 그녀의 숨소리에서 프레이저가 신중히 얘기하는 소리를 들을 수 있었다. 그러자 오웬즈가 요란스레 나와 굵은 팔목으로 문을 잡고 소리 내어 쾅 닫곤 했다. 그는 입주자들이 자기 방에서는 무슨 짓을 하든 상관하지 않았다. 그러나 미미의 욕지거리가 자기 거실—그는 이곳에서 마른 눈처럼 바스락 소리가 나는 가죽 의자에 앉아 있었다. —까지 들리는 것은 싫어했다. 그의 목소리는 가까운 곳에서는 숨 쉬는 듯 들렸으며 먼 곳에서도 똑똑히 들렸다. 미미가 그에게 한 마지막 말은 "네가 아무리 오래 살아도 너한테 간청하는 내 소리는 듣지 못할 거다." 하는 것이었다. 그녀가 수화기를 요란스럽게 내려놓았을 때, 그것은 어떤 음악가가 조금도 머뭇거리거나 실수하지 않고 어려운 노도 같은 화음을 연주한 끝에 피아노 뚜껑을 닫아버리는 것과 같았다.

애인의 마음을 찢어놓은 것이 그녀가 뼛속 깊이 느끼는 기쁨이었다. 그래서 그녀는 나에게 말했다.

"저 녀석한테서 다시 전화가 오면 내가 욕을 하며 집을 나갔다고 전해 줘."

그러나 미미는 다시 그의 전화가 오기를 기다리곤 했다.

그렇지만 그녀가 적어도 당분간 클렘에게 관심이 없다는 것을 내가 알게 된 것은 최근에 프레이저가 규칙적으로 전화를 걸어와서였다. 내가 미미에게 신호를 보냈을 때, 그녀가 내려오는 데는 상당한 시간이 걸렸다. 전화를 받는 사람이 나란 것을 안 그가 말했다.

"미스터 마치, 그 여자를 좀 더 빨리 불러줄 수 없겠나?"

"노력은 할 수 있지만, 자네도 알다시피 나는 크누트 왕[16]이 아니잖아."

나는 큰 수화기를 코드에 매단 채 내버려 두었다.

"무슨 일이야?"

그녀는 전화 박스에다 피우던 담배를 올려놓으며 내뱉었다.

"말할 수 없어. 지금 난처한 입장에 있다고. 알고 싶으면 직접 와서 물어봐."

그러고는 자기의 분노를 즐겨 받아들이는 저질적인 태도로 말을 이었다.

"좋아, 당신이 관심을 가지지 않으면 나 역시 마찬가지야. 아니, 나는 화가 풀리지 않았어. 하지만 걱정하지 마. 당신은 나와 결혼할 필요가 없을 테니까 말이야. 난 사랑을 모르는 남자와 결혼하고 싶진 않아. 당신이 원하는 건 아내가 아니라 거울이야. 뭐라고? 무슨 뜻이야? 돈이라니. 당신은 아직 내게 빚이 47달러 있어. 그건 좋아. 그것을 어디에다 썼는지 난 상관하지 않아. 만일 내가 곤란해지면 그것을 찾아야 되겠어. 그렇지, 확실히 당신은 모든 사람에게 빚이 있잖아. 나에게는 그와 같은 수작은 하지 마.

그런 것은 네 여편네에게나 해. 그 여자는 모든 걸 곧이듣는 것 같더라."

프레이저는 본처와 아직 이혼하지 않았다. 미미의 말로는 자기가 그를 본처로부터 구해 냈다고 한다.

"너는 『모로 박사의 섬』[17]의 그림을 기억하겠지? 왜, 그 미친 과학자가 동물로부터 남녀를 만들었다는 거 말이야. 그래서 사람들은 그 실험실을 '고통의 집'이라 불렀잖아. 그런데 글쎄, 그가 마누라와 이런 동물처럼 살고 있었어."

한번은 미미가 어떻게 프레이저를 맨 처음 알게 되었는가에 대해 내게 이렇게 말했다.

"이 여자는 아파트를 하나 가지고 있었지.—너도 후커 같은 사람이 어떻게 그 속에서 살 수 있었나 믿을 수 없을 거야. 그의 성격이 어떻든 그는 지성적이고 또 생각이 깊었지. 그가 공산주의자였을 때, 그는 카생과 마오[18]처럼 레닌 연구소에서 공부하도록 선발되었는데 독일어 시험에 낙제해서 그곳에 가지 못했어. 글쎄, 그 아파트에는 화장실에 까는 모충사(毛蟲絲)의 융단을 깔아놓아서 구두를 신고 들어가면 어색한 느낌이 들었어. 남자가 그와 같은 것을 참고 견디는 동안은 아무것도 할 수가 없지. 오기, 여자들이란 정말 나빠."

그녀는 특유의 장기인 익살스러운 분노를 드러내며 분명히 말했다.

"여자들은 정말 나쁘단 말이야. 남자가 집에 있기를 원하지. 집구석에만. 의자에 앉아 있기만을 바란단 말이야. 여자들은 남자가 심각하게 생각하고 말하는 것을 이해하는 체하지. 정부에 대한 것일까? 아니면 천문학에 관한 것일까? 그들은 자기 나름대로 맞장구를 치고 정당과 별들에 대해선 관심 있는 체해. 애들과 같고 그들이 하는 게임에 전혀 관심이 없어. 그래서 남자가 집구석에 있지. 만일 남편이 사회주의자이면 아내도 사회주의자야. 남편보다 더욱 열렬하게 되지. 그리고 만일 남편이 기술주의[19]의 신봉자로 전향하면 아내는 남편을 능가하지. 아내는 남편을 그렇게 생각하도록 만들어. 여자가 실제로 관심을 갖는 것은 남자를 집구석에 두는 거야. 자기가 무어라고 말하든 조금도 개의치 않고. 그것은 심지어 위선도 아니고, 그보다 더 지독한 것이지. 이것은 남자를 갖자는 것이야."

미미는 이 같은—이것은 많은 것 중의 일부였다.—얘기로써 사람들을 꿰뚫어 보려고 했다. 내가 생각하기엔 충분히 설명한 이것은 그녀에게 진실이었다. 그녀는 얘기를 하는 데 있어서 말을 믿었다. 만일 그녀가 납득이 가게 설명한다면 자기의 영감이 말하는 것을 자신이 믿을 수 있을 것이다. 그리고 영감이 떠올라 말하게 되었을 때, 그녀는 프레이저로부터 어떤 걸 빌려왔다. 즉 개인적 대화에서 언제나 옳다고 볼 수 없는 변론 방법을 빌려왔다. 프레이저는 대화할 때 긴 무릎을 펴고 그 위에다 손을 꽉 쥔 채 팔꿈치를 올려놓고 눈에는 심각한 표정을 지었다. 평범한 대화를 할 때에도 모래빛 나는 그의 머리에다 흰 가리마를 탔다. 미미는 자신이 해도 좋을 만큼만 그의 행동을 따랐다. 그녀는 내면이 더욱 복잡하게 뒤엉켜 있었고, 더 정열적이었다. 그리고 말을 빨리 해서 세밀한 관찰력과 높은 이해력 없이는 이해할 수 없었다.

그녀는, 아인혼이 지적했듯, 나와는 전혀 반대되는 사람이었다. 그녀는 남의 이름을 거론하며 나쁜 점을 들추어내었고, 나 같으면 다른 입장을 취할 지점에서 기질적으로 공격자의 입장을 취했다. 그래서 그녀는 나를 설득시키지 못했다. 나는 그녀가 눈에 띄게 행동했기 때문에 그녀를 믿지 않았다. 그녀는 말했다.

"글쎄, 네가 내 말에 찬성하지 않는다면, 왜 잠자코 있지? 씩 웃으면서 내 말을 묵살하는 대신에 네 생각을 왜 말하지 않지? 너는 사실보다 더 단순하게 보이도록 애를 써. 그것은 정직하지 못한 행동이야. 그러니 네가 좀 더 알고 있다면, 기탄없이 말해 봐."

"아니. 나는 몰라. 그러나 나는 저속한 의견들은 싫어해. 네가 그런 의견을 말했을 때, 그것은 네 체면을 손상시키고 넌 그 의견의 노예가 되지. 말한다는 것은 사람들이 진실이라고 느낄 수 없는 것들을 그들의 마음속에 확신시킬 때까지 그들을 계속 이끌어 가게 되는 거야."

그녀는 이 말을 내가 의미했던 것보다 훨씬 더 심한 비난으로 받아들이고는 나에게 전기 충격을 받은 고양이처럼 얼굴에 비열함을 드러내고 아주 심술궂게 대답했다.

"오! 너는 지독한 돌대가리구나! 만약 네가 분개할 줄조차 모른다면—하느님 맙소사! 소도 화낼 줄 아는데! 네가 뜻한 저속이란 뭘 말하는 거야? 너는 쓰레기 같은 것에서도 고상한 의견을 찾기를 원하는 거야? 너는 무엇이 되길 원하니? 시궁창에서 피는 식물? 빌어먹을 것, 나는 아니라고 대답하겠어. 어떤 것이 나쁘다면 나쁜 것이야. 너는 네가 싫어하지 않는다면 남몰래 입이라도 맞추겠구나."

그녀는 내가 추악한 것에 화낼 줄도 모르고, 그것들에 대해 충분히 모르며, 내 발밑에 얼마나 많은 무덤들이 있는가를 모르고, 이런 일에 구역질을 낼 줄 모르며, 소름이 끼칠 만큼 무서운 현상에 대해 열심히 항거하지도 못하고, 사기에 대해 분노할 줄 모른다고 내 면전에서 쏴대면서 퍼부었다. 사기 중에 가장 악질적인 것은 육체의 다정한 교환과 인생의 모든 참된 것들의 바탕이 되는 것에 대한 대가로 상당히 많은 보수를 받는 것이다. 이러한 일에 대해 비난을 받아야 할 여인들은 매춘부보다 훨씬 더 나빴다. 추측건대 그녀는 이런 대화를 나누며 나에 맞서 감정이 폭발했다. 내가 이런 일들에 대한 적이 될 정도도 아니며, 그 같은 파괴적인 부인네들을 보고도 여성적인 부드러움에 대해 미소만 짓고 있기 때문이었다. 나는 이에 대해서 너무나 관대했고 처음에는 썩은 냄새가 나고 다음에 독소를 뿜게 될 침실에 대해서도 너무나 관대했다. 침실의 여주인들의 생각이란 어떻게 모충사의 융단과 두둑한 줄무늬의 무명을 획득하는 힘을 가질 것인가, 커튼으로 햇빛을 어떻게 막을 것인가, 그리고 거실의 푹신한 의자에서 모험을 하는 남자의 정열 등에만 고정되어 있기 때문이다. 이런 것들은 보이는 것만큼 내게 그렇게 위협적으로 보이지는 않았지만, 어쨌든 이 화제 속에서 나는 그녀에게 바보, 다시 말하면 백거미의 분비물 속에서 다리를 구부리고 녹아떨어져 여자들의 완전한 품속에서 마비가 된 채 누워 있는 바보 같은 녀석이 되었다. 미미는 프레이저를 이것에서부터 떼어놓았었다. 그는 구제할 만한 가치 있는 친구였다.

지금 여기서 나는 지성인에 대해 미미가 어떤 가치를 설정해놓았는가를 알 수 있었다. 만약 지성인들이 노력과 숭고함이라는 가장 어려운 공기를 호흡하지 못하면, 아내는 사무실의 속박, 조용한 상점지기의 괴로움, 인식하지 못한 희망 없는 결혼 생활, 사람의 마음속이나 뒤엉킨 꽃의 구근(球根) 속에서 남모르게 비등하는 평범한 분노 같은, 안정된 인간 존재를 이루는 가스 구름 속에서 평범하게 죽기를 바랐다. 미미는 어떤 높고 절대적인 표준을 지니고 있어서 이런 평범한 죽음에서 벗어나기 위해 괴로워하고, 악한 행위를 하며, 범죄자가 되거나, 변태적으로 나쁜 길로 빠지거나, 광적인 충동을 가진 사람을 더 좋아했다. 내가 좀 더 캐보았을 때 그녀 역시 도둑인 것을 알았다. 그녀는 옷을 잘 입고 싶어서 백화점에서 상당히 많은 옷들을 훔쳤다. 그래서 과거에 체포되었다가 집행유예로 풀려난 경험이 있었다. 상점 탈의실에서 몇 벌 껴입는 게 훔치는 방법이었다. 속옷도 그런 식으로 훔쳤다. 그녀가 징역형을 받지 않고 풀려난 것은, 수중에 돈이 있었고 또 지불할 수도 있었지만 다만 병적인 도벽 때문이었다고 법정 담당 정신분석학자를 납득시켜서였다. 그녀는 이것을 자랑했으며 나도 만일 붙잡히면 그렇게 하라고 주장했다.(물론 그녀 역시 내가 책을 훔치는 줄 알았다.) 그녀가 그렇게 자랑하지 못한 일이 또 한 가지 있었다. 약 일 년 전에 밤늦게 킴바크가의 어느 골목에서 한 권총 강도가 수첩을 빼앗으려 하자 그녀는 그의 사타구니를 발로 차고, 그가 떨어뜨린 총을 잽싸게 집어 허벅다리를 관통시켜 버렸다. 이걸 기억하는 게 그녀에겐 끔찍해 보였고, 이에 대해 말할 때는 떨리는 손을 가는 허리—넓은 벨트를 매어서 가는 허리를 돋보이게 했다.—안쪽에다 넣었다. 얼굴빛은 거칠어져서 성홍열의 증세가 나타나는 것처럼 보였다. 미미는 브라이드웰 병원으로 가서 그를 만나보려고 했으나 그는 허락하지 않았다.

"불쌍한 녀석."

그녀는 말했다. 성급한 결정을 하게 했던 그 장난감 권총을 가지고 골목 입구에 나타난 소년에 대한 동정이자, 그녀 자신의 맹렬한 속도와 경솔함에 대한 후회였다. 강도질을 해서 빼앗은 돈은 병원비로 많이 줄어들 수 있고, 이런 사실로 사람들은 만족하겠지만 다른 사람을 자기가 말한 대로 행동하게 만드는 것은 또 다른 종류의 일이었기 때문이다. 한 여자도 역시 마찬가지이다. 그녀는 이것을 가해자의 비겁함으로 받아들이지 않고 거칠고 노골적으로 사랑을 간청하는 독특한 표시로 생각했다. 즉 도시에서 교육받은 거친 아이가 그의 본능 때문에 갈등하는 것과 같으며, 신의 섭리대로 말한다면 그 아이는 적어도 본성을 지키는 숲 속의 동물보다 더 크게 걱정할 것이 못 된다고 생각했다. 그런데 그녀는 법정에 나가서 증언을 하고 그를 쏜 이유를 설명해야 했다. 그녀는 그가 벌을 받기를 원치 않았고, 재판관에게 몇 마디 말을 하려 했지만 저지당하고 말았다. 소년은 무장 강도로 5년형을 받았다. 그래서 그녀는 소포와 편지 등을 보내주었다. 그것은 그가 출옥했을 때의 보복을 두려워해서가 아니라 자책 때문이었다.

이번에는 그녀가 말한 것처럼 어려운 처지에 있지 않았다. 결국 그녀는 프레이저에게 더 좋은 소식을 전할 수 있었으나 그녀는 그로 하여금 소식을 기다리게 했다. 그녀는 그가 애태우기를 원했거나 아니면 그 자신에 대해서가 아니라 그녀에 대해서 애태울 것을 배우도록 그를 연습시키려고 했다. 그녀는 그에 대해 불안해했다. 그가 자기나 다른 사람을 사랑할 수 있었던 이상으로 자기가 그를 더 사랑했다는 것은 불공평하다고 생각했다. 그러나 그녀와 마찬가지로 그가 바라는 것도 역시 사랑이 아니었다. 그리고 그녀는 이것에 대해 매우 엄격했고 또 고상했다. 그녀 역시 사랑을 위해서라면 황폐한 사막에서 메뚜기를 먹고살 수도 있었던 여자였다.

내가 그녀로부터 배우기 시작한 것은 극히 중요한 것이었다. 즉 모든 사람이 자신의 운명을 타인과 공유하도록 한다는 것, 아니면 적어도 그렇게 되도록 애쓴다는 것이다. 사람들은 내가 이것을 전에 알았어야만 했다고 말할지도 모른다. 정말 나는 알았어야 했다. 아니 어떻게 보면 나는 알았었다. 그렇지 않다면 로시 할머니든 아인혼이든 렌링 부부든 나와의 공유를 성공했을 텐데 말이다. 그러나 그 사실은 어느 누구에게서도 미미 빌라즈처럼 명백하지 않았다. 그녀는 실제적인 육체로 사람을 끌었으며 좀 더 눈에 띄게 하기 위해 자기의 보증서와 면허증, 졸업장을 내보임으로써 자기가 어떤 사람이란 것을 주장하는 여자였다. 그녀는 상점이나 회사, 가족 혹은 회원직과 같은 합법적인 활동의 무대를 가지지 않았던 것이다. 그녀는 굳센 의지와 확고한 이성, 고집 센 음성을 기초로 해서 모든 것을 쌓아 올렸다. 나는 그녀가 자신의 사랑에 대한 신념 같은 그런 신념에 대해 엄격하게 확신하는 태도에 모순이 있음을 인식했어야 한다고 생각한다. 그것은 분명 그녀에게 쓰라린 고통을 주었을 것이다. 세계를 구성하는 저항의 두꺼운 껍질은 그것을 불가피하게 만들었다. 그렇다. 그것도 역시 서로 공유되어야 할 운명이며 또 하나의 내면적인 쓰라림이었다.

여름이 다 끝날 무렵 우리는 서로 이미 가까운 친구가 되어 있었고, 탬보의 의심을 받으며 더욱 가까워졌다. 그러나 비록 그가 악의는 없으나 시기심으로 가득 찬 상상력을 굳히게 된 원인은 그녀가 속치마 바람으로 내 방에 들어왔다는 시시한 사실 때문이었다. 이것은 단지 우리가 같은 층에 살고 있었던 탓이다. 그녀는 같은 차림으로 카요 오버마크 방에도 들어갔었다. 우리 셋의 방 사이에는 다락이 있었는데, 그것으로 아주 가까워졌다. 비록 화나게 하는 요소들이 없지 않았지만, 그것은 다만 끊임없는 연습으로 이루어진 것이었다. 마치 음악회에 가려고 기차를 타고 달릴 때 자기의 큰 알파카 옷 주머니 속에 고무공을 갖고 있는 바이올리니스트 같았다. 바이올리니스트는 창문을 통해 스쳐 가는 풍경, 달리는 철길, 우연히 눈에 띄는 것들을 보면서도 가장 중요한 일들을 결코 잊지 않는다. 그녀는 담배를 빌리러 오거나, 넘쳐나는 옷을 보관하기 위해 벽장을 사용하러 오거나, 혹은 얘기하러 왔다.

우리는 이제 얘기 소재가 많아졌다. 우리가 또 다른 연고가 있다는 사실을 차차 알게 되었기 때문이다. 그것은 내가 영화 광고지를 뿌려 주곤 했던, 얼굴이 거무스레한 실베스터를 통해서였다. 그는 사이먼을 공산주의자로 만들려고 애를 썼다. 그는 끝내 아머 공과대학에서 학위를 받지 못했다. 그는 돈이 부족해서라고 말했고, 다른 곳에 정치적인 임무가 있다는 걸 암시하기도 했으나, 그가 공산당과 손을 끊었다는 것이 모든 사람들의 생각이었다. 비록 상황이 그랬을지라도 그는 뉴욕에 살면서 지하철에서 기술직 일을 하고 있었다. 42번가의 지하철에서. 그는 어둠 속에서 일해야만 할 것 같았고, 지금까지 이런 지하 작업으로 특이한 안색을 띠게 되었다. 얼굴은 누르스름하게 창백해졌고, 볼은 축 처졌고, 두 눈은 근심으로 나빠졌으며, 과로 때문에 피부는 두껍게 되었다. 눈을 찡그려 주름을 지어 보일 때 그는 더욱더 터키인 같아 보였다. 동굴처럼 어둠침침한 지하실 사무실에서 루비색과 푸른색 버튼을 찡그리며 볼 때는 더욱 그랬다. 이곳에서 그는 제도판 앞에 앉아서 청사진을 복사하고 한가한 때는 소책자들을 읽었다. 그는 프레이저처럼 초창기의 좌익주의자와 트로츠키주의자의 노선에서 이탈한 혐의로 공산당으로부터 추방당했다. 이런 용어들은 내게 생소했다. 마치 내가 이런 용어들을 이해하고 있다고 그가 생각하는 만큼이나 이상했다. 그는 지금 트로츠키파의 다른 당에 속해 있으나 여전히 볼셰비키의 일원이었다. 그는 항상 의무감에서 벗어난 적이 없었고 어떤 직책을 맡지 않은 적이 없었으며, 또한 당 서기장의 허락 없이는 아무 데도 가지 않았다는 사실이 밝혀졌다. 그가 시카고에 돌아왔을 때조차도 표면상으로는 로시 할머니가 '빵쟁이'라 불렀던 늙은 그의 아버지를 방문하기 위해서였다고 하지만, 실은 프레이저와 접선하라는 임무를 띠고 있었다. 그래서 나는 프레이저가 새로운 당에 가입했을 것이라고 추측했다. 나는 어느 날 57번가에서 우연히 그들의 뒤를 걷게 되었다. 실베스터는 두툼한 가죽 가방을 들고 프레이저를 올려다보면서 일종의 정치적인 어조로 느리게 얘기하고 있었다. 한편 프레이저는 초연한 침착성을 지니고 실베스터를 살펴보면서 양손을 등 뒤에 깍지 끼고 있었다.

나는 역시 미미와 함께 하숙집 층계에서 실베스터를 보았다. 그는 미미 동생 애니의 남편이었다. 그들은 뉴욕에서 결혼했는데 지금은 서로 헤어져 별거하고 있었다. 나는 그가 첫 번째 아내와 얘기하려고 그녀 아버지의 집 뒤뜰을 지나갈 때 아내가 그에게 돌을 던진 일을 회상했다. 그에게 이 얘기를 들었을 때의 주변 정황까지도 기억한다. 그때는 추운 밀워키가의 음울한 공기에 휩싸여 있었으며, 내가 지미 클라인과 함께 면도날과 유리 자르는 칼을 팔러 다니던 때였다. 실베스터는 미미에게 동생을 설득시켜 달라고 했다.

"제기랄."

미미는 어떤 의견이든 내게 터놓고 말했다.

"만약 두 사람이 결혼하기 전에 내가 그를 알았더라면 애니에게 결혼하지 말라고 말했을 텐데. 그는 온통 끔찍한 일만 저지르지. 나는 애니가 그 남자와 만 이 년이나 어떻게 살았는지 궁금해. 젊은 계집애들은 저주받을 짓들을 하는 법이야. 그와 침대에 있는 게 상상이 가? 진흙 같은 얼굴과 그 입술 말이야. 왜, 개구리 왕자처럼 생겼잖아. 차라리 그 애가 젊고 튼튼한 하역 인부와 이불 속에 있기를 바랄 정도야."

누군가 이 말에 쓰러진다 하더라도 그녀는 조금도 자비심을 보이지 않았을 것이다. 실베스터의 말에 귀를 기울이고 있을 때에도 그녀는 보다 거친 남자의 손아귀에 안겨서 즐거움에 두 팔을 바둥거리고 있을 여동생을 생각했다. 실베스터가 이런 그녀의 마음을 눈치챌 정도로 잔인하게 노골적인 태도를 취하는 그녀가 순간적으로 싫어졌다. 실베스터가 눈치채지 못한다는 가정하에서만 이런 그녀의 행동이 농담으로 받아들여질 수 있다. 아마, 그는 몰랐을 것이다.

미미의 완고한 견해로 볼 때, 혼혈 조상과, 텍사스 소들처럼 우연히 만난 부모로부터 물려받은 것은 모두 속된 것으로, 그것을 놀랄 만한 육체로 만드는 것이 당신들이 해야 할 일이라고 설명할 필요가 있다. 다시 말해서, 이것을 실베스터에게 적용하면 그는 생김새 때문에 많은 비난을 받아야만 했다. 또한 그의 정신은 질이 나쁜 화로 같았다. 그가 아내나 애인을 소유할 수 없었던 것은 그의 잘못이었다.

"첫 부인이 얼빠진 음란한 여자였다고 들었어. 그리고 애니 그 애도 다소 음란한 면이 있었지. 두 사람은 왜 처음부터 그에게 호의를 보이며 열을 올렸을까? 그게 참 재미있단 말이야."

미미가 말했다. 미미는 두 여인이 그의 미소한 음울을 실제 악마적인 요소로 받아들여야 하고, 그가 가시와 불을 들고 진짜 악마처럼 그들을 찾아올 것으로 예상해야 한다고 생각했다. 즉 그가 실패해서 단지 미완성의 진흙덩이에 불과하다는 것이 입증되었을 때, 그녀들은 실제로 혹은 은유적으로 그에게 돌을 던졌다. 미미는 야성적인 성격을 지녔고, 그런 야성이 누구도 자기에게 협잡이나 짓궂은 짓을 못하게 하는 증거라고 소중히 여겼다. 그녀는 심하게 화를 내고 벌을 주었다.

그러나 저 굴욕적이고, 다리가 밖으로 휜, 성긴 머리의 상처 입은 눈을 한 실베스터는 지하 기술자와 미래의 미·소 공화국의 희극 인민위원으로서, 승리자의 태도와 심지어 미소와 신념까지도 스스로 가르치며 낡은 석회판을 내던지고 참신한 휴머니티를 위해 금과 대리석을 빛내려 했다. 그는 마르크스주의의 석탄과 면사, 인민의 전권(全權) 시대, 당파의 역사, 레닌과 플레하노프의 책 등에 대해 자유로이 구사함으로써 나에게 감명을 주려고 애썼다. 그러나 그가 정말 가졌던 것은, 미래와 책에서 발췌한 구절에 대한 꿈을 꾸는 듯한 먼 응시였다. 그는 이들 미래와 책 구절에 대해 미소 짓고 마치 꼭 닫힌 향수병의 냄새를 맡는 듯했다. 그는 내게 엄격했고 마치 손윗사람처럼 행세했다. 왜냐하면 그는 내가 좋아한다는 걸 알았지만 내가 그에 대해 얼마나 많이 알고 있는지는 짐작하지 못했기 때문이다. 그래서 내가 그를 용서하지 않을 수 없었다. 어쨌든 그의 결점들은 미미에게만큼 내게는 심각하지 않았다.

그는 내게 완전히 자신을 가지고 있었다. 그의 매력 중 하나는 자신감을 빼놓으면 살 수 없다는 점이다.

"이봐, 잘되어 가나?"

그는 즐거운 미소를 지으며 말했다. 미소 속에 그늘과 비통이 완전히 떠날 수는 없었다. 한편 그는 양 손바닥을 배와 가슴 사이에 착 대고 쓰다듬고 있었다.

"왜 왔나? 성공해 보려고? 여기선 뭔가, 학생인가? 아니면 거물(macher)? 노동자 프롤레타리아?"

그는 이 단어를 농담으로 들릴 정도로 존경을 담아 발음했다.

"학생인 셈이지."

"오, 그래!"

그는 빙그레 웃으며 대답했다.

"결코 정직한 노동자는 아니군. 그런데 자네 형 사이먼은 어떻게 지내나? 뭘 하고 있지? 나는 그를 다시 당원으로 뽑을 수 있다고 생각했지. 그는 아주 위대한 혁명을 일으킬 수 있었을 텐데! 자네들 같은 배경을 가진 사람이 아니라면 그 당원들은 다 어느 계급에 속하겠는가? 하지만 나는 그에게 그런 사실을 알릴 수는 없다고 생각했어. 그는 매우 똑똑하단 말이야. 언젠가 그도 그 사실을 알게 되겠지."

사람들을 살씨우고 부자로 만드는 특수한 운명 속에서 이런 혁명이 매우 빨리 일어날 때는 그들의 현실을 빼앗는 꿈같이 이상적인 국가의 위협이 존재하게 된다. 아무튼 나이가 들게 되고 죽음이 올 것이라고 말해 보자. 그러면 그 길은 왜 편안하지 못한 것일까? 그러나 이 제안은 사물이 너무 빨리 소용돌이치는 이상 지역에서는 확고한 결정을 내리지 못하게 한다. 이러한 어려움에 반하여 사고(思考)가 하나의 구제책이 될지도 모른다. 즉 인간의 힘, 돈, 대부분의 낭비, 꿰뚫을 수 없는 주체적인 요소, 조직적인 행위 등이 그 구제책이 될 수 있다는 것이다. 그래서 이런 여러 구제책과 더 많은, 더 오래된 구제책이 있긴 하지만 사람들은 이 모든 다양한 것들, 특히 보이지 않는 세계의 전통적 구제책 가운데서 실제로 선택권을 행사하지 못한다. 대부분의 사람들은 그들에게 주어진 가시(可視) 세계에서 자기들이 가진 것으로써 순간순간을 견디며 살아나가고 노동을 한다. 이것은 그 나름대로의 강인한 좋은 면이다.

사이먼은 자기가 가진 것으로 임시 변통해 나갔을 뿐만 아니라 한계점까지 갔다. 그가 자신의 목표를 택한 방법과 계획한 것을 정확하게 실천한 점에 놀라지 않을 수 없었다. 그가 그런 행위들을 그렇게 정확하게 할 수 있었다는 것과, 낯선 사람들에게 자기가 계획한 바를 실천하게 한 것은 거의 부당한 일이라고 했다. 샬럿은 그와 사랑에 빠져 끝내 결혼하고 말았다. 결혼을 서두른 것은 사이먼이었으나 그녀 역시 서둘렀다. 그 이유 중의 하나는 그가 돈이 없어서 그녀에게 오랫동안 구애만을 할 수가 없어서였다. 그녀에게 사실을 말했고, 그녀의 부모 역시 시간을 낭비할 필요가 없다고 합의를 보았다. 다만 결혼식은 신문에 보도되지 않게 시외에서 거행되었는데, 남은 가족들을 위해서 약혼식과 결혼식을 가져야만 했다. 그래서 샬럿과 그녀의 어머니가 그 일을 상세히 계획했다. 한편 사이먼은 시내에 있는 좋은 독신 클럽에 집세를 내면서도 실제로는 크고 오래된 웨스트사이드 아파트에서 매그너스 부부와 같이 살았다.

그는 비밀리에 결혼식을 올린 다음 하루 만에 신혼여행에서 돌아와 시간을 내서 나를 보러 왔다. 그들은 위스콘신에 있었다. 그는 이미 상상 이상으로 많은 새로운 소지품을 갖고 있었으며, 편한 플란넬 옷을 입고 있었다. 또한 일찍이 주머니에 넣어보지 못했던 물건들과 새로운 라이터도 있었다. 그가 말했다.

"매그너스 부부는 내게 잘해 주셔."

그는 길 옆에다 회색빛 나는 새 폰티악 차를 주차시켜 놓았다. 창문으로 내게 그걸 보여 주었다. 그는 매그너스의 작업장에서 탄광일을 배우고 있었다.

"그러면 형 소유의 탄광은 어떻게 됐어? 형이 말하지 않았던가?"

"물론 말했지. 그분들은 내 스스로 그 일을 해나갈 수 있게 되면 조속히 해주겠다고 약속했지. 오래 걸리지는 않을 거야. 아니, 여태까지 그 일은 그렇게 힘들지는 않았어."

그는 내가 묻지 않은 말까지 알아채고 설명을 더 해주었다.

"그분들은 차라리 돈이 없는 젊은 청년을 좋아해. 가난한 젊은 녀석은 더욱 힘을 내어 일하는 법이거든. 그들 자신이 그렇거든. 그들도 알고 있단 말이야."

그는 이미 가난한 젊은 청년으로 보이지 않았다. 고급 회색 플란넬을 입고 있었으며, 새로 맞춘 구두를 신었고, 셔츠는 아직도 상점 냄새가 풍기는, 세탁 한 번 해본 적이 없는 새것이었다.

"옷 입어. 가서 저녁을 사줄 테니."

그가 말했다. 밖으로 나와 차를 세워 놓은 쪽으로 내려갔을 때 그는 어색하게 숨을 내쉬며 헛기침을 했다. 그런 행동은 내가 너무나 멍청해서 신문도 제대로 팔지 못했던 라샐 스트리트 역으로 그와 함께 가던 날과 흡사했다. 그렇지만 이번에는 그의 눈 주위에 크고 음울한 분위기를 띠고 있었다. 우리는 차에 올랐다. 새 타이어와 실내 장식에서 시큼한 냄새가 풍겼다. 그가 운전하는 걸 본 건 처음이었는데 약간 무모하긴 하나 노련하게 차를 몰았다.

이리하여 나는 요즘 인기가 많은 램프가 달리고 융단이 깔린 매그너스네 집으로 오게 되었다. 집 안의 모든 것은 어색했으며 방은 너무나 넓었다. 램프 갓에 그려진 앵무새는 로드아일랜드 레드[20]만큼이나 컸다. 매그너스 부부도 역시 몸집이 비대했다. 그들은 네덜란드인의 굵은 골격을 갖고 있었다. 형수도 역시 그들만큼 컸다. 그녀는 체격이 큰 것이 상스럽다고 여기고 자기의 손이 더 작은 것처럼 내게 내밀면서 부끄러워했다. 그럴 필요가 없었는데 말이다. 체격이 큰 사람들이 외모에 대해 걱정하는 것은 난처한 일이고, 특히 비대함을 남모르게 근심하는 여성들은 더욱 그랬다. 그녀는 유난히 아름다운 눈을 갖고 있었다. 부드러웠으며, 때때로 기분 나쁜 빛을 띠긴 했으나 영리하고 일을 잘 처리할 만한 수완을 나타내기도 했다. 그러나 눈빛만은 온화했다. 그녀의 가슴도 마찬가지였다. 가슴은 풍만했고 엉덩이는 컸다. 그녀는 비난이 두려운지 사이먼과 내가 처음으로 단둘이 있게 되자 내가 뭐라 할까 봐 경계했다. 형은 상당한 미남으로서 자기에게 커다란 호의를 베푸는 입장에서 결혼을 해주었다고 그녀가 생각하는 게 틀림없었다. 그와 동시에 자신을 몹시 내세우거나 돈을 너무 의식하는 것 같지 않게 하기 위해 화를 냈다. 사람들 입에 계속 오르내리는 문제는 그녀가 돈이 없다면 형이 결혼했을까 하는 것이었다. 그 문제는 화제가 되지 않을 수 없을 만큼 심각한 고민거리였다. 그래서 사람들은 농담이나 굉장한 조롱거리 삼아 얘기했다. 사이먼은 그런 얘기를 조롱받아야만 할 조잡한 것으로 여겼다. 그가 그런 얘기를 심각히 받아들인다면 남을 살해하는 것이 되기 때문이었다. 예를 들면 우리 셋만 응접실에 남게 되어 서로 친숙해졌을 때 그는 "아무도 그 가격 이상으로 매겨질 수 없다."라고 말했다. 이 말은 누가 가격을 매겼는가에 대해 너무나 모호하고 표리부동해서 홍밋거리로 여겨질 수밖에 없었다. 그녀는 서둘러서 낭만적이고 감상적이던 위치에서 벗어나, 이런 지저분한 얘기를 성실성과 심층부에 내재하고 있는 일치된 마음에 대한 농담이며 한층 더 실질적인 형태의 사랑이라고 가장하면서 모든 것을 부정해 버렸다. 그러나 주름 장식이 있는 피사의 사탑 구조물처럼—그녀는 사치스럽고 대담하게 옷을 차려입었다.—형에게 기대며 머리 위에다 한 손을 올려놓고 있던 그녀는 내 앞에서 상당히 난처한 순간에 처해 있었다.

 그러나 그것은 그저 잠시였다. 그녀는 곧 사이먼으로부터 내가 아주 가볍고 상냥하긴 하나 좋은 의미로 오래가지는 못하는 사람이란 얘기를 듣고, 나를 다루는 방법을 금방 터득했다. 그러나 그녀가 자신감을 얻기까지는 상당히 고통스러웠으리라. 그때까지 그녀는 신혼여행의 피로가 회복되지도 않았다. 사이먼이 내게 솔직하게 말하기를, 신혼여행이 괴로웠다고 했다. 그는 그런 식으로 상세히 설명하진 않았으나, 그 일을 충분히 믿을 수 있을 만큼 표현했다. 마치 음계 끝 부분에서 내가 차라리 듣지 않았더라면 좋았을 음정을 죽음을 찬양하기 위해 울려 퍼지듯 연주하는 것 같았다. 그러나 낮은 음에서부터 높은 음까지 억지로 그가 건반을 쳐서 나는 소리에 귀를 기울이지 않을 수 없었다. 나는 농담 속에서 말한 이것들이 양탄자가 깔리고 갈색 고기즙 빛깔이 나는 벨루어 천으로 둘러싸인 방에서 비웃음을 사며 얘기되는 일 중에서 가장 무시무시한 것이라고 확신할 수 있었다. 그 모든 것은 재미나 신랑의 욕정이나 정력, 짓궂은 장난으로 넘겨 버려야만 했던 것이다. 그가 단순한 암시가 아닌 자살의 생각으로 고통을 겪고 있으리라는 것이 내 마음을 스쳐 갔다. 그러나 그는 대담성 가운데 나타난 자만심이나 강한 신경과 육체, 그가 뛰어들게 된 사치, 게다가 무모한 요구 등과 같은 그의 보상을 얻기 위해 다이빙할 수 있었다. 어느 누가 뭘 생각하고 있는가를 염두에 두지 않고 정확히 그가 무엇을 하고, 또 할 수 있는가를 판단하는 분별력은 대단한 것이었다.

   그때 가족들은 내가 어떤 부류의 인간인가를 궁금히 여기면서 들어왔다. 그에 못지않게 나도 그들이 궁금했다. 그들은 체격이 너무나 커서 우리가 비록 꼬마는 아니지만 혹시 사이먼과 나를 어린애 취급하지나 않을까 하고 생각할 정도였다. 사이먼의 키는 거의 6피트에 달했고 나는 그보다 1인치 작을 뿐이었다. 차이가 난 건 옆으로 벌어진 그들의 몸집 때문이었다. 사이먼은 건장하지만 그들을 따를 순 없었다. 몸 둘레처럼 생활 면에서도(그들은 실질적이었다. 그들은 노인들을 존경받게끔 만들었다. 그날 저녁 할머니가 계셨다.) 또한 최고급 의류와 가구, 기계류 등을 샀다. 그들은 오락에 대해서 대단히 감사히 생각했고, 그들이 갖지 못한 민첩한 위트와 사이먼이 보여 준 극적인 연기를 경탄했다. 사이먼은 그들을 매우 즐겁게 해주었고 큰 인기를 끌었다. 그는 별과 제왕의 위치에 도달했다. 그들에게는 가부장(家父長)이나 여가장(女家長)은 있었으나 왕자가 없었다. 그 자신이 왕자가 되기 위해 변신을 했다. 그것이 두 번째 내가 놀란 점이었다. 그는 항상, 심지어 침묵을 지키고 있을 때조차 주의를 끌었다고 언젠가 내가 말한 적이 있다. 그러나 그는 더 이상 침묵을 지키지 않았고, 전에 가졌던 침묵과 겸손한 자세는 산산이 부서져 버렸다. 소란스럽고, 변덕스럽고, 오만하고, 비평적이고, 독단적이었으며, 남의 흉내를 잘 내고, 남을 괴롭히고 학대했다. 그는 수탉 우는 소리를 냈으며, 까치나 개구리가 우는 소리를 냈다. 또 얼굴을 찡그리며 상당히 안정된 이 고급 식당에서 테이블을 돌아가게 했다. 주름진 흰 빵과 잔무늬가 새겨진 고기와 촛대 너머로 그에게서 할머니의 풍자가 엿보였다. 그렇다, 할머니의 뻔뻔스럽고 허구적인 거짓말, 회화적인 야만성, 러시아적인 어떤 절규까지도. 나는 사이먼이 할머니에게서 그렇게 배워왔다는 걸 미처 몰랐다. 나는 속으로 600~700 이상의 금요일 밤을 거슬러 올라가 아무 비평도 하지 않는 그의 눈이 할머니의 눈이 행한 연기를 따라 하는 걸 보았다. 밖으로는 그렇게 보이지 않지만 할머니의 눈이 얼마나 깊이 쑥 들어갔는지 기억한다. 그가 내지르는 새된 소리에서 할머니의 경멸적인 비평을 들을 수 있었다. 그 역시 경멸을 전혀 받지 않을 사람은 아니었지만 말이다. 그는 이런 행동을 할머니에게서 빌려옴과 동시에 할머니를 해학적으로 흉내 내었다. 겉모습은 여러 면에서 새로웠다. 셔츠나 손가락의 반지, 커프스에 박힌 작은 보석, 비대함, 연기하는 사이에 순간적으로 떠오르는 원하지 않는 생각으로 초췌해지는 모습 등은 모두 지극히 새로웠다. 내키지 않는 용기로 대담한 행동을 하기, 바로 그거였다. 훌륭한 여왕 폐하 장모의 어조를 흉내 낼 때처럼, 그는 이것에도 역시 값을 치렀다. 그러나 이것은 그녀와 집안 식구에게 무례한 행동이 아니라 그 반대였다. 흉내를 내는 그의 연기는 화려하고 요란했다.

그렇지만 그는 그들을 즐겁게 해주는 사람 이상이었다. 그가 심각해져서 음울한 두 눈으로 연극을 멈추었을 때, 사람들은 다음 말을 듣기 위해 열렬하게 침묵을 지켰다. 충분한 존경도 함께였다.

그는 대부분 그들을 상대로 말했으나 내게도 말을 걸었다. 그는 팔로 샬럿―그녀는 그의 손 위에 매니큐어를 칠한 손을 올려놓았다.―을 껴안으며 말했다.

"오기야, 우리가 서로 가깝고 충실한 가족을 갖지 못했던 것이 얼마나 불행한가를 알 수 있을 게다. 이 집 가족은 서로를 위해 하지 못할 것이 없단다. 우리는 이렇게 아름다운 것이 어떤 것인지 이해하지도 못해. 이와 같은 것을 아직 경험하지 못했기 때문이야. 이런 것을 우리 인생에서 영원히 놓쳐 버렸어. 운이 없었지. 지금 이 집 가족은 나를 친자식처럼 받아들여 가족의 일원으로 만들었다. 나는 이제까지 가족이 실제로 어떤 것인지 몰랐었지. 그리고 너는 내가 얼마나 감사해하는가를 알아야 해. 이들은 아직 너에 대해서는 이해력이 둔하지."

매그너스 부부는 이 말을 잘 이해하지 못했다. 사이먼의 논조는 그들을 향한 것이었기 때문에 그들은 그에 대해 퍽 만족해했다. 그러나 샬럿은 그가 심각한 행동을 중단하고 이런 심술궂은 장난을 하는 데 대해 목구멍에서 웃음이 터져 나올 것 같았다.

"하지만 이분들은 네가 곧 알게 될 어떤 것을 가지고 계시단 말이다. 그것은 이분들의 친절이며 이분들 나름대로 지키는 생활 태도야."

그가 이런 횡설수설을 늘어놓을 때, 나는 지금 그가 점점 되어 가는 비계 같은 인간에 대해 순간적으로 증오심을 느꼈다. 그래서 나는 "이것은 더러운 얘기야. 장인, 장모는 치켜올리고, 자기 부모는 깎아내리다니. 엄마가 어쨌단 말이야. 할머니까지도?" 하고 내뱉고 싶었다. 그러나 매그너스 부부에 대해서 하는 말에도 그것대로 진실이 있었다. 이것은 누구나 알 수 있는 일이었다. 나 역시 부모의 사랑을 갈망하는 인간이었다. 그래서 사이먼이 이러한 사실을 더럽고 천한 방법으로 표현했어도, 그가 절대적으로 거짓이고 가식적이라는 건 의심했다. 따스하고 정겨운 얼굴들 속에 자신이 있다고 생각하면, 적의 여인들이 키스할 때와 같은 많은 혐오감이 줄어들 수 있다. 평범한 많은 거짓말과 위선적인 행위도 순간적인 조화를 벗어나면 이 같은 것이다. 그래서 사이먼에게 있어서도 고통을 씹는 데서 오는 심한 부작용이 일어날 수 있고, 또 에스겔[21]이 살해된 계곡에서 그가 숨을 좀 내쉴 필요성이 있었다. 그래서 나는 감사에 대한 그의 주장과 대의명분을 떠받쳐 주었고, 역시 아무 대답도 하지 않았다.

그가 이런 말을 내게 했을 때, 그들은 나를 주시하며 의아하게 생각했다. 내가 이런 사랑의 향연을 조금도 향유하지 않았기 때문이다. 나는 그가 하는 게임에 참가한다고 승낙했으나 모든 것을 할 수 있을 정도로 재빠르지 못했다. 나는 참고 억제해야 하는 수많은 감정을 갖고 있었다. 그들이 사이먼에게 풀지 못한 모든 의심들이 내게로 몰려오겠다는 생각이 들었다. 그들은 내가 스스로 밝히기를 기대하는 듯 보였다. 할머니를 포함해서 모두가 불그스레한 얼굴빛을 잃고 창백해지고 위축되어 가는 듯 보였고, 경건하게 가발을 쓰고 부적을 단 검은 옷을 입은 노인은 형이상학적인 판단력을 가지려고 하는 듯이 보였다. 물론 그들대로의 얘깃거리가 있었다. 어쩌면 내게서 도둑놈 같은 기미를 느꼈을지도 몰랐다. 어쨌든 그들은 너무 예리하게 나를 쳐다보았기 때문에 난 그들의 눈동자 속에서 커다란 머리와 모호한 미소, 헝클어진 머리털 등을 한 나를 감지할 수 있었다. "너희들은 누구냐?" 하고 사이먼과 나에 대해 물어보는 대신에 그들은 그들 자신에게 "쟤는 누구일까?" 하고 물을 수 있었다. 저녁 불빛 아래서 맛있는 수프를 함께 먹으며 그들의 훌륭한 스푼을 입속으로 가져가는 나는 누구였을까?

이런 난처함을 재빨리 눈치챈 사이먼이 나를 구제해 주었다.

"오기는 좋은 녀석입니다. 스스로 자기의 마음을 알지 못할 뿐입니다."

그들은 나를 재인식할 수 있게 되어 기뻐했다. 그들이 바라는 것은 다만 내가 정상적이 되어 좀 더 얘기를 하고 농담도 몇 마디 하고 웃을 때 같이 웃어달라는 것뿐이었다. 나는 사이먼과 그렇게 차이가 나선 안 되었다. 물론 그와 같아지는 데는 어려움이 있었다. 그 어려움이란 아직 그의 새로운 성격을 이해하지 못했다는 점이다. 그러나 나는 곧 그의 새로운 성격을 조금 이해하고 나 자신도 융합될 수 있게 했으며, 그들과 함께 농담도 나누고 저녁 식사 후에 응접실에서 춤도 추게 되어 그들로부터 환영까지 받았다. 내가 피노클[22] 놀이를 할 줄 모른다는 것이 매그너스 씨에겐 가장 심각한 문제였다. 훌륭한 가문에서 자란 젊은이가 그 놀이를 모른다니, 어떻게 된 일이지? 향락적이고 인생을 쉽게 살아가는 성격인 매그너스 씨는 이것에 대해 언짢게 생각했다. 마치 휘스트[23] 놀이를 할 줄 모르는 사람과는 말도 하지 않는 탈레랑[24]처럼 말이다. 사이먼은 피노클 놀이를 할 수 있었다.(그는 어디서 배웠을까? 그의 새로운 소양은 어떻게 생긴 것일까?)

"오기는 학구적인 타입이라서 이런 것엔 문외한입니다."

사이먼이 말했다. 그러나 이런 설명은 커다란 대머리에 몇 가닥 긴 머리털을 가진 매그너스 씨에게는 만족할 만한 것이 못 되었다.

"나 역시 젊은이가 도박하는 걸 좋아하지 않아요. 그러나 친선 게임은 해야지요."

나는 그가 옳다고 생각했다.

"저에게 가르쳐주신다면 게임을 하겠습니다."

내가 말했다. 이 말은 분위기를 호전시키는 데 커다란 효과를 냈으며, 나는 그 집의 일원이 되었다. 나는 구석에 앉아서 어린애들과 함께 피노클 놀이를 배웠다.

친척들이 더 많이 와서, 넓은 홀이 가득 찼다. 금요일 저녁 모임은 이 집 전통이었고, 게다가 샬럿이 약혼했다는 말이 나왔기 때문이다. 사람들은 사이먼을 만나보기를 원했다. 그는 이미 캐딜락과 패커드 차를 타고 온 거인 같은 숙부들과, 시베리아산 털로 짠 두툼한 가죽옷을 입은 숙모들을 대부분 알고 있었다. 찰리 매그너스 숙부는 탄광을, 아티 숙부는 거대한 매트리스 공장을 갖고 있었고, 로비 숙부는 사우스워터가에서 중계상인 일을 보고 있었다. 그는 과묵했으며—마치 스티바 로시처럼—카라쿨 양처럼 생긴 흰 머리를 하고 귀에는 보청기를 끼고 있었다. 육군사관학교 교복 같은 옷을 입은 아이들도 있었고, 축구팀 마크를 단 옷을 입은 소년들도 있었고, 또 그들의 딸들과 어린 계집애들도 있었다. 사이먼은 숙부들과 숙모들을 맞이할 마음의 준비가 다 되어 있었으며 아주 친절하게, 어떤 사람에게는 벌써 거만하게 굴기까지 했다. 그는 교제나 경멸의 전체적인 체제에 자연스럽게 적응할 수 있는 요령을 갖고 있었다. 즉 장식품(*schmuck*)에 불과하다는 피할 수 없는 경멸을 받을 위치에 놓여 있어도 결코 그런 경멸을 받지 않는 방법 말이다.

사이먼이 놀라운 자신감을 가졌으며, 그가 몇몇 여자들에게 경의를 표하나, 결국 그들을 압도하는 것은 그라는 사실을 말해야 하겠다. 여자들에게 마음을 주거나 뻔뻔스러움을 나타내지는 않았지만, 모든 것에 더해서 그가 여인들의 연인이라는 것을 입증하는 것이 필요했다. 또한 그는 나 때문에 당황해하지 않았다는 사실도 얘기해야겠다. 즉 그는 나와 공모하고 있다고 여기고 나를 가르치며 인도했다. 그곳에는 나와 가까운 사람이 없었기 때문에 나는 그의 뒤를 계속 따라다녔다. 귀족이 되기에는 흰 양말과 부채 같은 것이 부족했다. 나는 갑자기 권좌에 앉게 된 평민을 생각했다. 그러나 매그너스 부부는 어찌할 바를 모르는 것 같았다. 어쨌든 이 세상에서 돈—아마도 폐쇄될 수 있는 갭—이외에 다른 것을 그들보다 더 많이 가진 사람은 없었다.

이런 소란과 가족들의 시끄러운 말소리, 피노클 테이블에서의 고함 소리, 뛰어다니는 어린애들, 코코아와 찻주전자들, 산더미처럼 날라온 커피 케이크, 정치적인 토론과 마치 말이 우는 듯한 날카로운 여인들의 아우성, 거대한 이 모든 인간들의 불협화음을 찰리 숙부는 검은 옷을 입고 가발을 쓴 어머니 곁에 서서, 아니, 뒷발로 버티고 서서 감독하듯 보고 있었다. 내가 '뒷발로 버티고 섰다'는 말을 보탠 것은, 그의 튀어나온 배와 거대한 몸무게를 발이 지탱하고 있었고, 또 노파가 회색곰 이빨 모양의 브로치를 옷깃에 달고 있어 이것이 동물을 연상시켰기 때문이다. 그는 희고 뚱뚱하며 괴팍스럽고 때로 설맹처럼 눈을 자극하는 일종의 오만함이 있어서, 백만금을 가진다는 것은 북극해의 거대함이 있다는 생각을 하게 했다. 적어도 대공황 중에 백만장자가 된 이민자들이 이런 눈부신 빛을 지니고 있었다. 찰리 숙부가 모든 면에서 가공할 만하다는 것은 아니었다. 나는 다만 질녀를 시집보내고 새로운 친척을 맞아들이는 것을 축하하기 위한 가족 파티에서 포즈를 취하고 있던 그 순간의 그를 바라보고 하는 말이다.

사이먼을 통해 나 역시 한 사람의 신랑 후보가 되지 않을 수 없었다. 그때 그가 잘만 했더라면 나 역시 남편이 될 뻔했다. 미혼의 딸들이 있었고, 그중 몇몇은 예뻤고, 모두 다 돈을 가지고 있었기 때문이다. 지금까지 사이먼은 모든 일에 성공했다. 처음 몇 주 동안 그는 찰리 숙부의 감독하에 일해 왔다. 제일 먼저 저울질, 현금 수납, 그다음에 물건 파는 걸 배우고, 브로커와 세일즈맨을 만나고, 또 화물 운송비 및 갖가지 서로 다른 석탄 사업 분야를 배웠다. 찰리 숙부는 그가 재능(fehig)과 소질이 많고, 날 때부터 훌륭한 사업가의 머리를 가졌다는 걸 확신했다. 그래서 모두들 아주 기뻐했다. 사이먼은 벌써 자신의 탄광, 즉 하역비가 덜 드는 고가철도를 가진 탄광을 찾아보는 중이었다. 잘라 말해서, 찰리 숙부는 그를 유망주로 여기고 매우 너그럽게 대해 주었다. 그래서 그 늙은이는 사이먼이 좋아하는 얘기와 짧고 재미난 음담패설을 해주며 그의 어깨에다 손을 올려놓곤 했다. 그는 사이먼 얼굴 가까이에 머리를 흔들어대며 한껏 자비심을 베풀었다. 그의 유머는 모든 사람들을 웃겼다.

"빌어먹을 것, 얘야, 좋아, 좋아. 네가 물건을 만났구나. 침대 속에도 같이 들어가겠지, 그렇지?"

찰리 숙부가 이렇게 말해도 아무도 그가 어린애들이나 젊은 계집애들을 나무라는 걸로 생각지 않았다. 이것이 그가 말하는 일상적 태도이기 때문이다.

"뭘 생각합니까? 그 일은 제게 맡기세요."

사이먼이 말했다.

"그래, 자네에게 맡겨야지. 그럼 자네는 내가 그 일을 직접 하리라 생각하나? 그러면 샬럿이 재미없어할걸. 저 애 체구 좀 보게. 나무랄 데가 없어. 저 애한테는 젊은 녀석이 필요해."

나도 그때 화제의 도마 위에 올랐다. 로비 숙부 밑에서 트럭 운전을 하는, 처가 쪽으로 먼 사촌인 켈리 웨인트로브가 말했다.

"그의 동생을 보세요. 계집애들이 눈이 빠지게 그를 쳐다보고 있어요. 숙부님의 딸 루시가 제일 심해요. 얘, 루시야, 너 부끄럽지도 않니? 도대체 이 집엔 여자들이 참을성이 없는 것 같아요."

이 말에 날카로운 비명 소리가 터져 나왔다. 이 소란 속에서 루시 매그너스의 안색은 몹시 변했으나, 내게 시종 미소를 보냈다. 그녀는 다른 식구들보다 호리호리했다. 그녀는 전 가족이 뚫어지게 보아도 솔직하게 나타내는 걸 부끄러워하지 않았다. 매그너스 일가 중 누구도 그런 일을 감추려 애쓰지 않았고, 그럴 필요도 없었다. 이 집 젊은이들이 부모에게 그들이 바라는 바를 정확하게 얘기할 수 있다는 점이 존경스러울 지경이었다. 나 역시 기꺼이 루시를 바라볼 수 있었다. 생김새는 평범했으나 건강미 넘치는 얼굴에 깨끗한 피부를 가졌고, 또 그녀는 자기가 하고 싶은 곳에서는 몸을 빙 돌려 보여 줄 만한 아름다운 가슴을 가졌다. 코만 좀 더 예뻤더라면. 코는 입만큼 넓었다. 그러나 검은 두 눈은 강렬하고 결단력이 있으며, 머리카락은 검고 우아해 보였다. 그것은 가정부의 머리를 생각나게 했으며, 내가 전혀 회피하려 하지 않던 많은 암시를 나타냈다. 그러나 이것들은 연인으로서의 생각이지 남편으로서의 것은 아니었다. 나는 결혼하겠다는 특별한 생각은 없었고, 결혼으로 인한 사이먼의 어려움을 명백히 보았다.

"이리 오게."

그녀의 아버지가 내게 말했다. 나는 상세한 신문을 참아야 했다.

"뭘 하고 있나?"

그는 설맹(雪盲)으로 한쪽 눈을 찌푸리면서 말했다.

사이먼이 나를 위해 대답했다.

"책장사를 하고 있죠. 다시 대학에 가서 학위 과정을 마칠 수 있는 돈을 모을 때까지 말입니다."

"입 닥쳐!"

그가 말했다.

"바보 같으니! 자네에게 물어본 게 아니라 그에게 물었네, 이 사람아! 그래, 뭘 하고 있지?"

"형님이 말한 것처럼 책장사를 하고 있습니다."

나는 그 노인이 강한 의혹을 품고 나의 절도 행위, 비정상적인 오웬의 집 상황과, 그곳 친구들을 꿰뚫어 볼 수 있다고 생각했다. 그에겐 책장사란 폴란드인의 이가 들끓는 수염을 기르고, 발에 주머니 자루를 차고 모세 오경(五經)을 팔러 다니는 배곯는 행상을 의미할 것이다. 나는 그 속마음을 알 길이 없었다.

"빌어먹을 학교들. 요즘은 머리가 셀 때까지 학교에 다니는 놈들이 있어. 그래, 자넨 뭘 공부하지? 변호사 공부? 좋아! 그런 변호사 같은 사기꾼도 필요하지. 내 아들들은 학교에 다니지 않아. 딸애들은 말썽을 일으키지 않게 학교에 보내고 있네."

"오기는 법과대학에 갈 생각입니다."

사이먼은 루시의 어머니에게 말했다.

"네, 그렇습니다."

나도 역시 말했다.

"좋아, 좋아, 좋아, 좋아."

찰리 숙부는 말을 끝맺었다. 내가 다 듣고 나자, 그의 희고 두꺼운 얼굴이 우리로부터 물러갔다. 그는 딸 루시에게 심한 주의를 주며 위협했다. 루시는 미소로써 대답했다. 그녀가 아버지에게 복종할 것을 약속하고 그도 또한 딸이 복종하는 이상 모든 정당한 요구를 만족시켜 줄 것을 약속하는 것을 보았다.

나를 보는 또 다른 유별난 시선이 있었다. 그것은 뭔가 찾는 듯, 부드러우나 약간 실망한 형수 샬럿의 시선이었다. 나는 그녀가 이미 사이먼에 관한 어떤 불쾌한 일을 틀림없이 알고 있고 아마 그러한 것을 내게서도 찾아보려 애쓰고 있을 것이라고 생각했다. 그녀는 사촌인 루시가 내게 어떤 모험을 저지르게 되나 않나 생각하고 있는 듯했다.

한편, 켈리 웨인트로브가 말했다.

"그는 침실만 찾는 눈을 가졌어, 오기."

나만 그의 얘기를 듣고 있었다. 나는 그가 내게 실지로 얼마나 악의를 품고 있는가를 알기 위해 쳐다보았다. 그는 뿔처럼 구부러진 눈과 무언가 암시해 주는 넓은 턱에, 머리는 말쑥하게 빗은 미남형의 티메오 스타일을 하고 있었다.

"나는 네 형제들을 알고 있어."

그가 말을 걸었다.

나는 그를 알아보았다. 학교 운동장에서 스웨터를 입고 있던 그 당시와 크게 달라진 데는 없었다.

"네겐 어린 동생이 있었지, 조지였던가."

"그래, 아직도 있어. 하지만 이미 작은 애가 아냐. 다 자라서 남부에서 살아."

"어디, 만테노인가?"

"아니, 다른 도시에 있어. 핑크네이빌 근처의 조그만 마을이야. 너는 그 주(州)의 지역을 알고 있니?"

나는 그곳을 잘 몰랐다. 우리 가족 중에 사이먼만이 그곳에 내려가 본 적이 있었다. 그 당시 렌링 부부는 내게 말미를 주지 않아서 가보지 못했다.

"그곳은 잘 모르지만 조지는 기억하고 있어."

"나도 역시 얼음 마차 위에서 얼음을 지치고 놀던 너를 기억해."

나는 미소를 지으며 어깨를 으쓱했다. 그가 위협하려는 듯한 기세를 보인 것은 어리석은 것이었다. 그는 사이먼의 바퀴 멈춤대에 막대기를 박아 그를 제지할 수 있다고 생각했다. 그러나 사이먼은 그보다 훨씬 앞서 있었다.

내가 켈리 웨인트로브에 대해 얘기하자, 사이먼은 대답했다.

"물론 샬럿도 그를 알지. 무엇 때문에 그 일을 비밀에 붙여야만 되니? 샬럿은 조지를 개인 보호 시설에 보내기를 원하기까지 해. 걱정 마. 아무도 그 녀석에게 관심을 보이지 않아. 그 녀석은 여기서 사람 축에 끼지도 못해. 어쨌든 내가 그 자식을 먼저 알아 봤고, 그놈을 앞질렀어. 내게 맡겨 둬. 그들 전부를 내 밑에서 먹고살게 만들 테니까."

그는 덧붙였다.

"네가 내 말만 잘 들으면, 너도 그렇게 해줄 거야. 너는 첫인상이 좋았어."

나는 그가 그들에게 어떤 힘을 갖고 있는지 재빨리 알아챘다.

그가 내게 계획들을 얘기해 주면서 이미 그런 힘을 드러냈기 때문이다. 그는 나들이할 때 나를 데려가려고 일주일에 몇 번 찾아왔다. 우리는 부유한 실업가들이 가는 레스토랑과 클럽, 즉 호화로운 스테이크 하우스에서 숙부와 삼촌들과 점심을 먹었다. 사이먼은 그들에게 까다롭게 굴었고, 농담이건 논쟁이건 양보하지 않으면서 낮은 목소리로 그들의 내막을 알려 주며 아주 경멸하듯 얘기했다. 나는 말다툼을 할 때 그가 굉장히 무서운 수완을 발휘하는 걸 봤다. 그는 무슨 화제이건 모두 그들의 의견과 달랐다. 양복 재단사, 연예인, 헤비급 권투선수들, 정치 문제에 관한 것 등 그가 살아오면서 스스로 얻은 지식에 대해서였다. 심지어 그는 농담을 던질 때도 참지 못했다. 그는 음식을 주방으로 다시 돌려보내면서 웨이터들에게 겁을 주었으나 또한 팁도 많이 주었다. 그는 돈에 대해 전혀 생각지 않는 듯이 보였다. 요즘엔 항상 상당한 현금을 지니고 다녔다. 그러나 이렇게 지갑과 현금을 다루면서도 그가 지금 노리는 일에 대해 내게 확신시켰다.

"이런 사람들에겐 돈을 써야 해. 만약 저 웨이터들이 내가 돈 한 푼에 발발 떠는 걸 보면 그들에게 위신을 잃게 돼. 그들과 사이가 좋아야 된다. 나는 오래잖아 내 힘으로 세상에 진출할 때 그들이 필요할 거야. 그들은 모든 사람들을 알고 있어. 내가 그들과 보조를 맞출 수 있다는 걸 나타내면서 이 같은 자유 토론을 하며 점심 식사를 하고 체즈 파레[25]나 글래스 더비에 출입하는 것이 중요하단 말이야. 알겠냐? 그들은 자기네들과 뜻이 안 맞는 사람은 잘 대접해 주지 않아. 자, 이제 너는 켈리 웨인트로브 같은 얼간이가 고려의 대상이 되지 못하는 이유를 알 수 있겠지. 그는 레스토랑에서 점심 먹을 여유가 없고 체즈 파레에서 수표 한 장 뗄 수도 없어. 모두가 난처해하며 그가 일주일에 얼마를 부도 내는지 정확히 알고 있기 때문에 수표를 지불할 능력이 없다고 생각하지. 너도 봤지, 그 자식 보잘것없는 녀석이야. 아무도 그의 말에 관심을 갖지 않을 거야. 그러나 나는 그를 기억해 두겠어."

그는 위험한 약속을 하면서 얘기했다. 나는 그가 결말을 지어야 할 대차계약서 서류철을 갖고 있는 걸 보았다. 시시와 파이브 프로퍼티즈도 이런 서류철을 갖고 있을까? 나는 그들도 틀림없이 갖고 있으리라 생각했다.

"아! 나와 함께 시내로 가서 이발이나 하지."

그는 말했다.

우리는 팔머 하우스로 차를 몰고 가서, 지하로 내려가 휘황한 이발소로 들어갔다. 만약에 시중 드는 흑인이 사이먼의 영국제 고급 코트를 받으러 달려오지 않았더라면, 사이먼은 코트를 바닥에 떨어뜨렸을 것이다. 우리는 환등 기계 장치가 있는 거울 앞의 큰 의자에 앉았다. 이발을 하고 샴푸로 머리를 감았다. 사이먼은 증기욕을 하고, 고데를 하고, 손톱엔 매니큐어를 하는 등 유감없이 몸치장을 했다. 그리고 나도 자기처럼 몸치장을 하도록 권하는 정도가 아니라 강요를 했다. 그는 이발소에서 할 수 있는 것은 모두 다 하고자 했다.

상황이 이렇게 되어 내가 사이먼 앞에 섰을 때는 마치 고급 장교들로부터 엄격한 검열을 받는 것 같았다. 뒤꿈치는 8분의 1인치 이상 돌려서는 안 되며 바짓단은 구두와 맞아야 했다. 사이먼은 내 넥타이는 다 치우고 선반 위에 자기가 선택한 것을 한 다스나 갖다 놓았다. 그는 내가 양복을 요구한 대로 정확하게 입지 않았다고 생각하면 고함을 지르며 귀찮게 했다. 그러나 나는 에반스턴 시절 이래로 이런 일에는 전혀 흥미가 없었다. 내가 손톱 손질을 한 걸 보면 미미는 비웃을 것이 뻔했다. 그러나 그냥 내버려 두었다. 손가락에 대해 그다지 신경을 쓰지 않았다. 그것은 책도둑인 내게는 하나의 도움이 될지 몰랐다. 내 손과 넥타이를 보고 누가 감히 나를 의심하랴. 나는 여전히 책 훔치는 일을 계속하고 있었다. 사이먼이 엄마를 부양하기 때문에 나는 더 이상 부양할 필요가 없었다. 어디를 가건 사이먼이 내 몫까지 지불했지만, 그와 함께 다닌다는 건 여전히 돈이 드는 일이었다. 때때로 팁, 술값, 담뱃값, 사이먼의 마음을 풀어주기 위해 샬럿에게 주는 꽃다발값이 들었다. 전보다 많은 세탁비가 들었고, 때때로 토요일 밤이면 파딜라와 몇몇 친구들과 함께 전에 가본 일이 있는 레이크 파크가로 산책을 나갔다. 그 외에도 나는 대학 입학금을 모으려고 했다. 약삭빠르게도, 사이먼은 내게 돈을 별로 주지 않고 물건을 주었다. 그는 내가 비싼 일용품을 쓰는 법을 배우길 원했다. 그러면 돈에 대한 욕망이 자연히 생기고, 내가 그에게 더 많은 돈을 요구하면 나를 낚아챌 수 있을 테니 말이다.

이발한 후에 우리는 이탈리아제 수입 속내의 한 다스, 바지, 구두 등을 사기 위해 필드 상점으로 갔다. 그런데 이런 것들은 그에겐 이미 남아돌 정도로 많았다. 그는 내게 서랍, 벽장, 선반 등이 가득 차 있는 것을 보여 주면서도 여전히 계속 사들였다. 이들 중 어떤 것은 카운터에서 잘못 계산하거나, 구두 맞추는 의자에 앉아 등을 굽히고 굽실거리는 사람들 때문이었고, 어떤 면에서는 그가 나를 경멸하는 방식이었다. 그러나 이발과 쇼핑으로 기분 전환 하려는 의도도 있었다. 그는 잠을 잘못 자서 맥이 없고 아픈 듯했다. 그가 나를 데리러 온 어느 날 아침이었다. 그는 화장실에 들어가 문을 잠그고 울었다. 그 후로 그는 다시 2층에 올라오지 않았다. 그리고 거리에서 경적을 울려 나를 찾았다.

"너무 더러워서 네가 사는 건물에 들어갈 수 없어. 그곳 침대에 동물 같은 녀석들이 있지 않다고 말할 수 있겠니? 더구나 화장실은 더하지. 네가 어떻게 그런 화장실에 들어가는지 모르겠구나."

잠시 후, 그는 내 차림새를 살피던 시선으로 나를 바라보며 이렇게 말했다.

"너는 언제 이런 쥐 굴에서 이사하겠니! 맙소사, 페스트나 유행병이 발생하기에 딱 알맞은 곳이야!"

결국 그는 나를 찾아오는 걸 그만두었다. 그 대신 나를 보고자 할 때는 전화를 걸었다. 때론 전보를 치기도 했다. 그러나 처음에 그는 끊임없이 나와 같이 있기를 원했다. 그래서 우리는 전등불이 비치는 좁은 도로나 실내 공기가 따스한 백화점에 있었다. 그가 새 넥타이를 매고 잠시 상태가 괜찮아져 웨스트사이드로 돌아가려던 찰나, 갑자기 모든 자제력을 잃었다. 그는 연료 페달을 밟아 속력을 내며, 힘의 마지막 한계선을 넘어서고 있는 자신을 발견했음에 틀림없다. 차가 모퉁이 부근에서 끽 하면서 평형을 유지할 때 그도 역시 자세를 바로잡았다. 어쨌든 그의 감정은 운전해 가는 길, 아무도 그를 이길 수 없는 논쟁에서 앞으로 도약해 나갔던 그런 길에서 자살하고 싶었다는 사실은 명백했다. 그는 말다툼이 났을 때 무기로 쓰기 위해 운전석 밑에 타이어 연장을 넣어두었다. 그는 자동차 불빛을 비추어 보행자들을 흩어지게 하면서 거리의 모든 사람들을 저주했다. 이런 행동의 이면에는 그 자신이 부자가 될 수 있는 확고한 능력에 대한 선불조로 받은 돈을 주머니에 잔뜩 지녔고, 지금 그것을 갖다 줘야만 한다는 사실이 숨어 있었다.

석탄이 잘 팔리는 계절이 끝날 무렵인 봄에 그는 탄광 하나를 임대했다. 그곳엔 고가 선로가 없었고, 단지 긴 측선(側線)만 있었으며, 첫비가 내리자 그곳 전체가 늪지대로 변해 버려 물을 빼내야 했다. 처음 파낸 석탄을 축축한 곳에 쏟아부었다. 사무실 자체도 판잣집이었다. 규모가 커서 수리하는 데 많은 비용이 필요했다. 그가 처음 가졌던 몇 천 달러는 다 없어졌고 더 많은 돈이 필요했다. 그는 브로커들과 신용 거래를 했으므로 약속한 시간에 돈을 갚는다는 게 매우 중요했다. 찰리 숙부는 그런 일을 비교적 쉽게 처리했다. 그럼에도 숙부는 만족하지 못했다.

　게다가 그의 작업 현장 지배인 겸 검량사(檢量士)인 해피 켈러맨에게 지불해야 할 임금이 많이 남아 있었다. 해피 켈러맨은 전통 있는 거대한 웨스트사이드 주식회사로부터 빼내 온 사람이었다. 내가 그런 일을 해낼 수만 있었다면(약간 그렇지 않을는지 모르지만) 그 대신에 나를 고용했을 것이다. 사이먼은 내게 해피로부터 그의 요령을 배우도록 강요했다. 얼마 안 되어 나는 그의 사무실에서 많은 시간을 보냈다. 왜냐하면 그가 술에 취한 듯 신경질적으로 얘기하는 입에는 석탄 검댕이가 묻은 거친 모습을 하고, 목쉰 듯 낮은 소리로 심술궂게 "이 사무실에는 믿을 수 있는 사람이 있어야 해. 있어야만 한단 말이다." 하며 내 손목을 움켜쥘 때 거절할 수 없었기 때문이다. 그러나 해피가 속일 수 있는 것은 많지 않았다. 그는 맥주를 폭음했고, 지쳐 보였으며, 몸집이 왜소한 익살꾼이었다. 또한 성격이 비뚤어지고 연약해 보였다. 말소리는 시끄럽고 요란스러웠으며, 바지는 배 밑까지 흘러내려가 주름이 잡혀 있었다. 코는 위로 굽어서 화난 듯 보였고 겁쟁이 같은 콧구멍을 하고 있었다. 또한 자신을 강력히 변호하는 듯한 둥글고 음흉한 눈을 갖고 있었다. 그는 '준비된 아저씨(*tío listo*)'였고, 카니발 타입이었으며, 매춘부 집을 찾는 사람이었다. 그의 스타일은 최하급 서커스단에 있는 광대 같았다. 작은 지팡이를 휘두르며 뒤꿈치를 땅에 댔다가 발끝으로 걷고, 틀에 박힌 춤을 추며 '나는 매기 머피와 같이 학교에 갔죠.' 라는 노래를 부르며 얼빠진 관객들이 벌거벗은 여배우들이 나타나 손님을 부르기를 기다리는 동안 고기 굽는 훈제소 얘기나 들려주는 그런 광대 말이다. 레퍼토리는 악의 없는 짧은 농담, 강아지 짖는 소리, 가짜 방귀 소리 등 다양했다. 그중 제일 멋진 익살은 나중에 연출되는데, 페키니즈 개가 으르렁대며 다리로 사람들을 움켜잡는 것이었다. 사이먼의 간청으로 나는 매일 오후에 그와 함께 검량하는 일을 연구했다. 특히 사이먼이 화장실 안에서 울던 소리를 들은 이래로 내가 그의 청을 거절한다는 건 쉬운 일이 아니었다.

가끔 나는 점심 시간에 해피와 교대했다. 해피는 걷기를 싫어해서 차로 헬스테드가로 내려갔다. 2시에 돌아왔을 때는 코트와 챙 넓은 밀짚모자를 들고 조끼에는 담배와 연필, 명함—자기의 사업용 명함을 갖고 있었는데, '마치 석탄과 코크스 회사 대표 해피 켈러맨' 이라 찍혀 있었다. 그 줄 밑에 '나는 진지한 사람입니다.' 라는 문구가 놀란 암탉을 쫓아가는 수탉처럼 이어졌다.—을 넣고 주차장에서 발을 끌며 걸어왔다. 그는 안으로 들어오더니 저울대를 시험해 보고는 《타임스》를 난로 속에 집어넣고 저탄장의 작업장 주변을 둘러보았다. 요즈음은 찌는 듯한 더위 탓에 우리는 물때가 낀 콘크리트 저탄장 갱도의 시원한 바람이 나오는 곳에 앉곤 했다. 사무실은 마치 무단 입주자들의 판잣집이나 서부 거리의 막다른 집처럼 보였다. 위쪽으로는 임시 가축 수용장의 측선이 있었는데, 서 있는 차 속에서 먼지투성이의 가축들이 싸우듯 시끄럽게 소리 내며 슬레이트 쪽으로 붉은 주둥이를 내밀고 있었고, 트럭의 바퀴는 녹은 아스팔트 타르에 박혀 있었다. 파놓은 석탄 더미는 부서지고 더러워져 우중충하게 보였다. 우엉

줄기는 말라 죽어 있었다. 저탄장 구석의 쥐들은 사람들이 가까이 가도 움직이거나 도망가지 않고 그곳에서 서로 돌보며 기어다니며 먹이를 찾고 있었다. 나는 그렇게 가족적인 쥐들의 모습이며 조금도 두려워하지 않고 사람 옆을 지나가고자 하는 곳으로 가는 걸 본 적이 없었다. 사이먼은 권총을 한 자루 샀는데─"여하튼 권총 한 자루 정도는 필요해." 하고 말했다.─쥐들에게 총을 쏘아도 단지 흩어졌다 다시 돌아올 뿐이었다. 쥐들은 구멍을 깊이 파지도 않고 야트막하게 파서 거처할 곳을 만들었다.

매매가 조금 이루어졌다. 해피는 매매한 내용을 커다란 노란 장부에 기입했다. 품위 있는 서예가로서 필치를 자랑하며 그는 넓은 밀짚모자를 쓰고 높은 의자에 앉아 굵거나 가는 글씨를 가볍게 썼다. 긁혀 노랗게 된 구식 책상의 위치는 서기의 얼굴이 저울대 너머에 있는 사각형의 작은 유리창에 비치는 곳이었다. 나는 때론 사이먼이 거기에서 세 겹으로 된 수표철에서 수표를 쓰는 걸 보았다. 처음에는 수표 떼는 것이 그를 매혹시켰다. 그는 자기 사인으로 내 빚의 일부를 갚아준다는 만족감 때문에 내가 파딜라에게 2달러 빚이 있다는 걸 말하게끔 나를 구슬렸다. 수표의 잔액이 점점 줄어들어서 지금은 이런 기쁨을 누릴 수가 없었다. 그는 시시와 결혼하기 위해 환락 자금을 무리하게 긁어모으려 했던 때와 같이 대담한 최후의 방법으로 돈을 움켜쥘 생각을 했다. 이번엔 그의 전 생애가 걸린 것으로 믿었다. 결혼한다는 말을 하기 위해 나를 찾아왔던 날 그가 돈에 대해 얼마나 열렬했는가에 대해선 단순히 입을 놀리는 정도가 아니었다. 그의 얼굴에 나타난 정신적인 상처와 죽음의 안색, 거의 미친 듯한 행위 등이 그걸 증명해 주었다. 질식할 것만 같이 침체된 여름에 이렇게 검은 사르가소 저탄장에서 비참해진 그를 보는 것은 공포로 내 피를 얼어붙게 했다. 만일 내가 나의 도둑질과 독서에서 많은 시간을 할애해서 호주머니에 손을 넣고 그와 함께 저탄장을 돌아다녔다면, 그것은 그를 염려해서라기보다 순전히 공포 때문일 것이다. 쥐를 쏠 때 그가 권총 다루는 솜씨가 서툴렀던 것도 나를 불안하게 했다. 머릿속이 부글부글 끓는다고 불평을 했다.

"뇌가 끓어서 귀로 흘러나올 것 같아."

한번은 사이먼이 강아지 짖는 놀이에서 해피가 자기의 다리를 잡을 때를 잘못 알았다며 그를 때리려 해서 내가 말렸다. 위험한 순간이었다. 조금 전까지만 해도 그는 플로리다에서 토지 매매 붐이 일어났을 때 자신이 한 미끼꾼으로 브로커 역할을 했다는 얘기를 하면서 해피와 웃어대고 있었다. 그리고 그를 집 밖으로 나가지 못하게 하는 터키 여자와의 정사 얘기를 했을 때도 그랬다.

"그것은 마치 호색적인 구더기가 들끓는 변소에 들어가는 것과 같았을 거예요."

그런데 그가 이렇게 말했을 때 사이먼은 처음으로 싫어하는 표정을 조금 띠었다. 폭소하다 갑자기 화를 내며 야만적으로 변하는 바람에 해피는 달아나려 했다. 내가 사태를 수습하려 했을 때 그는 크고 능란한 눈에 눈물을 글썽이며 우울한 표정으로 경고하듯이 눈을 크게 떴다. 평화를 회복하는 것은 나에게 달려 있었기 때문이다.

"빌어먹을, 나는 결코 심각하게 얘기하지 않았는데."

해피는 나를 향해 입을 삐죽거리며 말했다. 그것은 사이먼이 들으라고 하는 소리였다. 나는 사이먼이 머리를 숙이고 아직 해 넣지 않은 부러진 앞니를 드러내며 입을 벌리는 걸 보고, 그가 흥분해서 심장이 심하게 뛰고 있다는 것과 해피의 바지를 잡아 길거리로 집어 던지고 싶은 충동을 참고 있다는 걸 알았다.

드디어 사이먼이 말했다.

"좋아, 내가 사과하지. 오늘은 내가 신경이 날카롭군. 해피, 자네도 깨달아야 할 것이 있네······."

매그너스 부부에 대한 생각과 자기는 젊은 실업가인데 천한 해피가 단순히 이런 하찮은 얘기로 자신을 내세우려 한다는, 지금까지 잊었던 공포가 그를 엄습했다. 사이먼이 인내와 울분을 삼키는 모습은 그의 분노와 심화(心火)—그 초라한 강제적이고 육체적인 인내 말이다.—보다 보기 딱했다. 또 다른 고통은 그가 인내의 표정을 짓고 낮은 목소리로 샬럿에게 전화하며 그녀의 물음에 거의 복종하듯 조용히 되풀이해 대답하는 것이다.

그는 나와 해피에게 말했다.

"글쎄, 너희 둘은 차를 갖고 가서 거래처를 물색해 봐. 장사가 잘되도록 북을 좀 쳐줘야지. 여기 맥주값 5달러가 있어. 나는 콕시와 남아서 뒷담을 고쳐놓을 테니. 담을 고치지 않으면 도둑맞을지도 모르지."

콕스는 무슨 일이나 잘하는 일꾼이었다. 그는 낙천적인 화가의 모자를 쓴 늙은 술꾼이었다. 이 모자는 마치 이탈리아 장교의 모자 같았다. 사이먼은 그를 보내어 낡은 판자를 구해 오도록 웨스팅하우스 공장 담을 따라 둘러보게 했다. 콕시는 햄버거와 한 병의 캘리포니아 K. 아라켈리안 포도주나 요키독 술을 얻기 위해 일했다. 그는 또한 경비원이기도 했다. 그래서 별로 사용하지 않는 정문 앞의 녹색 창문이 달린 뒷방에서 거적을 깔고 잠을 잤다. 그는 1마일 정도의 길고 큰 그물을 친 웨스팅하우스 담을 따라 절룩거리며—산후안 고지 전투에서 맞은 총탄을 지니고 다닌다고 했다.—걸어갔다. 이런 큰 회사의 담은 실무자들이 초청한 청

부업자들과의 계약에 의해 속이 들여다보이는 팽팽한 철망으로 만든 벽이기 때문에 멀리 거대한 불빛과 높이 솟은 벽돌탑, 긴 발전소 건물들, 깨끗한 여름 하늘 아래 쌓여 있는 베수비어스 무연탄과 다른 화려한 내부 모습들을 볼 수 있다.

나는 해피와 함께 길을 떠났다. 해피가 운전했다. 그는 보훈크가에서 어린애를 치고 군중들이 몰려와서 그의 누더기옷을 갈가리 찢어버릴지도 모른다는 두려움에 싸여 있었다.

"그 사람들 자식에게 무슨 일이 일어나 봐. 그것이 너의 잘못이 아니더라도 쫓아올 거야."

그는 언제나 이런 공포에 싸여 있었기 때문에 이런 일을 등한시하는 내가 핸들을 잡지 못하게 했다. 우리는 석탄과 얼음을 취급하는 상인을 술집으로 데려가서 맥주를 마시면서 이야기를 나누었다. 나른하고 어두운 이 싸구려 술집의 파리들은 소변기의 방충제인 장뇌와 시큼한 맥주 냄새에 마취되어 날아다니기보다는 기어 다니는 것 같았다. 위치를 가늠하거나 사태를 분석할 수 없게 만드는 야구 중계의 목판 두드리는 소리와 가열된 진공 상태가 한몫했다. 만일 세계의 어떤 것에 대해 생각한다면, 그것은 우주의 크기에 대해 이론화하고 있는 파딜라였을 것이다. 그의 과학적인 관심은 우주가 암울해지는 걸 방지하는 것이었다. 느리고 털이 많은 파리가 맥주 방울에서 방울로, 별에서 별로 기어 다니는 이곳에선 비인간적인 우주가 여기에 침입해 오지 않도록 기도할 수가 있었다. 이것은 쿡카운티와 북일리노이에서 일어나는 약탈의 끝이 아니었다.

이런 생각은 결코 사이먼을 괴롭히지 않았을 것이다. 그곳이 어떤 곳이든 간에 그는 거기서 돈 벌기를 원했다. 그것만이 그의 관심사였다. 그곳은 광천이나 황폐해 보이는 산이 기름과 철을 생산해 내는 것처럼 달러가 솟구치는 곳이었다. 그렇지 않으면 인간이 가지도 않을 곳, 즉 황무지, 뉴펀들랜드나 천박한 토지, 텍사스나 혹은 페르시아에서 기름을 태우는 연기로 검게 더럽혀진 남극의 눈과 같으니 말이다.

이들 상인의 이름은 흐래펙, 드로즈, 마투크진스키였다. 우리는 그들을 창고나 교회, 초상집 혹은 작업 현장에서 만났다. 그들은 석탄을 톤이나 자루 단위로 팔았다. 그래서 스테이크트럭이나 덤프트럭을 가지고 있었다. 그들을 설득시키고, 매수하고, 즐겁게 해주고, 또 특별 거래를 하고, 치켜세우고, 탄광맥에 관한 비밀을 얘기해 주어야 하고, 또 열량과 재에 관한 광범위한 기술 정보로써 보충 설명을 해주어야만 했다. 해피는 그 방면에 능란했고, 특히 상인을 다루는 데는 선구상(船具商)에 필적할 정도로 수완가였다. 그는 그들이 권하는 잔을 사양치 않고 다 마셨다. 그래서 적지않은 성과를 올렸다. 그들은 다른 곳보다 저렴하고 또 석탄을 골라 살 수 있다는 호조건에서 거래를 시작했다.

사이먼 역시 사업이 유지될 수 있게 어느 정도 판매 실적을 올렸다. 그는 나에게 세탁업하는 중국인들이 코크스를 다른 연료보다 더 애용한다는 광고 전단을 차이나타운에 돌리게 했다. 그래서 그는 점점 고객들을 늘려 갔다. 또한 도시 판매를 담당했고 그의 처갓집 친척도 그에게 석탄을 주문하게 했다. 찰리 매그너스도 이 같은 방식으로 사업을 진행시켜 조금씩 일이 활기를 띠어 갔다.

사이먼은 일을 어떻게 정치적으로 해나가는가—시청에 납품하는 지위를 확보하는 일—에 대해 알게 됐다. 그는 정치 브로커를 만나게 됐고 경찰들과 잘 아는 처지가 됐다. 또한 서장, 부서장, 변호사, 도박사, 경마 영업자, 그 분야의 법적 업무에 관계 있는 중요한 사람들이나 재산을 가진 자들과 사귀었다. 한번은 운전사들이 파업했을 때 거리에서 석탄을 헐값으로 팔아넘기는 파업자들로부터 자기 트럭 두 대를 보호하기 위해 경찰 순찰차를 파견하게 했다. 나는 저탄장을 출발하는 시간을 경찰에게 알려 주기 위해 경찰서에서 그의 전화를 기다려야 했다. 거대한 사회의 원형질 내부에서 어둠으로부터 밝은 데로 옮겨 온 나는 정당한 일로 처음 이런 곳에 앉아봤다. 하지만 이 웨스트사이드 경찰서는 어두웠다. 매우 어두웠다. 이곳은 병들고 곪아서 진물이 흐르는, 못쓰게 된 곳이었다. 틀리게 주조되고 잘못 만들어진 형상과 얼굴을 한 사람들이 구부리고 휘청거리고 활보하며, 주시하고 두려워하며 복종하는 관심을 보이지 않는 것을 보았을 때,—틀림없이 흔해 빠진 잉여 인간들— 그들이 인간으로 태어났고 인간의 용모를 한 물건들인가에 대해 의아하게 생각하고, 또 그들을 만들 때 왜 차별을 두지 않고 선택할 수 없었나 하는 회의마저 느끼게 했다. 관청에 있는 사람들 중에 오물 덩어리 인간과 돈 먹고 살찐 놈들, 설익은 고기 같은 놈들을 잊지 마라. 그런데 관청이란 도심지의 경찰본부인 커다란 뉴게이트 경찰국이 아니라 부근의 변두리 지국이다.

매그너스가의 사위로서 또 자신도 그러길 원했기 때문에, 사이먼은 더 사근사근하고 성격 좋아 보이는 몇몇 다른 경위들보다는 누조 경위와 친분이 퍽 두터웠다. 그 경위를 어떻게 다루었는지는 잘 모른다. 그는 친근하게 농담할 때조차도 수갑을 채우는 데 쓸 뿐인 두 손으로 마치 범인을 체포하듯 어깨를 덥석 쥐는 경관일지도 모른다. 어떤 면에 있어선 누조 경위는 비록 몸이 비대하고 얼굴에는 잠잘 때 생긴 주름살과 손가락 자국 같은 긴 자국이 있었지만 발렌티노[26] 역할을 잘했다. 우리는 그와 함께 체즈 파레로 갈 약속을 했다. 내가 루시 매그너스를 데려가 여섯 명이 될 때까지는, 다섯 명으로 된 파티였다. 그곳에서 스파게티와 닭 간 요리에다 거품 이는 버건디 포도주와 샴페인을 마셨다. 누조 경위는 마치 훨씬 더 고급 나이트클럽에서 온 파티의 주인공인 것처럼 둘러봤다. 그의 아내는 보호 관찰을 받는 여자 같아 보였다. 마치 모든 사람들이 어느 정도 경위에게 그러는 것처럼 말이다. 아내에게도 그랬다. 그는 이탈리아인이었다. 그래서 고대 왕국에서 하던 스타일을 지니고 있었다. 경찰들 중에 많은 수가 그러했다. 권위란 반드시 그 뒤에 죽음을 수반해야 한다. 즉 마사니엘로[27]의 머리를 자르거나, 아니면 넬슨 경이 나폴리 항구에서 그런 것처럼 위대한 해군 제독들을 목매달게 했다는 것 등이다. 내가 믿고 있는 이것은 그 경위가 체즈 파레의 기분 좋은 소음 속에 앉아 있는 동안, 그의 부드러운 얼굴을 살피는 방법이었다. 벨로즈와 욜란다[28]의 공연을 보거나, 혹은 자신들이 뭘 하고 있는지 알지 못한 채 그저 바쁜 사람들의 개인적인 즐거움을 머릿속에 상상하게 만드는 동작을 암시해 주기만 하는, 거의 나체에 가까운 아가씨들을 바라보는 그를 말이다. 어쨌든 이 나이트클럽이 최고급인 한, 사이먼과 샬럿은 이곳을 찾는 큰 고객이었다. 그들은 계략적으로 그곳에 친한 사람들을 끌어들여 접촉하고 공공생활과 사업을 함께하며, 종이 모자를 쓰고 테이프를 감고 거짓으로 포옹하고 웃으면서, 플래시를 터뜨려 사진을 찍었다. 또 그들 테이블에는 중요 인물들이 앉아 있었는데, 멜빵 없는 가운을 입고 치켜든 턱과 고르고 예쁜 이로 마음을 사로잡는 가수와, 술을 다 마시고 난 증권거래소 소장 등이 있었다.

사이먼은 이런 친밀한 교제의 중요성을 대단히 빨리 포착했다. 대통령은 얄타에서 처음 이틀 동안은 스탈린이 웃지 않아서

밤마다 잠을 못 자고 뜬눈으로 새우지 않았던가? 그는 사람에 근거를 둔 거래나 매력에 굴복하지 않으려는 사람을 다룰 수가 없었다. 유쾌하지 못한 결정들을 무마시키기 위해 스포츠나 연애작전이 필요했다. 그래서 번개같이 재빠른 성격이 문제 해결에 도움이 됐다. 이거야말로 사이먼이 잘 알고 있는 것이다. 즉 어떻게 하면 남에게 호감을 살 수 있는가, 또 허심탄회하게 자기와 같은 위치에 있는 사람과 사귈 수 있는가 하는 것들이다. 그러나 나는 한여름인 지금까지 그와 함께 있다. 그는 파산할지 모른다는 두려움으로 독기를 품고 있던 최악의 어려움에 처해 있었다. 자신은 정말 매그너스 부부를 두려워하며 자신이 떠맡았던 것에 대해 두려움을 느끼고 있다는 사실을 스스로에게 고백해야 한다고 나는 확신했다. 그래서 나는 여름날의 대부분을 그와 함께 보냈던 것이다. 우리 형제가 더 가까워지지 않았다고 말하고 싶진 않다.(그는 자신의 궁극적인 생각을 완강하게 비밀로 했다.) 그러나 우리는 더 이상 함께 있지 않았다. 상쾌한 아침부터 거무스름한 뿔 빛깔의 오후 늦게까지 그와 함께 차를 타고 돌아다니며 그가 멈추자는 곳에서 멈추었다. 즉 상가, 노동조합, 은행, 샬럿이 로비 숙부를 위해 관리하는 사우스워터 시장 사무실과 매그너스 씨네 부엌 앞에서 멈추고, 우리는 흑인 요리사로부터 샌드위치를 얻어먹거나 그들이 결혼 침대를 놓아두었던 뒷방—결혼은 아직도 가까운 가족만이 아는 비밀이었다.—에 잠시 들렀다. 이곳의 문은 이렇게 쌓아 올린 생활의 무게를 지탱해 주는 어떤 것을 향해 열려 있었다. 그 방에는 그와 샬럿을 위해 비단 갓을 씌운 서재용 스탠드, 침대 옆 양털, 골목 풍경과 그 거친 모습들을 가려 주는 커튼,—운하의 냄새를 막으려고 궁전에서 한 것처럼—침대 위의 새틴 커버, 그리고 둥글게 말려 있는 베개 위의 보조 베개들도 새로이 단장되어 있었다.

옷장으로 가로질러 가려고 사이먼은 침대 위로 걸어갔다. 그는 옷을 갈아입고, 벗은 옷들을 내동댕이친 채 두고, 구두는 발로 차서 구석에 처박고 속내의만 입은 채 땀을 말렸다. 옷을 하루에 서너 번 바꿔 입는 날도 있었다. 또 어떤 때는 맥 풀린 듯 나른하고 무관심하게 앉아, 몇 시간이고 침묵을 지키다가 사무실 의자에서 무겁게 일어나면서 "여기서 나가자."라고 말하곤 했다.

그는 옷을 갈아입으러 집에 가는 대신 때때로 호숫가로 차를 몰았다.

우리는 죽은 시 위원이 무척 좋아했던 장소인 노스가의 갑(岬)에서 수영을 하곤 했다. 시 위원이 물 위를 떠다닐 때 나는 그의 입에 담배를 물려 주곤 했었다. 사이먼이 물로 뛰어들어 갈 때 두 다리를 느슨하게 뻗고 두 팔로 어색하게 물을 끌어안는 모습이 나에게는 행여 그가 물 표면으로 되살아 돌아오지 않을까 봐 걱정이 되었다. 그는 힘없이 헐떡거리며 핼쑥한 얼굴이 벌겋게 상기된 채 물속에서 떠올랐다. 물속으로 들어갔다가 다시는 올라오지 않는 게 그에게 굉장한 매력이라는 것을 나는 알았다. 비록 그가 마음 한구석에 지닌 이런 욕망을 나타내지 않고 거친 머리를 물에 눕힌 채, 우울한 표정을 하고 바다에서 위아래로 자유로이 헤엄치고 다녔다고 해도 말이다. 물은 해변으로 밀려 들어왔다. 불타는 듯한 하늘로 환하게 열린 어느 상상 세계의 시원한 포도와도 같이 수평선에는 수많은 물결들이 마치 밀려온 검은 실감개처럼 보였다.

형은 마치 전쟁을 끝낸 후 해로운 시드누스 강에 뛰어들어 물의 냉기 때문에 병을 앓았던 알렉산더 대왕처럼 물로 뛰어들었고, 나는 줄무늬 수영복을 입고 쌓아 올린 나무 위에 발가락을 굽히고 서서 위급하면 물속으로 뛰어들 준비를 하고 있었다. 내가 뛰어들기 전에 그가 나왔다. 그는 몸을 떨며 사다리를 올라왔다. 큰 파리들이 더럽게 물어대고 왁자지껄한 호숫가 카니발 소리가 주의를 끌었다. 나는 그가 몸을 말리는 걸 도와주었다. 그는 환자처럼 바위 위에 누웠다. 그러나 몸을 따뜻하게 녹여서 기분을 회복하고 나더니, 눈을 붉게 부릅뜨고 황소처럼 여자들과 처녀들에게 접근했다. 마치 여자의 점심 도시락에서 자두 하나를 고르기 위해 몸을 굽혔던 사람이 파시파에[20]에게 청혼하는 것과 같았다. 그는 나팔을 부는 것처럼 큰 소리를 외치고는 내 팔을 치면서 그가 결혼뿐만 아니라 약혼—약혼식은 세상 사람들이 보는 앞에서 호텔에서 리셉션 형식으로 했다.—을 했다는 걸 잊고서 내게 "저 여자의 가슴 좀 봐!" 하고 말했다. 그는 그것을 생각하지 않았다. 그 대신 링컨 파크 부근에 새로 산 폰티악 차를 세워 놓고, 처리할 굉장한 일들과 자기가 지닌 돈을 생각했다. 또한 그날 나중에 어딘가에서 일어났던 일에 대해 이제는 더 이상 관계가 없는 어느 거리나 빌딩, 방에서 치러야 하는 것들을 생각했다. 그래서 그는 난폭하고 호색적이었다. 그는 머리를 앞으로 내밀어 목으로 일종의 벽을 만들며 앞으로 왔다 갔다 했다. 얻어맞아도 다치지 않고 일어나기만 하는 권투선수 머리처럼 저돌적이고 거칠고 단단한 머리를 하고 말이다.

노스가 해변(해변이라고 불리나 단순히 석판(石板)이 깔려 있는 부둣가였다.)에는 그가 새로 속하게 된 사회계층이나, 그처럼 번창한 사람은 아무도 없었다. 이곳은 거칠고 험했으며, 젊은이들은 억세고, 여자들은 공장 직공들이나 판매원들로서 클라크가의 매춘부나 댄서들과 잘 다투었다. 그래서 사이먼은 가리지 않고 함부로 말을 걸고 프로포즈를 했다.

"넌 아주 쓸 만해, 어때, 흥미 있어?"

그는 어떤 술책이나 조금도 완곡한 말을 쓰지 않고 직설적으로 말했다. 그런 것이 그의 행위를 오히려 덜 더럽게 만들었다. 그 대신 이것은 두려움과 공포를 일으켰다. 다시 말해 그는 이런 동물적 흥분으로 인해 그의 혈관을 견딜 수 없을 만큼 팽창시켰고 아래턱을 위험할 정도로 떨게 만들었다. 또 그의 눈앞은 열기로 보랏빛을 내며 거슴츠레한 빛으로 어두워지다 거의 까맣게 됐다. 여자들은 항상 그를 두려워하진 않았다. 그는 왕성한 정력 냄새를 풍겼으며, 또 미남이었다. 그가 몇 층에서 그림자가 드리워진 흥분의 방을 맨발로 들어갔는지 모른다. 다만 일 년 전이라면 이런 여자들을 그는 두 번 다시 쳐다보지도 않았을 텐데 말이다.

지금 들어간 곳에서 그는 내가 얻지 못할 지식을 얻었다. 그러나 내가 생각하기에, 그는 희생의 대가로 여러 가지 이득과 특권을 얻어야만 했다. 그렇다. 그처럼 주요한 인물들은 모든 사람에게 허락되어 있지 않은 노여움을 나타낸다. 그들은 마치 원로원 앞에서 피투성이의 코모두스처럼 신을 희롱하거나, 한편으로 어디선가 그들을 몰락시킬 수단이 마치 뜨개바늘에 달린 고리처럼 그들에 대해 생각에 생각을 거듭하기 시작한다는 걸 알면서, 기수들이나 카라칼라 같은 레슬러들과 함께 뛴다. 이것이 사이먼이 어떻다는 것을 설명해 준다고 하겠다. 그가 체즈 파레에서 숙녀용 모자를 쓰고 활개 치며 걸어 다니거나, 곡예를 하는 두 명의 벌거벗은 소녀들이 가짜 칼로 재주를 부리는 독신 남성 사교장으로 나를 데러갔을 때, 내가 우연히 이 사실을 봤던 것처럼 말이다. 서커스 게임에서 방탕한 행동에 이르기까지 다른 많은 사람들과 똑같이 행동했다. 그의 성격의 힘에서 오는 행동을 제외하고, 그는 남보다 뛰어났고 항상 지도자적 역할을 맡아왔다.

"그런데 너는? 너는 어때?"

사이먼이 내게 물었다.

"무슨 말이냐고? 너와 같은 층에 있는 그 여자애는 누구냐? 그 애 때문에 이사하지 않는 거지? 이름이 미미였나? 좀 쉬워 보이는 애 같던데."

나는 그의 말을 부정했으나, 그는 믿지 않았다.

미미 편으로 보면, 그녀는 사이먼에게 관심이 있었다.

"그를 괴롭히는 요소가 뭐지?"

그녀가 내게 물어왔다.

"화장실에서 우는 소리를 들었는데, 그 사람이지? 그렇지? 그는 왜 그렇게 유행에 앞선 옷을 입고 멋을 부리기를 좋아하지? 왜 그래? 홍! 목에 매달리는 여자라도 있나?"

그녀는 호감이 가는 사이먼이 방탕하고 사치한 면을 지녔다고 비꼬면서도 속으로는 그를 좋아했다.

사이먼은 지극히 경솔하거나 무턱대고 실망에 빠진 것은 아니었다. 아니, 그는 상금을 타는 도박에도 손을 댔다. 여름이었다. 서서히, 자연적으로 그는 돈을 잃고 있었다. 훌륭한 사업적 두뇌의 샬럿은 후원자, 상담자, 고문으로서 상당히 중요한 역할을 하면서 그에게 보통 부부 생활보다 그들을 더 가까이 묶어주는 어떤 것을 주었다. 비록 그가 부부싸움을 하고 놀랄 만한 일들을 말하며, 처음부터 고함치며 그녀를 저주했지만, 그녀는 조금도 흔들림이 없었다. 자세히 관찰한 자라면, 그녀가 혐오감으로 물러나다가 다시 매우 중요한 것, 즉 그는 부유하고 권력 있는 사람이 되도록 신이 성수를 뿌려준 사람이란 사실에 마음을 돌리는 걸 볼 수 있었을 것이다. "이 얼빠진 년!" 하고 고함을 칠 때, 그는 매우 난폭했다. 그녀는 이것을 신경질적인 웃음으로 받아넘겼다.

이런 웃음은 그에게 좀 더 사리판단을 잘해 보라고 상기시켰고, 그런 행동은 희극으로 보일 뿐이란 걸 일깨워 주었다. 그는 여전히 화내며 노려보고 있었지만 항상 엔터테이너의 웃음을 잃지 않았다. 그리고 성내고 웃음을 터뜨리는 두 가지 감정이 서로 해칠 만큼 너무 가까이 터져나와, 애정에 가득 찬 난폭한 행위로 웃어넘긴다는 것이 거의 불가능할 때마저 이렇게 했다. 그러나 샬럿의 첫 목표와 그녀가 노력한 이유는 그걸 기초로 재산을 모아 성공함으로써 두 사람의 결합을 더욱 진지하게 만들려는 것이었다. 그녀는 내게 "그이는 정말 사업적 능력을 가졌어요. 지금 이런 하찮은 건 아무것도 아니죠." 하고 말했다. 그녀가 이런 말을 할 때 사이먼은 이미 돈을 벌고 있을 때였다. 그녀가 가끔 이런 말을 했을 때, 그것은 남녀의 구별이 없는 진지한 영역 안에서였다. 이런 간절한 소망이 불러일으키는 힘은 그런 일에 대해 너무나 엄청난 것이다. 그것은 남녀의 문제가 아니다. 맥베스의 아내가 "여기 나의 여자다움을 없애 주소서!" 하고 기도했을 때처럼 말이다. 그렇게 강렬한, 실로 강렬한 소망은 영혼도 중성화시킬 정도였다.

   그녀의 숙녀다운 몸치장과 겉치레, 옷을 재단하는 사람의 세부 사항도, 혹은 그들이 가구를 들여 놓을 아파트의 장식, 사이먼의 사업 경영 방식 등도 실제로 중요한 게 아니었다. 그러나 은행, 주식, 세금과 관련된 문제에서는 머리를 맞대고 서로 의논했다. 대단히 투명하고 비판적인 계산과 자신감은 실질적인 지배권을 확립하는 중요한 열쇠가 되고, 이것이 정말로 결혼 생활에 기초가 되었다. 비록 그녀가「나의 푸른 하늘」이나「사라진 여름날의 사랑」같은 노래를 끊임없이 부르거나, 혼자서 휘파람을 불며 손톱을 매만지고 머리를 손질할지라도, 이런 사치스러운 허영 속에서 살고 있지는 않았다. 사실 그런 생활이란 희망 없는 절망적인 것이었다. 그녀는 그런 허영에 찬 것들을 그런대로 인정했다. 아니 그보다 더했을지 모른다. 하이힐, 아주 얇은 바지, 멋진 옷, 모자, 귀걸이, 장식 깃털, 팬케이크 화장품으로 얼굴 화장하기, 전기 마사지, 향기로운 냄새 풍기기, 찬탄받을 수 있도록 안 보이게 핀 꽂기 말이다. 그녀는 이런 면에서 어떠한 것도 소홀히 하지 않았다. 그녀는 상당한 위엄을 지녔으며, 기념비처럼 아름다울 수 있었다. 그러나 그녀가 이런 것을 궁극적으로 믿지 않는 것은 루즈를 칠하지 않은 입술에 어김없이 나타났다. 그녀의 입술은 성급하고 중요한 것의 가치를 저하시키는, 루즈를 바른 입술을 닮을 수 없었다. 그녀가 결혼 상대자로서 학교 다니는 어린 학생을 선택하지 않듯이, 한 장의 피아노 악보 위의 사진을 보고 젊은 청년과 결혼하지는 않을 것이다. 그녀는 야무진 야심을 품고 있었으며, 자기의 목적과 별개의 것이라도 조잡함, 경솔함, 가혹함, 스캔들 등의 한계를 볼 수 있는 여유를 가졌다. 그녀는 혼자 생각함으로써 이러한 게 어떻다는 걸 알았다. 그녀가 실제 이런 것의 많은 부분을 보려고 기다릴 필요는 없었다. 그것은 처음에 그녀 마음속에서 떠올랐고, 마음속으로 그녀는 그런 것을 취급했다.

사이먼은 이상하게 이런 문제에서 그녀를 전적으로 지지했다. 그가 말했다.

"그녀는 여섯 명의 여인을 합친 것보다 더 많은 두뇌와 능력을 가졌어. 속임수가 없는 지극히 곧은 여자지. 오는 사람마다 친절하게 대해 줘."

이 말에는 상당히 진실한 요소가 있었다.

"그녀는 너도 좋아하고 있단다, 오기야!"

그는 내가 루시 매그너스에게 애정을 표시하게 할 목적으로 말했다. 내가 지금 그러기로 합의했기 때문이다.

"샬럿은 엄마에게 필요한 물건을 계속 보내주고 있어. 그녀는 엄마가 개인집에 하숙하시길 바라지. 그녀의 생각이야. 엄마는 그 요양소를 한 번도 불평한 적이 없어. 그곳이 좋은가 봐. 너는 어떻게 생각하냐?"

우리는 도시 도처로 차를 타고 다니다 때로는 엄마를 만나보기 위해 세웠다. 대개 그 빌딩을 그냥 지나치기 일쑤였다. 사이먼과 함께 갈 때는 목적지가 어딘지 알 수 없었다. "차를 타." 했지만, 아마 그 자신도 어디 가는지 몰랐을 것이다. 즉 그는 왜 가야 하는지 이유를 알지 못하면서 단지 가야 한다는 필요성에 응했다. 아마 그가 찾는 건 먹는 것인지도 모른다. 아니면 권투 시합, 아니면 재난, 아니면 뒤에서 조종하는 여인, 또는 사업적 명령, 당구 게임, 변호사 사무실, 체육 클럽의 한증탕일지도 모른다. 이러한 들을 가능성 있는 여러 곳 중에는 아딩턴가의 요양소도 끼어 있었다.

그곳은 회색빛 돌로 지어졌고, 현관은 고작 출입구를 약간 넓힌 데 불과했으며, 벤치가 두 개 있었다. 안에도 벤치가 있었다. 그곳은 마치 회합이나 공적 집회를 위한 회의장처럼 꾸며졌고 공간의 대부분이 텅 비어 있었다. 단지 닦지 않은 창문만이 밖에서 안을 들여다볼 수 없게 했다. 창유리들은 울퉁불퉁한 유리질과 먼지 때로 뒤덮였다. 아마 이건 이게 벽이 아닌 창문이란 사실을 확인하느라 더듬어본 사람들의 손에 의해서 때를 탄 것이리라. 이 오래된 집엔 사고의 위험성이 있는 건 다 없앴다. 그래서 벽난로가 있던 곳에 석회로 만든 문살이 놓였고, 문지방은 코르크로 경사지게 만들어놓았다. 그러나 눈먼 사람은 주위를 많이 돌아다닐 수 없었다. 그들은 앉아서 아무 얘기도 않는 듯했다. 여가 시간이 불편하다는 것을 곧 알 수 있었다. 나는 정신적으로 우울한 분위기에서 아인혼과 같이 지낸 시절에 이런 것을 약간 경험했다. 체념하고 모든 조건을 다 받아들였기 때문에 그 어떤 것으로부터 괴로움을 당해야 하는 이유를 알 수조차 없는 병적인 악, 즉 마음의 악이 아닌 영혼의 악에 대해 얼마간 경험했던 것이다.

요양소 소장과 그의 아내는 거기 있는 사람들을 잘 먹인다고 자랑을 늘어놓았다. 부엌의 냄새로 보아, 다음 메뉴를 알 수 있었다.

대체로 나는 엄마의 성격이 단순한 걸 축복으로 생각했다. 만약 이곳에 술책 부리거나 싸움질하는 사람들이 있다면—어찌 없으리오만—어떤 무서운 사건들이 이곳 가장 은밀한 곳에서 있었음이 틀림없다고 생각했다. 그러나 엄마는 사납고 횡포함을 진정시키면서 혹은 그런 데 관계 않고 수년 동안을 살아왔다. 엄마는 자기 동료들 간의 어려움보다 사이먼이 찾아와서 생기는 결과에 더 머리를 앓았다. 그 이유는 사이먼이 엄마가 이곳에서 어떤 대접을 받는가를 알기 위해 왔기 때문이다. 그는 아주 거친 태도로 그것에 대해 물어본 것이다. 그곳 소장에게 불쾌하게 대했으며, 소장은 사이먼을 통해 아서 매그너스로부터 침대 매트리스를 도매 가격으로 구하려 했다. 사이먼은 그에게 이런 청을 받아주기로 약속했다. 그러나 그는 퍽 위협적인 태도를 취하면서 어떤 것에도 만족하지 않고 자기의 영향력을 행사했다. 그는 엄마와 다른 사람들과의 합숙을 반대했다. 그가 엄마를 위해 독방을 얻어주었는데, 공교롭게도 부엌 옆방이라 소란했고 음식 냄새가 계속 풍겼다. 그래서 사이먼에겐 고마울 것도 없었다. 어느 여름날 오후, 우리는 엄마가 침대에 앉아 루즈벨트 대통령 선거 운동용 단추에 핀을 달고 있는 것을 봤다. 엄마는 선거구 관리위원장의 호의로 일주일에 100개 다는 데 10센트씩 몇 달러를 벌었다. 험하고 거친 집안일 탓으로 블라우스 핀을 만지는 데는 솜씨 없는 두 손으로 무릎 위의 핀과 단추를 더듬으며 일하는 걸 보자 사이먼은 벌컥 화를 내어 엄마를 섬뜩 놀라게 했다. 내가 그와 함께 있는 걸 알아채고 엄마는 얼굴을 돌려 내게 그를 좀 진정시켜 주길 원했다. 엄마 역시 무심코 무언가 잘못한 걸 알고는 놀랐다.

"제발 소리 좀 죽여, 형."

내가 말했다.

그러나 그가 고함치는 걸 막을 수 없었다.

"무슨 짓들이야! 그놈이 엄마에게 무슨 짓을 시키는지 봐라! 그 빌어먹을 놈들 어딨어?"

방에 들어온 것은 소장 부인이었다. 실내복 차림의 부인은 존경하는 태도였으나 굽실대진 않았다. 그녀는 하얗게 질린 듯 벌써 싸우려는 얼굴로 몸을 떨었다. 그러나 노련하고 자신 있고 거침없었다.

"이 일에 책임질 수 있습니까?"

사이먼이 그녀에게 소리쳤다.

그녀가 말했다.

"마치 부인은 자기가 원치 않는 건 어떤 것도 하지 않게 돼 있어요. 부인이 부탁하고 또 부인 자신이 하기 원했던 거죠. 부인에게 몰두할 어떤 일거리를 갖게 하는 건 좋은 일이에요."

"부탁했다고요? 나는 사람들이 어떻게 부탁하는지 알고 있습니다. 그들은 거절하길 두려워하는 거요. 당신에게 말해 두지만, 우리 어머니는 한 시간에 10센트를 주든 20~30센트, 아니면 1달러를 준대도 삯일은 하지 않을 거라는 걸 명심하세요. 어머니가 필요한 돈은 모두 내게서 받으실 수 있단 말입니다."

"이렇게 고함칠 건 없잖아요. 여기 사람들은 모두 신경이 예민해서 곧 마음에 동요를 일으켜요."

나는 복도에서 많은 맹인들이 걸음을 멈추고 무리를 이룬 걸 보았다. 한편 부엌에선 엉성한 머리의 덩치 큰 요리사가 고기를 썰다 말고 칼을 든 채 몸을 돌렸다.

"애야, 내가 원했다. 내가 청을 했단다."

엄마가 말했다. 엄마는 말투에 힘을 줄 수가 없었다. 엄마는 그럴 수도 없었고, 그런 경험도 없었다.

"진정해!"

나는 형에게 말했고 어느 정도 효과가 있었다.

그는 자기를 과시하기 위해 화내지 않고서는 처음 의도했던 바를 나타낼 수 없는 듯했다. 발람[30]처럼 나쁜 축원과 저주를 했다. 그러나 그를 돌이킬 어떤 외부적 힘이 없기 때문에 단지 그 자신의 독단이 이중으로 가중되었다. 그래서 엄마를 위해 무슨 얘기를 할 때 항상 자기가 존경받아야 한다는 걸 강요했다.

그다음 그는 샬럿이 엄마에게 보내준 구두, 핸드백, 드레스 등이 있는가 보려고 옷장으로 갔다. 곧 가벼운 코트가 하나 없는 걸 보았다. 그건 약간 살찐 사람에게서 물려받은 것인데, 어쨌든 엄마에게는 맞지 않았다.

"그 코트는 어딨어요? 그자들이 어떻게 했나요?"

"세탁소에 보냈어요. 어머니가 거기다 커피를 엎지르셨어요."

소장 부인이 설명했다.

"그랬지."

엄마는 맑고 억양 없는 목소리로 말했다.

그리고 소장 부인은 말했다.

"세탁소에서 가져오면 어머니에게 맞게 줄여 드리지요. 양쪽 어깨가 너무 커요."

사이먼은 여전히 옷장을 살피면서 분노와 증오, 침통한 눈빛을 띠었다.

"만약 고칠 필요가 있다면 훌륭한 양재사를 대줄 수 있습니다. 나는 우리 어머니가 좋게 보이기를 원합니다."

그는 올 때마다 엄마에게 돈을 주었다. 그는 자신이 그들의 정직성을 믿고 의지할 필요가 없음을 그들이 깨닫기를 원했다.

"우리 어머니가 매일 산책 나가시길 바랍니다."

"마치 씨, 그건 이곳의 규칙이죠."

"알고 있어요. 원할 때 그걸 지키는 거죠."

내가 낮은 소리로 형에게 말했다. 그는 말했다.

"좋아, 조용히 해. 어머니가 적어도 일주일에 한 번 미용실에 가셨으면 합니다."

"남편이 모든 부인을 차에 태워 미용실에 데리고 갑니다. 한 번에 한 명은 곤란합니다."

"그럼 일하는 애들을 고용해 주세요. 일주일에 한 번 어머니와 함께 갈 수 있는 고등학교 여학생이 없겠습니까? 급료는 지불하겠습니다. 어머니를 보살피기를 원합니다. 나는 곧 결혼합니다."

"당신의 요구에 힘써 보겠습니다, 선생님."

그녀가 말했다. 비록 그녀가 단호하고 협력하지 않을 듯했으나, 그는 그녀의 조소를 놓치지 않고 바라보며 중얼거리더니, 모자를 집었다.

"안녕히 계세요. 엄마."

"그래, 잘 가라, 잘 가라, 얘들아."

"그리고 이런 폐물은 치워버려요."

사이먼은 침대 커버를 잡아당겨 핀을 흩뜨렸다.

그가 나가자, 그 부인이 내게 신랄하게 말했다.

"적어도 프랭클린 루즈벨트가 그에게 개인적으로 퍽 좋은 사람이길 바랍니다."

12장

　날씨가 추워지자 사이먼은 돈을 벌기 시작했고, 모든 일은 순조로웠다. 그의 사기도 올랐다. 결혼식은 큰 호텔 중앙 무도회장에서 성대하게 치러졌고, 결혼 파티는 주지사의 스위트룸에서 거행됐다. 그곳에서 사이먼과 샬럿 첫날밤을 보내기도 했다. 나는 안내 역할을 맡았고, 루시 매그너스는 내 건너편에서 신부 들러리를 섰다. 사이먼은 턱시도를 빌리기 위해 나와 함께 갔다. 예복이 잘 맞자 그는 즉석에서 사버렸다. 결혼식 날 미미는 가슴 부분을 빳빳하게 풀 먹인 셔츠의 단추 채우는 일과 넥타이 매는 걸 도와주었다. 이웃인 카요 오버마크는 내 방에 들어와 침대 위에 앉아 나를 관찰했다. 살찐 발에 양말도 신지 않은 채였다. 그리고 미미가 결혼에 대해 빈정대는 걸 듣고 웃음을 터뜨렸다.
　미미가 말했다.
　"이젠 신랑처럼 보이는데. 오기도 아마 곧 신랑이 되려고 마음먹고 있겠지. 그렇지?"
　나는 코트를 휙 잡아 쥐고 달려갔다. 엄마를 모시러 가야 했기 때문이다. 그래서 폰티악 차를 갖고 갔다. 엄마를 돌보는 건 내

의무였다. 결혼식이 끝날 때까지 보살피기로 되어 있었다. 사이먼은 엄마한테 검은 안경을 씌우라고 했다. 그날은 서리가 내린 바람 부는 청명한 날씨였고, 잔잔한 푸른 바다에 파도가 일어 아우터드라이브의 바위 위에 하얗게 부서졌다. 우리는 호텔에서 거만을 떠는 상류 계층과 주피터 같은 중압감과 불안한 대리석 세공품을 접하게 됐다. 우리는 점점 더 많은 걸 찾았고, 꽃을 꽂기엔 너무 큰 또 하나의 화병, 조각된 물체, 철로 만든 하얀 작품 등을 보았다. 내부는 사치스러울 정도로 따스했다. 내가 차를 주차한 지하실 주차장까지도 이런 기분 좋은 따스함이 감돌았다. 하얀 엘리베이터에서 나오자마자 마치 장미꽃들과 금빛, 상앗빛으로 도금된, 환히 비치는 천장이 있는 알함브라 궁전에 들어온 느낌이었다. 게다가 건물은 플로리다산 깃털로 장식된 듯했고, 소음이 안 나도록 방대하게 깐 양탄자, 그리고 곳곳에 사람을 도와주고 편리하게 하는 것들로 가득했다. 육체를 편안하게 하기 위한 것 말이다. 육체를 귀중하게 여기고, 목욕하고, 몸을 말리고, 분을 바르거나 비단 잠자리를 준비하고, 차를 타고 다니는 것들이다. 나는 쇤브룬과 마드리드의 부르봉 호텔에 가본 적이 있다. 그곳의 모든 장식들은 권력의 배경이 됨을 알았다. 그러나 권력으로서의 사치 그 자체는 다르다. 즉 그것은 배후에 아무것도 없는 사치로움이다. 모든 동경이, 그것이 어떻든 그 범위가 얼마나 방대하든 신비의 응결체이고 이면적이란 사실을 제외하면 말이다. 이런 권력이 사람들에게 무슨 영향을 줄 것인가? 나는 베니스나 로마의 유적지에서 한때 위대한 사람들이 앉았던 장엄한 벽을 따라 걸으며 각막을 스치는 단 하나의 점, 하나의 얼룩으로 존재한다는 게 어떤 것임을 경험한 바 있다. 벽의 이 같은 얼룩은 하나의 미립자처럼 거의 하얗고 공기 같았다. 그들의 생각 속에 있는 이런 훌륭한 사람들(ottimati)에게 경의를 표한다. 나는 예술적인 유적과 많은 고귀한 흔적으로 장관을 이룬 옛날의 이런 세력 중대의 숭고함에 이끌리고 싶진 않지만, 그걸 감상하고 이해할 수 있다. 그러나 서비스 노동자와 기술자의 대부대를 가진 이 현대의 사치의 위력은 어떤가? 여기 눈에 띄는 건 물건 그 자체, 즉 생산품들이다. 그리고 개인이란 그 방대한 총계와 맞먹을 수 없다. 중요하고 위대한 것은 생산품이다. 언제나 틀면 온수가 나오는 욕실, 많은 에어컨, 정밀한 기계류 말이다. 더 이상 인간의 위대함이란 허용되지 않는다. 그래서 이런 물건으로 편리한 생활을 못하는 사람이나 혹은 싫어서 사지 않는 사람은 마음이 편치 않다.

 나는 내가 이 모든 것에 대해 어떤 견해를 갖고 있는지 모르겠다. 그것에 찬성할 것인가 반대할 것인가는 아직 내게 명백하지 않다. 그렇다면 어떻게 어느 누가 반대의 결정을 하고, 계속 반항하며 그것을 주장할 것인가? 언제 그가 선택하고 그 대신 언제 선택받을 것인가? 이런 문제에 관해 여러 사람의 얘기를 들어보자. 즉 한쪽은 성자, 지도자, 웅변가이고, 호라티우스 같은 사람이고, 카미카제[神風] 같은 사람들이다. 그들은 말한다. "나는 어쩔 도리가 없다(Ich kann nicht anders). 그러니 신이여, 나를 도와주소서!" 달리 어찌할 수 없는 게 왜 '나'란 말인가? 거절할 수 없는 어떤 불행한 한 개인에게 인류로부터 주어진 남모르는 비밀의 임무가 있단 말인가? 마치 대다수 인간들이 어떤 것을 외면하는 것처럼 그것은 영원히 저버릴 수 없으며, 그래서 어떤 사람을 그것에 충실하도록 지정했단 말인가? 어쨌든 아주 힘들게 누군가 본보기가 되리라.

 아마, 사이먼은 내가 이 같은 영향력 있는 사람이고 내가 하나의 본보기가 될 책임을 질 듯이 느꼈으리라. 신은 자유로이 흘러가 붙을 곳을 찾아 헤매기에 충분한 황폐한 원리들이 있음을 알고 있기 때문이리라.

사이먼의 생각은 내가 루시 매그너스와 결혼해야 한다는 것이다. 그녀는 샬럿보다 돈이 더 많았다. 이것이 그가 내 장래의 윤곽을 그려준 것이다. 내가 그를 위해 일하는 동안 나는 법률학 준비 과정을 끝마치고 존 마샬 법과대학 야간부에 다닐 수 있었다. 그는 등록금을 대주었고 일주일에 8달러를 주었다. 결국 나는 그의 동업자가 될 수 있었다. 아니면 그의 사업이 내게 적합지 않다면, 우리는 공동자본으로 부동산업에 투자할 수 있었다. 아니면 제조업에 손을 댈 수도 있었으리라. 만약 내가 변호사를 선택했다면 단순히 앰뷸런스 뒤나 찾아다니는 엉터리 변호사, 하찮은 일에 잘난 체하는 사람, 자질구레한 소송자의 양측과 내통해서 돈을 뜯어먹는 사람이 될 필요는 없었다. 나는 돈으로가 아니라 루시 매그너스의 남편으로 연기를 해야 했다. 게다가 비록 그녀가 정장했을 때 그녀의 쇄골이 툭 튀어나온 걸 사이먼이 관심 있게 보지 않았더라도, 그녀는 활기 있고 매력적이었다. 더구나 그녀는 언제나 자발적, 능동적이었다. 내가 그녀에게 구애하는 동안 그는 나를 후원해 주었다. 나는 비용 문제는 걱정할 필요가 없었다. 그녀를 데리고 나갈 수 있게 그가 폰티악 차를 빌려주었다. 그녀 가족에게 내 위신을 세워주고, 장애물을 제거해 주었다. 내가 해야 할 일이란 그녀와 함께 놀고, 그녀가 나 자신을 요구하게 만들며, 가능한 한 그녀 부모가 원하는 사윗감 구실을 연출해 내는 것이었다. 그건 아주 쉬운 일이었다.

우리만이 그 지사의 스위트룸, 흰벽과 금빛 판자가 붙은, 또 실크의 굵은 줄에 무거운 거울이 걸린, 루이 14세의 침실 같은 방에 있었다. 유리 샤워장에서 나와 두꺼운 터키 가운으로 몸을 닦고 검은 양말과 빳빳한 셔츠를 입고서 그는 담배를 피우며 침대에 누운 채, 내게 이런 것이 극히 실질적이고 엄숙한 것이라고 설명했다. 그는 가운데 부분을 그냥 내놓은 채 큰 대 자로 드러누워 있었다. 이런 안락과 사치로움은 그가 내게 설교했던 것이 아니라, 앞으로 할 일이었다. 즉 선택의 당황 속에서 자신을 잃는 것이 아니라 마치 그 자신처럼 나를 강하고 단단하게 만들고, 겉돌며 장식적 멋에 정신을 팔지 않고 필요한 것들과 함께할 방법을 배우는 일이었다. 이게 그가 생각한 것이었다. 나 역시 어느 정도 이걸 생각했다. 왜 내가 부잣집 딸과 결혼해선 안 된단 말인가? 만약 내가 모든 면에서 사이먼이 행한 대로 하길 원치 않는다면, 내 인생을 약간 달리 살아나갈 수는 없단 말인가? 이 호화로운 기차를 탈 수 있는 다른 방법은 없는가? 만약 루시가 그녀 사촌과 다르다면 왜 다른 방법이 없을까? 나는 별로 싫지 않게 이런 방법과 사이먼이 제안한 이점을 들여다봤다. 내가 이미 그렇게도 많은 그의 명령을 받아들여 그것을 사무적으로 처리해 버리는 것이 나을지 몰랐다. 그에게 느꼈던 사랑과 외모에 대한 열광 때문에 그와 함께 살아가고 싶은 욕망을 가졌다는 편이 나으리라. 나는 근본적으로 그런 걸 믿진 않았다. 그러나 그가 하고 있는 것을 할 수 없을 정도로 내가 선량해선 안 된다는 사실이 그에게 상당히 중요했다. 그리고 언급되지 않았거나 어쨌든 불충분한 이유 때문에 나로 하여금 그에게 항상 반박하게 했던 고집도 마침내 끝나 버린 듯했다. 나는 그에게 반대하지 않았다. 그래서 그는 내게 보기 드문 애정을 품고 말을 했다.

그는 침대에서 기어 나와 옷을 입었다.

"이제 너와 나는 성공하기 시작하는구나. 처음 네가 어떤 감정을 나타내기 시작했을 때 나는 의아했고, 네가 멍청이가 아닌가 걱정했지. 여기, 뒤에 이 장식 단추를 좀 달아줘. 장모가 나를 위해 이것을 주었지. 제기랄! 외출용 구두는 어디 있는 거야? 이건 모두 화장지야. 너는 아무것도 발견할 수 없을 거야. 이것을 치워버려. 주지사가 쓰도록 화장실에 갖다 놔라."

그는 웃음 속에 활기를 띠고 흥분해서 말했다.

"세상은 아직 그렇게 빈틈없이 꽉 채워져 있진 않다. 네가 세상에 뛰어들어 구멍만 발견하면 자리가 생기는 거야. 네가 그 자리를 해결해 내면 그 구멍들을 찾을 수가 있다. 호오, 너도 역시 유대인이야. 그 사람도 시작할 때는 우리보다 못했을 거야. 그러나 지금은 지사지."

"형은 정치에 손을 대볼 생각인 거야?"

"어쩜 그럴지 몰라. 왜, 안 돼? 그건 일이 어떻게 구체화되는가의 방법에 달린 거야. 아티 숙부가 한 녀석을 알고 있는데, 그 녀석은 선거운동에 가끔 끼었을 뿐인데 대사가 되었다더라. 2만, 3만, 4만 달러일지라도, 그걸 가진 사람에게 그게 뭐 많겠냐?"

대사가 된다는 일은 옛날처럼—총명한 얼굴로 플로렌스에서 도착한 귀치아르디니[31] 같은 사람이나 베니스로 온 러시아인들, 혹은 애덤스 같은 사람들—마음속에 그릴 수 있는 게 아니다. 상상력이 자기 나라의 권력자가 양탄자 위를 걷는 모습에서 녹을 방지하기 위해 리마의 수도관을 통해서 셸락을 넣어주는 장면으로 전향됐을 때 그런 화려함이란 다 사라져버린다.

사이먼이 연미복을 입고 여러 거울 사이를 거닐며 흰 커프스를 끌어내리려 손가락을 겹쳐서 뒤로 돌리고 또 나비 모양의 옷깃에서 튼튼한 목을 자유롭게 하려고 턱을 위로 올렸을 때, 그에게 어울리는 장소를 만들기 위한 활력이 있었다. 더 나아가 이런 생각은 그런 활력을 보유하고 있던 지사들보다 더 개방되어 있었다. 입후보 한 번 않고서 정계에 들어감으로써, 아마 그런 귀찮은 정치적 일을 겪지 않고 그들보다 더 멀리 진출할 수도 있을 것이다. 그는 변하기 쉬운 어떤 견해에 도달했다. 나 역시 사람이란 외면상 특수한 한계 속에 머무르게 됨을 알 수 있었다. 이것은 상류사회에서 들을 수 있는 얘기다. 나는 꼭 그와 같이 느끼거나 늘어진 커튼을 찢을 듯 잡아채고 허풍 찬 자만심으로 거울을 보면서 어깨를 으쓱거리는 도팽[32] 같은 광기를 그와 함께 느낀다고는 않겠다. 그러나 지금 나는 그와 함께 있으면서 전보다는 덜 갇힌 듯한 느낌인 것만은 확실했다. 다른 사람들은 내게 조금도 그렇게 생각하지는 않았는데 말이다.

사람들은 아래층에서 기다렸고, 사이먼은 천천히 늑장 부리고 있었다. 샬럿이 직접 들어왔다. 그녀는 면사포와 다른 여러 레이스를 달고, 굉장한 신부답게, 긴 꽃다발을 들고 있었다. 루크레티우스[33]가 인간은 언젠가는 죽어야 한다는 것을 인정하라고 하면서 충고할 때처럼, 그녀에겐 한 남성을 사랑의 속박에 묶어놓기 위해 인생의 배후에 있는 여러 장면들을 감추려는 게 별로 없었다. 그녀가 비록 형식 때문에 다른 여인들이 행하는 모든 걸 행할지라도, 미리 받아들여진 죽음이라는 운명에 대한 모든 걸 알기 위해선 그녀의 현실적 얘기만 들어보면 된다. 그녀의 솔직함은 일종의 고상함을 부여해 주었다. 그러나 그녀가 이 방으로 들어왔을 때는 주지사의 방과 대사의 직분에 대한 수단만이 보일 뿐이었다. 그래서 사이먼은 최고의 선심을 써서 그녀에게로 갔다.

"모두들 준비가 됐어요. 뭘 하고 있죠?"

그녀는 내게 말을 걸었다. 그녀는 어떠한 상황에서도 사이먼을 비난하려 하지는 않았기 때문이다. 그 대신 나를 나무랐다.

사이먼이 말했다.

"옷을 입고 매무시를 내던 중이야. 아직 시간이 많은데 왜 서두르지? 하여튼 당신이 이곳에 올 필요는 없잖소. 전화로 연락할 수도 있는데 말이오. 여보, 흥분하지 마. 당신 무척 아름답구려. 모든 일이 잘될 거야."

"내가 주의를 하면 그럴 거예요. 자, 손님들에게 가서 얘기를 나누겠어요?"

그녀는 명령조로 말했다.

그녀는 침대에 앉아 요리장, 악단 단원들, 꽃장수, 지배인, 사진사 등을 불렀다. 그녀는 모든 걸 면밀히 통제했고 누구에게 의존 않고 손수 정돈했기 때문이다. 그녀는 하얀 구두는 의자 뒤에 놓고, 꽃바구니를 무릎 위에 올려놓고, 자세를 취하며, 끝까지 사진 촬영비를 깎으려고 애쓰며 협상했다.

"이봐요 슐츠, 내게 잘하지 못하면 매그너스 집안에선 일거리를 얻지 못할 거예요. 우리 패들이 많아요."

우리가 밖으로 나갔을 때 사이먼이 말했다.

"오기야, 너는 차로 루시를 데리고 가도 좋다. 아마 돈이 좀 필요할 거야. 여기 10달러 있다. 난 엄마를 택시로 집에 모시겠다. 하지만 8시에 사무실에서 널 봤으면 해. 엄마는 내가 사드리라고 했던 그 안경을 쓰고 계시냐?"

엄마는 순순히 그 안경을 썼지만 하얀 지팡이를 짚고 다니는 건 그의 마음에 들지 않았다. 엄마는 라운지에서 지팡이를 무릎 사이에 놓고 안나 코블린과 함께 앉아 있었다. 아마 코블린은 그것을 엄마에게서 치워버리려 애썼을 것이다. 그러나 엄마는 그걸 버리려 하지 않았다.

"엄마, 제발 그걸 제게 주세요. 그게 뭘로 보이겠어요? 사람들이 사진 찍으려 하잖아요."

"아냐, 사이먼, 그러면 사람들과 부딪히게 돼."

"그렇지 않을 거예요. 사촌 안나가 엄마와 함께 있을 거니까요."

"이봐, 갖고 계시게 내버려 둬."

안나가 말했다.

"엄마, 그 지팡이를 오기에게 주세요. 잘 간수할 거예요."

"싫다, 사이먼."

"엄마! 엄마는 모든 걸 멋있게 보이고 싶지 않으세요?"

그는 지팡이를 쥔 엄마의 손을 펴려고 했다.

"그만둬!'

내가 그에게 말했고 흥분하여 침울한 표정의 사촌 안나가 그에게 몇 마디 투덜댔다.

"당신은 입 닥쳐요!"

그가 안나에게 말했다. 그는 나가면서 내게 주의를 주었다.

"네가 그걸 엄마에게서 뺏어버려라. 우리 쪽 사람들 봐!"

나는 엄마가 지팡이를 갖고 있게 해서 사촌 안나를 진정시켜야 했고, 또 엄마를 위해 그녀에게 있어 달라고 요청했다.

"돈이 너를 미치게(*meshuggah*) 만들었구나."

그녀는 코르셋을 입은 뚱뚱하고 큰 몸을 하고 앉은 채 화가 나서 호화로운 라운지를 뚫어지게 보며 말했다.

나는 온순한 사람들이 놀라는 데 어리둥절했고, 엄마가 의지를 나타내려는 데 찬성했다. 아무튼 사이먼은 그 문제를 간과했다. 그는 너무 바빠 모든 투쟁을 끝까지 다 해낼 수는 없었다. 그는 아는 사람을 찾으려고 손님 사이를 이리저리 돌아다녔고, 아서를 포함해 아인혼 부부를 초대했다. 일리노이 주립 대학을 졸업한 아서는 시카고에서 특별히 하는 일 없이 지냈다. 때론 나는 그를 사우스사이드에서 보았다. 그가 프레이저 일파와 가까이 지내며 프랑스 시를 번역하기로 한 것을 알았다. 아인혼은 어떤 지적인 연구를 하는 데 있어 그를 후원해 주려고 했다. 그때 아인혼 부부가 들어왔다. 아인혼은 흰머리에, 일종의 군인 망토를 입었으며, 찬란했던 옛날의 위업을 소유한 사람처럼 보였다. 마치 별 적의는 없지만 그 모든 것이 어떻게 일어나는지 이해하며 그 위업이 남의 손에 들어가는 걸 주시하는 사람 같았다. 그는 내게 말했다.

"턱시도를 입으니 멋있군."

틸리가 검은 손으로 내 얼굴을 붙잡고 키스했을 때 아서는 미소 지었다. 그는 탁월한 매력을 갖고 행동할 수 있었다. 그러나 사람들은 이것에 별로 신경쓰지 않았다.

나는 계속해 해피 켈러맨과 그의 아내를 맞이했다. 그녀는 배를 내밀고 구슬과 진주를 아래위에 감은, 금발의 수다스러운 마른 여자였다. 다음 나는 파이브 프로퍼티즈와 시시를 보았다. 사이먼은 별로 이해하기 어렵지 않은 동기에서 그들을 초대했다. 한편으론 시시에게 자기를 과시하여 보여 주고 또 파이브 프로퍼티즈와 잔인한 비교를 해볼 뜻에서였다. 그러나 시시는 깊이 파인 옷에 가슴을 맞닿게 하는, 여성적 특권에 대한 교활하고 약 올리는 예절을 보이며 모두를 패배시켰다. 그녀는 몇 마디 말할 때도 혀를 부드럽게 내보였다. 파이브 프로퍼티즈는 사촌 간의 화해를 위해 왔다. 시시는 그의 곱슬머리를 다르게 빗도록 일렀다. 그래서 머리는 거친 앞이마에 낮게 드리워져 의심스레 웃어 보이는 눈 모양을 변형시키지 않았다. 야성적인 파이브 프로퍼티즈의 푸른 눈은 항상 그의 생각을 말해 주곤 했다. 그 역시 턱시도로 정장했다. 사이먼이 그를 초대해서 보이려 한 부유함에 대적할 그의 거대한 체구에 맞는 옷을 입고 있었다. 그는 잇몸이 보이는 이와 푸른 눈으로 주위를 휙 둘러보며 씩 웃었다. 시시가 그를 조종하고 그에게 교양 있는 행동을 가르친 것이 분명했다. 러시아인과 독일인이 폴란드 진흙탕 속에서 서로 싸우며 죽인 시체들을 흔들거리며 마차에 싣고 다녔던 그를 말이다. 그녀는 남편을 지도했다. 그래도 그녀의 미소와 속삭임으로써 그가 그녀의 등을 어루만지며 애무하는 것을 막을 수는 없었다. "그래, 뭐가 잘못됐지, 여보?" 하고 그는 말했다.

    결혼식 음악이 시작됐다. 나는 엄마가 단상 옆 꽃으로 장식한 창살 안쪽의 멋진 벤치로 안내되고—코블린 부부와 함께 있었다.—그다음 루시 매그너스와 함께 주요 인물들이 흰 카펫을 따라가는 행렬에 엄마가 있을 위치를 연습하는 모습을 보기 위해 갔다. 행렬엔 샬럿과 장미를 뿌리는 어린애를 앞에 둔 그녀의 아버지와 매그너스 부인과 찰리 숙부 그리고 미시간 팀의 뛰어난 수비 선수인 흉하게 걷는 루시의 오빠 샘과 함께 사이먼이 있었다. 결혼식 내내 루시는 분명 무얼 하려는 듯한 태도로 나를 바라보았다. 사이먼이 모든 사람들 앞에서 샬럿에게 키스하려고 그녀 몸을 뒤로 젖히자, 사람들이 박수 치며 소리 질렀고, 그때 루시가 와서 내 팔을 잡았다. 우리는 연회실로 들어갔다. 한 접시에 10달러였다. 그날로선 엄청난 가격이다. 그러나 나는 편히 앉아 식사를 마칠 수가 없었다. 한 안내원이 와서 누가 나를 보자 한다면서 급히 그 연회장 뒤로 안내했다. 파이브 프로퍼티즈는 화가 나서 걸어나오고 있었다. 그와 시시의 자리가 기둥 뒤로 떨어져 있는 작은 탁자에 마련됐기 때문이다. 이 일의 책임이 샬럿에게 있는지 사이먼에게 있는지 나는 결코 알지 못했다. 두 사람 모두 능히 그럴 사람들이다. 어떻든 파이브 프로퍼티즈는 크게 화가 났다.

"좋다, 오기야, 난 네게 아무런 유감이 없다. 그가 나를 초대하지 않았느냐? 그래서 나는 왔다. 나는 그의 모든 것을 축복한다. 하지만 사촌을 이런 식으로 대하는 거야? 좋아, 난 내가 원하는 곳에서 먹을 수 있다. 나는 맹세코 그의 음식을 먹지 않겠다. 여보, 갑시다."

대꾸가 소용 없음을 알고 나는 그녀의 목도리를 가지러 갔다. 나는 복수하는 방법, 상처를 입히는 방법에 무례했다고 깨달았으며, 그들을 차고로 가는 엘리베이터까지 전송했다.

엘리베이터에 들어설 때 시시는 말했다.

"당신 형에게 축하한다고 전해요. 그의 아내는 퍽 예쁘던데."

그러나 이건 내가 끼고 싶지 않던 게임이다. 사이먼이 내게 그들이 가버린 데 대해 열심히 물었을 때, 나는 말했다.

"아, 그들은 시간이 없대. 식만 보러 왔어."

그 대답은 그에게 만족스럽지 못했다.

그러나 그가 나를 끌어들인 다른 더 중요한 게임에서, 즉 나이트 클럽, 여성 단체 댄스, 쇼, 나와 루시가 넘어지며 서로 껴안기도 했던 야간 축구 경기에 가면서 나는 그걸 끝까지 해치웠다. 그녀는 최후의 것에 이르기까지 자제하지 않고 탐험적이었다. 그래서 그녀가 멈추는 곳에 나는 멈추었다. 여러분은 자존심이 어떤 형태를 갖는지, 특히 생활의 규율이 거의 없는 사람들과 함께라면, 결코 모를 것이다. 그러나 나는 허락된 모든 걸 즐겼고, 그 정도에 나 자신을 머물게 했다. 그러나 나는 다른 면에선 별로 본래의 나 자신이 못 됐다. 그래서 때때로 이것이 내 머리를 대단한 무게로 짓눌렀다. 나는 더 이상 적응할 수 없는 마지막에 이르렀음을 느꼈다. 그렇지만 이것을 쉬운 것처럼 보이게 한 건 내 자존심이었다. 그래서 만일 일요일 오후, 찰리 숙부 집에 가면 그 집 가족 중 매그너스 부인은 저녁 식사 후 벽난롯가에서 태피스트리 융단 가방을 풀어 숄을 짜고 있었고, 루시의 오빠 샘은 옆에서 턱을 쳐들고 비단 넥타이를 매고 있었다. 때로 그가 잔뜩 기름 바른 머리를 사랑스레 만질 때 실내복 등 뒤가 부풀었다. 찰리 숙부는 코플린 신부에게 귀를 기울였다. 코플린 신부는 아직 환금업자들을 쫓기 시작하진 않았으나 권세가 있으면서 잘못된 사람들, 즉 사람들로 하여금 디트로이트와 시카고 사이의 추운 겨울 벌판에서 떠는 공허감을 느끼도록 만드는 그런 사람들이 갖는 지겨운 열성의 소유자였다. 만일 나를 데리고 가, 그 집 벽난로에서, 털이 난 가슴에 걸쳐 입은 서츠의 갈라진 틈으로 손을 넣고 한 다리는 앞으로 내뻗은 찰리 숙부와 마주 대하게 된다면, 남을 부러워하는 자들이 생각하듯 내가 결코 성공한 사람은 아니라고 생각할 것이다. 나는 피곤한 눈을 돌려 맑은 회색빛 유리창을 내다보며 눈싸움하는 꼬마들을 부러워했다. 어린 꼬마들이 던진 눈뭉치는 검은 나무둥치에 맞아 소리 내며 부서지기도 하고, 우아한 나뭇가지 사이로 튀어오르기도 했다. 루시는 어젯밤 내가 그녀의 피부를 어루만질 수 있도록 스타킹을 느슨하게 하고 그 윗부분을 겨우 가리는 울드레스를 입고 화장도 엷게 했다. 어떤 면에서 지나치게 깊지도, 평범한 감정도 아닌 마음으로 나는 그녀에게 가서 내가 할 수 있는 한 진정한 포옹을 했다. 그녀는 반응을 보이며 내 귀를 혀로 스치며 나를 칭찬하고 약속까지 했다. 그녀는 벌써 나를 남편이라 불렀다.

여자들은 그들의 생각 깊은 눈에 은근히 나타내듯, 바람직하고 일관된 생활을 영위하기 위해 행해진 모든 것을 다시 말하고, 해로운 옷을 벗어 던지려 했던 페드라[34]를 울부짖게 한 짐 같은 것에 두려워하지 않고 대부분 금지된 요구 조건에 깊은 관심을 가진다. 루시 역시 이런 점을 보였다. 이것 때문에 나를 선택하기까지 했다. 나는 그녀 가족의 입장에선 사이먼보다 이상적이지 못한 사람이다. 그들은 주로 내가 모든 문제에 그들과 같은 사람이 될 의향이 있는지 관찰했다. 그들은 결코 확실한 태도를 보이지 않고 언제나 내 다른 비밀을 들여다보려고 질문했다. 말하자면 내가 웨스트포인트에나 있듯이 청소를 모두 했는지, 수용소 같은 방구석은 잘 정돈됐는지를 보려고 노크 없이 들어오곤 했다. 루시는 내 편이었다. 예측이 어려운 인간이지만 그 상황을 면밀히 관찰하는 사람으로서, 내가 보는 한 그 일에서만 그녀는 복종하지 않았다. 함께 달아나 크라운포인트에서 결혼하자고 제의했을 때, 그녀는 딱 거절했다. 나는 그녀가 샬럿과는 다르다는 것을 볼 수 있었다. 나는 아마 사이먼이나 나 사이의 차이점을 잊어선 안 되었던 듯싶다. 그는 샬럿에게 말해 도망갈 수도 있었다. 만일 루시가 나를 '남편'이라 불렀다면 미미 빌라즈는 그녀가 아내라는 점을 찬사할 생각은 없이 전적으로 아내다운 유흥을 원하는 여자라고 말했을 것이다. 바꿔 말하면, 육체적으로 약간 즐기는 것도 별로 문제가 아니라는 것이다. 그녀가 만일 그 문제의 원인을 나한테서 찾아내어 장난하지 않았다면 말이다.

그러나 나는 렌링가에서처럼 어떤 영향을 받았을망정 그것을 행사하지 않았다. 나는 여러 곳을 다녀야만 했다. 외모를 갖추어야 했고, 타고 다닐 차와 쓸 돈, 입을 옷이 필요했으나 미리 내가 바라기도 전에 이것들을 제공받았다. 그녀의 아버지가 우리가 사랑하고 있던 새벽 2시에 침실로 숨어들어 와, 방 안을 여기저기 뒤지고, 불을 켜고, 불유쾌한 표정으로 기웃거렸다 할지라도, 그가 별로 그릇되다라고 여겨지지 않았다. 나는 아무 데서도 그렇게 나쁜 걸 보았다고 생각지 않았다. 그녀의 아버지가 날 좋아하지 않는다는 걸 일찌기 알아챘어야 했는데, 그건 꽤 시간이 걸렸다. 왜냐하면 모든 것이 번쩍이고, 풍족하고, 묵중하고, 벨벳처럼 부드럽고, 비늘처럼 빛이 났기 때문이다.

글래스 더비와 체즈 파레를 돌아다니며 구경하거나 메디나 클럽에서 춤을 추는 등 나는 아주 바빴다. 여기서 나는 돈 있고 출세한 부친을 가진 아들들과 어울릴 수 있을 만큼 충분한 돈을 지녔는지의 여부를 확인해야만 했다. 사이먼은 최소한의 생활비를 주었기 때문에 나는 매사에 신경을 써야 했다. 어쨌든 그는 내가 자기보다 적은 돈으로 자기가 했던 일을 할 수 있다고 생각했다. 그러나 내가 돈을 더 오래 쓸 수 있었다는 건 사실이나 루시는 샬럿보다 경제적 관념이 희박했다. 그래서 나는 세금, 팁, 주차료를 물어보아야 했고, 담배팔이 소녀에게서 카멜 담배를 사는 대신에 가게로 슬쩍 빠져나가야 했다. 나는 듣기 싫은 소리를 듣거나 남에게 속을 보이지 않고, 루시의 짝으로서 자격 심사를 받았다. 비록 그것이 내 얼굴의 위선적인 근육을 긴장시키고 식욕을 잃게 했으나, 나는 허세를 부리며 잘 견디어냈다.

이런 곳만이 우리가 같이 있었던 곳은 아니다. 우리는 샬럿과 사이먼의 아파트를—그들은 처음에는 방 세 개를 사용했다.—방문하고 그들의 혼수용 린넨과 선물용 자기 그릇들을 풀어보았다. 매그너스 부부는 물건 하나하나를 구입하는 데 특별히 신경을 썼다. 이 접시와 컵들은 영국 도자기 공장에서 구워낸 것이고, 양탄자는 진짜 부카라제였으며, 은식기는 티파니에서 산 것이었다. 우리가 저녁 식사 후에도 머물면 브리지나 러미 게임을 했고, 10시에 샬럿은 잡화점에 전화를 해서 박하가 든 아이스크림에 뜨거운 퍼지 소스를 끼얹어 가져오게 했다. 그래서 우리는 숟가락을 핥으며 먹었다. 나는 대체로 사교적이어서 분위기의 조성에 도움을 주었으며, 싹싹한 태도를 보였고, 두 가지 색깔로 된 실크 멜빵과 사이먼이 선물로 준 셔츠가 내게 잘 어울린다고 생각했다. 사이먼에게 순종하는 샬럿은 나와 루시를 약혼자로 취급했으나, 세심한 주의와 가장된 겸손을 보였다. 그녀는 독특한 유전적인 직감으로 내가 사이먼과 같은 사람이 아니고, 실제로 그의 뒤를 답습하지 않는다는 걸 눈치챘다. 사이먼의 어려움은 내가 이겨낼 수 없을 정도로 컸을지도 모른다.

사이먼 역시 이 사실을 차츰 알게 되었다. 그는 내가 매그너스 부부 앞에서 그들이 던진 유혹에 매료되어 적극적인 자세를 보이고, 유창한 웅변, 숟가락을 빠는 미식가적인 모습, 그리고 정직하고 공손한 태도에 대해 기뻐했다. 그 유혹물이란 부유한 생활의 향유, 차가운 등불이 켜진 노스사이드 드라이브의 어둠 속으로 자동차를 달리는 매력, 달빛 속에서 조용히 춤추기 위해 드레이크 호텔과 그 부근의 성채(城砦)로 질주하는 바퀴 위에 흔들리는 차체, 두툼한 고기와 잘 차린 음식, 춤추는 흥분 등이리라. 밀집한 집들의 건조한 나무와 더러워진 회색 벽돌, 혼잡한 노동과 빈곤의 도시, 시카고를 뒤로하고 호숫가를 따라 쾌속으로 달린다고 상상해 보라. 아, 아니다! 거기에는 예언에서의 양분(兩分)이 있었다. 칼데아[35]의 미인들과 사나운 짐승들, 우울한 인간들이 같은 집 속에 공존하고 있었다.

이번 겨울이 시작될 무렵, 나는 매일 저탄장에 있었지만 지구의 다른 편에 있는 밤과 일요일을 잊을 수 없었다. 그래서 나의 일요일 그 자체도 나누어졌다. 사이먼은 거래를 하기 위해 지극히 추운 일요일 아침, 나에게 문을 열도록 했다. 그는 나를 훈련시키려고 심하게 다루었다. 어느 날 아침에는 내 출근 시간을 조사했다. 내가 늦잠을 자는 날은, 전날 루시를 집에 데려다 주고,

그의 차를 차고에 넣고 전차를 타고 집에 와서 1시나 되어야 누울 수 있었기 때문임은 틀림없는 사실이었다. 그러나 그는 내 변명을 듣지 않으려 했다.

"아니, 넌 루시와의 시간을 더 단축할 수 없니? 결혼해. 그러면 휴식을 좀 더 취할 수 있을 거야."

그가 말했다. 처음에는 이것이 반농담이었으나, 나중에 나를 더욱 의심하기 시작할 때는 퉁명스러운 표정을 짓더니, 곧 내게 험악하게 굴었다. 그는 내가 돈을 낭비한다고 생각하고 여분의 돈을 주기 싫어했다.

"도대체 뭘 기다리냐, 이 망할 녀석, 오기야! 내가 너라면 어떻게 하는가를 보여 줄 텐데. 제발 빨리 해."

나는 얼마 동안은 그 이유를 몰랐지만 가족의 반대가 심해질수록 그는 더욱 난폭해졌다.

그리고 내가 8시 아닌, 8시 30분에 갔을 때는 저울대 옆에서 나를 노려보며 말했다.

"왜 그래? 미미가 잡고 놓지 않았나?"

그는 내가 미미와 같이 살았었고 아직도 계속 만나고 있다고 믿었다. 우리 둘 사이에는 또 다른 어려움이 있었다. 나는 검량사인 동시에 경리계원의 조수였으므로 그는 내가 흑인 노무자들에게 팔았던 헌 옷 할부금을 월급 봉투에서 떼내 주기를 바랐다. 가끔 우리 사이에 감정이 좋지 않았다. 12월에 한 번, 술에 취한 구진스키란 상인이 그의 부서진 자동차의 라디에이터가 하얀 증기를 뿜도록 내버려 둔 채로, 눈 녹은 작업장에서 저울대로 뛰어들었다. 그는 석탄 1톤을 사는 중인데 올려놓은 석탄이 수백 파운드나 더 나갔다. 내가 너무 많다고 하자, 그는 욕설을 퍼붓고는 트럭에서 내려 뛰어들어 와서는 내가 속였다고 팔을 부러뜨리려 했다. 나는 문 앞에서 그를 잡아서 밖으로 내팽개쳤다. 그는 눈 속에서 다시 일어나서 나에게 오지 않고 석탄을 저울 위에다 쏟아부었다. 그때 소형 화물차와 트럭이 작업장뿐만 아니라 거리에 빽빽이 서 있었다. 나는 노무자에게 저울을 치우도록 했으나, 구진스키는 석탄 위에 서서 가까이 오는 자에게 삽을 휘둘러 댔다. 사이먼이 도착했을 땐 해피 켈러맨이 순찰차를 전화로 부르고 있었다. 사이먼이 급히 사무실로 달려가서 총을 갖고 뛰어왔을 때 나는 그의 팔을 잡고 뒤로 틀었다. 그러자 그는 화가 나서 내 가슴을 한 대 때렸다. 그가 뿌리치고 나갔을 때 내가 소리쳤다.

"바보같이 굴지 마요. 쏘지 말라고."

그가 모퉁이를 돌 때, 질퍽한 길 위에서 쏠 자세를 취하려고 걸음을 늦추는 걸 보았다. 구진스키는 총을 못 볼 정도로 취하진 않았다. 그래서 석탄이 묻은 코트를 입고 수부용 모자를 쓴 뒤에 운전대를 잡으려고 트럭 옆으로 몸을 날렸다. 사이먼은 트럭과 사무실 벽 사이에서 그의 목덜미를 잡고, 총을 높혀서 면상을 갈겼다. 이 일은 해피와 내가 있던, 저울실 유리창 옆 바로 아래에서 일어났다. 구진스키가 함정에 빠져 넓적한 이를 드러내고 무서운 눈을 푸르스름하게 뜬 채 손을 꺾이고서, 감히 사이먼이 내려치는 총을 뺏으려 들지 못하는 걸 보았다. 사이먼은 그의 뺨을 찢어 놓았다. 나는 그 상처를 보자 제정신이 들었다. 저 녀석이 피를 흘리면 사이먼이 무슨 짓을 하는지를 알게 될까? 이제 사이먼은 그를 놔주고 노무자들에게 저울대 위를 치우도록 총으로 신호했다. 노무자들이 저울대 위에 쏟아놓은 석탄을 긁어 퍼내릴 때, 끓어오르는 혐오감에 싸여 자신이 흘린 피를 보고 있던 구진스키는 계속 더러운 침묵을 지켰다. 그는 트럭으로 뛰어올랐다. 그가 트럭으로 문을 들이받지나 않을까 두려웠다. 그는 수렁이 된 눈길을 미끄러져 내려가 바퀴 자국을 따라 차량들 속에 휩싸여 태양빛이 없는 희미한 쪽으로 사라져버렸다.

"저 녀석이 경찰서로 가서 구속 영장을 발부하도록 하면 어떡하지?"

해피가 말했다.

사이먼은 총을 내려놓고 그의 얘기를 듣더니 심호흡을 하고 내게 말했다.

"전화로 누조를 불러줘."

내가 자기에게 복종하고, 그것에 익숙해지기로 결심했다는 듯한 말투였다. 그는 이제 직접 전화번호를 찾거나 다이얼을 돌리지 않고, 상대방이 전화에 나왔을 때만 수화기를 들었다. 그러나 나도 이번만큼은 움직이지 않았다. 나는 팔짱을 끼고 저울 옆에 서 있었다. 그러자 사이먼이 무섭게 나를 내려다보았다. 해피가 전화를 걸어주었다.

"누조! 난 마치야. 잘 있었나? 뭐라고? 아니야. 날씨가 꽤 춥군. 내가 거절할 수 없지. 자, 들어봐, 누조, 여기서 웬 이민 온 상인 녀석 하나가 직원을 삽으로 친 사고가 있었어. 뭐라고? 아니야, 그 녀석은 몹시 취해서 제 짐을 저울 위에 내던지며 나를 한 시간이나 묶어놓았지. 잘 들어보게. 내가 그 녀석을 혼을 좀 내주었으니 떠벌리러 그리로 갈 거네. 나를 봐서 잘 보호해 주게나. 그래 주겠지? 술이 깰 때까지 유치장에 좀 넣어주게. 물론 그러지. 증인도 있네. 만일 이후로 보복할 생각을 한다면 버릇을 고쳐놓겠다고 말해 주게나. 뭐라고? 저 아래 23번지의 교회 옆에서 부셸로 석탄을 파는 녀석이야. 날 위해서 꼭 애를 써주게. 그럴 수 있지?"

누조는 시키는 대로 해서 구진스키는 며칠 동안 유치장에 있었다. 다시 만났을 때, 그는 복수할 생각은 없었다. 그가 조용히 고객으로 다시 찾아왔을 때도 상처에 여전히 딱지가 붙어 있었다. 나는 사이먼이 그의 눈을 살펴보았으나 전혀 어떤 기미도 느끼지 못했다는 걸 알았다. 그러나 어떤 암시를 알아내는 것은 그리 어렵지 않았다. 누조와 그의 심복들은 그를 심하게 놀려 주었고, 사투르누스[36]처럼 어깨를 통째로 접어 올려 몽땅 먹어버릴 수 있다는 걸 보여 주었다. 그래서 그는 고객으로 다시 돌아와야 했다. 그런데 사이먼 역시 일을 처리할 줄 알았다. 크리스마스에 그는 구진스키에게는 고든 드라이진 한 병을 선사하고, 그의 아내에게는 목화송이 같은 뉴올리언스 피컨 프랄린즈[37] 한 상자를 선물했다. 그녀는 그 선물이 구진스키의 마음을 누그러뜨렸다고 전했다.

"물론이지. 그는 이제는 만족하고 있어. 자기 위치를 알거든. 삽을 휘두를 때는 자기의 위치를 몰라서 알려고 했던 거야. 이젠 알아."

사이먼이 말했다.

그래서 사이먼은 자기가 그런 위기를 어떻게 처리했는지, 그리고 대조적으로―나는 겁이 많아서―내가 했던 일은 얼마나 나빴는지 과시하려 했다. 나는 구진스키가 난동을 부리자마자 즉시 저지했어야 했다. 나는 재빠르거나 용감하지 못해서, 구진스키가 모든 선장들을 위협한 스틸킬트 폭도가 되지 않게 하려면 총대로 맞고 감옥에 가야 한다는 걸 이해하지 못했다. 만일 내가 루시 매그너스에 대해 서두르지 않았다면, 그것은 이 같은 결점 때문이란 결론은 명백한 것이었다. 만약 내가 무장했다는 사실로 그녀의 남편이 된다면, 나머지 일은 단지 형식에 불과했다. 그러나 나는 강압적인 수단을 취할 수 없었다. 사랑 때문에 그렇게 할 수는 있으나 목적지에 다다르기 위해서는 아니었다.

그래서 저탄장에서의 일들은 점점 나를 고되게 했다. 나를 위해 사이먼이 고난의 강도를 높였고 또 자기로서는 그렇게 하는 것이 싫지 않았기 때문이다. 이때에 그는 많은 고상한 일들이 그에게 어울린다는 것을 얘기할 수 없었는데, 그래서 가장하려고 애를 썼다. 그가 아침 식사 때 지녔던 마지막 생각이 가끔 다음의 새로운 정책이 되고, 이것이 그를 톤으로 계산하는 업무에서 가장 기초적이고 자질구레한 일에까지 몰두하게 했다. 혹은 다시, 기본적인 큰 부분만 훑어보고 세부적인 것은 부하 직원에게 맡겼다. 그가 할 수 있었던 것처럼 만약 부하 직원들이, 주로 내가, 신뢰받을 만하거나 금전의 예수가 되려 하거나 자수성가하려고 했다면 그것이 그의 가장 취약한 생각 중의 하나였으나, 또한 그것을 고수했다.

"아, 형은 헨리 포드가 아니잖아. 결국 부잣집 딸과 결혼한 것뿐이라고."

"문제는 네가 돈을 벌기 위해 견뎌내야 하는 것들과 그러는 데 얼마나 노력을 들이는가 하는 거다. 앨저[38]의 이야기처럼 네가 5센트로 시작해서—나는 여기서 사이먼이 무슨 책의 독자였나를 기억했다.—큰 재산을 모으라는 것은 아니다. 네가 상금을 탄다면 큰 노름을 하든 안 하든 그것은 네가 알아서 할 일이야."

그러나 이것은 우리 사이의 극히 드문 이론상의 토론이었다. 나는 그의 기분 나쁜 눈길에서 그의 이론이 무엇이며, 얼마나 불리하게 나를 이론에 맞추었는지 알아야 했고, 또 내가 어디로 끌려갔으며 또한 표적을 상실했나를 보아야 했다.

그래서 그때는 나에겐 악몽 같은 날들이었다. 특히 저탄장의 모양과 울타리, 석탄 더미, 기계, 저울실의 창문, 그리고 내가 중요시했던 길고 커다란 검은 눈금을 새긴 들보 등의 형상에 대해 느끼는 특수한 감정에서 그랬다. 이런 것들과 일꾼들, 석탄 구매자들, 그 일 때문에 오는 순경들, 기계공들, 철도 관리자들, 판매자들이 나의 뇌리에 들어왔다. 내 머리는 기억할 많은 것들로 꽉 찼다. 가격을 잘못 매기거나 계산이나 거래에서 착오가 있게 해서는 안 되었다. 미미 빌라즈는 어느 날 밤 내가 자면서 가격에 대해 얘기하는 것을 들었다. 그래서 방으로 들어와서 마치 전화로 얘기하는 것처럼 질문을 했다. 그녀는 아침에 가격을 모두 옳게 얘기했다.

"이봐! 그것이 네가 꿈을 꿀 수 있는 전부라면 그것들은 틀림없이 나쁜 것일 거야."

그녀가 말했다. 내가 관심을 두었더라면 그보다 더 나쁘다고 고백했을 것이다. 사이먼이 이미 나를 굉장히 거칠게 대하기로 결심하고 헤스페리데스의 사과[39]에 대해 정확히 말해 주지도 않고 심부름을 보냈기 때문이다. 나는 거짓말에 대해 청소부들과 싸우고, 뇌물로 진정시켜야 했으며, 거래 상인들에게 맥주를 먹여야 했고, 감소분에 대한 손해배상을 요구하는 대리인들과 다투어야 했고, 은행에서는 서두르며 밀고 소리치는 번잡한 군중 속에서 복잡한 예금을 해야 했다. 더군다나 갑자기 일손이 모자랄 때는 값싼 여관이나 매디슨가의 빈민굴로 가서 삽질하는 사람들을 꾀어내야 했다. 셔츠 주머니에서 속이 빈 우리 회사의 봉급 봉투가 발견된 살해된 시체의 신원을 밝히기 위해 시체 공시소에 가야 했다. 시체를 싼 뻣뻣하고 꾸겨진 덮개가 벗겨지자, 나는 그가 누구인지 알아보았다. 시커먼 시체는 마치 제왕처럼 고귀한 분노의 발작으로 죽은 것처럼 주먹을 쥐었고, 발은 형체를 알 수 없었으며, 입천장으로부터 뭔가 외치려는 듯이 보였다.

"그를 아십니까?

"율레이스 패드겟입니다. 우리 회사에서 일하지요. 왜 이렇게 되었지요?"

"그의 애인이 총으로 쐈다고 사람들이 말하더군요."

그는 가슴의 상처를 가리켰다.

"그 여자를 체포했습니까?"

"아니요, 그들은 그녀를 찾지 않을 겁니다. 결코 찾지 않을 겁니다."

사이먼은 나에게 이 여자를 찾을 임무를 맡겼다. 그는 내가 루시를 데리고 차를 타고 나가야 집에 가는 길에 그 일을 할 수도 있을 것이라고 말했다. 나는 서둘러 옷을 갈아입어야 했고 얼굴, 목, 귀 등 노출된 부분의 먼지밖에 씻을 시간이 없었다. 씻지 않은 부분은 전부 저탄장에서부터 뒤꿈치와 다리에서 올라온 먼지로 서걱서걱 소리가 났다. 눈가에까지도 내가 닦지 못한 검은 부분이 있었다. 이것이 어두운 표정의 나를 더욱 어둡게 했다. 나는 배가 고팠으나 뭘 먹을 시간이 없었다. 왜냐하면 시체 공시소에서 시간이 오래 걸렸고, 루시가 기다리고 있었기 때문이다. 나는 일할 때보다 더 빠르게 차를 몰아 웨스턴가와 디버세이에 가까운 긴 내리막길을 미끄러져 내려가다 폰티악 차가 휙 돌려 세우는 바람에 뒤의 전차와 부딪힐 뻔했다. 전차 운전사는 40야드 떨어진 철교 아래의 비탈에 서서 나를 보고 있었다. 과히 세게 부딪히지 않았다. 백라이트가 깨졌으나 다른 곳은 별로 상하지 않았다. 그래서 나는 이런 때면 항상 갑작스레 모여드는 사람들로부터 다행이라는 말을 들었다. 그들은 참 운이 좋았다고 말했다. 나는 웃어넘기며 다시 차에 올라 갈 길을 계속 달렸다. 칠흑 같은 밤길을 달려 흐뭇한 기분으로 매그너스 집에 도착했다. 그리고 머리에 눈을 맞으며 현관까지 들어가 자신만만하게 휘파람을 불며, 듣기 좋게 짤랑이는 소리를 내는 열쇠를 코트에서 꺼내어 문을 열고 들어가, 홀의 의자에 몸을 내던지듯 앉았다. 그러나 루시의 오빠 샘이 술을 한잔 먹어서, 나는 올 때보다도 더 빨리 시체 공시소로 돌아갔다. 빈 속에 위스키가 들어가 그렇게 만들었다. 그리고 사고 때문에 더러운 석탄 일을 하는 나를 지탱할 수 없을 정도로 다리가 약해졌다. 나는 의자에 주저앉았다.

"왜 그렇게 창백해요?"

루시가 물었다. 그리고 샘이 마치 B급 영화의 주인공같이 다가와서, 내게 안겨서 가슴이 눌린 인형 같은 그의 누이가 허약한 사람과 약혼하는 것은 아닌지 걱정했다. 자비심보다는 이런 관심에서 그는 줄무늬 진 잠옷을 엉덩이 위로 팽팽하게 당기면서 내게로 몸을 구부렸다.

"내가 창백해 보여?"

나는 힘들여 겨우 말하면서 머리를 들었다.

"아마 굶어서일 거야."

"어머나, 저런, 언제부터예요? 지금 9시가 넘었는데요."

그녀는 샘을 부엌에 보내 요리사에게 샌드위치와 우유 한 잔을 받아 오게 했다.

"그리고 하마터면 교통사고를 낼 뻔했어."

나는 샘이 나간 뒤에 그녀에게 이렇게 말하며 그것을 설명했다.

나는 그녀의 태도가 나에 대한 관심인지, 갑자기 내가 요나 같은 존재—지금 이 순간에는 행복한 연인 나—로 마음속에 떠오른 것인지 알 수 없었다. 그녀는 선견지명이 있어서, 지금처럼 그것을 이용하려 했을 때, 비록 직접적인 불행은 아닐지라도, 한 가닥의 불운이 수평선 위에 감돌고 있음을 보고 있는 게 틀림없었다.

"차는 많이 상했어요?"

그녀가 물었다.

"조금 부딪혔어."

그녀는 이런 나의 모호한 태도를 좋아하지 않았다.

"몸체 부분인가요?"

"확실히는 잘 모르겠어. 백라이트가 부서진 건 알아. 나머지는 어두운 밤이라 말하기 어렵지만, 아마 심하진 않을 거야."

"그럼 오늘밤은 내 차로 가요. 운전은 내가 할게요. 당신은 사고 때문에 손이 떨리고 불안할 테니 말예요."

그래서 그녀의 아버지가 최근에 준 로드스터를 타고 파티가 열리는 북부 연안으로 갔다. 그다음 우리는 바하이 사원 주위의 큰 부채꼴 그늘에 차를 주차시키고 달빛이 차갑게 부서지고 종교적 분위기가 감도는 기슭에서 서로 어루만지고 몸부림치며 몸을 떨었다. 모든 것이 정상인 것 같았으나 그녀에게나 나에게는 그렇지 않았다. 돌아갈 때, 그녀는 내 걱정을 하면서 파손된 차를 다시 보기를 원했다. 나는 그녀와 함께 차 뒤로 가서 허리를 굽혀 상한 곳을 손가락으로 가리키고 싶지 않았다. 헤드라이트를 끄고, 부서진 차를 돌아보았다. 그 후, 코트를 입고 모자를 쓴 뒤 홀 앞에서 그녀를 애무하고 그녀의 사랑을 확인하면서 어떤 동정의 장애물이 있다는 걸 알았다. 그녀는 사이먼이 파손된 차에 대해 야단법석을 떨 것이라는 것을—늘 그랬듯이—예견했고, 더구나 그를 제외하고는 어떤 생각도 그녀에겐 가능하게 보이지 않았으며, 내가 어떤 생각을 갖고 있다고 느끼면서 나를 약간 두려워했다. 그리고 나는 그녀의 어깨를 냄새 맡고, 가슴을 쓸어 올리며 애무했다. 그것은 달빛이 약간 비치는 소란한 홀에서, 2층에 있는, 코를 킁킁거리는 노인이 잠들었는지를 경계하던 때와는 기분이 달랐다.

나는 빗물이 떨어지는 흐린 아침과 불쾌한 냉기, 기름이 나오는 난로가 있는 방 안의 탁한 열기로 이미 지쳐 있었다. 만약 온 정신을 기울이면 홍수의 급류 속에서도 작은 막대기 같은 그런 모든 것을 운반할 방법은 틀림없이 있다. 그리고 시체나 자동차의 무게는 물의 부력에 의해 결정된다. 나폴레옹이 추운 겨울 부하들의 시체가 눈 속에 떼 지어 누워 있는 사이로 낡은 썰매를 타고 러시아에서 퇴각할 때에, 귀에 붕대를 감아서 잘 듣지 못하던—그래서 나폴레옹은 그의 귀를 잡아당기지를 못했다.—콜랭쿠르에게 사흘을 얘기했지만, 그는 상관의 잔뜩 부어오른 얼굴에서 전 유럽을 장악한 그의 위대함의 깊이를 보았음에 틀림없다.

그렇다. 이런 직업적인 사람들은 정력이 좋다. 그러한 위대한 정력이 나오기까지는 원동력이 무엇이며, 무엇을 불태울 수 있고 없는가에 관한 문제가 있다. 원자가 타서 원동력이 된다. 황량한 북부의 숲들은 많은 자질구레한 나뭇가지들처럼 탄다. 어디에 이 같이 불타는 나무들이 있을까? 여기서 나오는 힘은 무엇일까?

또 다른 하나는 부족한 정력을 보충하기 위해, 그리고 사람의 입으로 계란 맛을 보기 위해 모든 노력을 경주한다. 이것이 사랑을 아낌없이 쓰는 방법이다.

나는 이같이 다른 요소들을 견딜 수 없었다. 사이먼이 들어와 차에 대해 호통을 쳤다. 나는 너무나 의기소침해져서 대답할 수도 없었고, 그가 지나치다는 것조차 느끼지 못했다. 내가 간신히 대답만 했다.

"형은 왜 그렇게 야단을 하지? 큰 사고가 아니잖아. 더구나 보험에 가입했는데."

이것은 실수가 일어났던 곳에서만 그랬다. 나는 자동차의 뒷면과 철사로 얽어맨 갑각류의 눈 같은 라이트에 대해서도 기분 나쁘게 생각해야 했다. 그가 신경을 쓴 것은 내가 주의하지 않았다는 데서 생긴 사고라는 점이었다. 그것이 그가 이글거리는 눈으로 나를 쳐다보고 머리를 위협적으로 아래로 떨구면서 부러진 이를 내보인 이유였다. 나는 너무 낙담해서 그에게 맞설 수가 없었다. 그에게 그랬던 것처럼 나를 옹호해 주며, 보고 믿게 할 수 있는 것이라고는 아무것도 보이지 않았다. 내 입장에서는 모든 게 모호했고, 다루기가 몹시 어려워졌다.

나는 그날 저녁 책을 읽으며 집에 머물렀다. 합의대로 하면 나는 봄에 대학에 다시 다니게 되어 있었다. 봄에 사업이 좀 되고 나면 사이먼은 나를 놓아줄 수 있기 때문이다. 나는 여전히 여름 내내 책과 친할 수 있기를 갈망했다. 그래서 세상사의 윤곽과 그 이미지를 추구하는 두 목적을 달성할 수 있기 위해서 말이다. 지금까지는 파딜라가 대부분의 나의 책을 팔아주었다. 그는 최근에 생물물리학 실험실에서 신경 자극 속도를 측정하는 시간제 직업을 구해서 도둑질을 그만두었다. 내겐 몇 권의 책만 있었다. 내가 침대 밑에 둔, 그을린 아인혼의 고전들 중에서 실러의 『30년 전쟁사』를 뽑아 누워서 읽고 있는데, 미미 빌라즈가 들어왔다.

그녀는 자주 왔다가는 아무 말 없이 나가 버렸다. 벽장 속에 그녀의 물건이 있었기 때문이다. 그러나 오늘 저녁에는 할 말이 있는 듯싶었다. 다투려는 게 아니라 심각하게 말했다.

"프레이저 아기를 가졌어."

"뭐, 그게 정말이야?"

"물론, 정말이지. 나가자. 너에게 얘기하고 싶은데 카요가 들게 되는 게 싫어. 엿듣지 않더라도 벽을 통해 들을 수 있거든."

날은 어두웠으나 그다지 춥지는 않았고 바람이 몹시 불었다. 그래서 가로등이 마치 심벌즈처럼 마구 요란한 소리를 냈다.

"그런데 프레이저는 어디 있어?"

집에서 멀리 떨어지자 내가 물었다.

"프레이저는 떠나야 돼. 크리스마스 때 루이지애나 학회에서 빌어먹을 논문을 읽어야 하거든. 그래서 친척들을 만나러 갔지. 휴일을 그들과 같이 보낼 수가 없기 때문에 말이야. 하지만 그가 어디 있든 다를 게 뭐야? 무슨 소용이 있냔 말이야?"

"글쎄, 솔직히 말해서, 미미, 네가 결혼할 수 있다면 그 일을 좋아해야 하지 않니?"

그녀는 한참 침묵을 지키고 있다가 나를 쳐다보았다.

"너는 내가 쉽사리 이성을 잃는다는 걸 명심해 둬."

그녀는 내가 말을 취소하기도 전에 말했다. 우리는 아직 바람 부는 바깥에 나가지 않고 현관에 있었다. 그녀의 한 발은 바깥으로 향했고, 긴 소매의 손으로는 자신의 목 뒤를 잡고 있었다. 그녀는 가혹한 행복을 나타내는 둥근 얼굴을 내 얼굴 바로 밑에서 돌렸다. 가혹한 행복? 그래, 아니면 고통스러운 즐거움, 눈썹을 세울 정도의 쓰라린 고통을 지닌 정신과 육체를 나타내는 얼굴이었다.

"전에 그와 결혼하기를 원치 않았다면, 왜 이런 사고 때문에 결혼해야만 하지? 네가 좋은 신망을 받아왔다는 건 알고 있어. 커피 한잔하자."

그녀는 내 팔을 끌고 길 모퉁이까지 갔다. 거기서 다시 멈추어 우리는 얘기를 했다. 그때 페르시아 양털 코트를 입고 아스트라한산 양털 모자를 쓴 여자가 작은 개 한 마리를 끌고 왔다. 그런

데 깜짝 놀랄 일이 벌어졌다. 그것은 미미가 권총 강도로부터 빼앗은 총으로 그를 쏘았던 걸 내가 믿게 만드는 그런 종류의 일이었다. 훈련이 잘못되고 추운 날씨 때문에, 그 개가 미미의 발목에다 오줌을 싸버렸다. 무슨 일이 생겼는지 모르는 여인에게 그녀는 "개 좀 치워요!" 하고 소리쳤다. 그런 다음 미미는 오줌을 닦으려고 그 여자의 고급 털모자를 벗겼다. 모자가 없는 그녀의 머리가 바람에 흐트러지자 여인은 "내 모자!" 하고 소리쳤다. 모자는 미미가 팽개친 큰길 땅바닥에 놓여 있었다.

이미 그녀가 겪게 된 어려움 때문에 그 사건에서도 존경심이 결여된 행동을 했다. 그러나 여러 증거가 항상 미미에게 유리하게 모여들었다. 어쨌든 그녀는 잡화점에서 스타킹을 벗어서는 똘똘 말아 가방에 넣고 웃기만 했다. 정말로 화를 낼 순수한 계기가 그녀의 마음을 간질였다.

그렇지만 그녀가 커피를 마시며 토론하고픈 것은, 전해 들은 새로운 낙태법에 대해서였다. 그녀는 이미 에르고아피올 같은 약을 먹어보았고, 걷기, 계단 오르기, 뜨거운 목욕 등의 방법도 해보았다. 소비조합 매점에서 일하는 여자가 로건 광장 근처에서 주사로 유산시키는 의사 이야기를 했단다.

"그런 얘기를 들은 적은 없어. 하지만 한번 해볼 만한 것 같아서 해보려는 거야."

"그가 하는 방법이 무엇인데?"

"내가 어떻게 알아? 나는 과학자가 아니야."

"경과가 나쁘면 병원에 가야 해. 그다음엔 어떻게 하지?"

"만일 생명이 위험하면, 그들은 나를 병원에 입원시켜 주겠지. 무슨 일이 생기면, 나를 가만두지는 못할 거야."

"모험이야. 수술하지 않는 것이 좋겠어."

"그러면 아기를 낳으란 말이야? 내가? 내가 어린애를 데리고 있는 게 상상이 가니? 너는 세계의 인구가 는다는 데는 관심이 없구나, 그렇지? 너의 엄마를 생각하는 모양이지."

실베스터나 클렘 탬보가 나에 대해 얘기했다는 걸 알았다.

"너의 엄마가 나 같은 생각을 했더라면 너는 지금쯤 여기에 있지 않을 거고 네 형제들도 마찬가지야. 그렇지만 내가 너 같은 아들을 갖는다 할지라도—그녀는 평상시에도 그랬듯이 크게 웃으면서 말했다.—나는 너희들 세계를, 심지어 너희들의 잘못도 생각지 않아. 왜 내가 이 길을 걸어야 하지? 이런 것들의 영혼이 내가 죽은 후에 나를 따라와 태어나지 못한 데 대해 비난하면 안 되는 거 아니니? 나는 그들에게 말할 테야. '나를 괴롭히지 말고 내 말을 들어봐. 너는 여태까지 무엇이었다고 생각하니? 너는 작은 조개 껍데기에 불과했어. 그게 전부야. 너는 자신이 얼마나 행복했는가를 몰라. 왜 너는 거기서 태어나기를 바랐지? 내게서 태어나 봐. 너는 모르기 때문에 분노하는 거야.' 하고 말이야."

우리가 카운터 가까이 앉아 있어서 모든 종업원들이 멈추어 서서 얘기를 엿들었다. 그들 중에는 "미친 계집애!" 하고 욕하는 남자도 있었다.

그녀는 이 말을 들었다. 그녀는 그 남자의 시선과 마주치자 조롱투로 말했다.

"여기에 세자르 로메로처럼 보이게 애를 쓰며 살다가 죽을 녀석이 있군."

"맨 먼저 그녀가 들어와서 스타킹을 벗어 두 다리를 보여 주고……"

이런 논쟁이 계속되어 우리는 더 있을 수 없었다. 그래서 길을 걸으며 얘기를 끝마쳤다.

"아니야."
나는 말했다.
"나는 이 세상에 태어났다는 사실에 대해 불평할 수 없어."
"확실히 그래. 너는 누구에게 감사를 드려야 할지 알았더라면, 그에게 감사라도 했을 거야. 단지 우연에 대해서도 말이야."
"전적으로 우연이라고 볼 수 없어. 적어도 엄마 편으로 볼 것 같으면 사랑의 감정이 있었다고 나는 확신할 수 있어."
"그것이 우연이 되지 않게 만드는 것이 사랑이란 말인가?"
"내 말은 더 많은 생명이 있어야 한다는 욕망을 뜻하는 거야. 감사하는 마음에서 말이야."
"그게 어디 있는지 보여 줘! 풀턴 계란 시장에 가서 그걸 곰곰 생각해 보시지그래. 그 같은 감사를 내게 찾아주면서……."
"그런 식으로 너와 논쟁할 수 없어. 그러나 만약 망각이 나를 위해 더 좋지 않겠느냐고 질문했을 때 내가 '그렇지'라든가, '그럴지도 몰라.' 하고 대답한다면, 나는 거짓말쟁이가 될 거야. 사실 그 반대이기 때문에 난 망각이라는 것이 무엇인가를 안다고 단언할 수 없어. 그러나 나의 인생이 얼마나 즐거웠던가에 대해 얘기할 수 있어."
"그것은 너에게는 훌륭한 것이겠지. 어쩌면 너는 현재 네가 존재하는 방식을 좋아하는지 몰라. 그러나 대부분의 사람들은 살아가는 일로 고통을 겪고 있거든. 그들이 존재한다는 사실처럼 그들의 현재 상태 때문에 괴로워하지. 어떤 여자는 주름살이 늘어가면서 남편이 사랑해 주지 않기 때문이고, 어떤 여자는 언니가 죽어서 언니의 뷰익 차를 물려받기를 원하거나, 엉덩이 모양을 바르게 유지하기 위해 자기의 전 생애를 바치기 때문이지. 아니면 다른 사람으로부터 돈을 얻어내거나 남편보다 더 나은 남성을 구할 생각을 하면서 자기 일생을 보내는 여인도 있어. 남성들에 대해서도 한번 늘어놓아 볼까? 너만 좋다면 계속 얘기할 수도 있어. 남성들은 아름다운 하루 아침에 변하지는 않을 거야. 아니, 변할 수도 없지. 그러니 너는 행운아인지도 몰라. 그러나 다른 사람들은 그 자리에서 움직일 수 없거든. 그들은 현재에 소유한 걸 그대로 갖고 있어. 그것이 진리라면, 우리는 어디에 있는 거지?"

나로서는 모든 것이 구체적으로 그렇게 쏟아져 나온다고 생각할 수 없었고, 또한 행복을 위한 기회란 게 없다고 생각할 수 없었다. 그 행복은 영원한 절망, 얼마간 계속되는 고통, 자녀와 애인들과 친구들의 죽음, 여러 대의명분의 종말, 노년기, 염증 나는 호흡, 타락한 얼굴, 센 머리, 쭈그러진 가슴, 빠진 이, 게다가 참을 수 없는 것은 몹시 싫은 사람이 또 하나의 해골과 유사하게 뼈가 굳어지면서 죽기 전에 소리를 지르는 것—이런 모든 걸 망각할 수 있도록 허락된 사람들의 환상이 아니다. 하지만 현실적인 면에서 결심해야 했던 그녀가 나의 감정으로 그걸 결정하리라고 기대할 수 없었다. 그녀는 남자가 말할 수 있다는 걸 재빨리 알려준다. 그러나 그녀에게 있어서는 그것이 육체와 피에 관한 문제였다. 또한 그녀의 두 뺨을 빛나게 만드는 것, 즉 내면에 존재하는 궁극적인 것에 대해 그녀는 자만심조차 갖고 있었다.

나는 그녀와 이런 논쟁을 계속하지 않았다. 비록 그녀에 의해 설득되지 않았지만 나는 아직 태어나지 않은 존재에 대해서도 무서워하지 않았다. 이런 종류의 영혼들의 경제 이론에 완전히 일치한다면 자궁들은 항시 비어 있어야 하고, 병원과 감방, 정신 병원, 무덤들은 항시 가득 차야 한다는 커다란 불편과 죄책감을 느껴야 할 것이다. 이렇게 범위를 확대하는 것은 지나친 일이다. 비록 프레이저와 결혼하길 원한다 할지라도, 지금은 자유로이 결혼할 수 없는 프레이저의 자식을 가질까 하는 것은 자신이 결정해야 한다. 어쨌든 나는 그녀가 프레이저에 대해 얘기한 것을 액면 그대로 받아들이지 않았다.

하지만 그 주사약에 대해서는 자신이 없었다. 나에 비해 과학의 권위자인 파딜라에게 그 약에 대해 물어보기 위해 실험실에서 만나보려고 했다. 그도 모르면 한쪽 벽면이 옆 건물과 붙은 초고층 빌딩에 있는 생물학을 전공하는 그의 동료에게 물어볼 수도 있었다. 그런데 그 높은 건물에는 이상하게 긴장을 해서 짖는 개들이 있었는데 그 소리를 들을 때마다 나는 주춤하고 뒤로 물러섰다. 파딜라는 이것에 전혀 신경 쓰지 않는 듯이 보였다. 그는 단지 그곳에 가서 이심원(離心圓) 지점에 서서 담배를 물고 손을 한쪽 호주머니에 찌르고 연기를 뿜으며 단정치 못한 이상한 태도로 민첩하게 계산을 할 뿐이었다. 그러나 나는 미미가 의사와 약속하기 전에 그를 만날 수가 없었다. 나는 미미를 의사에게 데리고 갔다.

의사는 슬픔에 잠긴 사람처럼 보였고, 불경기 때문에 우울한 표정을 짓고 있었다. 게다가 그는 전문가가 아닌 것처럼 보였다. 오래되고 낡은 기구가 갖춰진 너절한 진찰실이 있었고, 소매를 걷어 올린 채 책상 앞에 앉아 담배를 피우고 있었다. 책상 위에서 스피노자나 헤겔에 관한 책, 의사와는 관계 없는 이상한 책들과 특히 그의 직업과 관련되는 책 한 권을 발견했다. 병원 아래층에는 레코드 상점이 있었다. 상점 이름이 기억난다. 스트라치아텔라였다. 창문에는 가족 전부가 보였다. 마이크에 대고 기타를 치고 있었다. 소녀들과 발이 아직 마루에 닿지도 않는, 맨다리를 드러낸 소년들이었다. 그 소리는 눈 온 후의 몹시 추운 날 밤 소란스레 오래된 선로를 서로 경쟁하듯 달리는 전차들의 소리보다 더 크게 들리는 전신줄의 소음과 더불어 거리로 퍼져 나갔다.

  의사는 자신이 제공해야만 할 것에 대해 잘못 전하지는 않았다. 그는 그 점에 있어서조차 부주의한 사람이었다. 그는 아마도 무정하고 냉혹한 사람은 아니었을 것이다. 그러나 그는 "염려한다고 해서 내가 무슨 일을 할 수 있겠나?" 라고 묻는 듯이 보였다. 아마도 그에게는 모든 창조물의 이중적인 무력함에 대한 경멸감이 있었던 것 같다. 즉 처음에는 사랑에 반대하고 다음엔 그 결과에서 벗어나려 한다는 것이다. 의사가 나를 그녀 애인으로 여기는 것은 당연했다. 미미는 그렇게 보이길 원했다. 나로서는, 그런 문제 따위는 상관없었다. 어쨌든 이것이 우리가 그 병원 진찰실에 있게 된 형편이었다. 건장하게 생긴 그 의사는 살찐 얼굴을 하고 퉁명스럽고 열성이 없는 듯 보였으며, 거칠게 숨을 내쉬면서 잘 모르는 우리의 이해를 돕기 위해 주사약에 관한 설명을 해주었다. 의사의 팔에는 털이 많았고, 진찰실은 시가 냄새가 고약했으며, 오래된 검은 가죽 의자에서는 악취가 풍겼다. 안경을 쓴 그는 사실은 불친절하지 않았으며 다소 사색적인 사람이었다. 단지 정화시켜 준다는 것, 그 이상은 아닌 어려움들에 한해서는 말이다. 그때 금속성의 슬픈 소리와 웃음소리와 함께 기타 소리가 그쳤다. 아름다운 얼굴과 머릿결, 붉은 뺨을 가진 미미는 꽃으로 장식된 모자를 쓰고 있었는데, 모자 둘레에는 흰 꽃과 화려하지 않은 작은 꽃들이 있었고 앞부분과 중앙에는 천으로 만든 장미꽃이 장식되어 있었다. 아, 붉은 장미꽃! 여름날 담벼락에 핀 장미꽃 같으나 천으로 된, 상점 카운터에서 파는 꽃이었다. 또한 그녀의 악마 같기도 하고 솜털 같기도 한 속눈썹은 깊게 박혀 움직이지 않는 듯하나, 그녀 역시 당황한 듯이 보였다. 그러나 그 시간은, 만약 내가 그녀의 마음을 이해했다면, 의사가 관찰했던 무력함,

즉 무언가 행해질 것을 기다리는 여인들이 느끼는 무력함과 그 방법 외엔 달리 명예를 회복할 방법이 없다는 걸 확인하는 최상의 기회였다.

"이 주사는 수축 현상을 일으킵니다."

의사가 말했다.

"그리고 그것은 고민을 없애 줄 겁니다. 그러나 꼭 그런 효과를 나타낸다고는 아무도 약속할 수 없습니다. 게다가 때때로 효과가 나타나더라도 확장시켜 소파 수술을 하는 것이 필요할 수 있습니다. 헐리우드의 여배우들은 그것을 신문에서 맹장염이라고 묘사하더군요."

"농담만 하지 않으면 당신에게 감사하겠습니다. 전 단지 치료에만 관심이 있을 뿐입니다."

미미는 의사의 말이 떨어지자 금방 이렇게 말했다. 의사는 현실적인 슬픔과 위험을 제거시켜 주는 데 대한 수완에 감사하며 미소로써 그에게 고마운 뜻을 표시했다고 생각하는 겁 많은 임신한 직공 아이들을 다루고 있는 것이 아님을 깨달았다. 연약함 때문에 곤경에 처하게 된 불쌍한 육체 말이다. 그러나 미미, 그녀의 연약함은 쉽게 육안으로 보이는 것이 아니었다. 그것이 뭘까 하고 의아하게 여길 정도였다. 그러나 놀랄 만한 의견을 표시한 후에 그 연약함이 나타났다.

"자, 모든 걸 전문적으로 설명해 주세요."

그녀가 말했다.

그는 화난 듯한 검은 콧구멍을 하고는 말했다.

"좋소, 주사 맞기를 원하는 거요, 않는 거요?"

"의사 선생님, 당신은 무엇 때문에 내가 추운 날 밤 이곳에 왔다고 생각하시는 거예요!"

그는 일어나서 에나멜 냄비를 가스난로 위에 올려놓았다. 발톱 모양의 회색빛 불길이 냄비 밑을 뜨겁게 할퀴었다. 그의 냄비 다루는 모습은 부엌에서 아침 계란을 요리할 때의 게으르고 너절한 모습을 연상시켰다. 그는 그 냄비 속에다 피하주사기를 떨어뜨리고는 집게로 다시 끄집어냈다. 이렇게 해서 준비가 되었다.

"만약 내가 다른 도움이 필요하게 되면, 다시 말해 치료가 완전하지 못하면 당신에게 다시 도움을 받을 수 있나요?"

의사는 어깨를 으쓱했다.

그녀의 목소리가 울리기 시작했다.

"무슨 의사가 그따위예요! 수술하기 전에 이런 걸 얘기하지 않나요? 아니면 주사를 맞은 후에 어떤 일이 일어나건 신경을 쓰지 않는 건가요? 당신은 사람들이 너무나 절망했기 때문에 신경도 쓸 필요가 없으며 단지 그들의 생명을 가지고 바보짓을 하고 있다고 생각하는 거에요? 그래요?"

"내가 해야 한다면, 당신을 위해 뭔가 할 수 있을 겁니다."

"돈만 받으면 하겠단 말이군요. 얼마나 요구하세요?"

내가 말했다.

"100달러요."

"50달러에 해줄 수 없어요?"

그녀가 물었다.

"그 돈으로 수술해 줄 다른 의사를 찾을 수도 있을 거요."

그는 별로 관심 없다는 걸 보여 줄 심사였다. 나는 그것이 그의 진심이라고 생각했다. 싫으면 그만둬요! 상관없어요!(*Non curo!*) 이것이 가장 쉽사리 떠오르는 말이었다. 그는 지금이라도 그 피하주사기를 치워버리고 코를 후비며 생각에 잠기기 위해 돌아갈 것만 같았다.

나는 미미에게 의사와 돈에 대해 더 얘기하지 말라고 충고했다. 그녀에게 말했다.

"그따위 문제는 중요하지 않아."

"그 가격으로 하기를 원해? 이것 봐, 내겐 돈 문제도 중요해."

"미미, 너는 아직도 마음을 바꿀 여유가 있어."

나는 그녀가 주의를 기울이도록 얘기를 해보았다.

"내가 마음을 바꾼다면, 어떤 상황에 처하게 될까? 여전히 마찬가지일 거야."

나는 그녀가 털 코트를 벗는 것을 도와주었다. 그녀는 주사 맞을 사람이 나인 것처럼 내 손을 잡았다. 내 팔로 그녀를 껴안은 순간—그녀의 요구를 느끼고, 내가 그 요구를 충족시켜 주기 위해 할 수 있는 모든 걸 히리라 마음먹으면서—그녀는 울음을 터뜨렸다. 울음은 나에게도 영향을 끼쳐, 나는 그녀의 팔을 잡았다. 그래서 우리는 사실은 다르나 마치 연인들처럼 꼭 껴안았다.

그러나 의사는 자신이 기다린다는 사실을 우리가 잊고 있게 하지는 않았다. 이런 일이 그에게는 슬펐을까, 지루했을까? 두 감정 사이에서, 그는 내가 그녀를 어떻게 위로하는가를 지켜보았다. 나를 그녀의 애인으로 생각하며 전엔 질투했다 하더라도 지금은 그에겐 부러워할 만한 것이 못 되었다. 글쎄, 그는 몰랐으리라.

그러나 미미는 결심했고 머뭇거리지 않았다. 눈물은 그것을 뜻하지 않았다. 그녀가 의사에게 팔을 내밀자, 그는 주삿바늘을 찔렀다. 아파 보이는 수액이 흘러 들어갔다. 의사는 분만 시와 같은 진통이 있을지도 모르니 가서 눕는 게 좋을 듯하다고 말했다. 이렇게 한 번 찌르는 데 15달러였다. 미미는 지불할 수 있었다. 그녀는 그 순간에 내가 지불하는 걸 원치 않았다. 그렇다고 내가 돈이 많은 것도 아니었다. 루시와 함께 다니느라고 나는 거의 무일푼이 되었다. 프레이저는 내게 약간의 빚이 있었는데, 만약 그 돈을 갚을 능력이 있었더라면 미미에게도 돈을 보내줄 수 있었을 것이다. 그녀는 프레이저가 돈 문제로 괴로워하는 걸 원치 않았다. 그는 이혼을 하기 위해 아직도 위자료를 마련하고 있었다. 게다가 그러한 일에 관해 알지 못한다는 것은 프레이저다운 면이었다. 직접 눈으로 볼 수 있는 데서 발생하는 것보다 더욱 홍한 것이 항상 있었다. 이 점이 미미가 항상 풍자하려고 노리는 그의 일면이었다. 그녀는 그 같은 면을 어리석다고 여겼지만 그러나 또한 귀중한 면이라고 격려해 주었다. 프레이저가 특별히 도량이 좁아서가 아니라, 좀 더 원대하고 의미가 깊은 인생 목적에 관심을 두기 위해 이러한 일을 미루는 것뿐이었다.

어쨌든 미미는 의사를 저주하면서 침대에 누웠다. 진통이 벌써 시작되었기 때문이다.

"근데 효과가 없어."

그녀가 말했다. 심한 진통을 일으키는 수축 현상은 더 이상 진전이 없었다. 그녀는 침대 이불 위로 마르고 딱딱한 맨살 어깨를 드러내 놓고는 떨며 땀을 흘렸고, 어린애 같은 앞이마는 고통스럽게 주름졌고, 두 눈은 푸른빛을 강하게 발산했다.

"오, 더럽고 잔인한 사기꾼 같은 놈!"

"미미, 의사가 아무 일도 없을 거라고 했으니까. 기다려 봐……."

"내 몸에 독이 가득 차 있는 지금, 기다리는 것 외에 뭘 할 수 있겠어? 단단히 걸렸나 봐. 내장을 쥐어뜯는 것 같아. 엉터리 악질 의사 같으니라고! 아!"

때때로 진통이 멎을 땐 지루함을 피하기 위해 농담을 했다.

"아기가 아주 단단히 앉아 있나 봐. 꼼짝 않거든. 고집이 센 놈이야. 어떤 여자들은 태아를 보존하기 위해 9개월을 누워 있어야만 한다는 거야. 라디오를 들어봐. 그러나—차츰 심각해지며—내가 처해 있는 형편 때문에 애기가 태어나게 둘 수는 없어. 애기가 다치게 될지도 모르지. 그로기 상태로 말이야. 그렇지 않다면 너무나 고집이 세어서 위험할지도 몰라. 범죄인이 될지도 모르지. 내가 사내애를 낳는다면 그 애가 난폭하여 세상을 방랑하게 될 것을 생각해 보고 있어. 오! 왜 내가 사내애라는 말을 하지? 계집애일지도 모르는데. 불쌍한 것. 딸이라면 내가 그 애한테 뭘 하겠어. 여전히 여자—여자인데 말이야. 여자들은 그들 자신을 더 많이 신용하거든. 그들에게는 더 많은 현실이 있는 거야. 본성에 더욱 밀착되어 살아가고 있어. 그래야만 해. 본능적인 요소가 그들에게 더 많이 있지. 그들은 감정을 갖고 있어. 그들의 피를 보고 있단 말이야. 남성들이 허영심에 부풀도록 되어 있는 반면, 그런 피를 본다는 것이 여자들에게 유리하게 되지. 오! 오기, 나를 잡아줘. 응? 제발!"

진통이 다시 시작되었다. 그녀는 몸을 꼿꼿하게 한 채 앉아서 내 손을 꽉 죄며 힘을 주었다. 그녀는 두 눈을 감은 채 진통을 치르고 나서 드러누웠다. 나는 그녀가 이불을 덮는 걸 도와주었다.

점점 약 효과가 없어지면서 그녀는 의사에 대해 분해했을 뿐 아니라 나에게까지 화를 냈다. 그녀의 근육과 자궁은 피로에 지쳐 있었다.

"하지만 그가 어떤 약속도 하지 않았다는 걸 넌 알잖아."
"어리석은 말 하지 마."
그녀는 심술궂게 말했다.
"의사가 내게 충분한 적정량을 주었는지, 또는 그가 내가 다시 돌아와 딴 방식으로 해달라기를 원하고 있는지 네가 어떻게 알아? 돈을 더 벌려고 말이야. 그게 정해진 일일 수도 있지. 다만 내가 그에게 가지 않을 거야."

비록 그녀는 초췌해지긴 했으나 대단히 격한 감정에 싸여 있었다. 나는 아무도 가까이에 있는 걸 원하지 않는다는 것을 알고, 그녀를 혼자 두고 내 방으로 돌아갔다.

카요 오버마크는 미미와 나 사이에 방을 쓰고 있었으므로 무슨 일이 일어났는가를 알아챘다. 그에게 비밀로 하려고 미미는 노력했지만, 그가 모를 수 있는가? 그는 나와 비슷한 스물두 살가량의 젊은이였다. 그러나 이미 위엄 있게 보였으며 크고 잘난 척하고 성급한 얼굴을 하고 있었고 깊은 생각으로 멍하게 보였다. 그는 우울하고 거칠었으며, 자신의 방에서 세련되지 못한 조잡스러운 생활을 하고 있었다. 그는 학교에서 강의 듣는 것을 좋아하지 않았다. 독학할 수 있다고 생각했다. 그의 방은 오래된 낡은 물건들 때문에 악취가 풍겼으며, 또한 그가 작업 도중에 화장실에 가기를 싫어해서 소변을 보는 병 때문에 악취가 더 심했다. 그는 침대에서 반나로 지냈다. 침대는 방을 온통 차지했고 나머지 부분에는 생필품과 먼지, 쓰레기 등이 쌓여 있었다. 그는 침울했으나 총명했다. 그는, 가장 위대한 순수성은 인간관계를 벗어난 곳에 존재하며, 인간관계란 것은 단지 허위와 돈에 대한 집착만을 낳을 뿐이라고 생각했다. 나에게 말했다.

"나는 언제라도 돈을 택할 거야. 나는 지질학자도 될 수 있었지. 난 인간이란 것에 실망조차 느끼지 않고, 전혀 관심도 기울이지 않지. 만약 한 가지 확실한 것이 있다면, 그것은 이 세상이 확실히 충분하지 못하다는 것이야. 더 이상 아무것도 없다면, 그들은 이 세계를 모두 원점으로 되돌릴 수 있을 텐데."

카요는 비록 미미가 항상 자신을 골렸으나, 그녀에 관해 알고 싶어 했다.

"무슨 일이야! 미미가 어려움에 처해 있다니? 운이 나쁘군."

"그래, 운이 나빠."

"그러나 아니, 그렇지도 않지! 전부가 운은 아니야."

그가 참을 수 없는 것 중의 하나는 사람들이 그의 말에 동의한다는 것이었다.

"너는 사람들이 그들에게 반복적으로 일어나는 일을 똑같이 하고 있는 걸 알 수 있을 거야."

미미에 대한 그의 태도는 의사의 태도와 공통점이 있었다. 그녀가 겪고 있는 것은 여성의 고민거리였다. 둘 다 그런 문제를 중요시하지 않았다. 카요는 의사보다는 훨씬 지성적이었다. 그가 비록 내복 차림으로 넓적하게 퍼진 무거운 발로 그의 방에 서 있고, 어깨 위에 텁수룩한 머리를 늘어뜨리고, 게다가 그의 체통을 떨어뜨리고 표준에 못 미친다는 비난의 대상인 커다란 얼굴을 가지고 있었지만, 다시 말해 그는 편견을 가진 무정한 사람이었지만, 남다른 노력을 보일 수도 있었고 자기에게 접근할 수 있는 길을 열어놓았다.

"너는 이해할 거야. 모든 사람은 자기가 선택한 것에서 괴로움을 받지. 선택으로 인한 괴로움 말이야. 그것이 그리스도가 존재하는 이유지. 하느님이 진정으로 인간의 신, 즉 인간적인 신으로 존재하려면 하느님조차도 선택한 것으로부터 괴로움을 받아야 해. 그녀도 그런 시련을 겪고 있어."

그는 무서우리만큼 성급함을 나타냈다.

"그것이 그리스도였어. 다른 신들은 성공하게 하면서 그들의 광채로 사람들을 때려눕혔어. 욕설을 하지 않는 신들이지. 알다시피 참된 성공이란 무서운 거야. 그런데 대항할 수 없어. 먼저 모든 걸 파멸시키지. 모든 것은 변화해야 할 거야. 모든 것이 혼합돼야 한다는 걸 제외하곤 순수한 욕망을 발견할 수 없을 거야. 우리는 순수하다고 인정되는 것에서 도망쳤어. 사람들은 이런 실망을 자기 나름의 방식대로 연출하지. 마치 혼합되고 불순한 것이 승리할 것이고, 또 승리해야 된다는 것을 입증하기라도 하는 것처럼 말이야."

나는 항상 그에게서 감명을 받았다. 말 같은 그의 큰 두 눈이, 말이 중대한 것에 그러하듯 우스꽝스러운 것에 놀라는 것처럼, 지혜와 지혜의 그림자에 의해 놀라고 있었다. 나는 그가 무엇인가 말하고 있고, 그의 말 속에 진리가 있다는 걸 알았다. 그를 빛의 원천으로 생각하고 존경심을 가졌다. 그 자신은 검은 피부빛에 때가 묻었고, 두 눈에 멍이 들었으나 빛을 발하고 있었다. 두 손을 살찐 엉덩이에 올려놓고는 원래의 미가 부정의 길로 인도되어 없어진 듯한 표정을 하고는 나를 쳐다보았다. 나는 모든 걸 포기해야 한다는 사실이 현실이 되었다는 것을 알 수 있었다. 거기에 덧붙인 경고로, 너무 많이 바라는 것은 치명적인 질병이라고 했다. 그렇다, 악의 지배를 받으며 살아가며 그 악을 남겨 두는 전염병적인 희망 말이다. 나는 그것을 이해할 정도로 충분히 약을 복용한 셈이었다. 나는 카요의 견해에 이끌리기도 하고 반항도 했다. 카요에게는 때 묻은 인생 무대의 하늘은 존재하지 않았고, 그는 항상 골수와 두뇌 속의 별들이 멀리 천천히 움직이는 투명한 구름을 타고, 다이아몬드가 떨어지는 은하수와 같은 하늘로 향하고 있었다.

그러나 나는 또한 사람들은 인생을 불가능하게 할 정도로 자유롭게 행동하지 않고, 그들을 파멸시킬 정도로 비타협적인 것을 한데 모으려 하지도 않으며, 단지 그들이 인간의 속성을 지니고 살 수 있는지 시험해 본다고 생각했다. 그리고 최고위층이 파리가 윙윙대고 연속방송극과 삭스 파크 회사의 지겨운 맥주 선전 사이에 라디오 잡음이 들리는 텅 빈 과열된 선술집에 들어온다면, 혼합과 불완전함이 늘 보이는 현실적인 상태라는 걸 말하는 것 말고는 달리 무엇을 할 수 있겠는가? 즉 굉장히 아름다운 모든 것도 나의 긁힌 눈동자로 보면 역시 긁힌 것으로 보일 것이다. 어느 곳에서라도 신들이 불쑥 나타날지 모른다.

"네가 이유를 따지려 든다면, 이런 혼합된 것들에도 역시 이유가 있을 수 있어."

카요에게 말했다. 그가 대답했다.

"현실적이 아니야. 너는 영화 스크린에서 살려고 하지 않는구나. 네가 그것을 이해하게 될 때, 너는 무엇인가 깨닫게 될 거야. 내가 네 성격을 잘못 판단하지만 않는다면, 너는 그렇게 될 수 있어. 너는 뭔가 믿는 것을 두려워하지 않아. 내가 알 수 없는 것은 네 자신이 잘난 척하기를 원하는 이유야. 그런 것은 오래가지 못해."

미미가 우리의 얘기를 듣고는 나를 불렀다. 나는 그녀에게 갔다.

"그가 뭐래?"

그녀가 물었다.

"카요?"

"그래, 카요 말이야."

"우리는 그냥 얘기했어."

"나에 대해 얘기했잖아. 만약에 네가 무슨 얘기라도 한다면 너를 죽여 버릴 거야. 그가 항상 찾는 것은 그가 옳다는 증거야. 그는 할 수만 있다면, 그의 큰 발로 내 가슴을 짓밟을걸."

"네 자신의 비밀을 지키지 못하는 것은 바로 너야."

그런 일에 신경 쓰지 않으려고 하며 내가 말했다. 어떤 방식으로도 말대꾸할 때가 아니었다. 그녀는 핵 모양의 수많은 철골이 장식된 굽은 쇠침대 위에서 나를 거칠게 노려보았다.

"말했잖아, 내가 한 말을 다른 사람에게 하지 말라고."

"미미, 조금도 걱정하지 마. 얘기하지 않을 테니."

그러나 다음 날 나는 카요에게 그녀를 감시해 달라고 요청했다. 그 이유는 무슨 일이 생길지도 모르고, 사무실에서나 시내에 있는 참나무로 된 방에서 한 달에 한 번 열리는 매그너스 사촌 클럽의 저녁 모임에서 미미의 일 때문에 걱정하지 않기 위해서였다. 나는 집에 전화를 해보았으나 짜증을 내는 오웬즈 씨를 제외하곤 아무도 연락되지 않았다. 그는 미미와 함께 있었다. 그는 알아들을 수 없는 웨일즈 악센트로 말하고 있어서, 계속 전화하는 것은 동전만 낭비하는 격이었다. 모임이 끝나자 루시는 춤추러 가기를 원했다. 나는 피곤했다. 그걸 숨길 필요도 없고 해서 집으로 돌아왔다.

미미가 그곳에 있었다. 그녀는 행복한 소식에 차 있었다. 흑백이 섞인 옷을 입고, 머리에 검은 리본을 달고 내 방에 앉아 있었다.

"오늘 머리 좀 짜냈어."

그녀가 말했다.

"나는 '이것을 합법적으로 처리할 방법이 없을까' 하고 혼자 생각해 봤어. 서너 가지 방법은 있어. 정신과 의사에게 가서, 내가 미쳤다고 말하도록 하는 방법이 하나 있지. 그들은 미친 여자가 아기를 갖는 걸 원하지 않거든. 나는 한때 그런 식으로 징역형을 모면한 적이 있어. 그래서 법정 기록에도 적혀 있지. 지금은 그 짓을 하고 싶은 생각은 없어. 너무 멀리 와버렸지. 터무니없는 짓을 하지 않기로 결심했어. 다른 방법은 만약에 심장이 약하거나 생명이 위독하면 그 일을 합법적으로 해줄 거야. 그래서 나는 오늘 병원에 갔었지. 내가 임신한 것 같으나 비정상적이며 계속 고생하고 있다고 말했어. 한 녀석이 나를 진찰해 보고는 내가 자궁외 임신을 했다고 강조하지 않겠어. 그래서 재진찰을 받아야 했지. 그래도 여전히 그렇다고 생각한다면 그들은 수술을 해줄지도 몰라."

이것이 그녀를 매우 즐겁게 만든 소식이었다. 그녀는 이미 그렇다고 확신했다.

나는 그녀에게 물었다.

"어떻게 한 거야? 책에서 자궁외 임신에 대해 열심히 읽어보고, 그들에게 가서 증상을 설명했다는 거야?"

"이봐! 무슨 말이야? 내가 그렇게 무모한 사람이라고 생각해? 넌 그곳에 가서 낡은 얘기를 지껄여 그들을 속일 수 있다고 생각하니?"

"병원에서는 어떤 일에 대해서 의사들을 속일 수 있어. 내가 장담할 수 있어. 그러나 미미, 네가 어디에 뛰어들었는가에 주의해야 해. 그들에게 그것을 강요하지 마."

"전부 내 생각은 아니야. 그들도 역시 그렇게 생각해. 나는 그런 증세를 약간 갖고 있어. 그러나 다신 그곳에 가지 않겠어. 수의사에게 가겠어."

나는 그 후 며칠간은 만찬회, 모임 등의 **빡빡한** 스케줄로 그녀를 돌볼 수가 없었다. 내가 그녀를 방문하는 때란 밤늦게나, 일어나야 하는 아침 6시 반경뿐이었다. 그때 그녀는 너무 잠에 취해서 얘기할 수 없었다. 내가 깨우러 갔을 때 그녀는 자기 어깨 위의 손이 누구의 것인지, 무엇을 물어볼 것인지를 즉시 알아차린 듯했고, 마치 자면서 대답하듯이 "아니야, 아무것도 아니야, 안 돼, 싫단 말이야." 했다.

12월 하순부터 본격적인 겨울이 시작되었다. 날씨가 흐리고 어두침침했다. 나는 안개와 연기로 자욱한 아침마다 덧신을 신은 채 계단을 내려와서 낮은 하늘에서 걸러진 밤이슬 젖은 차도를 향해 서둘러 달렸다. 분주한 작업이 끝난 후인 9시에야 비로소 나는 마리 음식점에서 기름 묻은 불결한 숟가락으로 아침을 먹을 수 있었다. 마리에는 화려한 주석판으로 장식된 벽이 있었고, 벽 옆에는 작은 팔걸이의자가 있었으며, 가구들의 높이 때문에 햇빛이 잘 들어오지 않았다.

어느 토요일 오후, 마리에서 쉬고 있었다. 그녀는 뉴욕에서 방송되는 오페라에 주파수를 맞춰 놓고 듣고 있었다. 차츰 풀어진, 웅변적인 호소력을 띤 소리는 들린다기보다 그저 내 귀를 스쳐 갔다. 마치 브루게의 감옥에 갇힌 부르군디 공작이 금빛 얼굴들과 종교 분위기의 장식을 한 어두운 덧문을 조금이라도 밝게 하기 위해 화가를 부르러 보냈을 때처럼, 이미 지불한 서비스였다. 고통을 겪는 사람에게 이런 도움은 지금 잡지에서나 방송에서 실제적으로 자유롭게 보급되었다. 그러나 나는 강력하고 형식적인 목소리 이외에는 그것을 잘 듣지 못했다.

해피 켈러맨이 보낸, 한 삽질하는 인부가 내게 어떤 여자로부터 전화가 왔다고 알려 주러 왔다.

그것은 미미의 전갈을 전해 주기 위해 사우스사이드 병원의 간호원이 건 전화였다.

"병원이오? 무슨 일이죠? 그녀가 언제부터 그곳에 있었나요?"

"어제부터예요. 경과가 아주 좋아요. 그분이 당신을 만나기를 바라고 있어요."

간호원이 말했다.

전화하는 걸 의심과 빈정댐과 비난을 가지고 듣고 있던 사이먼에게 나는 입원한 친구를 방문하러 일찍 가야겠다고 설명했다. 그는 내 설명을 일축해 버리기로 마음먹고 기다리고 있었다.

"어느 친구? 버릇 없는 금발 머리의 매춘부 같은 계집 말이지? 이봐, 너는 한꺼번에 너무나 많은 일에 손댔어. 어떻게 그녀와 친하게 됐니? 난 네가 너무 빨리 일을 진행시킨다고 생각해. 두 여자를 동시에 사귀려 하다니. 그래서 요즘에 네가 피로해 보이는구나. 만일 그들 중 한 사람이 재를 뿌리지 않았다면, 다른 쪽과 일을 서두는 것이 좋을 거야. 혹은 이것이 재를 뿌리는 이상의 일인가? 오, 사랑에 빠진다는 것 역시 너다운 짓이야! 너는 사랑의 짐을 지탱할 수 없어, 그렇지 않아? 너는 꼬리 치는 쪽에 뭘 주어야 하니? 네가 한 여자와 침대에 들어갈 때는 그녀를 평생 돌봐야 한다는 감정을 가져야 하니?"

"형, 그런 말을 할 필요는 없어. 아무 특별한 의미도 없는 전화야. 미미가 아파서 자기를 보러 왔으면 하는 거야."

"만일 저 녀석이 그런 책임을 지려면 왜 결혼을 서둘지 않겠나."

해피가 말했다.

"이 일이 그들에게 알려진다면."

사이먼은 해피가 듣지 않도록 말했다. 이상하게도 그의 시선은 다른 어떤 것보다 서로 닮은 만족이나 향락과 같은 것에 집착되어 있었다. 나는 그가 이미 혼자서 이 일의 결과를 처리했음을 알았다. 그는 나와 인연을 끊을지도 모른다. 그런다고 해서 무슨 해가 되는 것은 아니었다. 우리 둘이 결합해서 성공할 수 있을 거라던, 그가 결혼식 날 밤에 꾸몄던 그 생각을 그는 바꿔버렸다. 모든 일은 한 사람의 마음과 권위에서 이루어져야 한다고 결심하면서 말이다.

그러나 나는 이것을 그다지 생각하지 않았고, 오히려 병원에 있는 미미를 생각했다. 나는 그녀가 의사들을 속이려던 계획을 끝까지 잘 수행했으리라 확신했다. 오후 늦게 나는 병실에서 그녀를 보았다. 내가 문 안으로 들어섰을 때, 그녀는 저쪽에서 손가락을 물어뜯다가 침대에서 일어나 앉으려고 애썼다.

"그래, 계획대로 잘했어?"

"그럼! 내가 잘해 내리라는 걸 너는 몰랐어?"

"글쎄, 여하튼 끝났어?"

"오기, 나는 공연히 수술을 받았어. 다 정상이야. 아직도 해야 할 일이 있어."

나는 처음에는 무슨 말인지 몰랐다. 바보였고 어리석었다.

그녀는 열기를 띠는 유머와 쓰라린 괴로움을 섞어서 말했다.

"오기, 모두가 내가 정상적인 애기를 가지게 되었다고 축하하러 들어왔어. 자궁외 임신이 아니야. 의사나 인턴, 간호원들이 내가 미칠 듯이 기뻐해야 한다고 생각하고 있어. 나는 그들에게 소리조차 지를 수 없었어. 계속 울기만 했어. 그렇게 운 적이 없었지."

"하지만 왜 너는 그런 계획을 세웠었어? 너는 몰랐어? 네가 증상을 발견했잖아."

"아니야, 확신할 수 없어. 모든 증상을 알아낸 것은 아니었어. 일부의 증상만이지. 그 주사의 증상이겠지. 그들이 아기가 나팔관 속에 있을지 모른다고 생각했을 때, 나는 그들이 수술하지 않을까 봐 걱정했었어. 그들이 나를 수술대 위에 올려놓았을 때, 비로소 수술해 주리라 생각했지. 그러나 그렇지 않았어."

"물론, 그들은 그렇게 하지 않겠지. 허락된 것이 아니니까. 그것이 전부야."

"깨달았어. 깨달았단 말이야. 나는 문을 부술 수 있다고 생각했어. 내가 고안해 낸 훌륭한 계획의 하나로서 말이야."

그녀는 이제 울지 않았다. 그녀의 두 눈에는 짠 눈물이 흘러 붉은 핏발이 서 있었고 그녀의 코도 역시 붉게 변해 있었다. 그러나 앞으로 내민 아름다운 얼굴에서 명백히 볼 수 있는 것처럼, 사랑에 헌신하는 정력에 대한 그녀의 생각에는 귀족적인 데가 있었다.

"미미, 얼마 동안 침대에 누워 있을 작정이지?"

"그들이 요구하는 만큼 오래 있지는 않을 거야. 그럴 능력도 없고."

"오래 있어야 해."

"오, 아니야. 너무 늦어. 조금 더 있으면 병원비를 물 수가 없을 거야. 네가 그 사람을 불러서 다음 주말에 퇴원할 약속을 해 줘. 그때까지는 괜찮아."

이 말은 나에게 언짢게 들렸다. 그 말에 참을 수 없었다. 나는 내 몸속에서 일어나는 이런 기분에 두려움을 느꼈다.

"오, 너는 여자가 그것보다 더 연약해야 한다고 생각하고 있구나. 네가 약혼한다는 사실을 잊고 있었어."

그녀가 말했다.

"적어도 퇴원하라고 할 때까진 기다리지 않을 수 없어?"

"열흘이라고 말했어. 그렇게 오랫동안 병실에 누워 있는 것은 나를 더욱 쇠약하게 만들 뿐이야. 어떻든 병실에선 더 이상 견딜 수 없어. 간호원들이 그 축복받은 일에 대해 그렇게 기뻐하고 있

12장 165

으니, 더 이상 참을 수가 없단 말이야. 나는 신경이 날카로워졌어. 돈 좀 가지고 있어?"

"많지는 않아. 너는?"

"필요한 것의 반도 안 돼. 게다가 많이 마련할 수도 없어. 수술비가 1달러라도 모자라면 건드리지도 않는다는 사실을 알고 있어. 프레이저 역시 아무것도 가진 게 없는데."

"내가 그 방에 들어갈 수만 있다면, 그의 책 몇 권을 꺼내다 팔 수 있을 텐데. 꽤 비싼 것이 있거든."

"그는 그걸 좋아하지 않을 거야. 어쨌든 그 방에 들어갈 수 없어."

그녀는 선입견을 버리고 나를 쳐다보았다. 나를 직시하면서 잠시 웃음을 띠고 말했다.

"너는 내 편이지, 그렇지?"

나는 대답할 필요가 없다는 걸 알았다.

"내 말은 너는 사랑의 묘미를 알 수 있다는 뜻이야."

그녀는 나에 대해 어떤 자부심을 갖고 감동적으로 키스했다. 창백한 얼굴을 한 다른 병실의 여자들이 우리를 방문하거나 돌아보러 왔다.

"우리는 그 돈을 마련할 수 있을 거야. 100달러 중에 얼마나 부족하지?"

내가 물었다.

"적어도 50달러 이상이 부족해."

"구할 수 있을 거야."

부족한 돈을 마련하기 위한 내가 아는 가장 쉬운 방법은—너무 쉬워서 자랑스럽게 여기기까지 했다.—책을 훔치는 것이었다. 나는 어느 누구에게도 도움을 청할 필요가 없었다. 사이먼에게는 더욱 그랬다.

　나는 곧 시내로 향했다. 아직 초저녁이었으므로 거리는 전깃불과 빙판으로 빛나고 있었다. 공장들의 거의 모든 창문이 흔들리고 있었다. 공장들은 눈을 헤치고 요동치면서 바람에 휩쓸려서 수염처럼 얼어붙은 겨울 풀잎들로 덮여 있는 폐허의 초원 지대에 서 있었다. 차갑게 흐르는 호수는 푸른빛을 띠고, 곧은 레일 역시 어둠 속으로 뻗어 있었다.

　나는 와바시가의 카슨 백화점으로 갔다. 1층 서적 판매부는 따뜻했고 사람들이 크리스마스 종들과 은종이로 만든 담쟁이덩굴 아래서 물건을 사느라고 붐볐다. 나는 보통 때처럼 오랫동안 빈둥빈둥 돌아다녀 주의를 끌게 하지 않았다. 나는 내가 찾던 책이 무엇인지 알고 있었다. 희귀한 플로티누스[40]로, 영어판 『에니애드』[41]를 찾고 있었다. 그것은 제값보다 훨씬 많은 돈을 받을 가치가 있었다. 나는 그 시리즈 책을 내려놓고 책장을 넘기며, 제본 상태를 조사해 보았다. 나는 이 책들을 팔 밑에 끼고 와바시가 쪽으로 난 문으로 쉽게 발길을 옮겼다. 문은 서서히 회전했다. 네 개의 회전문의 한 칸으로 들어가서 반쯤 통과했을 때 문이 멈췄고, 거리에서 불과 몇 인치 떨어진 곳에서 나는 붙잡혔다. 나는 마음속에 벌써 순경, 법원, 감옥, 브라이드웰에서의 무서운 일 년까지 생각하고 이것이 최악의 궁지인지 아닌지 알아보려고 고개를 돌렸다. 그러나 내 뒤에는 지미 클라인이 있었다. 옛날 이후 그는 내겐 낯선 사람이었으나 결코 아주 낯설지는 않았다. 안에서 문을 돌리는 놋쇠로 된 원통 속에 나를 갇히게 한 것은 그였다. 그가 나에게 내보내 주겠다고 신호했다. 그리고 거리에서 기다리라고 했다. 중절모 챙 아래 보이는 그는 훈련이 잘된 표정이었다. 엄지손가락을 아래로 내리면서 위협적으로 말했다.

"밖에 나가 있어."

그 신호를 보고 나는 그가 상점을 지키는 형사임을 알았다. 클렘 탬보가 나에게 그가 카슨 백화점에서 일하고 있다고 하지 않았던가? 나는 도망치려 하지 않았다. 우선 그 함정에서 헤어났다. 그리고 책을 그에게 넘겨주었다. 그는 빨리 말했다.

"길 모퉁이 신호등에서 기다려. 곧 갈 테니."

나는 그가 회전문 속으로 뛰어들었을 때 그의 급한 뒷모습과 모자를 봤다. 태도로 보아 그는 화나 있지 않았다. 그러나 앞을 내다보아 일을 처리하고 뭔가에 대해 준비해 왔던 사람같이 보였다. 공기는 차갑지만 신호등 옆 군중 속에서 나는 땀을 흘렸고, 지나간 위기에 대해 마음 약해져 고마움을 느꼈다. 할머니가 지미를 사기꾼이라던 말이 생각났다. 어쨌든 그는 범법 행위를 다루었다.

"좋아."

이쪽으로 오면서 그는 말했다.

"내가 소리칠 때 넌 책을 놓고 도망쳤어. 나는 네 얼굴을 못 봤어. 그래서 난 너를 찾아낼 수 있을지 없을지 몰라 애쓰고 있어. 알겠어? 지금 바로 먼로에 있는 톰슨 음식점으로 가. 바로 뒤따라 갈 테니."

나는 실크 머플러로 얼굴의 식은땀을 닦으며 그곳으로 갔다. 그곳 카운터에서 찻잔을 들고 탁자로 갔다. 곧 그가 와서 자리에 앉았다.

그가 잠시 나를 바라보았다. 그는 눈에 주름이 졌고, 창백하고 빈틈없는 침착한 표정의 시사 해설가 같았다. 그러나 환경이 허락하는 한, 우리 둘은 다시 만난 행복감을 느꼈다.

"너, 문에서 놀랐었지?"

그가 드디어 말문을 열었다.

"말 마, 굉장히 놀랐어. 너는 어떻게 생각하니?"

내가 웃으며 말했다.

"넌 지금이나 옛날이나 바보 녀석이구나. 기차에 부딪혀도 다만 멋있다고 생각하고, 6월에 무릎까지 오는 물에서 일어나듯 웃으며 일어나니 말이다. 그래, 이번엔 무슨 일이야?"

"아무튼, 나를 붙잡은 녀석이 진짜 형사가 아니고 너인 것이 천만다행이야."

"이 바보야. 난 진짜 형사야. 난 너를 추적해야 했어. 나는 카운터 옆에 있었는데 네가 약 2야드 범위에서 느닷없이 시야에 들어왔어. 그러니 네게로 안 갈 수 없잖아. 그런데 왜 책을 훔치지? 나는 과거에 우리가 산타클로스 거래 사건을 저질렀을 때 잔뜩 혼이 나고는 그 일을 단념했다고 생각했어. 우리 아버지는 나를 거의 죽여 놓았지. 정말 아버지는 나를 죽이려 했어."

"그래서 네 아버지가 너를 형사로 만들었니?"

"아버지? 제기랄! 나는 그들이 가라는 곳에서 시키는 일을 하고 있어."

나는 그의 어머니가 돌아가신 것을 알았다. 절름거리며 걷던 살찐 그의 어머니가 무덤에 묻혔음을 알았다. 그러나 다른 사람들에게는 어떤 일이 일어났는가?

"네 아버지는 요즘 어떠니?"

"엄마가 돌아가신 후 재혼했어. 옛 고향에서의 로맨스를 사십 년간이나 계속했다는 것이 드러났어. 굉장하잖아? 아버지가 여덟 아이를 갖고, 그 여자가 네 아이를 가질 때까지 서로 마음을 태웠으니 말이야. 그녀도 미망인이 됐고 그래서 다시 만나 결혼했어. 놀라는구나?"

"응, 난 네 아버지가 항상 집에 계셨다고 기억하는데."

"글쎄, 아버지는 가끔 웨스트사이드에 가곤 했어. 갈 때는 항상 16번가 켄턴 전차를 타려고 차를 갈아탔지."

"아버지에게 너무 거칠게 굴지 마, 지미."

"나는 아버지 일에 반대하지는 않아. 그것이 좋으시다면 만족할 뿐이야. 그러나 똑같이 집에 계셔, 지금도 말이야."

"엘리너는 어찌 됐어? 멕시코에 갔다고 들었는데."

"옛날 얘기를 하는구나. 그건 오래전 일이야. 벌써 돌아왔어. 너 한번 엘리너를 찾아봐야 해. 널 좋아했잖아. 아직도 너에 대해 얘기하지. 인정 많은 여자야. 회복돼야 할 텐데."

"어디 아픈가?"

"응, 병이 있어. 시카고가에 있는 자로피크 상점에서 다시 일하고 있어. 학교 주변 가게에서 파는 사탕과자를 만드는 곳이지. 하지만 일을 하지 말아야 해. 멕시코에서 병을 얻었거든."

"결혼하려고 그곳에 갔는 줄 알았는데."

"아, 너 누구를 기억하고 있구나."

"너의 스페인 친척 말이야."

그는 아래를 내려다보고 웃었다.

"그래, 그는 그곳에서 가죽 제품을 만드는 '싼 임금으로 장시간 일을 시키는 착취' 공장을 경영하고 있어. 그는 약혼하려고 약 일 년 동안 엘리너를 거기서 일을 시켰어. 하지만 그는 그곳에다 다른 여자들도 데려다 놓고 일을 시키는 데다가, 정말로 결혼할 생각은 안 했지. 드디어 그녀는 병이 나서 집으로 왔어. 비통해하지는 않았어. 여하튼 다른 나라를 한번 본다는 건 좋아."

"참 불쌍하군."

"그래, 그녀는 사랑할 수 있기를 바랐어. 그것에 대해 기대도 많았는데."

 그는 굉장히 경멸적이었다. 그러나 그것은 엘리너에 대한 것은 아니었다. 아마도 그녀를 좀먹고 쇠약하게 만들었던 것, 즉 사랑에 대한 경멸이었다.

 "넌 사랑에 대해선 가혹하군그래."
 "그건 아무것도 아니라는 생각이 들어."
 "하지만 너는 결혼했다고 클렘이 말하더라."
 나의 이러한 순진함은 그를 기쁘게 했다.
 "그래, 아들이 하나 있지. 참 귀여운 놈이야."
 "부인은 어때?"
 "좋은 여자야. 고생스럽게 살고 있지. 우리는 그녀 가족과 함께 살고 있어. 게다가 결혼한 여동생 부부도 함께. 화장실을 사용하거나 세탁이나 요리, 혹은 애들에게 소리 지를 때, 어떻겠니? 계단에 드러누워 창녀 노릇을 하는 또 다른 여동생이 있지. 연극 구경을 갔다 오다 어두워서 그녀를 밟게 되어 항상 말다툼이 생겨. 내가 이러한 상황에서 벗어날 곳은 2인용 침대밖에 없어. 넌 그것이 어떤 건지 알겠지? 네가 인생으로부터 기대했던 모든 것이 단 한 가지 일로써 일어나는 것이지. 제기랄. 그래서 너는 예쁜 자식을 갖게 돼. 앞으로는 이전보다 더 비참해지고 그다음은 그것이 더욱더 영속적이 되지. 결혼해서 자식을 한번 가져봐."
 "어떻게 그런 일이 생겼지?"
 "그녀와 놀아나다가 가족이 되는 길로 이끌리고 말았지. 그래서 결혼을 했어."
 이것은 렌링 부인이, 만일 사이먼이 시시와 결혼하면 일어날 일을 예언했을 때, 나에게 그 장면을 묘사해 준 비참한 경로, 바로 그것이었다. 지미가 말했다.

"너는 7월 4일 독립기념일에 쏘는 로켓처럼 서 있구나. 너 자신을 폭발시키기에 충분한 화약을 갖고 서 있단 말이야. 그것은 섬광을 내고는 쓰러지지. 너도 자식을 키우며 마누라에게 복종을 하며 살겠지."

"너는 그렇게 하니?"

"글쎄, 그건 그다지 중요하지 않아. 그에 대해 희망을 잃었어. 나는 마누라를 과히 행복하게 해주었다고 생각지 않아. 그런데 우리는 왜 내 얘기만 하고 있지? 넌 이상한 녀석이야. 넌 도대체 무엇을 하고 있어? 아니면 무엇을 하고 있다고 생각하니? 네가 이 책들을 훔치는 걸 보았을 때 난 죽을 것만 같았어. 여하튼 너를 다시 만나게 된 좋은 기회였어. 오기, 이 도둑놈아!"

그것은 그를 놀라게 한 것만은 아니었고 그를 다소간 기쁘게 하는 것 같았다.

"난 도둑질을 업으로 하는 건 아니야, 지미."

"시간제로 도둑질한다고 해도 너와 사이먼에 대해 들은 것과는 일치하지 않아. 난 네가 대단히 성공했다고 들었어."

"사이먼은 잘해 내고 있어. 결혼도 하고, 사업도 하고 있지."

"크레인들에게서 들었어. 너는 대학에 가려고 책을 훔치는 거니? 나는 많은 학생들을 잡았어. 대부분 그들은 좋은 인상을 주지 못해."

나는 돈이 필요한 이유를 설명했다. 미미가 내 애인이라고 생각하게끔 하면서. 그러지 않으면 그를 이해시키기가 어려웠기 때문이다. 나를 붙잡은 순경이 된 지미를 만난 것은 별난 일이기는 했으나, 나는 안도감을 느꼈다. 그러면서도 이러한 사실에 대해 정신적으로는 우울했다. 나는 돈을 구하기 위해 다른 일을 계속해야만 했다. 그런데 지미는 내 이야기에 자극을 받았다. 그래서 나를 위한 걱정으로 얼굴이 팽팽해지면서 바로 결심했다.

"임신한 지 얼마나 됐어?"

"두 달이 넘었어."

"이봐, 오기, 할 수 있는 한 너를 돕겠어."

"아니야, 지미. 난 네게 구걸할 수 없어. 네가 어려운 생활을 한다는 걸 알아."

"바보 같은 소리 마. 몇 달러 돈과 비참한 인생을 비교해 봐. 이건 나를 위해서야. 내 친구에게 그런 일이 일어난 걸 보고 싶지 않아. 얼마 필요하지?"

"50달러 정도야."

"염려 마. 엘리너와 나 사이에 그 정도 돈은 아무것도 아냐. 그녀는 저금한 돈이 약간 있어. 나도 그것을 어디에 쓰려는지는 말하지 않을 거고, 그녀도 묻지 않을 거야. 여하튼 그녀가 알아야 할 까닭이 없잖아? 넌 네 형에게 그 돈을 달라고 하지 않은 이유를 내게 말할 필요는 없어. 그가 그 돈을 주었다면, 넌 이런 짓을 하지 않았겠지."

"용기와 추진력이 있었다면 그에게 요구했을지도 몰라. 그러나 그러지 않은 특별한 이유는 없어. 여하튼 지미, 고마워, 정말 고마워, 지미!"

나의 사의가 너무 지나치자, 그는 비웃었다.

"너무 그러지 마. 월요일, 여기서 같은 시간에 50달러 줄게."

지미는 자신의 친절한 동기가 기뻤지만 감당할 수 있을 만큼 자신이 없었다. 그는 오히려 그것 때문에 수줍어했다. 나는 그가 한때의 친구를 도와주기를 원하는 만큼 어떤 복잡한 심리적 현상을 무시하려는 것을 잘 알 수 있었다.

어떻든 그는 내게 돈을 주었다. 나는 크리스마스 주말에 의사와 만날 약속을 했다. 일을 처리하기는 어려웠다. 나는 그날 밤 루시와 데이트가 있었다. 차가 필요했기 때문에 사이먼에게 그녀와의 약속을 숨길 수가 없었다. 그래서 미미를 의사에게 맡겨 놓고 너무나 불안하여 아래로 내려와 잡화점에서 루시에게 전화를 했다.

"루시, 나 오늘밤 매우 늦을 것 같아. 일이 생겼어. 10시나 돼야 도착할 수 있겠어."

그러나 그녀는 나에 대해 그다지 관심을 갖지 않았다. 그녀는 전화기에 대고 속삭였다.

"내가 차로 담을 들이받아서 범퍼가 조금 망가졌어요. 아직 아빠한테는 말하지 않았어요. 아빠는 지금 아래층에 계세요. 지금 난 상당히 난처해요."

"아버지가 그다지 화내시지 않을 거야."

"그렇지만 오기, 그 차를 가진 지 한 달도 안 되었어요. 내가 잘 간수하지 못하면, 아빠는 그 차를 파시겠다고 하셨어요. 적어도 육 개월 동안은 아무 사고도 내지 않겠다고 약속했어요."

"아마 아버지 몰래 수리할 수 있을 거야."

"내가 그렇게 할 수 있다고 생각해요?"

"아마 가능할걸. 내가 대책을 생각해 볼게. 하여튼 오늘 좀 늦을 거야."

"너무 늦지 마요."

"알았어. 10시까지 가지 않으면, 기다리지 마."

"만약 당신이 안 오면, 나는 망년회 전에 잠 좀 자야겠어요. 내일은 제시간에 올 수 있겠죠? 공식적인 모임이란 걸 잊으면 안 돼요."

"내일 9시, 턱시도를 입고 가지. 어쩌면 오늘 밤에 갈지도 몰

라. 오늘은 사소한 사고로 고민하는 친구를 도와주기로 했지. 차에 대해서는 걱정 마."

"그래도 걱정돼요. 당신은 아빠를 잘 몰라요."

허전한 마음으로 전화 박스를 나왔다. 부자연스러움, 두려움, 그리고 내가 모르는 모든 것이 엄습해 왔다.

스트라치아텔라는 문이 닫혀 있었다. 음산한 유리 속에 색소폰과 기타가 구석에 놓여 있었다. 더 안쪽, 가족들이 앉아 스파게티를 즐기고 있는 주방에서 불빛이 새어 나왔다.

나는 2층으로 올라가 문 옆 복도에서 기다렸다. 잠시 후 문 여는 소리가 들렸다. 미미가 혼자 나왔고, 돈을 냈다. 그 문은 내가 의사에게 무엇을 물으려 하기도 전에 닫혔다. 나는 비틀거리는 미미를 부축해야 했기 때문에, 당장 물어볼 수 없었다. 그녀는 퇴원한 지 불과 이틀이 되었다. 게다가 자신의 고통이나 피를 쏟았던 것도 생각지 않고 혼자 여러 가지 결정을 하여 허약해져 있었다. 나는 처음으로 무표정한 그녀를 보았다. 마치 소풍에서 돌아오다 관광열차에서 지쳐 곯아떨어진 어린애처럼. 다만 그녀의 머리가 내 목에 와 닿았을 때, 약하고 관능적인 반사작용으로써 그녀의 입술을 내 목에 갖다 대었을 때를 제외하고는 말이다. 그 순간 어쩌면 나는 그녀에게 있어 프레이저였을지도 모른다. 그녀는 아무리 복잡하고 해롭고 더러운 일이 일어나도 모든 사람들은 남성과 여성 사이에 있는 숨겨진 부드러움에 의지하고 있다는 믿음에서 후퇴하지 않으리라는 것을 다짐했다. 인간은 모든 우주 가운데서 무의식적인 필요성에서 이루어진 모든 것을 그들의 충동에서 행한다는 사실 말이다.

계단 꼭대기에서 나는 미미를 껴안으면서 속삭였다.

"이제 괜찮아. 마음 놓고 내려가자."

그녀가 아직도 입술을 내 목에 대고 있을 때, 웬 남자가 올라왔다. 나는 그 사람이 어딘지 낯이 익었고 불안했다. 미미 역시 누가 오는 걸 알고 몇 걸음 옮겨 놓았다. 그가 올라왔을 때 우리는 복도 가운데 있는 불빛을 피해서 어두운 곳에 있었다. 그러나 우리는 서로 알아보았다. 그는 켈리 웨인트로브였다. 그는 매그너스 부인의 사촌으로서 조지 얘기를 꺼내 나를 위협했던 놈이다. 나를 보자 그는 천천히 미소를 짓기 시작했는데, 그것은 단순한 미소라기보다 환호성이라도 지를 듯한 즐거움이었다. 그의 눈에 숨은 뜻은 애매함 속에서 뚜렷하게 보였다. 나는 그가 나를 패배시켰다는 사실을 깨달았다. 그가 알았다.

"오, 마치 씨, 놀라운 일인데! 내 사촌을 만난 적이 있다면서?"

"네 사촌이 누군데?"

"그 의사 말이야."

"이해가 간다."

"뭐가?"

"네가 그 사람의 사촌이라는 게."

나는 이놈이 내 뒤를 쫓아다니며 앙갚음하지 못하도록 멀리 도망다니거나 숨어버릴 수가 없었다. 그래서 그는 지금 살이 찌고 이마가 굽은 잘생긴 티메오 같은 모습으로 무릎에 힘을 주고 으스대면서 내게 이야기하고 있었다.

"나는 사촌이 또 있어."

그가 말했다.

나는 그를 두들겨주고 싶었다. 그가 입 싸게 지껄이고 난 후에 어쩌면, 나는 그를 다시는 못 볼지 모르기 때문이다. 그러나 나는 미미를 부축하고 있었으므로 그럴 수가 없었다. 내가 피비린내를 맡은 것처럼 느껴지는 것은 아마 분노에 차서 감각기관이 확대되었기 때문인지도 모른다. 나는 말했다.
"저리 비켜!"
미미를 집으로 데리고 가서 침대에 눕히는 것만이 내가 지금 생각할 일이었다.
"이 사람은 내 애인이 아니에요."
미미가 켈리에게 말했다.
"단지 곤경에서 나를 도와주고 있는 거예요."
"그것도 이해가 가는 말이야."
그가 대답했다.
"오, 이 더러운 놈!"
그녀가 말했다. 미미는 너무 쇠약해서 야성적인 힘을 낼 수가 없었다.
나는 부르르 떨면서, 그녀를 차에 태워 빨리 그곳을 떠났다.
"미안해. 내가 네 일을 망쳐 놓았어. 그는 누구지?"
"그저 아는 놈—대단한 놈은 아냐. 아무도 그놈 말에는 귀도 기울이지 않아. 미미, 걱정 마. 일은 잘됐어?"
"그는 냉혹하고 거칠었어. 먼저 돈을 받더군."
"그러나 이제 다 끝난 것이겠지."
"그게 네 뜻이라면 이제 다 끝난 셈이야."
차도는 눈이 녹아서 깨끗했다. 나는 주로(走路)를 따라 터널을 통과하면서 끝없이 연속되는 길을 달렸다. 헤드라이트 불빛은 마치 바람이 교회당 안으로 들어가 촛불을 휘날리게 하듯이 숨을 빨아들였다. 차의 속도는 그만큼 빨라서 모든 것을 용해해 버릴 정도였다.
드디어 우리는 도착했다. 나는 그녀를 안고 2층으로 올라갔다. 그녀가 이불 속으로 들어가는 동안 나는 오웬즈 양에게 얼음주머니를 빌리려고 내려갔다. 그녀는 얼음에 대해 내게 안달하였다.

"뭘 그래요! 한겨울이잖아요."

나는 소리 질렀다.

"그러면 밖에 나가서 얼음을 잘라 오지 그래요. 우린 냉장고에서 얼려야 하기 때문에 전기가 들어요."

나는 내가 얼마나 고통스러운 표정인가를 생각지도 않고 갑자기 뛰어들어 감으로써 그녀를 당황시켰다. 나는 노처녀의 고민을 방해했다는 것을 알고는 고함을 멈췄다. 마음을 가라앉히고, 여유 있는 매력을 보이면서 그녀를 설득했다. 그렇다고 지나친 건 아니었다. 단지 이 순간의 흥분을 가라앉히는 것뿐이었다.

"빌라즈 양이 이를 뽑고 퍽 아파하고 있어요."

"이 한 개를 가지고! 당신들 같은 젊은 사람들이 이렇게 흥분하는군요."

그녀는 내게 얼음 담은 상자를 주었다. 나는 그것을 받아 들고 급히 돌아왔다.

그러나 얼음은 큰 도움이 못 되었다. 그녀는 피를 많이 흘렸고, 그녀는 그것을 감추려고 애썼으나, 지금은 내게 말해야만 했다. 그녀도 놀라서 두 눈을 크게 뜨고 그것을 보았기 때문이다. 피는 침대를 적시기 시작했다. 나는 그녀를 즉시 병원으로 데려가려 했으나, 그녀는 말했다.

"곧 괜찮아질 거야. 처음에는 다 이런 것 같아."

아래층으로 가서, 나는 의사에게 전화를 걸었다. 의사는 계속 지켜보라고 하면서, 만약 차도가 없으면 어떻게 하라고 지시했다. 그는 대기하고 있겠다고 했으나 말에는 공포가 깃들어 있었다.

내가 그녀의 침대 시트를 끌어당겨서 내 시트로 바꿔주려 하자, 그녀는 두 손으로 말리며 거절했다.

"미미, 시트를 갈아야 해."

그녀는 눈을 감고는 뺨을 어깨 아래로 숙인 채 시트를 갈도록 내버려 두었다.

인간이 벌이는 최악의 상태를 완화시켜 주며, 그런 것에 등을 돌리는 것과는 다른 어떤 것을 가르쳐주기 위한 여러 가지 위대한 행적들이 이루어졌다. 모든 골고다 지역은 이런 목적으로 물들여져 왔다. 그러나 이런 행적들과 그 교훈으로부터 큰 도움을 받은 사람들이 거의 없기 때문에 각자는 자신이 소유한 어떤 것에 의존할 따름이다.

나는 피 묻은 시트를 벽장에다 던졌다. 그녀는 힘주어 던지는 내 모습을 보고 말했다.

"오기, 그렇게 전전긍긍하지 마."

나는 그녀 곁에 앉아서 마음을 가라앉히려고 애를 썼다.

"이럴 줄 넌 알고 있었지?"

"더 심할 거라고 생각했었지."

그녀의 눈이 누르스름하고 건조해지며 입술이 창백해지는 것을 보고 나는 그녀가 자신이 얼마나 심한 상태인가를 모른다는 생각이 들었다.

"그러나……."

"그러나 뭘?"

내가 물어보았다.

"너는 다가오는 오래되고 낡은 어떤 것이 네 인생을 결정짓도록 내버려 둘 수는 없는 거야."

"독립하는 가장 좋은 길."

나는 혼잣말로 중얼거렸으나 그녀는 듣고 있었다.

"네가 어떠한 위치에서 죽음을 당하는가 하는 건 차이가 있어.

바보 같은 생각은 마. 지금 죽음이 내게 다가오고 있어. 그러나……."

그녀는 얼굴을 찡그리다가 부드럽게 펴며 말했다.

"그것은 다만 내가 다시 살아나게 된다면, 그렇겠지. 만일 네가 죽는다면, 그게 무슨 차이가 있다는 거지?"

나는 말을 참을 수가 없어서 묵묵히 그녀를 바라보기만 했다. 그러자 그녀의 예상대로 차츰 출혈이 덜했다. 그녀는 침대 위에서 빳빳하게 몸을 폈다. 나 역시 근육이 좀 풀리는 걸 느꼈다. 나의 모든 생각들은 사라졌다. 왜냐하면 그녀가 얼마나 심한가를 알고 어떻게 병원에 데리고 갈 것인가 생각하고 있었고, 또 공무상의 횡포와 나의 청을 거절당하는 일과 강압성, 화내는 모습을 상상하고 있었다.

"글쎄, 그 의사가 나를 죽일 수는 없었던가 봐."

그녀는 말했다.

"기분이 좀 나아지기 시작해?"

"뭘 좀 마시고 싶은데."

"알콜 성분이 없는 걸 갖다 줄까? 오늘 밤은 위스키는 안 될 것 같아."

"난 위스키를 말하는 거야. 너도 좀 마실 수 있잖아."

나는 사이먼의 차를 차고에 넣고 차에서 위스키 병을 가지고 왔다. 그녀는 큰 잔으로 한 잔 마시고, 나는 그 나머지를 마셨다. 미미에 대해서 마음이 놓이자, 나 자신의 문제가 생각났기 때문이다. 어둠 속에서 시트가 없는 침대 속으로 알몸으로 들어가자, 나는 거대한 힘에 짓눌리는 듯했다. 나는 모든 것을 잊고 싶어 술을 남김없이 들이켜고 잠을 잤다. 그러나 몇 시간만에 깼다. 보통 때보다 더 일찍. 켈리 웨인트로브는 나를 그냥 내버려 두지 않고 궁지에 몰아 꼼짝 못하게 할 것이다. 그리고 이 일에 대하여, 구름이 드리워 빛을 가리는 것처럼, 막연한 어려움이나 두려움보다 더욱 확실하게 느낄 수 있는 것이 무엇인지 나는 몰랐다.

작업복을 입었다. 술기운이 아직 남아 있었다. 나는 술을 잘 마시지 못했다. 소름이 끼치고 엉망이 된 방에 누운 미미는 아주 고열인 듯했지만 평상시와 같이 잠이 들어 있었다. 커피를 마시러 잡화점에 가서 그녀에게 아침 식사를 보내주도록 일렀다.

그날 아침 나는 경계하고 걱정하며 신경 쓰느라고 안절부절못했다. 하늘은 잿빛이고 눈 위에는 그을음이 덩이째 내려앉아 있었다. 마치 닫아야만 할 어떤 것의 내부처럼. 아는 것이 별로 없었던, 이곳 태생인 나에게는 슬프기보다는 무서웠다. 우주 가운데 있는 어둠의 근원처럼 비인간적인 아시아의 내부에 존재하는 것 같은 어둠을 뚫고, 장사를 하기 위해 저탄장으로 크고 작은 트럭이 왔다. 죽어가는 쓸모없는 말처럼 생긴 인간들이, 푸르고 붉은 벨벳으로 만든 척탄병의 훈장 모양의 장식을 한 창문을 통해서 문의를 하고, 찬란한 불빛 아래서 영수증을 쓰고 서랍에 돈을 넣고 있는 우리를 바라보고 있었다.

사이먼이 계속 나를 심문했기 때문에 켈리가 벌써 그에게 말하지 않았나 걱정됐다. 그러나 그렇지는 않았다. 그는 다만 시뻘건 눈으로 나를 위협했다. 그래서 나는 일을 잘할 수가 없었다.

그러나 짧은 하루해였으며, 그날은 그해의 마지막 날이었다. 우리는 버본과 진 등 독한 술병을 돌렸고, 술집에서 흥겨워 뛰며 빈 술병을 마룻바닥에 내동댕이치기도 했다. 사이먼도 점차 누그러졌다. 그는 그의 낫과 디오게네스 등불로 처져 버린 지난 일 년과 달력을 버리면서 마침내 새 인생을 시작했고, 지난 여름의 괴로움은 잊은 듯했다.

그가 내게 말했다.

"너와 루시는 오늘밤 야회복을 입고 가겠지. 그런데 그렇게 헝클어진 머리를 하고 야회복을 입을 수 있겠니? 이발소에 다녀와라. 휴식도 좀 취하고. 너 어디서 재미 보았니? 차를 가지고 가. 아티 숙부가 나를 데리러 올 거야. 누가 너를 그렇게 지치게 했니? 루시는 아니겠지. 딴 여자구나. 여하튼 가라. 제기랄, 네가 피곤해 보이는지 바보스러워 보이는지조차 구별할 수 없구나."

사이먼은 우리 집안의 병적인 심리 상태에서 자기만 안전하다고 단언할 수 있었다. 그가 짜증을 낼 때는 내가 정신이상이 아닌가 의심했다.

내가 서둘러 집으로 돌아와 2층으로 올라갔을 때, 카요 오버마크가 미미 머리에 얹을 수건을 적셔 가지고 화장실에서 나오고 있었다. 그는 대단히 걱정스러운 표정이었다. 그의 눈은 원래 상당히 컸지만 안경을 써서 훨씬 더 커 보였고, 입술은 걱정을 해서 눈에 띌 정도로 나와 있었다. 얼굴은 수염인지 때인지 그로 인해 검게 보였다.

"미미가 중태인 것 같아."

그가 말했다.

"피를 쏟고 있나?"

"잘 모르겠어. 열이 불덩이 같아."

나는 미미가 카요의 도움이라도 받을 만큼 중태라고 생각했다. 비록 말이 많고 거짓으로 경계를 하며 날카롭지만—경계란 말이 눈의 표정과 일치되지 않기 때문에 거짓이란 말을 썼다.—그녀는 상당히 위독한 상태였다. 작은 방은 너무 덥고 썩은 고기 냄새가 나서, 그 속에 있는 것은 이제 위험할 정도로 질척하고 부패되기 시작하여 메스껍도록 악취를 풍기는 것 같았다.

난 파딜라에게 전화를 걸었다. 그래서 그는 몇몇 생리학과 대학원 학생들에게 물어서 열이 나는 데 먹는 알약을 몇 개 가지고 왔다. 우리는 약의 효력을 기다렸다. 그러나 잘 나타나지 않았다. 그래서 나는 정신을 잃지 않기 위해서 러미 게임을 했다. 파딜라는 숫자에는 항상 민첩해서 게임은 다 잘했다. 내가 더 이상 할 수 없을 때까지 우리는 계속했다. 저녁때가 됐으나 아직 어둡지 않았다. 6시인데도 나는 3시인 것처럼 약이 올라 씩씩대고 지루해했다. 미미의 열은 다소 내렸다. 그때 루시가 약속보다 한 시간만 빨리 와달라고 전화를 했다. 루시에게 어려운 일이 생겼나 싶어 물었다.

"무슨 일이 생겼지?"

"아무 일도 아니에요. 하지만 8시엔 꼭 와요."

그녀는 약간 목메어 말했다.

이미 6시가 넘었는데 난 아직 면도도 하지 못했다. 파딜라와 카요가 병 중세에 대해 얘기하는 동안 나는 면도를 하고 턱시도를 입었다. 그러는 동안 파딜라와 카요에게 미미에 대해 의논을 했다.

"위험한 건 그가 그녀에게 패혈증을 갖다 주지 않았느냐는 거야. 지금 그녀는 산욕열이 있잖아. 이대로 그냥 둔다는 건 위험해. 병원에 데려가야 할 거야."

파딜라가 말했다.

더 이상 들으려고도 않고 난 풀 먹인 와이셔츠의 단추를 채우며 미미에게 말했다.

"미미, 너를 병원에 입원시켜야겠어."

"아무 데서도 받아주지 않을 거야."

"우리가 받아들이도록 할 거야."

"전화로 물어봐. 그러면 알 수 있어."

"전화하지 말고 바로 가자."

파딜라가 말했다.

"저들은 뭐하는 사람이야? 이 일에 몇 명이 필요하니?"

미미가 물었다.

"파딜라는 좋은 친구야. 그것에 대해서는 걱정하지 마."

"저 친구들이 병원에서 어떻게 할 건지 넌 알잖아. 나에게 의사한테 얘기하라고 하겠지? 넌 어떻게 생각해? 난 입 꼭 다물고 있어야 돼?"

이것은 이들이 그녀를 위협해서 말하게 할 수 없다는 것을 자만에 차서 나타내는 방법이었다. 의사에게까지도 말이다.

파딜라가 중얼거렸다.

"너는 왜 시간을 낭비하고 있니? 가봐."

나는 그녀에게 모자와 코트를 입히고 잠옷과 칫솔, 빗 등을 가방에 넣었다. 파딜라와 나는 그녀를 모포가 덮인 차까지 데려다 주었다.

내가 회색 자동차 문을 열었을 때, 오웬즈 씨가 현관에서 불렀다.

"어이, 마치!"

그는 내복 바람이었고, 거인이었는데도 엄동설한이라 어깨를 움츠리고 무릎을 쪼그렸다.

"중요한 전화가 왔어."

나는 달려갔다. 전화를 건 사람은 사이먼이었다.

"오기야!"

"빨리 말해, 형, 무슨 일이야? 나, 지금 아주 급해!"

"빨리 말해야 할 쪽은 너야."

그는 화가 나서 이야기했다.

"방금 샬럿으로부터 전화를 받았어. 낙태 수술을 받기 위해 네가 어떤 계집을 데리고 왔더라고 켈리 웨인트로브가 퍼뜨리고 있어."

"그래서? 그것이 어쨌단 말이야, 형?"

"네 집에 있는 그 계집애지? 네가 남의 시선을 끌게 했구나. 그래, 그 추위에 신바람이 나서 곧장 달려갔구나. 오기, 이 녀석아, 네가 내게 더 피해를 입히기 전에 널 떨쳐 버려야겠다. 너를 더 이상 데리고 다닐 수 없어. 언제 만나 네게 듣기 싫은 소리를 해야겠어. 네가 루시와 약혼한 후로 어떻게 그녀를 더럽혀 놓았는가를 말이야. 너는 훌륭한 인간이 못 돼. 이것은 사실이야. 너는 이 세상을 살아 나가기에 너무 어리석은 놈이야."

"형은 켈리의 말이 사실인지 아닌지 내게 묻지도 않는 거야?"

내가 그에게 이야기하는 것을 그대로 믿을 정도로 그를 어리석게 생각하는 나의 단순함을 경멸하면서, 그는 거의 재미있다는 듯한 음성으로 말했다.

"좋아. 뭐? 너는 다른 녀석에게도 호의를 베풀고 있구나, 어? 너는 결코 그 계집의 두 다리 사이에 있었던 적이 없다는 거냐? 그 계집을 건드리지도 않고, 바로 옆방에서 살아왔단 말이지? 야, 우리는 열 살 먹은 어린애가 아니잖아. 나는 그 못된 년을 본 적이 있어. 비록 네가 혼자 있으려 했어도 그 계집이 그냥 있진 않았을 거야. 사실, 너는 혼자 있지도 않았겠지. 네가 성적 매력이 없다고 말하려 하지 마. 우리는 유전적인 데가 있어. 무엇이 우리 셋을 태어나게 했다고 생각하니? 누군가가 자기가 원할 때면 언제나 벨을 울릴 수 있다는 걸 발견했던 모양이지. 네가 그 계집을 버려놓은 걸 걱정해야 한다고 생각하니? 너 역시 이런 식으로 묶여야 하는구나. 그 착실한 계집에게 말이야. 그것이 옳다는 길이야. 너는 정말 엄마와 비슷해. 네가 일을 그런 식으로 하지 않을 수 없더라도 내겐 아무것도 아니야. 그러나 네가 나를 매그너스 집안과 문제가 생기도록 내버려 두진 않을 테다."

"형이 그들과 말썽을 일으킬 하등의 이유도 없잖아. 내일 이 문제에 대해 이야기해 줄게."

"아니야, 이야기하지 마. 내일 이후로도. 너는 이제부터 나와 함께 있지 못해. 차만 돌려보내."

"내가 가서 형한테 사실을 말해 줄게."

"오지 마. 그게 나의 마지막이고도 유일한 청이야."

"이 개새끼! 망할 놈! 뒈져 버려!"

나는 울면서 소리 질렀다.

파딜라가 달려와서 소리쳤다.

"서둘러, 쓸데없는 전화는 끊어버려."

나는 울면서, 고리버들 세공품과 종이로 만든 가구를 밀치며 발길질하고는 뛰어나갔다.

"무슨 일이야? 왜 울지? 이 일이 너무 부담이 커?"

나는 마음이 좀 가라앉자 말했다.

"아니, 다퉜어."

"가자. 내가 운전할까?"

"아니, 내가 할 수 있어."

우리는 미미가 수술받았던 병원으로 차를 몰고 갔다. 찬 공기를 쐬어 정신을 차린 그녀는 혼자 가겠다고 말했다. 우리는 그녀를 응급실 입구까지 데려다 주고는, 혼자 걸어 들어가게 했다. 그러고 나서 그녀가 다시 나오지 않기를 바라면서 차 안에 앉아 있었다. 그러나 지금, 나는 자동차의 바람막이 창에 있는 성에 방울

들을 통해 문간에 나타난 그녀를 보았다. 나는 부축하기 위해 뛰어갔다.

"내가 말했잖아……."

"왜, 그들이 받아주지 않았어?"

"어떤 녀석이 내게 '이곳에는 당신 같은 사람을 입원시킬 방은 없소. 왜 아기를 낳지 않지요? 가서 장의사나 기다리시지.' 하잖아."

"제 에미한테 가서나 그러지!(*Chinga su madre!*)"

파딜라는 나를 도와 그녀를 다시 차에 태웠다.

"노스사이드에 있는 병원 실험실에 친구가 있어. 그가 아직 그곳에 있다면 말이야. 전화해 볼게."

나는 차를 몰아 담뱃가게로 파딜라를 데려다 주었다. 그는 전화를 걸러 들어갔다.

"그곳으로 가보자."

그가 돌아와서 말했다.

"우리는 그녀가 혼자서 그 일을 저질렀다고 말해야 해. 많은 여자들이 그 짓을 저지르고 있어. 그는 누구에게 요청하라고 알려 주었어. 만약 다른 녀석이 근무 중이라면. 그는 좋은 녀석일 거야."

그는 말소리를 낮추어서 말했다.

"어쩌면 우리는 그녀를 그곳에 두고 도망쳐야 할지도 몰라. 그녀는 의식을 잃어가고 있어. 그들이 어떻게 하겠어? 그녀를 길거리에 버려둘 수는 없거든."

"아니야, 그녀를 버려둘 수 없어."

"왜 안 돼? 그렇지 않으면 너에게 그녀를 되돌려 보낼 거야. 그들은 그녀를 책임지고 싶지 않기 때문이야. 그들은 자기들이 도와주기를 원하는 환자들만 선택하거든. 머리를 써보자. 내가 먼저 들어가서 의사를 살펴볼게."

그러나 우리는 함께 들어갔다. 나는 그녀와 차 안에서 기다릴 수 없었다. 그들이 그녀를 받아주든지, 혹은 눈에 보이는 것을 전부 박살 내든지 간에, 어쨌든 나는 결심을 했다. 우리는 거의 텅 빈 첫 번째 병실을 지나갔다. 나는 앞서 가던 회색 윗도리를 입은 간호보조원 같은 녀석의 한 손을 움켜잡았다. 그는 몸을 휙 피했다. 그러자 파딜라가 내게 말했다.

"대체 무슨 짓을 하고 있어! 모든 일을 망쳐 놓을 작정이야? 그녀를 저리 데리고 가서, 그 친구가 근무 중인지 알아보고 올 때까지 앉아 있어."

미미는 내 위로 얼굴을 숙였다. 나는 그녀의 뺨에 열이 있음을 느꼈다. 그녀는 더 이상 앉아 있지 못했다. 나는 들것을 가져올 때까지 부축했다.

파딜라는 없어졌다. 그들은 나를 처음에는 체포한 것처럼 취급했다. 병원 담당 순경이 있었다. 그는 푸른 셔츠를 입었으며, 커피잔을 들고 곤봉까지 든 채 그 간호보조원과 함께 옆문에서 들어왔다.

"그래, 무슨 얘기지요?"

의사가 말했다.

"그렇게 묻지 않고는 치료하지 못합니까?"

"당신이 이 사람을 때렸나요?"

순경이 물었다.

"이자가 당신에게 주먹을 휘둘렀어요?"

"네, 그가 주먹을 휘둘렀지요. 그러나 맞진 않았습니다."

아마 순경은 내가 야회복을 입은 것을 눈여겨보고 있었던 것

같다. 그가 나에게 말할 때, 목 근육에 힘을 주고 눈을 가늘게 뜨고 노려보지 않았기 때문이다. 내가 신사복 차림이었으니 섣불리 덤벼들 수가 있겠는가?

"이 여자에게 무슨 일이 생겼소? 당신은 누구요? 남편이오? 이 여자는 결혼반지를 안 했군. 친척이오? 아니면 친구?"

"미미? 그녀가 의식을 잃었나요?"

"아니요, 단지 대답을 않을 뿐 두 눈을 움직이고 있소."

파딜라가 돌아왔다. 의사가 급히 순경 앞에 섰다.

"그 여자를 이리 데려와요. 어떻게 됐나 보겠소."

의사가 말했다.

매니는 나에게 성공했다는 눈짓을 했다. 구경하려고 코로 냄새 맡으며 모여든 군중을 벗어나 의사와 함께 갔다. 의사의 뒤를 따라가며, 매니가 그에게 말했다.

"저 여자가 남몰래 그 짓을 저질렀어요. 노동을 하는 여자여서 애를 낳을 수 없었지요."

"어떻게 그녀가 그런 짓을 했습니까?"

"글쎄 뭔가 사용했겠지요. 여자들이란 일생 동안 그런 것을 연구하지 않습니까?"

"그럴듯한 기구를 본 적이 있습니다. 그리고 날조된 구역질 나는 이야기를 들은 적도 있습니다. 글쎄, 여자들이 그렇게 해서 살아난다면 의사가 필요없겠지요. 낙태 수술의 전문직이 소용없을 테니까요."

"지금 그녀는 어떤 것 같습니까?"

"진찰해 보기 전에 말할 수 있는 건 출혈이 심했다는 것뿐입니다. 걱정하고 서 있는 저 사람은 누구요?"

"그녀의 친구입니다."

"저 친구가 하는 일이란 간호보조원 아이나 때리는 거군요. 하마터면 술 취해서 신년의 기쁨을 유치장에서 보낼 뻔했군요. 그 사람은 왜 야회복을 입었지요?"

"이봐, 너 데이트 약속 어떻게 할 작정이야?"

파딜라는 깜짝 놀라며 손을 긴 얼굴에다 댔다. 우리가 들어간 환한 방에는 전자시계가 8시를 좀 넘게 가리키고 있었다.

"미미의 경과를 알게 된 후에."

"가. 가는 게 나아. 내가 여기 있을 테니. 나는 오늘 밤 약속 없어. 여하튼 내가 여기 있을게. 의사는 과히 심한 것으로 여기지 않아. 무슨 약속이야?"

"에지워터에서 무도회가 열려."

나는 의사가 돌아올 때까지 기다리고 서 있었다.

"출혈이 많았고, 자궁 수술 시에 감염된 것 같습니다."

그 의사는 말했다.

"어디서 수술을 받았지요?"

"그녀가 원한다면, 대답할 겁니다. 나는 모릅니다."

내가 말했다.

"당신이 아는 게 뭐요? 병원비를 누가 내는지는 아오?"

그러자 파딜라가 말했다.

"돈은 있어요. 그녀의 옷이 얼마나 좋은지 보지 못했나요?"

그리고 돈 문제가 그를 상당히 괴롭힌 듯 나에게 말했다.

"허풍을 떠는 거 아니니? 이 친구는 백만장자의 딸과 약혼했습니다. 망년회에서 약혼녀가 기다리고 있답니다."

"갔다가 오늘 밤 다시 와서 미미를 볼 수 있게 통행증 한 장 써 주세요."

내가 의사에게 말했다. 그러자 그는 파딜라를 향해 난처한 표정을 지었다. 나는 계속 말했다.

"부탁입니다, 선생님, 공연히 시간 보내지 말고 통행증 하나 써주세요. 내가 돌아오는 게 선생님에게 무슨 지장이 있습니까? 선생님께 모든 걸 이야기해 드리죠. 그러나 지금은 시간이 없습니다."

"써주시죠. 상관없잖습니까?"

파딜라가 말했다.

"내가 써준 통행증은 정문에선 소용없습니다. 나는 지금부터 아침까지 근무니까, 돌아와서 나를 찾으시죠. 내 이름은 캐슬만입니다."

"금방 돌아올지도 모릅니다."

내가 말했다. 켈리 웨인트로브가 소문을 퍼뜨렸으니 찰리 매그너스 숙부의 귀에 들어갔으리라 확신했기 때문이다. 그러나 나는 그와 그의 아내가 아직 루시에게 알리지 않았을지 모른다고 생각했다. 그녀가 무도회에 갈 예정인 망년회 밤에는 말하지 않겠지 하고 말이다. 나중에 그들은 내 궁둥이를 걷어차 내던지겠지. 그런데 왜 루시가 한 시간이나 빨리 오라고 했을까? 사실 무도회는 열 시에도 시작되지 않았다. 나는 그녀에게 전화를 걸어 물어보았다.

"기다리고 있소?"

"물론. 당신 어디 있어요?"

"별로 멀지 않은 곳이야."

"뭐 하고 있는데요?"

"잠시 한 곳에 들러야 했어. 이제 서둘러 갈게."

"제발, 빨리 와요!"

나는 운전을 하면서 그녀의 마지막 말을 생각해 보았다. 그 말투는 애인의 성급함도 없었으며, 부드럽지도 딱딱하지도 않았다. 현관까지의 차도에서 너무 크게 커브를 도는 바람에 바퀴를 진흙과 덤불 속에 처박을 뻔했다가, 현관 기둥 바로 밑에서 끽 소리를 내면서 세웠다. 갈아 신는 것조차 잊었던 굽 높은 작업 구두를 신은 채 검정 넥타이를 매려고 거울 쪽으로 걸어가서, 뒤쪽을 보았다. 거실 커튼 옆에서 배가 나온 찰리 숙부가 뾰족한 구두를 신고 놋쇠 장식과 실크와 양모가 뒤섞인 동양풍의 옷을 입고 앉아서 기다리고 있었다. 그리고 그 거실을 제압하고 있는 루시와 그녀의 어머니, 샘 등이 나를 응시하고 있었다. 나는 거대한 기계가 대항하듯이 나를 마주 보고 있는 듯 느꼈다. 그러나 루시를 실망시키지 않으려고 거실로 들어섰다. 그들에게서 위험을 느꼈으나 그녀를 향한 감정은 밝고 따뜻했다. 나는 독이 서린 표정을 예상했다. 그러나 그런 것에 대하여 나는 면역이 되어 있었다. 그보다 더한 걱정이 그런 것을 하찮게 여기게 만들었다. 나는 음란하고 추잡한 죄와 거짓 핑계들, 또 그들이 언짢게 생각하는 것이 무엇이든 간에, 그런 것 때문에 불려 다니고 싶지는 않았다.

그러므로 결코 불안해하지 않고, 행운을 붙잡지 못하고 곤경에 빠진 이 상황에서는 단지 루시하고만 상대해야 한다고 판단했다. 그녀의 충동이 진실한 것이고 그녀가 항상 말하듯 나를 사랑하고 있다면, 형제·친척, 모든 사람들로부터 독립해서 아무리 먼 곳이라도 갈 수 있겠기에 말이다. 이것이 문제였다. 왜냐하면 그녀가 어디까지 이야기를 들었는지는 몰랐지만, 그녀가 어떤 영향을 받았음을 알 수 있었기 때문이다. 내게 키스하러 오지 않고 그대로 앉은 채 지은 미소는 이상했다. 그 매력적인 미소는 루즈를 발라서 옆으로 더 찢어져 보이는 아랫입술에서부터 번져서 얼굴 전체로 퍼졌다. 마치 지옥의 여섯 번째 굽이에 떨어진 종교 분

리론자들이 서로 반대 방향으로 달려가서 찢어놓은 무서운 틈 같았다. 아, 사랑하는 얼굴이여! 육체의 대표자로서 소중히 여겨온 것이지만 지나치게 화장하여 화려할 때는 이 최고의 자리를 상실하고 만다. 흥분한 그녀의 안색에는 이제 나에 대해 열렬함이 조금도 없어 보여서, 나는 그녀가 부모의 말을 듣고 결심했다는 걸 알았다. 유일한 길은 떠나는 것이었다. 동양적인 이 집단은 말 한마디 없었다. 나는 아무런 변명도 안 했다. 너무 가까이에서 면밀히 조사하지 않는다면, 나는 합창단 소년처럼 풀 먹인 흰 셔츠를 예쁘게 차려입고 구애와 춤 이외에는 아무것도 생각지 않는 호위자일 뿐이었다.

"앉아요."

매그너스 부인이 말했다.

"우린 바로 출발해야 할 것 같은데요."

"글쎄, 루시!"

그녀의 아버지가 말했다.

이것을 신호로 루시가 내게 말했다.

"난 함께 가지 않겠어요, 오기."

"지금만 그런 거야, 아니면 영원히 그런 거야?"

그가 그녀에게 고개를 돌리면서 물었다.

"다시는 함께 안 가요."

"너는 샘과 함께 무도회에 가는 거겠지."

"그러나 전 루시를 데리러 왔습니다. 매그너스 씨."

"아니야, 이런 일은 그만두겠다고 마음먹었을 때 즉시 행하는 편이 훨씬 낫거든."

매그너스 부인이 말했다.

"미안하네, 오기. 개인적으로 나는 오기가 불행에 빠지는 것을 원치 않아. 다만 자신을 절제할 수 있는 사람이 되라고 말해 주고 싶어. 지금도 그리 늦진 않았어. 자네는 미남이고 머리도 좋으니까. 자네의 가족에 대해 섭섭히 생각하는 것은 아무것도 없어. 사이먼은 참 훌륭하더군. 그러나 자네는 우리가 루시를 위해 생각해 오던 사람이 아니야."

"루시가 생각하고 있는 것들은 어떻게 됐죠?"

나는 치솟는 분노에 목이 메어 물었다.

매그너스 씨는 여왕 같은 위엄과 지혜를 지니려고 애쓰는 매그너스 부인에게 화를 내면서 말했다.

"만약 루시가 너와 결혼한다면 빈털터리가 될 거야!"

"루시, 그렇게 되면 불리한 것은 너야, 나야?"

그녀의 미소는 넓게 번졌다. 그 미소는 나를 흥분시킨 사람이 그녀 자신이라는 사실과 그리고 내가 열렬한 감정에 빠졌을 때, 나는 이미 그 모든 것을 다른 누군가에게 쏟았다는 것, 하지만 비록 그녀가 소녀이지만 아버지에게 매달리는 어린애가 아니니까 그것은 실제로 문제되지 않는다는 것, 그리고 차 속에서, 응접실에서 느꼈던 모든 뜨거운 열정, 입술, 혀, 손가락 끝으로 느꼈던 정열이 자신으로 하여금 정말 이성을 잃게 해서 자신이 현명하지 못한 판단을 내릴 수 있게 했다는 것만 단순히 암시함으로써 다른 모든 의향을 상실해 버렸다.

나는 얘기가 어떻게 오갔는지 몰랐다. 그녀의 차가 손상된 것에 대해 무엇인가 말이 오갔다. 이제 루시는 그 사실을 숨김없이 이야기했다. 아버지는 물론 차를 수리하겠다고 했다. 다른 것이 부서지지 않은 한, 이것은 훌륭한 결혼 선물이었다. 그러나 그것은 그의 웃음을 자아내게 했다. 이러한 웃음으로 나타난 위협과 불평은 그녀가 안 다쳤다는 것에 대한 아버지의 기쁨에서 나온 것이었다.

더 이상 머물 이유가 없었다. 홀에서 코트를 집었을 때, 그녀 오빠인 샘이 옆에 있음을 알았다. 그가 자기 여동생을 괴롭히면 등을 박살 내겠다고 위협했다. 그는 털이 많고 엉덩이가 넓지만 그런 위협으로 나를 무섭게 하진 못했다.

나는 차에 시동을 걸면서 이 차와도 끝이라고 느꼈다. 이윽고 나는 병원으로 차를 몰았다.

파딜라가 미미에게 수혈을 했다. 그는 내가 떠날 때 있던 방에서 수혈을 하고 나서, 오렌지를 빨면서 누워 있었다. 허약한 팔에는 피를 뽑아 이상하게 공 모양으로 부어 오른 근육 위에 반창고를 붙이고 있었다. 내면으로는 무관심한 표정의 눈은 검고, 또한 쉽사리 알 수 없는 어떤 것에 대해 능동적이었다.

"미미는 어때?"

"2층으로 옮겼어. 아직 혼수상태지만 캐슬만 의사는 가망이 있다고 하더군."

"올라가서 좀 봐야겠어. 너는 어떻게 할래?"

"글쎄, 곁에 없어도 될 것 같아. 난 가겠어. 넌 있을래?"

나는 파딜라에게 택시비를 주었다. 이토록 붐비는 휴일날 밤에 그가 하이드 파크까지 먼 길을 가는 동안 전차에서 시달리는 걸 원치 않았기 때문이다.

"고마워, 매니."

그는 그 돈을 셔츠 주머니에 넣고는 갑자기 놀란 듯이 물었다.

"그런데 벌써 무도회에서 돌아오다니, 웬일이야?"

나는 거기 서서 대답할 수가 없어서 밖으로 뛰쳐나왔다.

미미는 산부인과 병실에 있었다. 캐슬만은 다른 병실이 없었다고 말했다. 그래서 나는 그녀가 산부인과에 속하는 셈이라고 생각했다. 미미에게 올라가 보았다. 병실은 크고 천장이 높았다. 병실 한가운데 테이블 위에는 조그만 크리스마스 트리가 있었고, 그 아래에는 솜털이 든 상자와 성탄을 묘사하는 인형들이 놓여 있었다.

캐슬만 의사가 나에게 말했다.

"곁에 있을 수는 있지만 환자가 눈치채지 못하게 주의하십시오. 그렇지 않으면 나가야 됩니다. 회복은 되리라 믿습니다. 하지만 무슨 짓을 해서라도 자기의 손목을 끊고 독약을 먹을 수는 있다고 생각합니다."

밖은 어슴푸레 어두웠고, 나는 침대 곁에 앉았다. 간호사는 이따금 아기들에게 젖을 먹이기 위해 들어왔고 부드러운 말소리, 웃음 삼키는 소리, 침대에서 돌아눕는 소리, 아기 달래는 소리, 젖 빠는 소리 등이 들렸다. 나는 어둠 속에서 갖가지 감정들이 밀려오는 걸 막을 수 없었다. 초조하고 괴롭고 불쾌하고 부자연스러운 감정에 휩싸였다. 이러한 감정들이 차차 물러가자 나는 무엇을 암시하는 다른 감정과 내가 있는 이 장소를 인식했다. 호흡도 정상이었고 마음도 평온해짐을 느꼈다. 창문을 닫았기 때문에 기적 소리, 사이렌 소리, 경적 소리, 모든 환호성 등이 희미하게 들렸다. 신생아실 아기들의 울음소리도 이와 똑같이 들렸다.

1시쯤 되어 내가 움직이는 소리를 들을 만큼 예민해진 미미가 조용히 말했다.

"왜 왔어?"

"특별히 갈 곳이 없어서."

미미는 애기 우는 소리를 듣고 자기가 어디 있는지를 알았다. 운명을 뛰어넘으려 했는지 혹은 받아들이려 했는지 모르겠다는 미미의 말은 슬프게 들렸다. 그것은 아마 그녀가 택하여 행한 것에 대해 그녀가 약했다거나 강했다는 얘기였다. 이 말을 하면서 그녀는 아기의 젖 빠는 소리와 우는 소리를 들으며 지금 느끼는 감정과 어머니로서 밤에 해야 하는 일을 생각하는 듯했다.

"어땠든 경과는 좋다고 생각해."

내가 말했다.

나는 산책 나갔다가 유리창을 통해 아기들의 얼굴을 보았다. 간호사들은 한순간의 축복이라도 얻기 위해 신년회에 갔는지 아무도 없었다. 칸막이 쳐진 산실이 있는 다른 구획으로 들어가 보았다. 여인들이 무서운 고통과 산처럼 부른 배를 안고 발버둥치며 괴로워하는 모습이 보였다. 어떤 여인은 진통으로 주름살이 잡힌 무서운 얼굴을 하고 계속 고함을 질렀다. 그러면서 그녀는 남편이 재미를 보며 자기를 이런 고통 속에 빠뜨렸다고 심한 욕을 퍼부었다. 어떤 여자들은 참지 못해서 성인들과 어머니를 부르며 침대 기둥을 잡고 기도하고, 공포에 질린 얼굴에 마취된 눈을 하고 있었다. 이 모든 것은 너무나 놀라웠다. 어떤 간호사가 급히 들어와서 내가 누구이며 용무가 뭐냐고 물었을 때, 나는 머뭇거렸다. 바로 그때 엘리베이터 통로에서 비명이 들렸다. 나는 걸음을 멈추고 불빛이 비치는 유리창을 통해 보고 있었다. 엘리베이터 문이 열리자, 한 여인이 무릎에 아기를 안고 휠체어에 앉아 있었다. 택시나 죄수 호송차나 병원에서 막 태어난 아기 같았다. 피투성이가 되어 비명을 질렀기 때문에 움츠린 빨간 핏덩이에서부터 아기의 근육과 모난 가슴과 어깨를 볼 수 있었고, 피 묻은 어머니를 볼 수 있었다. 그녀 역시 정신을 잃고 흐느끼며 놀란 눈을 하고 갓난애를 꼭 껴안고 있었다. 엄마와 아기는 전쟁 중 서로 맞붙잡고 있는 적들 같았다. 사람들이 그들을 엘리베이터에서 내려 바로 내 옆을 지나가느라 산모의 팔이 나를 스쳤다.

"여기서 뭘 하는 거예요?"

간호사가 성이 나서 말했다. 사실 난 거기에 있을 권리가 없었다.

나는 다시 돌아와, 미미가 훨씬 안정되어 쉬는 것을 보고 나서 캐슬만이 안내해 준 계단을 통해 병원을 나와 차 있는 데로 갔다. 첫눈이 회색 빙판을 걷는 내 발 위로 떨어졌다.

차를 타고 출발했을 때 난 내가 어디 있는지조차 몰랐다. 샛길을 통해 큰길로 가려고 쌓이는 눈 속을 천천히 갔다. 드디어 강의 북쪽 지류에서 그리 멀지 않은 황폐한 공장 지역인 디버세이 시에 닿았다. 잠을 자야겠다고 생각했을 때, 뒷바퀴에 바람이 빠졌다. 자동차 바퀴테를 굴려 차도 옆으로 끌고 가서 시동을 껐다. 언 트렁크 자물쇠를 성냥불로 녹여야 했다. 연장을 끄집어냈으나 자동차를 들어 올리는 범퍼 잭을 사용할 줄 몰랐다. 그것은 새로 나온 신형 잭이었고, 내게 익숙한 것은 아인혼의 굴대 모양의 잭이었다. 셔츠가 찢어지고 손발이 시렸지만 그 잭으로 다시 애를 써보았다. 그런 다음 그것을 다시 처넣고 트렁크를 잠그고는 몸을 녹일 곳을 찾아 나섰다. 그러나 문이 모두 닫혀 있었다. 방향 감각을 잃지는 않았으므로 내가 코블린 집 근처에 있다는 것을 알았다. 코블린이 일하는 시간을 알기 때문에 주저하지 않고 그곳에 가서 그를 깨웠다.

램프불이 시커먼 작은 집 홀에서 반짝거렸고, 누가 초인종을 울리는지 확인하고는 그는 깜짝 놀라 눈을 껌벅거렸다.

"디버세이에서 차가 고장 나서 왔습니다. 아저씨도 신문 배달을 위해 일어나셔야 할 시간인데요."

"아니, 오늘은 설날이라 안 해. 신문을 발행하지 않거든. 하지만 잠잔 건 아니야. 조금 전에 호워드와 프리들이 파티에 갔다 오는 소리를 들었어. 들어와 쉬어라. 의자에다 담요로 잠자리를 만들어줄 테니."

나는 고맙게 여기며 들어가 찢어진 셔츠를 벗고 쿠션으로 발을 덮었다.

코블린은 기뻐했다.

"아침에 애들이 오기를 보면 얼마나 놀랄까! 이 녀석 잘 왔다! 안나가 기뻐할걸."

햇살이 밝고 부엌에서 소리가 났기 때문에 나는 일찍 깼다. 여전히 지저분해 보이는 사촌 안나는 팬케이크와 커피를 먹으면서 식탁을 잔뜩 늘어놓았다. 그녀의 머리는 하얘지고 있었고, 얼굴엔 물집이 생겼고, 털 같은 것이 나서 한층 검게 보였다. 그러나 이러한 우울은 그녀의 감정 상태이지 결코 심한 비관이 아니었다. 그녀는 눈물을 흘리면서 내 팔을 잡고 말했다.

"새해 복 많이 받아라, 사랑하는 오기야. 너 복 받아야 한다. 복 받을 사람이야. 나는 항상 너를 좋아해."

나는 그녀에게 입 맞추고 코블린과는 악수했다. 우리는 아침 식사를 위해 자리에 앉았다.

"누구 차가 고장 났니, 오기야?"

"사이먼 차입니다."

"거물이 된 너의 형 말이지?"

"고장 난 건 아니고, 타이어에 바람이 빠졌습니다. 그런데 너무 추워 바퀴 끼울 수가 없었어요."

"호워드가 일어나면 도와줄 거야."

"폐 끼칠 필요는 없습니다."

나는 사이먼에게 열쇠를 우송해서 그가 직접 와서 차를 찾아가도록 할 생각이었다. 그러나 그와 같은 생각은 순간적이었다.

나는 커피를 마시고 찬란한 새해 아침을 보았다. 양파 모양의 지붕이 눈으로 덮여 푸른 하늘에 서 있는 다음 거리에는 하늘과 땅이 힘을 합친다는 상징으로 십자가와 왕관을 합쳐서 세운 그리스 정교회의 교회가 있었다. 눈은 마치 설탕 같았다. 나는 교회 너머 거대하고 심원한 푸른 하늘에 시선을 주었다. 시대는 변했지만 하루는 변하지 않았다. 대양의 물결에 의해 실려와 아메리카의 달콤한 광경을 처음 본 선원들도 이보다 아름다운 빛깔은 못 봤을 것이다.

"오기, 프리들이 엔아버에서 와서 너의 형 결혼식에 참석하지 못해 참 유감스러웠어. 프리들이 시험 중이었어. 넌 어렸을 때 보고 그 애를 보지 못했지. 한번 봐. 대단한 미인이야. 내 딸이라서 그렇게 말하는 건 아니야. 정말이야. 곧 네가 직접 그 애를 만나게 될 거야. 이것 봐, 학교에서 보내온 사진이야. 그 애가 2학년 공제조합 회장이었을 때 신문에 난 사진이야. 아름다울 뿐만 아니라 오기……."

"프리들이 아름다운 건 알고 있어요, 안나."

"너는 왜 네 형 처갓집 사람들과 어울리려고 하니? 그 교양 없는 사람들하고. 프리들이 얼마나 세련되어 보이는지 사진 좀 봐. 그 애는 어릴 때 네 애인이었지. 넌 약혼했다고 말하기까지 했어."

나는 그녀의 말을 고쳤다.

"안나가 그랬죠."

그러고서 웃었다. 그녀는 내가 즐거웠던 추억에 잠겨 웃는 줄 알고 손을 움켜쥐고 두 눈을 감고 따라 웃었다. 그녀가 웃다 눈물을 흘리는 것을 알았다.

"한 가지 바라는 것은 죽기 전에 내 아이가 남편과 행복하게 사는 것을 보는 거야."

"그리고 어린애들을 낳고."

"그리고 어린애들을 낳고……."

"제발 팬케이크나 먹자. 접시에 아무것도 없잖아."

코블린이 말했다.

그녀는 내 앞에 사진들을 펼쳐 놓고 난로로 급히 갔다. 나는 펼쳐진 사진첩과 오려낸 신문 조각들을 응시했다. 그러나 다시 맑은 하늘로 눈길을 돌렸다.

13장

이제 나는 나이로 보나 보호가 필요치 않은 걸로 보나 더 이상 어린아이가 아니었다. 그래서 자유롭게 빙빙 도는 이 세상에 완전히 내팽개쳐졌다. 만일 여러분이 생각하기에, 그리고 무엇인가 하기에 지속적인 친분 관계, 친숙함, 사랑이 허위적인 것으로 끝난다고 해도, 이렇게 내팽개쳐진다는 것은 비록 슬프긴 하나 대단히 바람직한 일일지도 모른다. 예수가 그의 어머니를 '여자'라고 불렀을 때 그는 무엇을 의미했던가. 그것은 그녀 역시 다른 여자와 같다는 것이었다. 즉, 참된 인생을 살려면 언제든지 앞으로 나아가, 똑같은 사랑의 역사 가운데서 두세 사람만 에워싼 조그만 테두리에서 벗어나 자신을 드러내야 한다는 것을 의미하는 것이다. 그러나 그 내부에 머물도록 노력하라. 그리하여 얼마나 견뎌낼 수 있는가를 보라.

나는 내가 나폴리의 어물시장 광장에 있었던 일을 기억한다.(나폴리 사람들은 혈연관계를 쉽게 포기하지 않는 사람들이다.) 그곳 어물시장에는 섭조개들이 색실과 레몬 조각과 함께 다발로 묶여 있고, 오징어들은 축 늘어져 움푹 패인 반점에서부터 썩어가고, 피를 흘리는 강철빛의 생선과 동전 모양의 비늘을 갖고 있는 생선들이 있었다. 나는 어떤 늙은 거지가 두 눈을 감고 머큐로크롬으로 가슴에다 '곧 죽을 테니 연옥(煉獄)에 있는 당신의 사랑하는 사람들에게 인사말을 전하시오. 50리라' 라고 쓰고서 조개 더미 속에 앉아 있는 것을 보았다.

죽든 안 죽든 간에 이 기지에 찬 노인은 사람들을 보호하고 있는 사랑의 굴레에 대해 모든 사람에게 건방진 소리를 하고 있었다. 뼈만 남은 그의 가슴은 뜨거운 해안에 풍기는 깊은 바다의 고약한 냄새와 화약과 화염 냄새를 맡으면서 아래위로 움직였다. 전쟁은 얼마 전에 북쪽에서 끝났다. 나폴리 사람들은 이렇게 꾸밈없고 솔직한 도전의 문구를 읽었을 때 아쉬움과 동경, 그리고 아이러니한 기분을 느끼며 빙그레 웃고 입맛을 다시며 지나갔다.

이 세상을 인간화하고 친숙하게 하기 위해 가능한 모든 것을 다해 보라. 그러면 그것은 이전보다 더욱 낯설게 될 것이다. 살아 있는 사람들은 과거 그대로가 아니다. 그리고 죽은 사람은 또 죽고 다시 죽는다. 그래서 영원히 죽어버리고 만다.

나는 지금 이것을 안다. 그때 알았던 것은 아니다.

그동안 나는 다시 책으로 돌아갔다. 독서를 한다는 뜻이지, 책 도둑질을 한다는 말이 아니다. 그동안 미미가 돌려준 돈과 그녀가 자립해서 다시 일을 해서 빌려준 돈으로 생활했다. 미미는 프레이저를 통해서 아서 아인혼을 만나 그와 함께 다녔다. 그녀는 아직도 식당에서 일을 했다. 나는 미미가 일하는 싸구려 음식점에서 준 5피트 서가에 꽂힌 책을 다 읽었다. 원형으로 된 마분지 상자에 넣어둔, 불에 그을고 물로 얼룩진 책들 말이다. 이 책들은 매캐한 냄새를 풍겼다. 그래서 만일 율리시스가 지옥으로 내려갔거나, 로마나 런던에 대화재가 났거나, 남녀들이 성 바울에게서처럼 색욕을 일으켰다면, 나는 그 책에 추가된 냄새를 호흡할 수 있었을 것이다. 카요 오버마크는 나에게 여러 권의 시집을 빌려주고 이따금 강연회에 데리고 갔다. 그래서 그의 출석 성적이 나아졌다. 그는 혼자 가기를 싫어했다.

나는 대학이 내 마음을 크게 움직이지 못한 게 오기에서 나온 것이 아니라고는 단정할 수 없다.(내가 사이먼과 합의한 협정에 의하면 나는 봄에 대학으로 돌아가기로 했기 때문이다.) 그러나 그러지 않았다. 완고하고 엄숙한 대학에 대해 말한다면, 그것 없이 사색할 수 없고, 또 그러한 낡은 모방 세계의 벽 속에 들어앉아야만 한다는 데 납득이 안 갔다. 대학들이 너무 우상숭배적이고 기념비적이라고 느껴졌다. 결국 미풍이 남서쪽에서 일어나, 담쟁이덩굴을 통해 비료 공장에서 날아온 먼지와 합쳐져서 가축 수용장으로 불 때, 동물들에서부터 엄숙한 사람들의 마음에 이르는 몇 개의 장소를 통과하는 것 같았다. 이것은 너무나 지나친 우회였다.

그해 겨울 나는 공사기획청에 일자리를 얻었다. 미미가 내게 그곳에 가보고 확인하도록 했다. 거기는 조건이 간단할 거라고 했다. 사실 그랬다. 나는 본국 태생이고 시민권을 가져야 한다는 두 가지 조건을 전부 갖추고 있었다.

문제는 노동자들이 벽돌을 집어다 놓는 것을 가끔 본 적이 있는 사소한 도로공사 일을 하겠다는 마음이 내키지 않는 것이었다. 노동자들이 마지못해 필요한 일만 하는 것을 보았을 때 이유 없는 수치심을 느꼈다. 미미는 일하기에 자존심이 상한다면, 언제든지 그만둘 수 있지 않느냐고 했다. 그녀는 항상 사무일만 보는 것은 좋지 않다고 했다. 소박한 사람들과 야외에서 일하는 게 훨씬 낫다고 했다. 내가 불평하는 것은 사람이 아니라 벽돌 두드리는 소리와 한 번에 50개 망치가 내리치는 우울한 음향이었다.

그러나 나는 원서를 내러 갔다. 미미가 나를 책임지고, 돈을 대주며 돌보아야 한다는 의무감을 느끼고 있었기 때문이다.

어쨌든 나는 채용되어 일자리를 얻게 되었다. 이것은 기대했던 것과 크게 다르지 않았다. 나는 측량 도면을 갖고 다니면서 방들을 점검하고 뒷마당을 측량하는 일을 했다. 나는 근무 시간을 지키고 충실하고 능동적으로 일했다. 모든 사람들이 기대했던 것처럼. 몹시 추운 날에는 근무가 끝날 때까지 커피 주전자가 놓인 뒷방 휴게실에 머물 수 있었다. 또한 여러 주택을 출입하는 일은 내 호기심을 만족시켜 주었다. 한 방에 열 명이 사는 것, 길 밑에 땅을 파서 만든 화장실, 쥐에 물린 어린아이들을 보았다. 그것은 내가 좋아하지 않던 것이었다. 가축 수용장에서 풍기는 악취가 기욤 애견 센터의 개 냄새보다 더욱 지독했다. 인도인들이 코끼리에 익숙한 것만큼이나 빈민굴에 익숙한 나에게조차 그 냄새는 아주 생소했다. 욕정에서 질병에 이르는 모든 종류의 육체 냄새가 내 뒤에서 났다. 폴란드인 상점에서 양배추를 만져보는 주부나 희고 넓적한 얼굴로 맥주잔을 드는 녀석이나 포목점 창문에다 여자 팬츠나 고무줄을 거는 상인들의 원시적인 조잡한 행동은, 겉보기엔 소박하거나 진부해 보이지만 그 속에는 모든 상상과 정열, 그리고 상상할 수 있는 살인 행위까지도 있었다.

나는 겨울이 다 갈 무렵까지 이 일을 했다. 그런데 항상 이런 일에 정통한 미미는, 새로 출발한 산업별 노동조합회의 운동본부에서 내가 할 일이 있을지 모른다고 생각했다. 이것은 최초의 파업이 일어난 직후였다. 미미는 산업별 노동조합회의 식당 노동자 조합의 초기 멤버였다. 자기가 일하고 있는 곳에 불만이 있어서가 아니라, 노동조합을 믿었기 때문이다. 그리고 그녀는 노동조합 조직책인 그라믹이라는 사나이와 친분이 있었다. 미미는 그와 나를 만나게 했다.

그라믹은 무질서한 타입은 아니었으나 프레이저나 실베스터와 비슷한 면을 지니고 있었다. 그는 대학 교육을 받았고 굉장히 상냥했으며, 결혼 후 정착하여 최선을 다하며 살아가는 가장다운 면이 있었고, 하찮은 일에는 너그러운 듯하나 그런 일에 익숙한 듯이 보였으며, 사람들에게 후회의 감정을 일으키게 하는 타입이었다. 허리는 길었으나 두 다리는 짧았다. 양쪽에 단추가 달린 긴 재킷을 입고 8자 걸음으로 빨리 걸었다. 털이 많았고 온화했으며 연약해 보이기조차 했다. 그러나 적대 관계에 있는 사람에겐 만만찮았다. 그는 결코 마음의 균형을 잃게 할 수 없는 사람이었고 끈질긴 타입의 영리한 사람이었다. 사기나 계략적인 일에 대해 한두 가지 술책을 알고 있었다.

나는 상당히 좋은 인상을 주었다. 그는 내가 조직책이 될 수 있다는 데 동의했으며 내게 퍽 친절히 대했다. 내 행동 전부가 좋은 인상을 주었다고는 생각지 않았다. 그러나 그가 미미와 함께 있으려 한다는 걸 나는 알고 있었다.

여러 면에서 그라믹의 가치는 인정할 만했다. 비록 그는 호텔 로비나 출입구에서 특별한 눈길을 끌며 왔다 갔다 하지는 않았지만 일단 위기엔 위엄 있게 행동했고 놀라거나 겁먹지 않았다. 눈에 보이지 않는 사건의 진위를 미리 판단할 줄 아는 그의 의식구조를 나는 높이 평가했다.

"그래요. 그들은 조직책을 채용하고 있지요. 경험 있는 사람을 원하지만 어디서 구하겠습니까? 일거리가 산더미처럼 쌓이고 있습니다."

"오기 씨는 당신에게 필요한 사람이에요. 노동자들의 언어를 사용할 수 있는 사람이죠."

미미가 말했다.

"오, 정말이오?"

그라믹이 나를 쳐다보며 말했다. 나는 나에 대한 이런 선전용 말에 웃음이 나왔다. 나는 어떤 언어를 내가 사용하는지 모른다고 말했다.

내가 조직책 일을 시작했을 때 그것이 큰 문제가 안 된다는 것을 알았다. 사람들은 서둘러 노동조합에 가담하였다. 그것은 마치 벌집이 변화하는 것처럼 본능적인 충동에 속하는 일이었다. 그래서 그들 자신의 목적을 좇아 파업과 자극을 일으킬 행동에 대한 생각에 도취되어 그와 같이 쉽게 움직였다. 그것은 이민, 토지 싸움, 클론다이크[42]와 유사함에 틀림없다. 이것이 사상적인 면에서 정당성이 있다는 걸 제외하면. 대규모의 파업이 터지자, 그들은 공장 기계 앞에서 대단한 농성과 파벌을 벌이고 있었다. 이런 사태가 자동차 공장과 고무 공장에서 일어났으나 빈민굴에 사는 하찮은 접시닦이에게까지도 영향을 미치는 결과를 목격했다.

나는 노동조합 건물에 있는 사무실에서 일하기 시작했다. 그곳은 더럽고 찌그러진 곳이 아니라 애실랜드가에 있는 은행 건물만큼 깨끗했다. 그곳엔 당구장—아인혼의 당구장 같은 것이 아니라 단지 사원들의 레크레이션용에 불과한 것이었다.—뿐만 아니라 지하실에는 구내 식당까지 있었다. 나는 그라믹 사무실에 있으면서 전화를 받거나 사무실 일을 조금 보기도 했다. 그리 바쁘지는 않을 것이고 알아둘 것이 무엇인지 차츰 배우게 될 것이라고 생각했다. 그런데 즉각적인 행동을 요구하는 사람들이 밀어닥쳐 분주해졌다. 즉 광부처럼 기름에 절고 지하 공사 인부처럼 진흙을 묻히고 온, 살찌고 손이 갈라진, 부엌일을 보는 늙은이가 만나봐 달라고 했다. 어떤 인디언은 도넛 기름이 밴 종이백 위에다 자신의 불만을 시로 써 가지고 왔다. 큰 공장에서 일하는 노동자들을 위해 마련된 본부 사무실에서 상당히 떨어져 있는 내 방에는 빈 의자가 없었다. 아무리 숨어 있어도 소용없었다. 내가 강철로 된 둥근 지붕의 이 건물 속에 깊숙이 들어 있다 할지라도, 구제를 베풀 수 있을 것 같은 옅은 희망과, 방에 날아드는 나방 같은 인간이 벌판을 헤치며 10마일이나 뛰게 만드는 희미한 길이 보였기 때문에 그들은 나를 찾아냈다.

호텔에서 온 그리스인 하녀, 흑인 하녀, 수화물 짐꾼, 문지기, 휴대품 보관소 직원, 웨이트리스, 요란스러운 골드코스트―나는 이곳을 개를 실으려고 왜건 차를 몰고 다니던 때 가본 적이 있다.―를 따라 즐비한 선술집에서 온 냉동실 책임자 같은 전문직 사람들이 있었다. 가지각색 사람들이 다 왔다. 지하실에서 파이프를 만지고 창고일을 하며 석탄을 다루는 사람, 청소부, 즉석 주문 아첨꾼 등이 나타났다. 혹은 홈부르크 모자를 쓴 어떤 프랑스인 공작은 자신을 '아름다운 미남 요리사'라고 말하며 가수처럼 장갑도 안 벗고 카드를 썼다. 늙은 헤로인 중독자들, 사냥개 같은 허연 얼굴들, 세계노동기구 회원권을 가진 녀석들, 요구 사항을 적은 편지를 갖고 온 보훈크[43] 출신의 늙은 여편네들, 성폭행 당한 사람, 병약자, 술주정뱅이, 충격을 받은 사람, 무죄인 사람, 절룩거리거나 기어 다니는 사람, 정신이상자, 편견을 가진 사람, 중태의 문둥병 환자, 허리가 곧고 활기찬 미인들에 이르기까지 천태만상의 인간들이 찾아왔다. 만약 이러한 사람들의 집합이 크세르크세스[44]나 콘스탄티누스[45]의 군대의 퇴각을 유발했던 것과 아무런 공통점이 없었다면, 새로운 일들이 이루어졌을 것이다. 그들의 인상은 고물이나 두툼한 빵 껍질 같았다. 나는 행복과 기쁨이란 것은 항상 동일한 것이라고 생각한다. 그러므로 이것과 반대되는 곳에 있는 것들이 얼마나 많은 차이가 있겠는가?

그들을 상대하고, 사인을 해서 조합에 넘기고, 결과가 어떨 것인가를 설명할 때 지나칠 정도로 친절하게 굴지는 않았다. 대부분 그 일은 너무 조잡해서 나는 그만두려고 했다. 그러나 만류가 대단했다. 지금은 현장 검사 시간이고, 그들은 나를 사무직에서 끌어내 자기네들과 함께 가기를 원한다는 것이 널리 퍼졌기 때문이다. 그 대신 조사할 것을 약속해야만 했다.

"언제요?"

"빨리 해드리죠. 할 일이 산더미 같습니다만."

"빌어먹을! 이런 놈들이 있나! 우리는 현장을 그들에게 보여주려고 기다리고 있었죠. 당신은 그 부엌을 좀 보아야 합니다!"

"당신과 접촉하기 위해 사람이 나갈 것입니다."

"언제요?"

"저, 실은 일이 너무 많기 때문에, 일손이 모자랍니다. 일할 사람이 모자란단 말입니다. 그러나 그동안 당신은 해야 할 것을 준비해서, 담당자로부터 사인을 받아 당신의 요구와 불만들을 적으십시오."

"네, 네, 알겠습니다. 그러나 언제 그 사람이 오게 되나요? 우리 주인이 노동 총연맹에 불려가서 그들과의 계약에 사인을 한다고⋯⋯ 아하, 그게 그런 기관이구먼."

나는 윗사람들과 이런 위험한 점들을 의논하려고 애썼다. 그러나 당시 호텔과 식당들은 그들의 부업이었다. 그들은 동맹파업 중이던 소매상 점원들과 시카고 하이츠에 있는 노동조합의 가입을 회피하는 의상실 등의 일로 분주하여 그런 것을 취급할 시간이 없었다. 그들은 새 회원을 거절할 수 없었고, 그들이 필요한 시간과 돈이 준비될 때까지 그대로 둘 심산이었다. 즉, 그라믹과 나는 줄이 끊기지 않도록 쥐고 있어야 했다. 나는 그의 방식을 약간 배웠다. 그는 열흘이나 열이틀 동안 계속 열여섯 시간씩 일하고는 이틀 동안은 사라져버렸다. 그동안은 아무도 그를 찾아낼 수 없었다. 그는 그동안 자기 어머니의 아파트에서 잠자고 스테이크와 아이스크림을 먹고 노부인을 영화관에 데리고 가거나 독서하면서 보냈다. 때때로 몰래 빠져나가서 강의를 들었다. 그 역시 법학 공부를 하고 있었다. 그는 자기의 사생활을 전부 버리면서까지 이 일에 말려들려 하진 않았다.

나는 이렇게 바삐 생활했다. 사이먼과 사이가 나빠져서 이런 일을 해야만 했다. 일과 시간이 끝난 후 나는 전차를 타고 돌아다니면서 야간근무 중인 요리사와 접시닦이, 호텔 사무원들을 만나보았다. 가로수가 푸르러가는 밤, 낮은 지대인 노스사이드에는 차도가 없는 것처럼 차가 덜커거리며 지나가는 것 같았다. 이러한 밤, 풀러턴이나 혹은 벨몬트 밖에는 종 모양의 흰 개오동꽃이 피기 시작하여, 그 주위에는 먼지까지도 향기로운 냄새를 담고 있는 듯했다. 사무직원들은 사람들이 특히 밤에 찾아오기를 원했다. 밤에는 자유롭게 얘기할 수 있기 때문이다. 그들과 얘기를 나누는 것은 좋았다. 밤새워 일을 해야 하기 때문에 그동안 생각할 여유가 있는 이러한 사람들은 당시 유행했던 급진적인 사상과 더불어 마음속에 오래 간직해 두었던 이야기를 할 기회를 원했다. 내 생각엔 그들의 말에는 진실도 있었고 거짓도 있었다. 그러나 나는 그것을 판단할 위치가 아니기 때문에 다만 일을 진행시키기만 했다. 추측하건대 그들은 내 능력 이상의 위험한 일을 하기를 원했다. 나는 내가 너무나 젊고, 혈색이 좋았으며, 그들의 불만을 이해할 만큼 충분히 공장 연기에 그을러서 검거나 누렇게 되지 않았다는 것을 알았다. 나의 태도는 경솔했고 혈기왕성했다. 그들은 소리치고 반항하며 일어설 때를 기다리며 어떤 불씨를 안고 있는 폭발적인 성격의 사람을 찾고 있었다. 여기에 내가 끼어들었다. 나는 나의 혈색과 머리 스타일, 느긋한 태도가 그들의 기분을 상하게 했다는 것을 알았다. 그러나 나로서는 어쩔 수 없었다.

때때로 그들은 나의 신임장을 요구해 오곤 했다.

"본부에서 당신을 보냈습니까?"

"당신이 에디 도슨입니까?"

"네, 그렇습니다."

"나는 마치입니다. 당신과 전화로 얘기한 적이 있죠."

"당신이라고요?"

도슨이 말했다. 나는 그가, 깐깐하게 생기고 볼이 움푹 들어간 교활한 모습을 한, 광산이나 유전, 혹은 뉴저지 직물 공장 파업의 노련한 베테랑을 보기를 원한다는 걸 알았다. 그렇다, 적어도 패터슨 감옥에서 청운의 혈기를 다 소모시킨 어떤 사람 말이다.

"걱정하실 필요 없어요. 난 믿을 만한 사람입니다."

그러자 그는 안심했다. 그는 나의 전화 목소리에 속았다. 나는 드레이크 호텔이나 팔머 하우스에다 가이 포커스[46]처럼 폭약을 던지기에 바쁜 사람들에게는 적어도 메신저 구실을 할 수도 있었다. 에디 도슨에게는 그것은 터널 속에서 폭약을 던지는 격이었기 때문이다.

그는 내게 나의 윗사람들이 뭘 알아두기를 원하는지를 말하고 또한 지시를 했다.

"나는 당신이 윗사람들과 회의를 열길 원합니다."

"애키 씨를 말하는 겁니까?"

"그에게 내가 고용인을 한곳에 모을 수 있다고 전해 주십시오. 동맹파업을 하기 전에, 우리는 그와 대화를 원합니다. 그렇게 하는 것이 종업원들에게 자신감을 주는 것입니다."

"왜 당신은 동맹파업을 해야 된다고 생각합니까? 어쩌면 당신들의 요구를 관철시킬 수도 있을 텐데요."

"이 호화로운 건물을 누가 경영하고 있는지 아십니까?"

"누구죠? 어떤 은행인가요? 대부분의 조그만 건물들은……."

"그것은 홀로웨이 엔터프라이즈라는 회사이지요."

"카라스?"

"당신은 그 사람을 아십니까?"

"네. 우연히 알게 되었습니다. 나는 한때 그의 매제이며 보험업을 하는 아인혼이라는 사람 밑에서 일했습니다."

"그는 이 건물에다 보험을 들었습니다. 이 건물이 어떤 건물인지 알지요? 날림 건물입니다."

"그렇습니까?"

나는, 아름다운 머리카락 속에 상기되고 핏발이 서 있는, 큰 앞이마가 땀에 젖은 것을 보았고, 또 그가 손을 씻고 나서 무의식 중에 분홍색 줄무늬 셔츠를 잡았을 때 손톱에 매니큐어를 칠한 걸 봤다.

"만약 그것이 문제라면 경찰의 문제입니다. 당신은 산업별 노동조합회의가 그들의 노동조합을 창시하기를 원치 않습니까?"

"바보 같은 소리는 마세요. 내 말은 내가 야간 근무자이기 때문에 그 문제의 정면에 나서게 되었다는 겁니다. 어쨌든 당신이 카라스 씨를 안다면 우리의 요구를 관철시킬 수 있을지 없을지 알겠군요."

"그는 대단히 냉정한 사람입니다."

"그러면 내가 그 상담 문제를 준비해 놓을 테니, 당신은 애키씨더러 그와 얘기할 수 있게 몇 분만 짬을 내도록 부탁해 달라고 해주십시오."

"그렇게 할 수는 있습니다."

내가 대답했다. 사실 나는 애키가 화장실에 갔다 나올 때 안부 인사도 제대로 못할 정도로 안면이 없었다. 그러면서도 나는 그를 대변했다.

싸구려 음식점에서의 상황은 사뭇 달랐다. 나는 더욱 신임과 존경을 받았다. 크고 굵은 글씨의 간판을 붙인 삼류 여관, 시립 병원, 종교 봉사 기관의 부엌에는 노인들이 있었다. 거기엔 줄무늬 셔츠를 입었던 도슨 같은 친구의 노여움 따위는 없었다. 도슨이라는 녀석은 카라스가 어떻게 돈을 벌고 있는가를 알아내고 그를 미워하며 시기하기에 충분할 정도로 카라스의 상황에 접근해 있었으며, 훌륭한 자취를 남기기를 원했고, 체크 무늬의 옷을 입고 쌍안경을 쓰고 있었고, 자만심에 가득 차 의기양양하게 보이기를 원했다.

반부렌가에 있는 더러운 음식점에서 온 이러한 늙은이들 가운데 한 명을 놓고 보자. 그는 나에게 지린내 나는 골목에 와서 창문을 통해 자기에게 신호를 보내달라고 요청했다. 내가 그렇게 하자, 그는 신중하고 긴장한 태도로 다른 사람들 눈에 이상하게 보이지 않도록 머리를 나에게 비스듬히 기울이며 응답했다. 마침내 문 옆에서 우리는 몇 시간이라도 계속될 수 있는 무언의 대화를 나누었다. 나에게 자신의 작업 장소를 보여 주기를 원한다는 것만 제외하고 말이다. 접시를 닦느라 팔에 생긴 염증과 말라빠진 말처럼 뒤틀린 몸, 긴 이, 눈 속에 번진 물기를 별이 총총한 어두운 골목에서 볼 수 있었다. 내 바로 밑에서 그는 머리를 들이대고 숨을 쉬었고, 옷에 싸온 음식은 쓰레기처럼 더러운 것이었다. 부서지기 쉬운 껍질 같은 두개골 아래서 그는 가볍게 입을 놀려 비밀을 누설시키면서 뭔가를 논리적으로 설명하고 있었다. 내가 과연 그가 상상하던 노동조합 조직책으로 보이는지의 여부가 도슨처럼 그에게도 큰 문제였을까? 그는 희미하게나마 정의를 실현시키는 데 기여하기를 원했다. 그래서 그가 사무실로 찾아오거나 내가 악취 풍기는 골목으로 그를 찾아가서 그가 남몰래 내미는 노동조합 가입 희망자의 명단을 받았다. 나는 명단에 적힌 사람들을 찾아 곰팡이 슨 방으로 가야 했다. 내가 사이먼 밑에서 일하던 때, 지금과는 달리 석탄 운반 노동자 조합의 임무를 띠고 심부름 간 적이 있던 곳으로 말이다. 내가 모든 것을 역전시켜 과거의 어두운 면과는 달리 밝은 면을 띠고 싸구려 여인숙에 발을 들여 놓았다고 생각할 수는 없었다. 나의 의무를 명확하게 인식했던 시절에, 나는 개개인을 그렇게 중요하게 여길 수 없었다. 오히려 모든 사람들이 다 포함될 수 있는 어떤 발전의 한 단계를 염두에 두기로 결심했다.

어느 날 아침, 나는 전화를 걸고, 아인혼의 집을 방문했다. 그는 양지바른 응접실 겸 사무실에 있었다. 커피, 침대, 신문, 애프터셰이브 로션, 두 여자가 바르는 분 등으로 독특하고 친숙하며 진부한 분위기였다. 의족을 찬 밀드레드—그녀는 예의 바른 나를 싫어했다.—는 머리카락이 막 나오기 시작하는 곳까지 면도질을 해서 벌겋게 된 목덜미를 하고 벌써 타자기 앞에 앉아 있었다. 텅 빈 건너편에는 한창때 으리으리했던 환경과 그 시대에 속해 있던 옛 건물의 창문들이 보였다. 나는 그의 형편이 좋지 않음을 알았다. 비록 그의 위엄 있는 얼굴에는 그런 기미가 없었지만 말이다. 잠시 동안 그는 내가 나갈 때까지 조용히 앉혀 두고 싶은 듯이 보였다. 그는 호흡을 하면서 자신을 느끼며, 아침 날씨를 보고, 피우던 담배를 조금씩 물어뜯다 말고 방귀를 뀌었다. 그는 우울하며 잔인하게조차 보였다.

"새 일자리의 급료는 어떠냐? 괜찮은 편이냐?"

입을 열기로 결심한 듯이 그가 물었다.

"후한 셈입니다."

"수입이 상당하겠는걸."

그는 퉁명스럽고 단호하게 말했다.

"그게 당신이 생각하시는 전부입니까?"

나는 그를 비웃었다.

"그런 거지 뭐. 애야, 나는 네가 무엇인가 일을 한다면 그 열의를 빼앗고 싶지 않다. 그리고 나는 보수적이 아니라는 걸 명심해라. 단지 내가 의자에 앉아 있다고 해서 말이다. 이것은 부유한 녀석들의 사교 클럽이 아니야. 사실 난 다른 사람들보다 절약해야 한다. 그래서 나는 극단적인 생각을 피하지 않아. 나는 카라스와 조그만 사업을 하고 있다. 그러나 이익을 보려는 건 아니야. 이익이라니! 그는 헌 집을 사들이는 사람이야. 카라스, 그놈은 이번에도 샌안토니오에 큰 새 집을 샀다."

나는 이제야 무언가 잘못되었음을 확신했다.

"그러면 당신은 내가 하는 일을 시간 낭비로 여기는 건가요?"

"오, 그 생각들은 양쪽 다 똑같다고 생각한다. 똑같이 낡은 생각들이 무슨 소용이 있니? 양편에서 봐서도 말이다. 한쪽에서 받아서 다른 쪽에 주는 것, 똑같이 낡은 경제학인 셈이지."

그는 처음에는 말하기를 원치 않았으나 내가 가지 않자 짜증을 내면서 처음의 화제를 끄집어내더니 그다음에는 자기가 정말로 생각하는 바를 다 얘기했다. 나는, 그의 말처럼 열성적이지는 않았다. 하지만 이렇게 얘기하고 싶었다.

"글쎄요, 사람들은 일하러 가기 위해 매일 아침 일어납니다.

그들이 더 이상 무엇을 요구해선 안 된다거나 혹은 그들이 그들의 습관 속에서 계속 지낼 수 있게 된 데 대해서 대단히 고맙게 생각해야 한다는 것은 옳지 못합니다."

"너는 클로즈드 숍[47] 제도를 써서 바보 같은 녀석들을 사람으로 만들 수 있다고 생각하니? 만약에 그들이 자기들을 위해 불평을 말해 주는 간사를 갖고 있다면? 쳇!"

"그래서 그로부터 부당 이득을 취하는 불한당 같은 사업중개자나 카라스에게 그 일을 맡기는 것이 낫다는 말입니까?"

"이것 봐, 너는 단지 그들이 태어났다는 이유만으로 인간이 되어야 한다고 생각하니? 그것은 케케묵은 사고방식이다. 누가 그들에게 그것을 말해 주겠니? 어떤 거대한 조직체는 돈을 번다. 그렇지 않으면 유지해 나가지 못해. 돈을 번다면, 그것은 돈을 위한 조직체겠지."

"만약 이런 거대한 조직체들에 큰 의미가 없다면, 그건 이들 기구가 더욱 여러 가지로 분화되어야 하는 이유가 되겠지요. 모든 종류의 기구가 있어야 합니다."

그동안 밀드레드는 이러한 얘기는 무시한 채 계속 계산서를 타이프 치고 있었다. 아인혼은 대답하지 않았다. 그가 말을 중단한 것은 집의 반이나 차지한 부엌에서 아서가 나왔기 때문이라고 생각했다. 아서의 총명한 권위가 때때로 그의 아버지로 하여금 멋대로 떠드는 것을 주저하게 했기 때문이다. 그러나 이번엔 그런 게 아니었다. 아서가 잠깐 나오긴 했으나 초조해하고 어려워하는 것은 전부 아인혼 때문인 것이 확실했다. 그는 좁은 어깨에 검은 스웨터를 입고, 두 손을 뒷주머니에 찌른 채 어슬렁거리고 나왔다. 놀랄 정도로 그는 주름살이 져서 늙어 보였고, 두 눈은 차츰 어두워져서 고민의 빛을 띠었다. 머리를 한쪽으로 기울이고 있어서 덥수룩한 머리가 문틈에 닿았다. 담배 연기가 햇빛 비치는 곳으로 퍼져서 명주실 같았다. 그는 처음에는 나를 못 알아봤으나 미소는 여전히 부드러웠다. 그러나 창백하고 피곤해 보이는 미소였다. 나는 아인혼이 시종일관 그에게 그의 코트의 질긴 천만큼이나 뻣뻣하게 대했으며 꺼져 버리라고 할 정도로 무뚝뚝하다는 것을 알았다. 나는 밀드레드가 그래서 나를 그렇게 냉대했고, 나를 쫓아내기 위해 타자를 치고 있다는 걸 알았다.

그때 아이 하나가 부엌에서 뛰어왔다. 아서는 아버지다운 태도로 그 애를 붙잡았다. 그러나 아이는 그의 손가락을 잡고 흔들었다. 그 뒤에 틸리가 서 있었으나 앞으로 나오지 않았다. 만일 내가 실수하지 않았다면, 그들은 이것을 비밀에 붙일 수 있는지의 여부를 아직 결정할 수 없었다. 왜냐하면 나는 이것이 아인혼에게 역시 새로운 사실이었으며 그 사내아이를 받아들인다는 문제에 대해선 간단히 언급하고 넘겼다는 사실을 알았다. 아서가 부엌으로 돌아갈 동안, 그 애는 밀드레드에게 가서 무릎에 앉았다. 그녀는 그 애를 치마 위로 열렬하게 안아 올렸고, 아이는 검은 털이 약간 난 그녀의 넓적다리를 타고 올라갔다. 이런 행동에 대해 밀드레드는 조용했다. 나는 그쪽을 보고 있던 아인혼의 시선을 좇았다. 그녀는 그 애에게 어른처럼 키스해 주고 자기의 옷깃을 여몄다.

"우리 집의 이런 새 소식이 어떠냐!"

아인혼은 거칠게 말하고 목등을 뻣뻣하게 구부리며 돌아보았다. 그렇게 위협적인 몸짓은 했지만 괴로워서 허리를 크게 굽혔다. 모든 감정을 나타낸 얼굴이 갑자기 비밀을 드러내는 데에서 오는 충동으로 경련을 일으켰다.

"아서가 결혼했습니까?"

나는 뭐라 해야 할지 몰랐다.

"벌써 이혼했어. 지난주에 완전히 끝났어. 우리는 전혀 몰랐었지. 그녀는 샴페인 시 출신이야."

"그래서 손자를 보셨군요. 축하합니다!"

그는 긴장되어 보였고, 모든 것을 밝히려는 것 같았다. 그러나 그의 얼굴은 무표정해지고 창백한 불행의 빛을 띠었다.

"저 애가 찾아온 건 처음입니까?"

"찾아와? 그녀는 저 애를 버리고 갔어. 편지와 함께 아이를 문 안에 밀어놓고 도망쳤지. 그래서 우리는 아서가 돌아오면 자초지종을 듣기로 했지."

"오, 이 애는 사랑스럽고 귀여워요. 난 언제든지 받아들이겠어요."

밀드레드는 감격스러운 듯이 말했다. 아이는 그녀의 목에 힘껏 매달렸다.

사실상의 첩인 밀드레드에게서 이런 것을 본 아인혼은 본능, 즉 욕정에 관심을 돌렸다. 그는 외면상의 보수적인 자만심 때문에, 이런 생각에 충격을 받아 성을 냈다. 그래서 그것을 그의 검은 두 눈에 깊숙이 투영시켰다. 희끄무레한 얼룩이 있는 두 손을 종종 소용없이 보이는 바지 양쪽에 찌르고 앉은 그의 모습은 오래된 교회 지붕 위에 웅크리고 앉은 귀신 같았다. 머리는 풀린 밧줄처럼 흐트러졌다. 세트한 머리는 뒤에서 보니 파멸되어 가는 듯한 느낌이었다. 그가 팔을 움직이지만 않는다면 아마 망토를 두른 사람이나 묶인 죄수처럼 보였을 것이다. 불쌍한 아인혼! 몰락하던 순간에도, 아서를 상징하는 그 금박 입힌 채권을 끄집어 내 볼 수 있었는데, 지금은 그것이 할머니가 가졌던 물감으로 그린 러시아 화폐처럼 무가치해졌다는 생각에 아인혼은 울화가 치민 것이다. 그가 이런 예비 재산을 간직했던, 희망의 빛을 비추던 금고는 이젠 더러운 냄새만 풍겼다. 아인혼은 밀드레드 무릎에서 좋아하는 아이를 쳐다보지도 않았다. 틸리는 눈에 띄지 않았다.

나는 동정을 표시해야 할지 어떨지 주저했다. 비록 내가 그의 과거의 명성을 인정할 수 있는 몇몇 사람 중 하나라고 생각하지만, 그는 나의 동정은 거절하리라. 이렇게 주저한 것은 그가 나의 동정을 거절하는 것이 진정 귀족적이고 제왕다운 길임을 그를 위해 보여 주고자 하는 목적과 부합되었다. 그러나 그는 힘없이 말을 시작했다.

"형편이 말이 아니야, 오기. 너는 아서의 능력을 알고 있지. 그런 능력들을 발휘하기도 전에 이런 상황에 뛰어들다니……."

"뭐가 잘못됐는지 모르겠어요. 당신은 귀여운 손자를 보았잖아요."

밀드레드가 말했다.

"제발 끼어들지 마요, 밀드레드. 어린애란 장난감이 아니오."

"오, 애들은 자랍니다. 시간은 그들의 부모보다 많은 것을 성취시켜 주죠. 부모들은 애들의 성장에 대해 지나치게 생색을 내요."

그녀는 말했다.

아인혼은 그녀와 얘기하고 싶지 않은 듯, 내게 낮은 소리로 말했다.

"요즘 아서가 그 목조 건물의 네 방 주변을 배회하는 것 같더라. 거기엔 그 애가 관심 가진 미미란 여자가 있지. 너는 그녀를 아니?"

"나의 좋은 친구입니다."

그는 눈썹을 재빨리 치켜세웠다. 나는 그녀가 내 애인이고, 따라서 아서가 더 이상 말썽부릴 수 없으리라는 희망을 아인혼이 갖고 있다고 생각했다.

"그런 종류의 친구가 아닙니다."

"네가 그녀를 임신시키지 않았니?"

그가 슬며시 물었다.

"그렇지 않습니다."

나는 그의 기대를 무너뜨렸다. 또한 정중하고도 조롱 섞인 기지도 보였으나 그의 표정에 비치는 허식적인 빛을 나는 보았다.

"저는 새해 첫날까지는 실제로 약혼했었습니다."

내가 그에게 말했다.

"그래, 미미란 여자는 어떤 여자냐? 2주일 전에 아서가 데리고 왔더라. 틸리와 나는 상당히 다루기 힘든 여자라고 생각했다. 항상 지적이고 시적으로 사고를 하는 아서가 그녀와 같이 살면 고생깨나 하겠더구나. 그러나 어쩌면 그녀는 착한지도 몰라. 공연히 그녀를 쥐어뜯고 싶진 않아."

"아니, 아서가 벌써 재혼하려 합니까? 어쨌든, 저는 미미를 찬양합니다."

"플라토닉한 사랑이냐?"

나는 씩 웃었으나 우울했다. 아인혼은 아서가 내 뒤를 이어 미미나 혹은 다른 여자의 애인이 된다는 것을 원치 않는 듯이 보였기 때문이다.

"미미에 관해서 가장 잘 아는 사람은 미미 자신입니다. 그러나 제가 말씀드릴 수 있는 것은 그녀가 청혼에 관심이 없을 거라는 점입니다."

"좋아."

나는 어떤 동의도 표하지 않았다.

그는 사업적인 얘기를 할 때 짓던 풍부한 표정으로 말했다.

"오기, 어쩌면 내 아들도 네가 다니는 곳에서 일하기에 적합지 않을까 하는 생각이 드는구나."

"아서가 일자리를 찾고 있습니까?"

"아니야, 내가 그를 위해서 찾고 있지."

"한번 알아보죠."

부탁받을 정도로 신통한 일자리는 못 되었다. 나는, 그가 노동조합 홀의 책상에 앉아 몸을 앞으로 구부린 채, 발레리의 책 표지나 자기에게 흥미 있는 것을 뒤적거리는 모습을 그려볼 수 있었다.

"미미가 원하기만 하면 아서를 도울 수 있습니다."

내가 말했다.

"미미가 아는 어떤 사람 덕택에 저도 일자리를 구한 겁니다."

"어떤 사람, 네 친구 말이냐?"

그는 여전히 교활하게 나를 함정에 빠뜨려 미미와의 관계를 고백시키려고 했으나 실패했다.

"그래. 너는 사랑하는 친구와 아무것도 없이 터질 듯한 젊음을 그대로 두었다고 말하려는 건 아니겠지?"

그는 이런 말을 한 것이 너무 유쾌하여 잠시 걱정을 잊었다. 그때 아이가 밀드레드의 목을 잡고 좋아서 소리를 질렀다. 그의 관능적인 얼굴에서 다시 슬프고 엄한 표정이 보였다.

내게 여자 친구가 있으리라는 것은 올바른 추측이었다. 그녀는 소피 게라티스라는 그리스 아가씨였다. 그녀는 어떤 호화스러운 호텔의 객실 청소부인데, 노동조합 가입 신청서를 내러 나를 찾아온 파견단의 대표였다. 그들은 시간당 20센트를 받고 있었다. 그들이 노동조합 지부를 찾다가 간부에게 급료를 올려달라고 했을 때 그는 포커를 하면서 귀찮아했다는 것이다. 그들은 그가 경영자 측과 공모하고 있다는 걸 알았다. 이 조그만 그리스 소녀는 다리, 입, 얼굴 등이 모두 아름다웠다. 앞으로 약간 나온 입술 모양은 해맑은 눈빛으로 인해 더욱 아름다워 보였다. 거친 일을 하여 손이 축축했고, 미모를 지녔으나 몇 푼 안 되는 급료로 생활했다. 나는 잠시도 그녀에 대한 호의를 숨길 수 없었다. 그녀를 보자마자 나는 그녀의 눈매에서 부드러운 희망을 엿보았고, 그런 희망이 내 마음을 사로잡았다. 내가 느낀 감정 역시, 비옥하게 하기 위해서 열분해를 하는 것처럼 사람들을 위해서 나일 강의 진흙을 만들어내는 그런 열기라기보다는 차라리 더 부드러운 것이었다.

여자들이 서명을 하자, 흥분과 분노가 고조되었고, 그들은 마치 이런 창백한 여성 노동자들의 테스모포리아[48]처럼 파업을 외쳤다. 그들은 즉시 동맹파업 하기를 원했다. 나는 그것이 복수 노동조합주의의 경우라고 설명하고, 나 자신 법률에 따른다는 위선적인 기분으로 여느 때처럼 몸이 오싹함을 느꼈다. 법적으로 노동총연맹은 그들을 대표하였다. 따라서 다른 노동조합은 그들의 가입을 기대할 수 없었다. 대부분의 고용인들이 산업별노동조합회의 편일 때 선거를 할 수 있었다. 그들은 이것을 이해하지 못했다. 나는 그들의 소요를 가라앉힐 수 없어서 소피를 불러내 입장을 명백히 설명했다. 그때 복도에는 아무도 없었고 우리는 키스를 했다. 아주 아슬아슬하게. 우리의 다리는 부들부들 떨렸다. 그녀는 작은 소리로 나중에 모든 일을 설명해 달라면서 자기는 그 여자들을 데리고 돌아가겠다고 말했다. 나는 사무실을 잠갔다. 그녀가 돌아오자 나는 그녀를 집으로 데려다 주었다. 우리는 그녀 방으로 들어갈 수 없었다. 그녀는 동생과 함께 살고 있었는데

둘 다 약혼을 했다. 그들은 육 주 후인 6월에 결혼할 예정이었다. 나는 그녀의 약혼자 사진을 보았다. 그는 조용하고 책임감 있어 보이나 어딘가 이상한 사람이었다. 그녀는 지각이 있었으므로 육체적인 쾌락을 참아왔고 결혼 후에도 부정한 쾌락은 갈망하지 않으리라 생각했다. 그녀는 아주 정교하게 생겨서 조그마한 모습들이 서로 엉켜 밀접한 관계를 이루어 부드러워 보였다. 그것은 아인혼이 관심을 둔 행복이란 것이었고, 내가 소피에게서 즐길 수 있었던 면이었다.

카요 오버마크는 그녀의 웃고 떠드는 말투에 대해 내게 물어볼 정도로 관심을 갖고 있었다. 그러나 미미는 이렇게 물었다.

"네가 사귀는 까부는 저 여자는 누구니?"

그녀는 놀리듯이 말했으나, 약간 소외감을 느끼고 있다고 생각했다.

"꽤 쾌활해 보인다."

나는 그런 질문을 예상치 못했기 때문에 대답을 준비하지 못했다.

그녀는 말을 이었다.

"전에 누군가 너를 찾아왔었어. 네게 얘기한다는 걸 잊었네. 까마득한 옛날 일같이 생각되는데."

"누구지?"

"매우 아름답고 젊은 여자야. 저 수다스러운 애보다 예쁘더라."

나는 혹시 루시가 마음이 변해서 찾아왔나 하고 생각했다.

"쪽지라도 남기지 않았어?"

"아니, 그녀는 직접 얘기해야 한다더라. 매우 흥분한 듯하던데. 어쩌면 계단을 오르내리는 데 서툴러서 숨이 찼었는지도 몰라."

 그녀가 루시라는 생각은 나를 크게 동요시키지 않았다. 나는 그녀에게 더 이상 흥미가 없었다. 단지 왜 왔었는지 궁금할 뿐이었다.

 나는 미미에게 아인혼의 제안을 얘기했다. 만약 아인혼이 그녀를 헐뜯었더라면 그녀는 흥분했을 것이다.

 "아, 그 고약한 늙은이! 내가 잠시 곁에 앉아 있을 때 그가 손을 내 다리에 얹었어. 섹스밖에 모르는 늙은이는 싫어."

 "오, 너는 그를 이해해야 해. 그런 행동은 인사나 기사도 정신에서 나온 거야."

 "웃기지 마! 그렇다고 그렇게 음란해야 하니?"

 "그는 훌륭한 양반이야. 나는 어릴 때부터 그를 알아왔고, 그는 내게 중요한 분이야."

 "그는 내겐 아무것도 아냐. 아서에게 너무 심하게 굴어."

 "나는 그가 어느 누구보다도 아서를 소중히 여기는 줄 알았는데."

 "그게 고작 네가 아는 거구나! 그는 아서를 늘 괴롭혀. 아서가 거기서 나오도록 도와야겠어. 그 늙은이가 애기 때문에 그를 들볶아 죽여 버릴 것 같아."

 "애 엄마는 다시 돌아오지 않나?"

 "그녀가 매춘부인지, 훌륭한 여자인지, 아서 말로는 모르겠어. 그는 사상 토론을 제외하고는 애매하게 이야기하거든. 어린애를 버리다니. 그녀가 아픈 게 아니라면 제가 낳은 애를 말이야. 내가 무슨 말을 하든 넌 이해하겠지."

 "아서가 네게 그녀가 어떻게 생겼는지 말했어?"

 "아서를 이런 화제에 올릴 순 없어. 그의 마음은 이런 것에 얽

매어 있지 않아."

"나는 아인혼이 아서에게 한 짓에 대해 네가 옳게 이해하는지 의심스럽다. 아인혼이 그에게 그렇게 행동하기도 어려웠을 거야. 그는 아서에게 기대가 컸지. 틸리도 마찬가지야. 지금은 단지 하락 현상일 뿐이야. 자식들은 애들을 데리고 늙은 부모들과 함께 살려고 돌아오고 있어."

"그 문제에 있어서 아인혼이 폴란드 이민자들이나 거리에서 소시지를 먹는 인간들보다 달라야 할 이유가 뭐지? 만약 그것이 차이가 있고 바보 같은 늙은이가 주위의 어느 누구보다 나은 운명을 부여받을 자격이 있다고 생각하면 옳지 못해. 모든 사람에게 똑같은 일이 닥쳤을 때, 비로소 우리는 누가 더 낫고 더 못한가를 올바로 알 수 있어. 그러니 아서에게 일어난 일은 그다지 대단치 않아. 어쨌든 그는 프레이저보다는 나아. 프레이저는 본처에게 돌아가 있다더군. 그는 아마 내가 빌려준 돈을 안 갚을 거야. 그가 한때 잘못을 저지를 뻔했다는 걸 느끼지 못하기 때문이야. 프레이저는 과거, 현재, 미래의 어떤 것도 잘못될 수 있다는 것을 인정 안 해. 한 소녀가 어제 책에서 뭔가 읽고 웃고 있었지. 그리고 내게 보여 주었어. 너도 알지만, 난 소설이라곤 거의 읽지 않았잖아. 거기에는 '잘못이란 결코 나에게 접근한 적이 없었다.'라는 메테르니히 재상의 말이 있었어. 글쎄, 그것은 프레이저일 수도 있겠지. 나는 그가 일생 동안 자기 자신을 결코 잊지 않으리라 생각해. 그는 결코 기차를 놓치진 않을 거야. 하느님 맙소사, 네가 말하는 아인혼이란 사람은 아들을 마치 항상 이성을 지키고, 할 얘기를 준비해 두고, 결코 기차를 놓치지 않을 사람으로 알고 좋아하는 것이겠지. 그러나 아서는 시인이야. 게다가 그 늙은 공상가는 아서가 시인이 되기를 원치 않아. 즉 비용이나 랭보 같은 시인의 아버지가 되기를 원치 않았어."

"오, 바로 그거야. 그러면, 아인혼은 자기를 그렇게 잔인하게 만든 아서에 대해 어떻게 하고 있지?"

"그를 밤낮 괴롭히고 모욕 줄 기회를 찾고 있어. 어제 그 늙은이가 어린애에게 사탕을 먹였어. 아서가 사탕은 애에게 나쁘다고 하자, 그는 '여긴 내 집이고 그 애는 내 손자야. 마음에 안 들면 나가.' 하고 말했어."

"오, 그건 심한 말이군. 그러면 그는 떠나야겠구나. 그가 왜 그 말을 받아들일까?"

"그는 떠날 수 없어. 그는 돈 한 푼 없고 병들었어. 성병이야."

"성병! 안 가진 게 없군. 그가 네게 말했어?"

"물론이지. 그렇지 않으면 내가 어떻게 알 수 있겠니?"

미미는 미소를 지었다. 그 미소는 흥분의 빛을 띠었다. 만일 내가 그런 사실을 몰랐더라도 지금 나는 그녀가 그에 대해서 결심했을 거라고 생각했다. 그녀는 그를 좋아했다.

"나는 그가 그 집을 나오면 만나보겠어. 그는 지금 의사에게 가려 하거든. 그리고 나서 그 집을 떠날 거야."

"아이와 같이?"

"아니, 누군가가 맡겠지. 너는 어떻게 생각해! 그 미친 계집애 때문에 그가 가정주부가 돼야 한다고 생각해?"

"만일 그녀에게 돈을 좀 줬으면 애를 맡았을 거야."

"네가 어떻게 알아? 하긴, 그게 최선의 방법이었을 거야. 늙은이가 어린애를 키워서는 안 되지."

"아인혼이 내게 아서의 조직책 일자리를 부탁하더군."

그녀는 이 말에 너무 놀라서 웃지도 못하고, 마치 사람들이 그들 자신을 이상하게 보이도록 하는 데엔 한계가 없다는 것을 내가 시인하기를 원하는 것처럼 나를 뚫어지게 쳐다보았다. 그러고는 양말과 내복 등을 빠는 일을 계속했다. 그녀는 아무 대답이 없었다.

물론 아서는 임질을 앓고 있는 동안은 아무 일도 할 수 없을 것이다. 나는 아인혼의 기분을 건드리지 않고 그의 부탁을 거절하는 것이 그의 마음을 상하게 하지 않는 최선책이라 생각했다. 그래서 그에게 아서 같은 수준의 사람에겐 노동조합에 적합한 일자리가 없다고 말했다. 비록 이 늙은이가 아서에 대해서 한때 가지고 있던 허영심을 돌이키는 것은 과히 유쾌하지 못했지만 말이다. 그러나 그들이 아서 같은 사람을 단순히 누워서 지내게 할 수 없다는 것은 합당한 얘기인 것 같았다.

루시 매그너스에 관해 얘기해 보자. 미미가 그전에 나를 찾아왔다고 말한 여자가 바로 루시라고 하더라도 나는 보통 이상의 호기심을 안 보였다. 그리고 며칠 후 어떤 여자가 문을 두드리기 전까지는 그녀의 방문에 대해 신경을 별로 안 썼다. 소피 게라티스가 속옷을 입고 침대에 앉아서 얘기하던, 대단히 어색한 순간에 노크 소리가 들렸다. 그녀가 놀라는 것을 보고 나는 말했다.

"걱정 마, 소피, 우리를 방해할 사람은 아무도 없어."

그녀는 내 말에 기분이 좋아져서 키스를 하기 시작했다. 스프링이 달린 문고리가 이상한 소리를 내어 사랑의 행위에 조화를 이루었다. 방문객이 이상한 사람이 아니었다면 아마 그 소리에 발길을 돌렸을 것이다. 그녀는 불렀다.

"오기, 마치 씨!"

그녀는 루시가 아니라 테아 펜첼이었다. 왠일인지 나는 그 목소리를 곧 알아차렸고, 침대에서 내려왔다.

"가운을 걸쳐요."

소피가 말했다. 그녀는 노크하던 여자가 문에서 부를 때 실망하여 키스를 그만두었다.

나는 맨발에 머리를 내밀고 어깨로 문을 막고 있었다. 그녀는 테아였다. 그녀는 과거에 편지에서 내가 자기를 다시 보게 될 거라고 했었고, 지금 여기 와 있는 것이다.

"미안해요. 벌써 두 번이나 당신을 만나러 왔었어요."

그녀는 말했다.

"한 번이겠지요. 어떻게 내가 있는 곳을 알았지요?"

"흥신소에 의뢰했죠. 그런데 그녀는 내가 두 번이나 왔던 걸 얘기하지 않았군요. 그녀가 안에 있어요? 그녀에게 물어보시죠."

"아뇨, 저 여자는 다른 사람입니다. 정말 흥신소에 갔었나요?"

"방 안에 있는 여자가 그녀가 아니라니 기쁩니다."

나는 대답하지 않고 바라보기만 했다.

그녀는 마음을 잘 가누지 못했다. 얼굴은 내 기억과는 달리 섬세하기는 하나 단단해 보이지 않았으며, 뺨이 넓고 창백했고, 콧구멍이 컸다. 그녀가 계단을 오르면서 숨차하더라는 미미의 말이 생각났다. 그러나 그녀가 숨차하는 것은 내가 혼자 있지 않는 것에 대한 실망의 빛을 감추려 했기 때문이다. 그녀는 큰 물방울 무늬의 갈색 실크 투피스를 입고 있었고, 내가 그걸 봐주기 원했다. 그러나 장갑 낀 손과 불안정하게 쓰고 있는 꽃모자를 보고 그녀가 떨고 있음을 알았다. 대양 한가운데서 뱃전에 부딪히는 물결 소리가 심해의 호흡인 것처럼, 그녀의 비단 옷자락 소리는 내면적인 동요가 끊임없이 일고 있음을 말해 주었다.

"그건 아무래도 괜찮아요. 내가 오는 것을 당신에게 어찌 말할 수 있겠어요? 기대하지도 않습니다……."

내가 그녀를 기다렸어야 했더라도 사과를 할 필요는 느끼지 못했다. 미소를 지어야 했으나 웃을 수도 없었다. 나는 그녀를 변덕스럽고 돈 많은 여자로 생각했었다. 그 당시 그녀에게 가장 큰 문제는 여동생과 라이벌이 되는 것이었다. 나는 그런 생각을 계속할 수 없었다. 그것이 어떻게 시작됐든지 간에, 지금은 완전히 다른 것이기 때문이다. 출발이 좋지 않다 하더라도 일단 진행을 하게 되면 그것에 대한 보다 나은 이유를 발견하게 된다. 이러한 경우가 그녀에게 일어났을지도 모른다. 그러나 고결함과 병적인 것 가운데 어느 것이 먼저인지 알 수 없었다. 즉 그녀의 자만심에 대한 개인적인 반대나, 젊은 여자로서 자기 자신에게 기대하고 있는 것에 대한 사회적인 반대—여자의 보다 큰 사회적인 약점에 대해서 그렇게 비열할 정도로 신랄하게 밀어붙여 못 박은 반대 말이다. 즉 그녀가 고통의 순간에 대항해서 투쟁했느냐 아니면 고통의 순간을 찾아갔느냐 하는 것을 말하는 것이다. 그러나 그것은 내가 생각했거나 느낀 전부는 결코 아니었다. 그렇지 않았다면 그녀를 소리쳐서 쫓아버렸을 것이다. 나는 소피 게라티스를 너무 좋아했으므로 내가 단순히 흥미를 갖거나 혹은 우쭐한 기분에서 소피를 포기할 수 없었기 때문이다. 혹은 에스터 펜첼에게로 되돌아갈 수 있는 기회를 그녀의 언니를 통해 찾았기 때문인데, 이미 말했듯이, 나는 얘기할 만한 어떠한 원한을 품을 능력이 없던 것이다. 그런데 갑자기 소피가 그 속에 없었다.

"뭘 하고 있지?"

나는 그녀를 돌아보며 말했다. 그녀는 이미 구두를 신고, 두 팔을 위로 올려 검은 드레스를 어깨 위로 늘어뜨렸다. 그녀는 가슴과 엉덩이 부분을 끌어당겨 드레스를 입고는 머리카락을 넘기려고 얼굴을 흔들었다.

"오기, 이분이 당신이 보고 싶어 하는 사람이라면……"

"그러나 소피, 오늘 밤은 당신과 있겠어."

"당신과 나는 단지 내가 결혼하기 전에 즐기려는 것뿐이에요. 그렇지 않아요? 아마도 당신도 결혼하기를 원하겠죠. 이건 단지 장난이잖아요."

"가려는 건 아니겠지?"

나는 말했다. 그러나 그녀는 듣지 않고 계속 끈을 매면서 무릎을 들어올릴 때, 내게 보이지 않도록 넓적다리를 레이스로 가렸다. 내가 단호한 태도를 취한 것 같지 않았기 때문이다. 드러난 다리를 가리는 행동―화가 나서가 아니라 단지 머리를 숙이고 포기한 듯한 태도―을 통해 그녀는 활력이 넘치는 연인의 뜨거운 정열에서 한 발 물러섰음을 알 수 있었다. 그녀를 다시 소유하기 위해서는 시련을 겪어야 했고, 다시 청혼해야 할 것이라는 걸 알게 되었다. 나는 속으로 그녀가 가는 것이 옳다고 인정했다. 우리를 함께 이끌어왔던 즐거웠던 관심을 더 이상 정직하게 줄 수 없었기 때문이다.

종이 한 장이 문 밑으로 들어왔다. 그리고 테아가 가버리는 소리가 들렸다.

"서서 내가 나가는 걸 볼 정도로 뻔뻔스러운 여자는 아니군요."

소피가 말했다.

"어쨌든 그녀는 당신이 누구와 함께 있다는 걸 알면서도 노크할 정도로 뻔뻔스러워요. 그녀와 약혼했거나, 아니면 뭔가 다른 게 있나요? 자, 쪽지나 펴봐요."

소피는 작별 인사를 하고 내 얼굴에 키스했으나, 내가 다시 키스를 하고 문까지 바래다 주려는 것을 말렸다. 옷을 입지 않은 채, 나는 높이 달린 창문으로 들어오는 5월의 밤공기를 마시며 침대에 앉아서 쪽지를 폈다. 그녀의 주소와 전화번호가 있고, '내일 전화해 주세요. 내가 어찌할 수 없는 것에 대해 화내지 않기를.' 라고 쓰여 있었다.

그녀는 얼굴에 질투심이 솟아오르는 것을 얼마나 부끄러워했을까, 그리고 내가 벌거벗은 채 자기와 얘기하는 동안 조금도 동요하지 않고 묵묵히 서 있기가 얼마나 고통스러웠을까를 생각하면, 전혀 화가 나지 않았다. 사실상 나는 기뻐하지 않을 수 없었다. 비록 그녀가 했듯이 소피에 대해서 고압적으로 나가고, 자기만이 올바른 사랑을 하고 있는 체한다 해도 말이다. 그런 다음 나는 내가 의무감으로 사랑에 빠질 위험이 있는지와 같은 수많은 다른 생각을 했다. 왜? 사랑이란 것이 희귀해서 한 사람이 그것을 가졌다면 다른 사람은 그것에 굴복해야 하기 때문에? 사랑을 하는 동안 그가 더 중요한 다른 것을 생각지 않는다면? 이런 생각에는 조롱받을 만한 좋은 척도가 있었다. 두껍고 빨간 순에서 방금 나온 잎사귀들이 나무 꼭대기에서 부드럽게 이리저리 움직이는 것을 포함해, 사실 나는 여러 방식으로 마음이 움직였다. 여자들에게 일이란 단지 사랑뿐이라고 생각했다. 또는 다른 때에는 어린애들에 대한 것이리라. 나는 이런 생각을 흥밋거리로 여기고 나의 경솔함을 결함으로 여겼다. 이런 경솔함, 거드름을 피우는 것이 경박함의 근원이라는 지혜를 이것에서 얻었는지도 모른다. 말하자면 우아함이란 깊은 곳에 묻혀 있는 어떤 것에서 나오는 것이다. 그러나 지혜란 모든 방향으로 펼쳐 나가거나 매듭 지어져야 하므로 이것은 가벼운 웃음이 무거운 마음으로부터 올라오는 어떤 것의 미소한 부분이며, 또는 연기자의 마음의 동요에 의해 일어나는 중력, 또는 웃음소리에 대한 고저를 언급한다고 말할 수 있겠다. 예수 믿기를 원하는 사람까지도 때때로 예수에 대한 자기의 태도를 우롱하는 걸 가끔 본다.

  그날 밤 나는 다른 때처럼 시트 속에 들어갔다 나왔다 하면서 깊은 잠을 잤다. 시트에는 아직도 소피의 분 냄새 등 그녀의 모든 냄새가 풍겼다. 그녀의 옷자락에 싸여서 잔 셈이었다. 깼을 때 곤히 잔 것 같은 기분이었다. 아침 해가 찬란했다. 그러나 잘못 생각한 것이었다. 나는 자칼이 아비시니아[49]의 하라르라는 도시의 성벽을 뛰어넘어 페스트로 죽은 시체를 뜯어 먹으러 돌아다니는 ―아서가 좋아하는 시인에 관한 책에서 읽은 적이 있는―악몽을 생각해 냈다. 나는 미미가 전화에 대고 평범한 대화이긴 하나 불평조로 소리를 지르는 것을 들었다. 손끝으로 느낄 수 있을 만큼 구체적인 아름다움이 있는 상쾌한 아침이었다. 뜰 구석은 버려진 보일러 속에서 자라난 꽃들의 붉은 열기로 가득 찼다. 그 붉은 열은 대낮에 더 강한 힘으로 사람들을 어지럽히고 피를 토하고 경련을 일으키며 기쁨만큼이나 풍부한 부패를 야기하는 어떤 병과 유사한 힘으로써 심장마비를 일으키게 하는 열이다. 마치 코피를 흘릴 정도로 얻어맞은 듯이 얼굴이 쑤셨다. 나는 숨이 가쁘고 우울한 듯이 보였고, 그렇게 느껴졌다. 마치 밖으로 뿜어내야 할 만큼 혈액이 과잉 상태였다. 거기서 어떤 고민을 예견하는 것처럼. 손과 발도 또한 불길한 징조를 보였다. 나는 돌처럼 굳었다. 길조차도 나를 짜증 나게 했다. 혈관이 납덩어리여서 혈액순환이 느려지는 것 같았다. 비록 커피 한 잔을 마시는 데 일 분이 걸린다 할지라도 잡화점에 들어가 갇혀 있는 듯한 기분은 참을 수 없었다. 나는 붐비는 차를 타고 몸을 질질 끌다시피해서 사무실로 갔다. 두 다리를 쭉 뻗고 의자에 앉자, 모든 신체 작용에 어려움을 느꼈다. 발끝 핏줄까지 쑤시는 듯 고통스러웠다. 나는 일어나지 않게 되기를 기도했다. 출입문과 창문이 열렸다. 반항심을 재개

하기 전 법정의 고요함과 플랑드르에 있는 쓰레기 하치장의 제방이 하늘을 찌를 듯이 높이 솟기 전 초원의 시간 속에서, 심하게 짓밟힌 이곳의 곰팡내가 아주 잠깐 동안의 우연한 기회로 깨끗해져 날아가고 있었다. 그리고 목청 놓아 지저귈 필요도 없던 종달새가 하늘로 날아갔다.

그러나 일과는 진행되었다. 그 일을 감당해 내지 못했기 때문에 짜증이 났다. 그 일은 도장을 찍거나 춤을 추는 것과 흡사했다. 즉 꼭 잡은 파트너들이 서로 지치게 만들려고 추는 듯한 무시무시한 왈츠, 또는 혼자 추는 클로그, 미친 듯 뛰면서 추는 타란텔라, 아무 생각 없이 흐느적거리며 추는 춤, 그들의 뒤꿈치가 어떻게 타당거리는가를 얼굴에 전혀 나타내지 않는, 시치미 떼는 자들의 기품 있는 세비야나 춤, 독일 농노들 사이에서 유행하는 발차기 춤, 웅크리고 앉아 추는 카자츠키 춤, 사춘기의 주저하는 듯한 스텝, 찰스턴 춤 말이다. 나는 모든 종류의 것들과 대면을 했고, 가능한 한 일을 피했다. 단지 소변 보러 화장실에 가거나 배가 고파서 녹색 펠트 천을 생각나게 하는 당구장의 간이식당으로 몰래 갔을 때는 예외였다. 그러나 식욕이 없었다. 중요한 것은 배고픈 것이 아니라 다른 고통이었다.

내가 돌아왔을 때 자기네 일을 처리해 달라고 다른 인파들이 기다리고 있었다. 나는 피곤한 예약 업무를 다루는 중개인이나 기획자직을 맡고 있었다. 그들은 분노와 탐욕에 가득 차서 안면 경련을 일으키고 있었다. 어떤 이는 위엄을 띠고, 어떤 이는 광기를 띠며 나를 주시했다. 그런데 나는 내 영역을 개방하고 그들에게 카드 기입 방법을 설명하고 틀린 것을 시정함으로써 그들에게 무슨 도움을 주는 것일까? 오, 하느님! 노동이란 인간을 보호함으로써 인간을 구하는 하느님의 섭리에 의해서 생각해 낸 일임에 틀림없다는 걸 안다. 그렇지 않으면 인간은 굶주리거나, 얼어 죽거나, 목이 부러질지도 모른다. 그러나 태어나 살다가 죽을 때는 이상한 형태로 변해 버리는 것이다.

내가 이런 사색에 잠기는 것은 보통 때와 다른 감정을 느꼈을 때였다. 한편 나는 테아의 갈색 비단옷 소리를 기억하고는 몸서리쳤다. 노역의 역사의 이상한 결과와 더불어 말이다.

나는 종종 그녀에게 전화를 걸었으나 아무런 응답도 없었다. 그녀와 통화하기 전에 그라믹이 왔다. 그는 어느 정도 조직이 완료된 시카고 남부의 가제와 붕대 제조 공장에서 내 도움이 필요하단다. 이교도들이 벽돌로 된 그들의 마을에서 뛰쳐나와 수천 명이 세례를 받으려고 기다리고 있는 곳에 상륙한 예수회원들 같았기 때문이다. 나는 가방에 인쇄물과 서식 용지를 넣고 전철을 타고 그라믹의 본부 사무실에 가서 그를 만나보기 위해 일리노이 센트럴로 급히 가야 했다. 그곳은 아주 거친 곳이었으나 가제 감는 직공의 대다수가 여자이기 때문에 숙녀들과 가족들을 위한 전용 출입구가 있었다. 나는 그렇게 더럽고 난폭한 마을에서 어떻게 붕대를 깨끗이 간수하는지 몰랐다. 2층을 수십 번 꾸부러지게 만든 바벨탑을 지은 미련한 아마추어 설계사 및 건축업자들과 모든 인부들이 일을 그만두고 노는 데 몰두했던 것처럼 그렇게 세워진 마을에서 말이다. 그라믹은 이러한 쇼의 가운데서 조직을 하느라고 분주했다. 그는 스톤월 잭슨[50]처럼 단호한 사람이었으나 고등학교 교사나 의회 의원, 즉 모든 아파트를 차지하려는 백인들이 대혼란을 일으켰던 인도에서 온 사람처럼 침착한 태도를 취했다. 온화한 힘에 의해서.

우리는 거의 밤을 새워서 아침엔 필요한 모든 것들, 즉 그들의 목표에 대한 위원회를 조직하고, 요구 사항을 작성했으며, 모든 협상 기구를 준비하고, 파벌 간의 의견의 일치를 보도록 했다. 그라믹은 9시에 경영자측에 전화를 했다. 11시에는 이미 협상이 진행되고 있었고, 그날 밤 늦게 파업은 승리하여 우리는 노동조합 회원들과 함께 비엔나 소시지와 소금에 절인 양파 파티를 열었다. 물론 그것은 그라믹에게는 상당히 중요한 일이었다. 비록 내가 축하 인사와 칭찬을 받았지만 그라믹에게는 대단히 중요한 일이었다.

나는 맥주잔을 들고 공중전화로 가서 테아의 전화번호를 다시 돌렸다. 이번에는 통화가 됐다.

"업무차 교외로 나왔다가 전화 거는 겁니다. 그렇지만 않았더라면 훨씬 전에 소식을 전했을 텐데. 하지만 내일 돌아갈 예정이에요."

"언제쯤요?"

"오후쯤이 될 것 같습니다."

"좀 빨리 올 수 없어요? 지금 어디 있지요?"

"시골에 있습니다. 될 수 있는 대로 빨리 가겠습니다."

"그러나 난 시카고에 오래 머물 수가 없어요."

"가야만 하나요? 어디로?"

"만나서 말할게요. 내일 종일 집에서 기다리죠. 먼저 전화 걸 수 없으면, 초인종을 세 번 눌러요."

흥분이 나를 강하게 감쌌다. 나는 전화기 앞에서 즐거움에 벅차 두 눈을 지그시 감았다. 귀가 윙윙거렸으며, 두 다리에 전율을 느꼈다. 그녀에게 달려가고 싶어 죽을 지경이었다. 그러나 아직 이곳을 떠날 수 없었다. 매듭지어야 할 문제가 있었다. 승리자들조차 다시 만나자는 인사를 어떻게 할까가 중요했다. 그라믹은 장부 정리를 하고 모든 것이 정리될 때까지 자리를 뜰 수가 없었다. 도시로 돌아와서 나는 그와 함께, 우리의 임무가 성공적이었음을 보고하러 본부에 가야 했다. 이 일로 나는 승진하게 되었고, 애키 씨를 제압하게 되었다. 관리들과도 전보다 친하게 되었으며 임시고용직에서 벗어났다.

애키가 우리를 기다리고 있었는데, 축하하려는 게 아니라 직물 공장 시설 개선 명령을 위해서였다. 애키가 그에게 물었다.

"그라믹, 이 사람이 당신 부하인 마치요?"

그는 아직 때가 안 된 것처럼, 나를 쳐다보지도 않고 말을 계속했다.

"마치, 당신은 지금 당장 심각한 분쟁을 해결해야 하겠소. 그것은 다루기 어려운 두 개의 노동조합에 가입하는 문제요. 그들은 살인자들이오. 노섬벌랜드 호텔―그곳은 호화스러운 곳이지요.―거기서 몇 명이나 가입 서명을 했소? 많지 않소? 그곳에선 250명 이상일 텐데요."

"나는 노섬벌랜드로부터 약 50장의 카드를 받았는데 대부분 객실 청소부들로부터 온 것입니다. 그런데 무슨 일입니까?"

"그들이 파업할 준비를 하고 있어서 문제요. 오늘 아침 그 청소부들 중 소피 게라티스라는 여자로부터 당신에게 다섯 번이나 전화 왔었소. 지금 리넨 제조방에서 파업을 위한 모임이 있다오. 당신이 가서 중지시키시오. 노동총연맹 요원이 거기 있소. 목표는 선거요."

"그러면 제가 뭘 해야 합니까?"

"단호한 태도를 취하시오. 그들을 가입하도록 서명시키고 밖으로 나오는 것을 막으시오. 빨리. 거기는 수라장일 거요."

나는 가입 용지 뭉치를 들고 노섬벌랜드로 급히 떠났다. 그곳은 화려한 발코니가 있는 큰 건물이었다. 고대 로마식의 차양들이 30층까지 나와 있었고, 링컨 파크의 느릅나무와 푸른 나뭇잎들이 내려다보였다.

나는 체커 택시에 앉아 플래시를 비쳤다. 근무 중인 경비원은 없었다. 양편에선, 방패 위에 불쑥 솟아올라 온 구리로 된 장식용 무기와 네 개의 유리로 된 회전문과 거기 새겨진 모노그램이 찬란한 빛을 발했다. 나는 로비를 지나 깊숙이 들어왔다고 생각지 않았다. 강철로 된 계단으로 3층까지 올라왔다. 화물운반용 엘리베이터의 벨 소리에 응답이 없어서 고함 소리를 듣고 그쪽으로 갔다. 벨벳이 깔린 곳과 시멘트 복도를 지나 리넨 제조방에 닿았다.

싸움은 노동조합에 대한 충성파와 급료를 못 받아 흥분에 차 있는 대부분의 여자들 사이에서 일어나고 있었다. 그녀들은 시간당 20센트의 급료를 올려 달라는 요구를 거절당하자 미친 듯했다. 그들은 유니폼이나 종업원복을 입고 있었다. 방은 오른쪽에서 햇살이 비쳐 투명하고 무더웠다. 문들은 세탁장 쪽으로 열려 있었다. 서비스용 푸른 제복과 흰 모자를 쓴 그들은 고함을 지르며 싸움을 하고 싶어 못 참았다. 그들은 철제 테이블과 비누통 위에 올라서서 동맹파업을 하자고 절규했다. 나는 소피를 찾았다. 그녀 쪽에서 먼저 나를 보고 소리 질렀다.

"조직책이 왔습니다. 왔어요. 마치 씨가 왔어요!"

그녀는 큰 통 위에 검정색 스타킹을 신은 다리를 벌리고 서 있었다. 그녀는 흥분한 듯했으나 무섭게 창백했고, 머리에 검은 모자를 쓰고, 눈은 흥분으로 더욱 검게 보였다. 그들이 보는 데서는 내게 아는 체하지 않았다. 그래서 우리가 서로 팔짱을 끼거나 손으로 쓰다듬었던 것같이 보이지 않았을 것이다.

나는 주위를 둘러보고, 곧 나의 동지들과 적들이 조롱하고 재촉하며, 의심에 차서 강한 파벌과 분노로 소리를 지르는 것을 보았다. 인턴처럼 흰 제복을 입은 우두머리 녀석이 있었는데, 얼굴은 마치 티컴세[51]와 비슷하거나, 혹은 몸에 물감칠을 하고 스키넥터디[52]를 공격하던 자와 흡사했다. 그는 열띤 비명과 투명한 태양과 세탁장의 열기에 가득 찬 새장 같은 곳에서 아주 침착한 태도로 나에게 어떤 전략을 설명하고자 했다.

"자, 잠깐만."

나는 소피가 서 있던 통에 올라가서 외쳤다.

누군가 소리 지르기 시작했다.

"우리는 파업한다!"

"자, 들어보십시오. 그것은 비합법적입니다……."

"오, 빌어먹을! 눈깔이 나온다! 합법적이란 게 다 뭐냐. 우리는 하루에 1달러 50센트를 받는데. 노동조합비와 교통비를 빼면 남는 게 뭐야? 이게 사는 건가? 우리는 지금 파업하려고 한다."

"그런 짓을 해서는 안 됩니다. 그건 무모한 짓입니다. 연방정부에서 자리를 메우기 위해 다른 사람들을 보낼 겁니다. 그러나 선거를 하여 우리가 이기면 여러분들을 대변할 수 있게 됩니다."

"당신들이 이기려면 몇 달을 기다려야 하지 않소."

"그러나 그게 여러분이 할 수 있는 최선책입니다."

나는 가입 신청서 카드 한 뭉치를, 서로 달라고 법석인 그들에게 나눠 주었다. 갑자기 세탁장 쪽으로 한 무리의 사람들이 뛰쳐나왔다. 몇몇 사내들이 여자들을 밀치면서 싸우더니 펄쩍 뛰어왔다. 내가 그들이 노동조합의 반대파이며 그들이 이끌고 온 폭력단이라는 사실을 깨달았을 때, 뒤에서 누군가가 나를 끌어내렸고 나는 사정없이 구타당해 피투성이가 되었다. 인디언 매부리코를 한 내 동료가 내게 왔다. 그는 나를 때린 녀석에게 덤벼드는 길이었다. 그가 그 녀석을 밀치자 흑인 하녀 하나가 나를 일으켰다. 소피가 내 호주머니에서 손수건을 꺼냈다.

"나쁜 깡패 녀석들! 걱정 마요. 머리를 뒤로 젖혀요."

그녀들은 엎어진 통 주위에 둘러서서 나를 보호해 주었다. 폭력배들이 나를 향해 달려왔을 때, 그녀들이 뛰어나왔다. 어떤 여자들은 가위, 칼, 국자들을 들고 달려왔다. 노동조합원 녀석이 자기 부하들에게 중지 명령을 내리자, 그들은 그 녀석 주위로 몰려가 자리를 잡았다. 조합원은 폭력배들에 비해서 몸집이 작았으나 위험 인물로 보였다. 왜소했으나 멋진 놈팡이 같은 양복을 입고 볼티모어제 권총을 찼다. 그는 무법자 편에 선 보안관 사무실에서 왔거나, 또는 고양이가 인간으로 바뀐 것처럼 보였다. 마치 술 마신 사람처럼, 바로 맞닿을 만큼 가까이서 냄새를 맡는 것처럼 보였다. 그건 아마 분노의 빛이지 위스키를 먹어서 생긴 빛은 아닌 것 같았다. 그것은 비열함을 나타내는 빛이었다. 그가 위협한 것만큼 많은 것을 해칠 수 있는 비열이었다. 나는 내 손수건과 서츠에 터져 나온 피로 그러한 비열함을 약간 보일 수 있었다. 나는 한층 더 코웃음을 지었다. 쑤시는 내 눈은 찢어져서 부었다. 그러나 그는 이런 사람들의 계약 아래 대표자직을 맡고 있고, 또한 자기 편에 유리한 법을 가지고 있었다.

"자, 숙녀 여러분들, 길을 비켜 하찮은 그놈을 내 부하들에게 인계하시오. 그는 법을 어겼소. 나는 구속영장을 발부받겠소. 게다가 호텔 측에선 그를 불법침입죄로 투옥시킬 수 있소."

여자들은 날카로운 고함을 지르고 그들의 무기를 내보였다. 서인도나 영국 본토 사람 같은 소리를 지르는 흑인 여자가 고함쳤다.

"결코 내놓지 않을 거다, 이 악질 놈아!"

나는 겁이 났지만 또한 놀랐다.

"좋소, 그럼 우리가 그놈을 잡아낼 거요."

폭력배 하나가 말했다.

"그놈이 어느 곳에서나 이런 창녀들의 보호를 받을 수는 없겠지."

그의 우두머리는 그에게 "입 닥치지 못해!" 하고 소리치고는 내게 물었다.

"너는 무슨 권리로 이곳에 왔지?"

"여기서 부탁을 받았습니다."

"제기랄! 우리가 그에게 부탁한 것 맞아!"

긴 모자를 쓴 요리사들과 보다 부유한 다른 파벌의 사람들은 소리 지르고 조롱하며 악취 때문에 코를 쥐는 시늉을 하고 나를 향해 물이 내려오도록 화장실의 줄을 잡아당기는 시늉을 했다.

"들어보세요! 여러분, 나는 여러분의 대표입니다. 여러분이 불평이 있다면, 난 왜 있는 겁니까?"

"우리가 당신에게 요구하러 갔을 때 발로 테이블을 치고 술을 마시며 우리를 내쫓았잖소!"

"이런 더러운 폭동 따위는 필요 없지 않나요? 나는 이 새끼가 수없이 돌린 카드를 봤습니다. 나는 여러분이 그따위 카드를 찢어버리기를 바랍니다. 그런 녀석이나 그런 노동조합 따위와는 더 이상 상대하지 마십시오."

"찢지 마십시오!"

내가 말했다.

나를 때렸던 녀석이 나를 둘러싸고 있는 여자들을 밀치고 뛰어들었다. 그들은 그 녀석을 되밀어 냈다. 소피가 뒷문을 통해서 서비스 복도를 따라 나를 끌고 갔다.

"여기 비상출구가 있어요. 도피구로 내려갈 수 있어요. 주의해요, 오기. 그자들이 지금쯤 당신을 뒤쫓아올 거예요."

"당신은?"

"그자들이 내게 무슨 짓을 할 수 있겠어요?"

"당분간 파업한다는 생각은 잊는 편이 낫겠어."

그녀는 힘주어 두 발을 벌려 고정시키고는 육중한 비상 출입문을 끌어당겨서 열었다. 내가 나가자, 그녀가 말했다.

"오기, 당신과 다시는 만날 수 없겠지요?"

"만나지 못할 거요, 소피. 찾아온 다른 여자가 있으니."

"그럼, 안녕."

나는 뜨겁고 컴컴한 화재 비상구에 있는 기구들을 밀어내며 아래로 내려가, 사다리를 타고 돌면서 뛰어내렸다. 내가 달려갈 길에는 운 없게도 폭력배 중 한 녀석이 서 있었다. 그는 내게로 왔다. 나는 브로드웨이 쪽으로 달아났다. 그가 쏠지도 모를 총탄을 피하려 걸음을 주춤했다. 시카고 거리에서는 사람들이 총에 맞아 길거리에 쓰러지는 일이 허다했기 때문이다. 그러나 총소리는 들리지 않았다. 그의 목적이 나를 때려눕혀서 뼈라도 부러뜨려서 병신으로 만들 작정이었나 보다고 생각했다.

브로드웨이를 가로지르기 위해 그와는 충분히 떨어져 있었다. 나는 그가 허리에 손을 짚고 차에 막힌 채 여전히 나를 쳐다보고 있는 걸 알았다. 핏덩어리 진 콧속에 공포로 가득 찬 마른 코딱지를 붙인 채 호흡했다. 느린 전차가 왔다. 나는 폴랫폼으로 뛰어올랐다. 루프가에 가까이 오자 따라오는 차가 천천히 지나가며 방해했기 때문에, 누군가 뒤따라오고 있음을 알았다. 그러나 이 인파 속에서 그를 떨쳐 버릴 수 있을지도 몰랐다. 나는 전차 운전사와 함께 앞 칸에 탔다. 거기서 그 차의 길이를 주시해 볼 수 있었고, 전차 운전사가 마룻바닥에 있는 구멍을 통해 내리는 전철 핸들이 있는 것을 보았다. 지겹고 열기에 찬 성난 거리에서 푸른 빛의 고약한 가스 냄새를 내뿜는 느린 자동차들의 행렬 속에서, 그 폭력배 녀석이 차를 타고 내 뒤를 추적하고 있으리라 생각했다. 나는 느린 전차뿐 아니라, 따라오는 차에 대한 증오심으로 괴로웠다. 갈가리 찢겨지는 듯했고 짜증이 났다. 차츰 다리 가까이 왔다. 일렬로 늘어선 교량의 기둥들, 더럽혀진 강물, 코뼈가 나온 갈매기가 나는 광경 등이 시야에 들어왔다. 추적하던 그 차가 차량이 적은 다리에 이르러 속력을 내었으나 상가에 접어들어 차가 붐비자, 다시 속력을 늦추었다. 나는 매디슨가에 이를 때까지 기다렸다. 드디어 매디슨가의 중간쯤에서 전차 운전사에게 말했다.

"내려주시오!"

"여기는 정류장이 아닙니다!"

나는 화를 냈다.

"문을 여시오. 그렇지 않으면 머리통을 박살 내겠소."

그는 험악한 내 얼굴과 찢어진 눈을 보더니 나를 내려 주었고, 덕분에 위기를 모면했다. 그러나 길모퉁이를 돌아서자마자 길을 잃어버렸다. 나는 맥비커 극장으로 줄지어 빨려 들어가는 대열에 끼게 되었다. 그 극장에서는 가르보 주연의 영화가 상영되고 있었다. 극장 안에는 나가고 들어오는 관객들을 갈라놓기 위한 붉고 굵은 밧줄이 처져 있었다. 나는 마치 카글리오스트로[53]와 세레피나가 왕과 귀족들을 도취시키려고 설계한 아파트 같은 로비에서 잠시 위험을 피했다. 나는 그가 지금 나를 잡는다면, 모세에 의해서 살해당한 간수처럼 그 역시 위험할 거라고 느꼈다. 화장실로 가서 아침 먹은 것을 토했다. 몸에서 핏자국을 씻어내고 선풍기에 말렸다. 그리고 위로 올라가서, 누가 들어오는가를 볼 수 있는 극장 뒤쪽 의자에 누웠다. 영화가 끝날 때가지 거기서 휴식을 취하고 나서 들어올 때처럼 무리에 끼어 밖으로 나왔다. 나는 무더운 한낮의 먼지를 일으키는 시끄러운 거리로 발을 옮겼다.

택시를 타고 테아의 집으로 향했다. 그곳은 며칠 동안 내 생의 진정한 목표로 존재해 왔었다.

14장

 나는 테아 펜첼이 세인트조의 그네 위에서 한 예언을 실현시키려고 바쁘게 서둘렀다. 내가 이렇게 두들겨 맞고 추적당하고 있다는 사실은 사소한 게 아니었지만, 나는 그 원인의 중요성을 절실히 느낄 수 없었고, 내가 계속 싸우는 것이 누구에게 도움이 된다고 느낄 수도 없었다. 내가 이런 일을 양심의 문제로 생각한다면, 그라믹처럼 전몰 장병 추모 시간에 리퍼블릭 철강 회사 앞에 나와 있었을지도 모른다.[54] 그라믹은 곤봉으로 머리를 맞았다. 그러나 나는 테아와 함께 있었다. 일단 우리가 출발한 이상 다른 곳에 있는 것은 내 마음대로 할 수 없는 것이었다. 아니, 나는 노동조합원이나 정치에 관여하는 직업을 갖지 않았으며, 불행에서 벗어나려는 군중의 대열 앞에 나서려는 생각은 조금도 없었다. 이런 마음으로 어떻게 대중들을 성공적으로 이끌어나갈 수 있겠는가? 나는 사회의 거대한 서광을 가로막고 서 있거나, 눈부신 빛을 발하고 화염을 터뜨리며 타오르는 유리처럼 그 서광을 수집해 집결시키면서, 남은 사람들 앞에 나서는 그런 사람이 되고 싶지는 않았다.

차에서 내려 테아의 아파트로 달려가, 초인종을 조급하게 세 번씩이나 계속 눌렀기 때문에 내가 어디에 와 있는가를 눈여겨보지 않았다. 아파트는 화려했고 로비는 가구들로 차 있었지만 아무도 없었다. 우아해 보이는 문 중 어느 것이 엘리베이터 문인가를 찾아내려고 애쓰고 있을 때, 문 하나에 불이 켜졌다. 테아가 나를 위해 내려온 것이었다. 엘리베이터 문이 열렸다. 우리는 그 속의 벨벳이 깔린 벤치에 앉았다. 엘리베이터가 올라가자 우리는 포옹하고 키스했다. 테아는 피가 묻어 뻣뻣한 셔츠를 보지 못하고 내 가슴과 어깨까지 쓰다듬었다. 나는 그녀의 가슴 위에 걸쳐 있는 실내복을 젖혔다. 이성을 지킬 수 없었다. 아무것도 의식할 수 없었고, 거의 무분별한 상태였다. 만약 가까이에 누가 있었더라도 우리는 그것을 보지 못했을 것이다. 엘리베이터 문이 열렸을 때, 어떤 얼굴을 보았다. 기억 못 할 얼굴은 아니었다. 아마 어떤 하녀였으리라. 우리는 복도에서 포옹을 했고 방에 들어가서도, 문 옆에서, 카펫 위에서 계속 포옹을 했다.

테아는 다른 여자들과 전혀 달랐다. 먼저 승낙을 하고, 즉 한 번에 한 가지씩 보여 주어 그것을 찬양하게끔 하고는, 다음 것에 방어 태세를 갖추며, 마지막 것에 대해서는 가장 완강한 방어를 하는 그런 여자들과는 달랐다. 그녀는 시간을 지체하는 것 같지 않았고, 서두르는 것 같지도 않았다. 마치 내맡겨진 마음으로부터 심각히 연구하는 듯했다. 그리고 입술로, 손과 머리로, 부푼 가슴과 두 다리로, 어떤 완력도 사용하지 않고, 마치 우리 둘 사이가 교환을 하거나 이전에 일찍이 존재한 적이 없는 다른 사람으로 변해 버리는 듯싶었다. 강렬한 사랑의 감정이 일었다. 마지막으로, 완전히 반대되는 영혼 속에서 무릎을 꿇고 두 손을 한데 모은 채 기도드리고 있는 것처럼 나는 그런 강렬한 사랑의 감정이, 두 손을 모으지 않는 대신 그녀의 젖가슴을 만질 때 내가 느끼는 그러한 감정과 별로 다른 것이 없다고 생각했다. 눈이 찢어지고 상처 난 내 얼굴이 그녀의 가슴에 놓였고, 그녀는 내 목을 끌어안았다.

우리가 누워 있던 문가의 양탄자 위를 햇볕이 따스하게 비췄다. 그 빛은 리넨 제조방에 비쳤던 안개 같은 은빛이었다. 전차에서 내렸던 번화가의 보도 위에 비쳤더라면 훨씬 더 더럽고 칙칙했으리라. 그러나 이곳에서는 한층 은빛을 발했다. 눈이 부셔서 커튼을 치려고 일어섰을 때 그녀는 비로소 내 모습을 보게 되었다.

"누가 당신에게 이런 짓을 했죠?"

그녀는 소리쳤다.

나는 그녀에게 모든 것을 얘기했다.

"그래서 오지 못했었나요? 그게 당신이 그동안 내내 하던 일이었나요?"

그녀에겐 지난 시간이 무엇보다 중요했다. 비록 내 상처를 쳐다본다는 것이 그녀를 겁나게 했지만, 내가 이렇게 얻어맞은 특별한 이유에 대해 그녀는 무관심했고 호기심조차 없었다. 그렇다, 테아는 대규모의 노동조합 운동에 대해 들은 바는 있었으나, 내가 거기 가담했다는 건 엉뚱하게 여겼다. 왜냐하면 내게 머물러 달라고 요청한 곳에서 그녀와 함께 있지 않은 동안 내가 어디 있었는가 하는 것은 별로 달라질 것이 없었기 때문이다. 간섭이나 방해를 하는 것들은 모두 현실에서 벗어난 것, 비현실적 세계에 속하는 것이었다. 붕대 가는 사람들, 파업 중인 호텔 종업원들, 테아의 동생에 대해 내가 품고 있던 환상 같은 과오들, 렌링 부인의 기둥서방으로 오인받던 우스꽝스러운 일, 테아가 자신에게 행했던 모든 것 등등이 전적으로 '비현실 세계'에 속하는 것이었다. 이것이 이미 지나간 시간에 대한 아쉬움의 이유였으며, 그런 외침은 나로 하여금 '비현실 세계'에서 자신의 나아갈 길을 찾지 못하고 영원히 그 자리에서 머뭇거릴 것 같은 가능성에 대한 그녀의 두려움이 어떤 것인가를 느끼게 했다.

물론 나는 이런 느낌을 즉시 포착한 건 아니었다. 그것은 우리가 함께 아파트에 머무르던 며칠 동안에 드러난 것이었다. 우리는 단지 자고 깨고 할 뿐 서로의 행동에 대해선 얘기하지 않았다. 여행 가방들이 침대 옆에 놓여 있었으나 나는 그것에 대해 묻지 않았다. 밖에 나가지 않은 것은 차라리 잘되었다. 폭력배들이 내게 본때를 보이려고 벼르고 있었으니 말이다. 내가 그라믹에게 전화를 걸었을 때 그는 그렇게 말했다.

내가 알아왔던 다른 여자들—글쎄, 나는 그들을 테아만큼 사랑하지 않았기 때문에 그들을 비난하진 않았다. 단지 나의 생각 이면에 숨어 있는 여러 원인에 대해서 조금이나마 알게 된 것이 테아를 통해서였을 따름이다. 세상에는 피로, 마지못해 하는 일, 고난, 슬픔, 불신 등으로 인생을 너무 느리게 사는 자들이 있고, 반면 고민거리나 절망으로부터 벗어나 너무 빨리 살아가는 자들이 있다. 내가 보기에 테아는 완전한 생을 살고 있었다. 그러므로 그녀가 부엌으로 걸어가는 모습, 마루에서 물건을 주우려고 구부리는 모습, 뒷모습이나 척추, 부드럽게 갈라진 젖가슴, 혹은 털 등을 보았을 때, 나는 정신이 아찔했다. 그녀가 우연히 행한 일도 좋을 정도로 사랑했고 아주 행복했다. 그녀가 방에서 서성대고 나는 그녀의 침대를 온통 차지한 채 몸을 뻗고 누워 있을 때는, 왕이 된 기분이었다. 그녀를 빤히 응시하면서 내 얼굴에 떠오르는 그런 기쁨이었다.

그녀의 얼굴은 내가 기억하는 것보다 훨씬 더 창백했다. 그러나 전에는 잘 관찰해 보지 못했다. 그 속에는 인생의 어떤 고통이 담겨 있었다. 비록 지금은 그런 고통에서 다소 벗어나 있지만 가까이 들여다보면 분명히 그런 빛이 있었다. 그녀는 검은 머리였다. 머리가 앞이마로부터 약간 성기게 나 있고, 위로 살짝 뻗쳐 있어서 더욱 아름답게 보였다. 이런 기괴한 모습을 찾으려면 눈여겨보아야만 한다. 그녀의 눈은 비교적 검다. 때때로 침대에 딸린 테이블에 앉아 조그만 튜브를 들고 루즈를 발랐다. 마치 카네이션처럼 붉은빛을 반드시 바르고 있어야 하는 듯이. 그래서 베개와 내게 붉은 입술 자국을 남겼다.

내가 시카고 남부에서부터 테아를 찾아왔을 때, 그녀는 시간이 별로 없고 곧 떠나야 한다고 말했다. 앞서 얘기했듯 처음 며칠 동안, 그녀는 떠나야 한다는 말이 없었다. 그러나 열린 여행 가방들이 그 얘기를 하게 했고, 그녀는 자기는 결혼했으며, 법적으로 기혼 상태에 있다고 말했다. 그녀는 이혼하려고 롱아일랜드에서 멕시코로 가는 길이었다. 내 기분을 상하게 할까 두려워서인지 그녀가 처음에 한 얘기는 남편이 우리보다 상당히 나이가 많고 큰 부자라는 것뿐이었다. 그러나 차츰 많은 얘기가 나왔다. 남편은 스틴슨 비행기를 조종하며, 7월이 되어 자기 소유의 호수가 미지근하게 되면 얼음을 쏟아 넣는다. 그리고 사냥하러 캐나다로 여행하고, 1500달러짜리 커프스 단추를 달았으며, 사과를 구해 오기 위해 오리건까지 사람을 보냈다. 그래서 사과 한 개 값이 40센트였다. 그는 머리가 벗겨지는 것 때문에 운다고 했다. 그녀의 말은 모두 그를 사랑하지 않는다는 걸 입증하려고 골라서 하는 말이었다. 나는 질투하지 않았다. 그가 이미 졌기 때문에 그럴 이유가 없다고 생각했다. 에스터도 결혼했다. 워싱턴에 있는 변호사인데 크게 출세한 부자였다. 그녀는 말을 잘 해주지 않았기 때문에 생소하게 들렸다. 비행기, 사냥, 산더미 같은 돈 등. 테아 역시 운동기구—승마용 바지, 긴 장화, 엽총 케이스, 카메라 등—를 가지고 여행을 했다. 화장실에서 나는 우연히 그녀가 필름 현상을 할 때 사용했던 빨간 전구를 켰다. 그리고 목욕통에는 유액이 담긴 접시, 낯선 파이프 등 간단한 기구들이 있었다.

이런 얘기를 하는 동안, 창문에 밤이 깃들었다. 전화로 저녁 식사를 시켜서 먹은 후 우리는 테이블에 앉았다. 수박 껍질, 닭뼈 등이 놓여 있었다. 그녀는 내게 남편에 관한 얘기를 했으나 내 생각은 내 운명에 관한 것뿐이었다. 그녀가 머리를 커튼에 기대고 열린 창문 옆에서 손을 뒤로 하고 있는 지금 이 순간에 말이다. 푸른 하늘의 그림자는 나무의 윤곽을 점점 창백하게 했다. 나무들은 조그만 흰 자갈이 깔린 뜰에서 자랐다. 커다란 곤충 한 마리가 날아들어 와 테이블 위를 기어 다니기 시작했다. 그게 뭔지 몰랐다. 갈색이었고 빛을 냈으며 화려했다. 도시에서는 보편적이고 거대한 곤충들의 족보가 희미해지고 있지만 나뭇잎이 한두 개 있는 곳에서는 그것이 표본으로 나타난다. 밑의 방에서는 저녁 식사 후 그릇을 씻는 소리가 들렸다. 나는 테아의 목욕 가운을 입고 비단 안락의자에 앉아 테이블 밑으로 두 다리를 쭉 뻗고 있었다. 이토록 기쁜 순간에 더 이상 뭘 하겠는가? 그녀가 이미 떠나 보낸 남편을 부러워하고 있겠는가?

거의 루시 매그너스의 남편 구실을 해왔던 나는 테아가 왜 그녀의 동생과 똑같은 종류의 사람과 결혼했는지 이해할 수 있었다. 비록 그녀가 지금 그들의 빈정거림을 받는다 해도, 나는 그녀가 스미스라는 사람같이 사회적으로 성공한 부류에 대해 약하다는 것, 또는 그녀는 보스턴이나 버지니아 출신 여자들보다 높은 계급에 속한다고 느끼고 싶어 한다는 점을 나중에 깨달았다. 어느 쪽이 경쟁의 분야인지 나는 잘 몰랐다.

그녀는 내가 자기와 함께 멕시코로 가리라 상상했다. 나 또한 거절할 생각은 없었다. 나는 자만심에서든지, 강한 의무감에서든지 간에 그녀에게 내가 준비를 끝낸 때, 또는 적어도 노동조합을 떠나 더 나은 지위를 갖게 될 때, 혹은 내가 빚지지 않을 수 있을 때 다시 내게로 와달라고 말하지는 않을 것을 알고 있었다. 나는 돈이 없다고 말했다. 그녀는 심각하게 대답했다.

"냉장고에서 필요한 걸 꺼내 가져요."

그녀는 배달부에게서 받은 거스름돈, 수표 등을 냉장고에 두는 버릇이 있었다. 돈이 상한 야채와 섞여 있었고, 또한 그녀가 버리기 싫어하던 베이컨 기름이 담긴 접시와 나란히 놓여 있었다. 5달러와 10달러 지폐가 있었다. 별생각 없이 서랍에서 손수건을 꺼내는 것처럼, 나는 내게 필요한 것을 꺼낼 수 있었다.

나는 그라믹에게 내가 있던 노섬벌랜드에 가봐 달라고 했다. 그는 이미 할 수 있는 것을 다했다. 무모한 파업 행위는 없었다. 그는 노동조합 녀석과 그 부하들이 나를 죽이려고 찾고 있다고 했다. 내가 그 직책을 버리고 마을을 떠나겠다고 하자, 그는 몹시 놀랐다. 나는 테아에 관해서 얘기했다. 반드시 그녀와 함께 가야 한다고. 그는 그 편이 낫겠다는 표정을 지었다. 그는 복수 노동조합이 존재하는 현 상황에서 난처한 입장에 놓이는 것은 야비한 흥정이라면서 노동조합 기구는 호텔 분야에서 본격적으로 운동을 해야 하며 그렇지 않으면 포기해야 한다고 말했다.

여행을 떠나기 전에 테아는 내 채비를 차려 주었다. 나는 무슨 이유에선지 솔즈베리 헌트 양복 위에 푸른 코트를 입고 검은 모자를 쓰고 가죽 구두를 신고 걸어 나오는 웰링턴 공을 닮게 되었다. 아마도 테아가 내가 입을 옷에 대해 세심하게 생각해 두었기 때문이리라. 우리는 옷을 입어보려고 왜건 차를 타고 이 상점, 저 상점을 들러보았다. 그녀는 어떤 물건이 좋다고 생각할 때는, 키스를 하고 남보기 부끄러운 줄도 모르고 "오, 행복해요!" 하고 소리쳤다. 그녀가 좋아하지 않는 물건을 내가 집으면, 미소를 지으며 "오, 당신은 바보예요! 집어치워요. 에반스턴에 있던 그 늙은 여자가 멋있다고 생각하던 것과 같군요." 하고 말했다. 그녀는 사이먼이 내게 준 옷도 싫어했고 내가 스포츠맨처럼 보이기를 원했다. 대신 폰렝거크와 앙트완 백화점에서 무거운 가죽 재킷을 사주었다. 그것은 사냥 때 외엔 입을 수 없는 옷이었다. 열두 개나 되는 포켓과 탄창, 손낚싯줄, 칼, 방수용 성냥, 나침반 등을 넣을 수 있는, 옆으로 찢어진 호주머니가 있는 멋진 재킷이었다. 그리고 부츠를 사기 위해 와바시가를 지나 카슨 백화점으로 갔다. 그곳은 옛날 재수 없던 순간, 지미 클라인이 회전문에서 나를 함정에 빠뜨렸던 이후 한 번도 가보지 않은 곳이었다.

백화점에서 흥정은 그녀 몫이었다. 피가 솟아오르는 듯해서 침묵을 지키며 나는 미소를 지은 채 그 물건들을 신고 3면 거울로 들어섰다. 그녀는 내 어깨를 돌려 쳐다보도록 했다. 나는 조금도 까다롭지 않은 그녀를 보고 기뻐했다. 그녀는 목청을 높여 말했고, 찬란한 초록 드레스 사이로 속옷이 들여다보이는 것도 상관하지 않았으며, 목에는 묶은 머리 가닥이 풀려 나와 있었다. 일본인 같은 흑색 머리였다. 옷은 값비싼 것이었다. 그녀가 내 방으로 올라왔을 때, 나는 그녀의 모자가 떨리는 것을 보았다. 내 방은 흥분으로 인해 무질서의 조각이 부족함 없이 널려 있었고 정돈된 것은 하나도 없었다.

상점에서 물건과 선물을 사며 키스를 했지만 그다지 상스러운 놈이 되지 않았다고 나 스스로 말했다. 엘리자베스 여왕이 레스터 백작에게 작위를 준 것처럼, 나에게 칭호와 특권을 부여했더라면 오히려 어색했으리라. 그녀를 기쁘게 해주는, 챙이 넓고 춤이 높은 중절모를 썼지만 깃은 달지 않았다. 체크무늬의 양복, 바둑판무늬의 망토, 스웨이드 가죽 구두, 와바시가에서 어느 키 큰 방문객이나 관광객처럼 나를 드러나 보이게 하는 목이 긴 부츠 등은 당황시키기는 게 아니라 웃겼다. 내 고향에서는 낯선 사람처럼 보여서 다소 허식적이기조차 했다.

그녀는 싸구려 가게에 대해 광적이었다. 그곳에서 화장품, 핀, 빗 등을 샀다. 우리가 산 비싼 물건들을 왜건 차에 챙겨 넣어두고, 맥크로리나 크레스지 백화점에 들어가 한 시간쯤 있었다. 연가가 크게 들렸고 주로 여성들인 수많은 고객들이 통로에 붐비고 있었다. 테아는 물건을 싸게 사기를 좋아했다. 그런 것들은 그녀에게 10페니짜리 푼돈과 5센트짜리 동전과의 가장 깊은 관계를 느낄 수 있는 기회를 주었을지도 모른다. 어쩌면 돈의 가치에 대한 진정한 의미를 나타냈을지도 모른다. 잘 모르겠다. 그러나 내 자신이 너무 고상해서 그녀와 함께 싸구려 가게에 다닐 수 없다고는 생각하지 않았다. 그녀가 가자는 대로 가서 그녀가 원하는 것은 뭐든지 했다. 내가 그녀와 피부끼리 꿰매져 있는 것 같은 느낌이 들었기 때문이다. 그녀가 즐거워하는 것은 아무리 하찮아도 금방 내게도 중요한 의미를 띠게 되었다. 빗이나 머리핀, 노끈, 그녀가 대단히 만족하며 샀던 속에 둥근 주석 고리가 달린 컴퍼스, 푸른 딱지가 붙은 앞이 뾰족한 야구용 모자, 아파트에 두려고 산 고양이 새끼—그녀는 항상 동물을 데리고 있었다.—등등 모든 것들이 말이다. 가는 줄무늬가 있고 꼬리가 치켜 올라간 작은 수코양이 새끼는 테아가 쓰지 않는 컴컴한 방의 바닥에서 마치 바다의 고양이처럼 돌아다녔다. 그녀는 넓은 방을 세내어 주위에 물건을 쌓아 올려둠으로써 공간을 효과적으로 활용했다. 벽장이나 화장대가 많았지만, 그녀는 여전히 여행용 가방이나 상자 등에서 물건을 꺼내 쓰며 살았다. 이런 혼잡한 한가운데에 침대가 놓여 있었다. 그녀는 타월을 침대 시트로 사용했을 뿐만 아니라 구두 닦는 걸레와 신발닦개, 길들지 않은 고양이가 흘린 음식물을 닦는 데 사용했다. 그녀는 일하는 여자들에게 방 청소, 설거지, 빨래를 시키고 사례로 향수나 스타킹을 주었다. 어쩌면 이런 사례 때문에 그들이 그녀의 무질서한 생활을 비난하지 않았는지도 모른다. 그녀는 자기는 일하는 사람이나 점원들에게 최고라고 생각했다. 전에 노동조합 조직책으로 있던 나는 아무 말 안 했다.

그건 중요한 일이 아니었다. 나는 많은 일들을 그대로 내버려 두었다. 그 당시 나를 감동시킨 것은 무엇이든지 나의 마음을 완전히 사로잡았다. 그리고 나를 감동시키지 못한 것은 모두 죽은 것과 같았다. 내 마음이 그것을 전혀 흐트러뜨리지 않았기 때문이다. 나는 전에는 한 인간에게 그렇게 빠진 적은 없었다. 나는 그녀의 판단대로 따라갔다. 아직 내 자신의 판단력에만 한정되어 있는 것에 대해 권태를 느낄 정도로 늙지 않았으므로 이런 것에 대한 진가를 충분히 알아보지 못했다.

때때로 내가 깨달은 것은, 지금은 공허해져 버린 과거의 거대한 보호들로부터 어떻게 벗어나는가 하는 것뿐이었다. 만약에 내가 어머니 때문이나 나 자신의 신뢰를 위해서 경고를 충분히 받지 못했더라면? 조심해라! 이 우둔하고 멍청이 같은 바보 녀석아, 너는 사람 축에도 못 낄 녀석이야. 자기장 속에 분산된 채 자력선을 따라 붙어 있는 쇳조각에 불과한 거야. 법률에 따라 정해지고, 먹고, 잠자고, 고용되고, 뭇 사람들 손에 이리저리 양도되고 복종하면서 사는 생활이었으리라. 그러면 왜 여전히 자유를 상실할 만한 길을 더 많이 찾아다니고 있는가? 왜 그런 상태에서 뛰쳐나오지 않고, 오히려 그곳을 향하고 있단 말인가? 갈빗대를 못쓰게 만들고, 얼굴을 문질러 버리고, 이를 부러뜨리겠다고 위협하는 거대한 저지력을 향해서 말이다. 안 된다! 달아나 버려라! 고독한 노력에 익숙해져 자신의 고독한 목표를 향해서 기어가고, 타고 가며, 때로는 뛰기도 하고 걷기도 하는 더 현명한 인간, 그리고 이 세상에 제왕으로 군림하고 있는 공포를 스스로 야기시켜 주의를 기울이게 할 수 있는 더 현명한 인간이 되어라. 오, 이런 제왕들은 많은 기회를 주지 않는다! 죽은 자나 죽어가는 자들은 그런 제왕들 밑에 누워 있거나 표류하고 있다.

이 순간에 테아가 돈을 들고 나타났다. 그녀의 확실한 마음은 사랑과 훌륭한 환경에 고착되어 있었다. 즉 자기의 자동차, 총, 라이카 카메라, 부츠, 멕시코에 대한 얘기, 자신의 생각 등에 말이다. 이러한 관념들 중 중요한 하나는 인간들이 소위 현실이라고 말하는 것보다 더 좋은 그 무엇임에 틀림없다. 오, 훌륭하고 좋은 것. 아주 좋은 것이다. 브라보! 자, 이런 좋고 고상한 현실을 갖자. 이런 주장은 한 사람의 후원을 받아 오래 유지되다가 결국 완고함이 승리하게 된다. 완고함의 미란 것은 그것이 입증되는 과정에 여러 장애를 받아 상처 입게 된다. 나는 그걸 안다.

그러나 테아의 생각에는 한 가지 탁월한 것이 있었다. 그녀는 신념이 확고하여 그것을 위해선 자기의 몸 전체를 걸고 싸울 그런 사람이었다. 마치 경관에게 나체로 조사를 받고 있는 사람들이나 순교자들에게 하듯이 만약 그들에게 위협을 가하여 육체와 피에 고문을 한다면 여러분은 어떤 신념이 강하고, 어떤 신념이 그렇지 못한가를 곧 알게 된다. 그러니 허풍 떨지 마라. 왜냐하면 자신의 마음속에 고통스럽지 않은 것은 대부분 백일몽에 불과하거나, 혹은 포탄의 섬광이나 하늘에서 빵빵 터지는 폭죽, 쓸쓸한 대지로 분산되는 부드러운 크림 빛 회전 불꽃들과 같은 것이니까. 테아는 자신의 생각에 극단적인 시련이 닥치는 경우에 대비하고 있었다.

그녀 자신이 항상 높은 수준에 있는 것은 아니었다. 나는 그녀가 모든 것을 달리 해석하는 것을 받아들여야 했다. 이것이 바로 앞에서 언급한, 주장의 완고함이라는 것이다. 그녀가 나를 포함해서 자기가 원하는 것을 항상 소유했다는 것은 분명했다. 그녀의 태도는 때로 이상하고 저속했다. 장거리 전화가 오면, 그녀는 방에서 나가라고 명령했다. 나는 그녀의 소리에 깜짝 놀랐다. 어떻게 그런 소리를 낼 수 있을까 하면서 나는 고함치는 말은 잘 알아듣지 못하고 단지 왜 그러는지 이유를 추측할 뿐이었다. 내가 그녀의 애인이 아니라면, 그녀를 어떻게 비난했을지 생각해 봤다.

그녀는 자기가 나에 관한 모든 사실을 알고 있다고 생각했다. 그리고 그녀가 상당히 많이 알고 있다는 건 놀라웠다. 모르는 부분에 대해서는 자신 있게 꾸며대고는 눈 감고 코끼리 다리 더듬는 격으로 믿어버렸다. 그래서 그녀는 질투에 차 거칠게 말했고, 시선은 때로 친밀하다기보다 찬란하게 빛났다. 그녀가 나를 찾아왔다는 약점을 의식하고 있었다. 자신만만하던 순간에 그녀는 그걸 힘으로 생각하고 오히려 자랑하였다.

"그 그리스 아가씨를 좋아했어요?"

"그럼, 좋아했지."

"그녀에게 느꼈던 감정이 나에 대해서와 같나요?"

"아니야."

"오기, 거짓말이란 걸 알아요. 물론 같은 감정이었겠죠."

"같지 않다는 걸 못 느꼈어? 내가 당신 남편과 같나?"

"그와 같다고? 아니야, 결코!"

"그러면, 당신의 경우는 다르고 나의 경우는 그렇지 않단 말이오? 내가 당신을 사랑하지도 않으면서 가장한다는 거요?"

"오, 그러나 당신이 나를 찾아다닌 게 아니라 내가 당신을 찾아다녔지요. 난 자존심이 없었어요."

세인트조에서 나는 그녀를 거의 몰랐다는 사실을 그녀는 잊고 있었다.

"당신은 그 조그만 그리스 아가씨에게 싫증이 나던 참이었죠. 그런데 내가 우연히 나타난 거예요. 그러자 당신은 우쭐해져 저항할 수 없었던 것이겠지요. 당신은 그렇게 향기 맡기를 좋아하는군요."

이런 말을 하면서, 그녀는 어렵게 호흡했다. 고통스러웠던 것이다.

"당신은 남의 사랑을 흠뻑 받기를 원하고 있죠. 당신은 다 받아들여 삼켜버리겠죠. 그래도 충분하지 못할 거예요. 다른 여자가 쫓아오면, 그녀와 함께 가겠죠. 누군가가 호의를 베풀어달라고 간청하면 무척 행복하겠죠. 당신은 아첨을 거절할 수 없어요!"

어쩌면 그런지도 모른다. 그러나 내가 그 순간 거절할 수 없었던 것은 쏘아보는 그녀의 눈초리였다. 그녀는 홍분하여 용기와 형이상학적인 무모한 주장으로 인해 안색이 창백해졌다. 입술에 카네이션 빛 루즈를 발랐으나 육욕적인 느낌은 없었다. 얼굴 또한 관능적은 아니었다. 그러나 어떻든 홍분하게 되면 그녀의 인격과 인간 존재가 상실되어 버렸다. 그녀가 화낼 때나 내게 젖가슴을 기대며 두 손을 꼭 쥐고 발가락을 만지면서 사랑을 속삭일 때나 똑같았다. 그래서 이러한 질투는 이해는 가지 않지만 거짓된 질투는 아니었다.

내가 말했다.

"내가 현명했더라면, 당신을 위해 여기 왔을 텐데. 나는 판단력이 없었어. 당신이 그렇게 해주었다는 것에 대해 고마움을 느껴. 그러니 두려워할 필요가 없어."

아니다, 아니야. 내가 우월감이나 자존심 대결에서 무엇을 원했단 말인가? 그와 같은 것은 아니다. 내 말을 듣고 그녀의 얼굴은 긴장의 전율이 차츰 사라졌다. 그녀는 어깨를 움츠리며, 자신에게 미소 지었다. 그리고 정상적인 안색을 되찾았다.

그녀는 독립적 투쟁과 반항, 그리고 다른 사람들과 반대 방향으로 나감으로써 자신의 견해를 엄격히 내세우는 일에 익숙할 뿐만 아니라 여러 면에서 의심이 많았다. 사회적인 면에서 그녀는 나보다 경험이 많았다. 그래서 그녀는 그 당시 내 범주 밖에 있는 많은 것들을 의심했다. 우리가 처음 만났을 때, 내가 늙은 여인을 찬미하며 붙어사는 사람이거나, 어쩌면 그보다 더 나쁜 사람으로 보였다는 것을 그녀는 기억했음에 틀림없다. 물론 그녀는 잘 알고 있었다. 그녀가 지금 실제로 나에 대해 알고 있는 것은 많았다. 내가 나도 모르게 숨김 없이 털어놓은 모든 정보를 통해서 말이다. 그러나 그녀의 습관적인 예민성, 즉 부유한 여인이 날카롭게 의심하는 건 본의 아닌 것이었다. 그런데 한때 변경할 수 없을 정도로 단호히 결심한 것이 있다면, 그것이 혹시 잘못될 수도 있다는 걸 근심하거나 두려워하지 않는다는 걸 의미하는 것일까? 신념과 자신감을 가진 테아조차도 가끔 의혹을 느끼는 건 어쩔 수 없었다.

"테아, 왜 나에 관해 이런 걸 얘기하는 거지?"

그녀의 말은 나를 괴롭혔다. 그 말 속에 어느 정도 진리가 있다는 것은 확실했다. 나는 마치 호주머니에서 빠진 어떤 물건처럼 나의 양복 어딘가 그런 권리가 있다는 걸 느꼈다.

"그 말이 옳지 않다는 건가요? 특히 당신이 남을 잘 도와준다는 점에 대해서 말이에요."

"글쎄, 다소 옳은 점도 있어. 나는 남들에게 훨씬 더 많은 호의를 베풀곤 했지. 그러나 지금은 그렇지 않아."

나는 지금까지 올바른 일을 하며 살아왔고 그것을 좋은 운명으로 생각해 왔다는 것을 그녀에게 말하려 했다. 그리고 사람들이 나를 무엇으로 만들고 싶어하는 데에 반대해 왔지만, 지금은 그녀를 사랑하기 때문에 내 자신이 원하는 것이 무엇인가를 훨씬 잘 이해한다는 걸 그녀에게 얘기하려고 노력했다.

그러나 그녀의 대답은 이랬다.

"내가 이런 걸 얘기하는 이유는 사람들이 당신을 어떻게 보는가에 대해 당신이 얼마나 신경을 쓰는가를 알기 때문이에요. 그것은 당신에게 중요한 일이죠. 그리고 그걸 이용하는 자들이 있어요. 그들은 그들 자신의 것은 아무것도 없고 당신을 위해 아무것도 남겨 주지 않아요. 그들은 자신들을 당신의 생각과 마음속에 집어넣기 때문에, 그 결과 당신은 그들을 보살펴야 해요. 그것은 일종의 병이지요. 그러나 그들은 당신의 도움을 원치 않아요. 그렇죠, 그것은 전적으로 방해되는 것이죠. 당신은 그들을 의식해야 하지만, 있는 그대로의 그들이 아니라, 그들이 보이고자 하는 것만을 의식해야 하는 것이죠. 그들은 주위 사람들의 관찰 속에서 살고 있으며, 당신 역시 그렇게 살기를 원해요. 사랑하는 오기, 그런 짓은 마요. 그들은 그와 같은 상태에서 당신을 괴롭힐 거예요. 당신은 그들에게 정말로 귀중한 존재는 아니에요. 당신은 단지 누군가가 당신을 사랑할 때만 중요한 존재죠. 당신은 내게 소중해요. 그렇지 않으면 당신은 중요하지 않아요. 단지 대접받는 데 불과하죠. 그러니 당신이 그들에게 어떻게 보이는가에 신경 쓰지 마요. 당신은 지나치게 신경 쓰는군요."

그녀는 말을 계속했다. 때때로 씁쓸하기도 했다. 그녀의 얘기는 항상 내가 좋지 않다는 것이었기 때문이다. 마치 내가 그녀에게 잘못을 저지를지 모른다는 것을 예견하고 경고하는 것처럼 말이다. 그러나 나는 그녀의 말을 듣고 있었다. 그리고 나는 그 말을 너무나 잘 이해했다. 우리가 멕시코를 향해 떠났을 때 노상에서 이런 대화를 더 많이 나누었다.

그녀는 내게 멕시코에 가서 이혼 수속을 끝내고 뭘 할 것인가를 여러 번 얘기하려 했다. 그녀는 내가 직감적으로 자기의 계획이 뭔지 안다고 여기는 듯했다. 나는 자주 혼동했다. 아카틀라 마을에 있는 집이 그의 소유인지 셋집인지 알 수 없었고, 그녀가 멕시코에 대해 묘사한 것이 항상 나를 행복하게 한 것은 아니었다. 그녀가 산, 사냥, 질병, 강탈, 그리고 위험한 사람들에 대해 얘기했을 때, 거기는 위험한 곳처럼 느껴졌다. 나는 오랫동안 사냥이란 말을 명확하게 이해하지 못했다. 그녀가 독수리를 사냥하려는 걸로 생각했다. 그것은 내게 아주 독특하게 보였다. 그러나 내가 알고 있었던 것은 그녀가 의미하는 것만큼 독특한 것은 아니었다. 그녀는 매 사냥 훈련을 받은 독수리를 데리고 사냥하기를 원했다. 그녀는 매를 가지고 있었기 때문에, 아메리카산 황금빛 독수리를 훈련시켜 사람을 따르게 하는 영국 선장이나 미국인 부부를 모방하고자 갈망했다. 이런 독수리를 길들이던 일은 중세부터 있었던 일이다. 그녀는 댄과 줄리 매닉스가 실제로 몇 년 전에 길들인 대담한 독수리를 데리고 텍스코에 가서 그 독수리를 이용하여 이구아나를 잡았다는 기사를 읽고 사냥에 대한 생각을 품게 되었다.

텍사르카나 가까이 가자, 새끼 독수리를 파는 사람이 있었다. 그는 개인 동물원을 가진 테아 아버지의 옛 친구인 조지 H. 아무개라는 사람에게 독수리 한 마리를 준 적이 있었다. 그녀의 아버지 친구인 이 사람은—그녀의 말에 의하면 미치광이 같았다.—마치 바바리아의 미치광이 왕인 루트비히처럼 인디애나에 있는 트리아논을 본떠서 집 안에 우리를 만들었고, 손수 포획한 동물을 가득 채우려고 방방곡곡을 돌아다니며 하겐베크[55] 같은 여행을 했다. 그는 이제는 너무 늙어서 여행을 못 하게 되어 은퇴했다. 그러나 그는 테아에게 이구아나 같은 거대한 도마뱀, 또는 멕시코시티 남부의 산에 있는 중세 유물들을 갖다 달라고 부탁했다. 아니 오히려 위협하다시피 청했다. 내가 이것을 얼마나 심각하게 받아들였는지 모르나, 이런 정보를 알게 됐을 때, 이것이 내 인생과 같다고 생각했다. 나는 어떤 독특함이 없이는 사랑에 빠질 수 없었던 것이다.

그녀가 내 예상 밖이라고 말하려는 것은 아니다. 내가 기대하지 않았던 것을 절대적으로 이해해야 하기 때문이다. 내가 말하려는 것은 그녀는 예측할 수 없는 별난 여자이며 또한 변덕, 끈기, 불안, 용기를 갖는 데에 상호 간 모순이 있다는 것이었다. 그녀는 컴컴한 계단에서 발을 헛디딜 때는 소리 지르는 반면, 뱀을 잡는 장비를 가지고 여행했다. 그녀는 내게 전에 가입했었던 방울뱀 수집가 클럽에서 놀러 갔던 사진을 보여 주었다. 나는 그녀가 등에 사각 무늬가 있는 뱀을 머리 뒤로 쥐고는 얇은 고무 조각으로 독을 빼는 사진을 보았다. 그녀는 그 뱀을 잡으려고 어떻게 동굴로 기어들어 갔던가를 얘기했다. 나는 렌링 씨의 가게에서 운동기구를 팔아본 적은 있으나, 여태껏 사냥은 사이먼이 저탄장에서 권총으로 쥐들을 쏘아 죽이는 것을 제외하고는 영화에서밖에 보지 못했다. 특히 내 머리에 남는 것은 작은 멧돼지처럼 등이 굽기는 했으나 무서운 발톱이 달린 발로 울타리를 향해 날쌔게 달려가던 쥐의 모습뿐이었다. 그러나 나는 이미 사냥꾼이 될 마음의 준비가 되어 있었다. 테아는 시카고로 떠나기 전에 나를 교외로 데리고 나가 까마귀 쏘는 연습을 시켰다.

우리는 시카고에 며칠 더 머무는 동안에 연습을 했다. 그녀는 스미티―그녀의 남편―의 변호사로부터 오는 편지를 기다리면서 위스콘신 주 경계선 근처의 숲에서 내게 사격 연습을 시키는 데 시간을 보냈다. 우리가 집에 돌아오면 그녀는 승마용 바지를 벗고 두 다리를 드러내 놓고 야외용 셔츠를 입고 앉았다. 그녀가 옷장신구를 하나하나 집어 들어 고리를 끼우느라 손가락을 어색하게 놀리며 목을 구부리고 두 무릎은 세우고 앉아 있을 때, 그녀는 열 살 소녀 같았다. 우리는 링컨 파크의 좁은 길에서 말을 탔다. 그녀는 조금도 어색하지 않았다. 나는 에반스턴 시절 익혀 왔던 말 다루는 방법을 잊지 않았다. 그것은 말을 탄다기보다는 다루는 것이었다. 나는 얼굴에 홍조를 띠고 몸무게로 말안장을 힘껏 굴러, 전속력으로 그녀의 뒤를 따랐다. 가까스로 떨어지지 않고 있었는데, 그것이 그녀를 즐겁게 했다.

숨을 돌리며 말안장에서 내렸을 때, 즐겁긴 했으나 앞으로 얼마나 많은 일에 적응해야 할 것인지를 자문해 보았다. 방울뱀 클럽 때의 사진을 보다가 다른 것도 보게 되었다. 그녀에겐 사진이 가득 든 가죽 상자가 있었다. 어떤 것은 내가 그녀를 만나던 세인트조에 머물던 여름날 찍은 것이었다. 그녀의 숙부와 숙모, 동생

에스터의 사진이 있었고, 어떤 것은 흰 바지를 입고 테니스를 하는 모습을, 어떤 것은 카누를 젓는 모습을 담고 있었다. 그녀가 내게 에스터의 사진을 보여 주었을 때, 그녀가 테아와 닮았다는 것 외엔 아무 감정이 없었다. 그녀 부모의 사진들도 있었다. 그녀의 어머니는 푸에블로 마을의 찬미자였다. 그래서 그녀의 사진은 모자와 털 코트를 입고 관광버스에 앉아서 절벽을 보고 있는 모습이었다. 사진 중 하나가 특히 내 시선을 끌었다. 인력거를 탄 그녀 아버지 사진이었다. 그는 흰 리넨 양복에 모자를 쓰고 있었다. 그의 눈 역시 희었고 햇빛이 반사되어 인력거 바퀴가 찻잔에 적신 레몬처럼 보였다. 그는 수레 손잡이 사이에 튼튼하고 넓은 장딴지를 내보이면서 버티고 서 있는, 말처럼 수레를 끄는 중국인의 이발한 머리를 보고 있었다.

  사냥하는 사진이 더 있었다. 장갑 낀 팔 위에 여러 종류의 매들이 앉아 있는 사진도 있었다. 스미티의 사진도 몇 장 있었다. 승마복을 입은 모습, 개와 다투는 시늉을 하며 노는 모습도 있었다. 나이트클럽에서 테아와 함께 있는 사진도 있었다. 그녀는 플래시가 터져 두 눈을 감고 웃고 있었고, 스미티는 한 접대인이 테이블 위로 두 팔을 뻗자 손가락으로 대머리를 가렸다. 이 모든 것들이 나를 괴롭혔다. 즉, 나이트클럽에서 웃는 그녀의 모습에서 나는 행복에 싸인 그녀의 가슴, 어깨, 볼을 보았다. 손은 떠들썩한 웃음소리를 조롱하며 불평하는 듯했다. 아니, 그것들은 전혀 다른 것들이었다. 테이블 옆에는 내가 있을 자리가 없었다. 인력거를 타고 있는 그녀의 아버지 옆이나, 목에 털을 두르고 관광차에 앉은 그녀 어머니 곁에도 내 자리는 없었다. 사냥이란 게 나를 괴롭혔다. 까마귀를 겨냥하는 것 정도는 좋았다. 그러나 그녀가 사다 준 독수리를 다루는 긴 장갑을 꼈을 때, 나는 마치 악마들 게임에서 공을 받아 던지는 사람인 것 같았고, 여기저기 뛰면서 공중으로부터 불붙는 총탄을 받아야 될 것 같은 이상한 기분이 들었다.

그래서 매우 불안했다. 그녀와 함께 가야 할 것인가 하는 문제가 아니라—반드시 가야 하기 때문에 결정의 여부가 없었다.—뭘 기대할 것인지, 그리고 지금 향하고 있는 곳에 내 몫으로 무엇이 있는지, 앞으로 어떤 일을 겪어야 할 것인지가 불안했다. 그것을 누구에게 이해되게 설명한다는 것은 내 능력 밖의 일이었다. 그러나 시도해 보았다. 가장 나를 잘 알아줄 것 같던 미미도 그 문제엔 오히려 어색해했다.

"그래, 내게 뭘 말하려는 거야?"

그녀는 조금도 좋아하지 않으면서 내가 사랑에 빠졌다는 말을 믿으려 하지 않았다. 이마를 찡그리고 눈썹을 치켜올려 주름지게 했다. 내가 좀 더 자세히 설명하자, 그녀는 웃음을 터뜨렸다.

"뭐, 뭐, 뭐라고! 네가 아칸소에서 독수리 사냥을 한다고? 독수리를? 설마 대머리 독수리를 말하는 건 아니겠지?"

테아에 대한 충성심에서 나는 웃지 않았다. 비록 이 별난 여행이 상당히 괴롭긴 했으나, 미미가 나를 웃길 수는 없었다.

"어디서 그런 계집애를 찾아냈어?"

"미미, 나는 그녀를 사랑해."

이 말을 듣자 그녀는 다른 각도에서 더욱 가까이 나를 쳐다보았다. 그 시선은 진지했다. 미미는 사랑의 심각성을 깊이 생각했으므로 그것을 옳게 얻을 수 있는 자는 적다며 한층 심각한 태도로 말했다.

"고민에 빠지지 않도록 주의해. 그런데 왜 일자리를 버리려 하니? 그라믹도 네가 조직책으로서 장래성이 있다고 하던데."

"나는 이제 그런 자리는 싫어. 아서가 대신 들어갈 수 있잖아."

그녀는 내가 아서에 대해 무례하다고 생각하는 듯이 말했다.

"바보 같은 소리 마. 그는 그 번역물을 끝마쳐야 해. 지금 열심히 하고 있어. 시인과 죽음에 대한 수필을 쓰는 중이야."

그녀는 내게 어떻게 시인들이 장례를 치르도록 해야 하는지를 얘기하기 시작했다. 아서는 내 방에 있었다. 그는 침대 밑 낡은 상자에서 불에 좀 탄 엘리엇 박사의 고전을 찾아내고는 자기가 그 책을 보관하도록 허락해 달라고 했다. 그 책들에는 'W 아인혼'이라고 도장이 찍혀 있었기 때문에 거절하기 힘들었다. 한편 그는 임질을 치료하고 있었다. 미미는 그를 보살폈고, 다른 사람들에게는 건성으로 신경 쓸 뿐이었다.

엄마에게 내가 떠나게 된 것을 설명하긴 쉬웠다. 물론 긴 얘기를 할 필요는 없었다. 멕시코로 가는 아가씨와 약혼해서 나 역시 떠나야겠다는 것으로 충분했다.

엄마는 이제 부업일은 하지 않았지만 손의 칼자국은 여전히 있었다. 그런 검은 줄들은 영원히 남을지도 모른다. 안색은 부드러웠으나 눈은 점점 더 침침해졌고, 아랫입술은 계속 감각이 무뎌지고 있었다. 내 말투가 엄마를 슬프게 하지 않는 한 내용은 아무래도 좋을 것이라고 상상했다. 그것이 엄마가 귀를 기울일 일들이었다. 내가 큰 말을 타고 좋은 비단옷을 입고 좋은 혈색을 하고 있는데 슬퍼할 까닭이 있겠는가? 애정의 주된 굴레가 결국에는 미칠 것 같은 죽음의 로프라 할지라도, 나는 그런 굴레를 희열과 관련된 것으로 느꼈다. 그것이 하나의 기만이었다면 더욱 본질적이거나 경이에 찬 것으로 나타나지는 않을 것이다. 그러나 그렇게 생생한 것이 본질적인 것인 한 나는 그것이 기만이란 것을 부정했다. 아니, 그걸 기만으로 여기지 않았을 것이다.

"그 아가씨는 부자니? 사이먼 아내처럼 말이다."

나는 엄마가 테아를 아마 매그너스로 믿고 있나 보다고 생각했다.

"그녀는 샬럿 집안 사람이 아니에요, 엄마."

"그러면 오기, 그녀가 너를 불행하게 만들도록 하지 마라."

내 생각에 이 말의 속뜻은, 만약에 사이먼의 도움 없이 스스로 여자를 선택했다면 내가 엄마처럼 곤란한 상태에 빠지기 쉽다고 생각하는 모양이었다. 나는 사냥에 대해서는 말하지 않았다. 그러나 하갈[50]의 아들이 때때로 야생동물을 쫓아다니는 것이 얼마나 불가피했나 하는 생각이 떠올랐다.

나는 사이먼에 대해서 물어보았다. 최근 소식은 클렘 탬보에게서 들은 것뿐이었다. 그는 사이먼이 드렉셀 대로에서 어떤 흑인과 주먹 다툼하는 걸 본 적이 있다고 했다.

"그 애는 새 캐딜락 차를 샀단다."

엄마가 말했다.

"나를 태워주러 왔더구나. 굉장히 멋있더라! 부자가 될 녀석이야."

그가 부유해진다는 얘기는 기분 나쁘지 않았다. 부르고뉴 지방의 영주가 되려면 되라지. 그러나 테아 역시 상속인이라는 생각에 나는 만족감을 느꼈다. 그리고 그런 감정을 숨기고 싶진 않았다.

나는 떠나기 전에 파딜라를 찾아갔다. 그는 자기 연구실 앞에 있었다. 그가 실험은 하지 않고 통계만을 위해 고용된 줄 알았는데, 피가 얼룩진 실험복을 입고 있었다. 그는 악취 나는 검은 잎 담배를 꺼내 피우면서 커다란 노트를 펴놓고 있는 어떤 사람과 그래프에 대해 빠른 어조로 토론하고 있었다. 내가 멕시코로 가게 되었다는 말에 그는 그다지 기뻐하지 않았고, 자기 고향인 치와와 근처에는 가지 말라고 경고했다. 한 번도 가본 적이 없는 멕시코시티에 사촌이 하나 살고 있다고 했다. 나는 그의 주소를 받았다.

"그가 너를 괴롭힐지 도와줄지는 모르지만 누군가 방문하고 싶을 때 찾아봐. 십오 년 전에 오줌싸개였지. 그는 지난해 내가 문학석사 학위를 받았을 때 우편엽서를 주었어. 아마 내가 자기에게 엽서를 보내줬으면 했나 봐. 어림없지! 즐겁게 여행하길 바란다. 그들이 방해하지 않는다면 말이야. 나중에 괜히 왜 말리지 않았느냐고 하지 마."

갑자기 그는 햇살 속에서 웃으면서, 짧고 둥근 코와 뒤로 넘긴 멋진 멕시코인다운 머리털까지 이어진 이마를 찌뿌렸다.

"가서 원주민같이 야성적인 그 계집애와 잘 지내라."

나는 그를 보고 상냥하게 웃을 수 없었다. 그런 건 사랑에 빠진 사람에겐 어울리지 않는 충고였다.

아무도 내가 바랐던, 행복하고 즐거운 여행(*bon voyage*)이라고 말해 주지 않았다. 사람마다 어떤 식으로든 내게 경고를 했다. 그래서 나는 엘리너 클라인 생각이 나기도 했다. 일전에 지미가 내게 멕시코에서 그녀가 사기당하고 불행해졌다는 얘기를 해주었다. 그러나 내가 건너야 할 곳이 리오그란데 강이지 아케론 강은 아니라고 나 자신에게 타일렀다. 어쨌든 나는 압박감을 느껴 우울해졌다. 사실 내가 처한 상태는 이상했다. 그러나 내가 알고 있는 목적지는 이상하지 않았다. 이런 상태에서 놀랄 만한 일은 인간이란 개체는 하나가 아니라 둘이어야 한다는 것이었다. 독수리 길들이는 일조차도, 그녀에게 일어났던 일이 내게도 필연적으로 일어나야 한다는 것만큼 슬프지는 않았다. 이것은 무시무시한 일이었다.

물론 그 당시는 이런 어려움이 명확하게 느껴지지 않았다. 어려움이란 단지 멕시코로 가는 것과 사냥하는 것이라고 생각했다. 아침에 나는 테아에게 말했다. 그녀가 기타를 치던—기타줄 위에 엄지손가락을 둥글게 구부린 채—어느 날 밤이었다. 그녀는 기타를 잘 다뤘고 기타는 소리를 잘 냈다. 나는 말했다.

"꼭 멕시코로 가야 해?"

"가야 하느냐고요?"

그녀는 반문하면서 기타줄을 퉁겼다.

"리노[57]나 다른 곳에 가도 이혼할 수 있잖아."

"하지만 왜 멕시코에 가서는 안 되나요? 나는 여러 번 가본 적이 있어요. 그곳이 뭐가 나쁜가요?"

"그럼 다른 곳은 왜 나쁘지?"

"아카틀라에 집이 한 채 있어요. 거기서 도마뱀 같은 동물들을 잡을 예정이에요. 게다가 거기서 스미티의 변호사에게 이혼 수속을 밟을 수도 있잖아요. 그곳에 가는 좋은 이유가 또 하나 있지요."

"그게 뭔데?"

"이혼을 하고 나면 돈이 많지 않을 거예요."

나는 갑작스러운 놀라움을 진정시키려는 듯 두 눈을 감고 손바닥으로 이마를 짚었다.

"테아, 미안하지만 당신을 따라갈 수 없어. 당신과 에스터는 돈이 많다고 생각했어. 그러면 냉장고의 돈은 뭐지?"

"오기, 우리 가족은 돈이 많지 않아요. 부자는 아버지 형인 숙부님이에요. 에스터와 나는 그의 친척일 뿐이지요. 우리는 항상 용돈을 타 썼고, 돈 속에서 자랐지만, 성공하리라 생각했어요. 에스터는 성공한 셈이죠. 부유한 사람과 결혼했으니."

"당신도 그렇지 않아?"

"그러나 끝났어요. 그 문제에 스캔들이 있었다는 걸 말하는 편이 낫겠어요. 당신이 마음에 꺼림칙하게 여길 만한 것은 아니에요. 단지 어리석었을 뿐입니다. 나는 어느 파티에서 한 해군 사관생도를 만났었지요. 그는 꼭 당신처럼 생겼습니다. 거기에는 아무런 의미도 없었어요. 당신을 내내 생각했어요. 당신은 거기 없었거든요."

"대리자였군!"

"글쎄요, 그 그리스 아가씨가 당신에게는 그것조차도 아니었겠지요."

"우리가 세인트 조셉에 있었던 이후 내가 항상 당신을 생각했다고 말한 적은 없어."

"에스터에 대해서도 그러지 않았나요?"

"그러지 않았어."

"당신은 싸우자는 건가요, 내 말을 듣기 원하는 건가요? 나는 단지 무슨 일이 일어났던가를 설명하려는 것뿐이에요. 숙부님이 우리를 방문하던 때였어요. 당신도 그 늙은 부인을 기억하시죠. 파티는 우리 집, 즉 스미티 집에서 열렸어요. 숙모님이 내가 어린애 같은 생도와 애무하는 걸 보았지요. 오기, 그런 말에 신경 쓸 필요 없어요. 그곳은 수천 마일이나 떨어진 곳이었고 내가 당신을 찾아 시카고에 온 걸 나는 깨닫지 못했어요. 나는 더 이상 스미티를 참고 견딜 수 없었지요. 다른 누가 필요했어요. 하다못해 그 해군 사관생도라도 말이에요. 그 일이 있은 후 숙모님이 집으로 갔고, 숙부님이 내게 장거리 전화를 걸어서 그의 곁에서 근신하라고 말했어요. 그리고 내가 멕시코로 가야 하는 또 하나의 이유가 있는데, 바로 돈을 벌기 위해서죠."

"독수리를 가지고?"

나는 소리쳤다. 여러 가지 일들이 나를 혼동시켰다.

"어떻게 당신은 독수리로 뭔가 할 수 있을 거라고 기대하는 거지! 독수리가 저주받을 도마뱀이나 당신이 바라는 모든 것을 잡아준다 할지라도 말이야. 바보 같은 짓이지!"

"도마뱀만이 아니에요. 사냥을 내용으로 한 영화를 만들 예정이에요. 내가 할 줄 아는 모든 것들을 이용해야 해요. 사냥에 대한 기사를 《내셔널 지오그래픽》에 팔 수 있을 거예요."

"그걸 당신이 어떻게 알지? 그리고 누가 그 기사를 쓰지?"

"기삿거리가 있으면 도와줄 사람을 찾을 수 있을 거예요. 어디든지 그런 사람들은 있거든요."

"그러나 테아! 그걸 기대할 수 없어. 당신의 생각대로 되는 건 아니야."

"하지만 그다지 어려운 건 아니에요. 어디를 가나 내게 호의를 베풀려고 애쓰는 사람들이 많아요. 그 새를 길들이는 것도 수월하다고 생각지는 않아요. 그러나 해보겠다고 생각하니 가슴이 벅차요. 게다가 멕시코에서는 생활비가 덜 들 거예요."

"그러면 당신이 지금 쓰고 있는 돈은 어떻게 된 거야? 이 옷은?"

"이혼이 완전히 정리될 때까지 스미티가 지불해 주고 있어요. 그건 당신에게 중요한 문제가 아니에요. 그렇죠?"

"물론이지. 그러나 돈을 다 써버리지 말고 아껴 써야 하잖아."

"왜요?"

그녀는 진정으로 이해하지 못했다.

그녀는 내가 이해하는 것보다 훨씬 더 돈을 낭비하는 것에 대한 개념이 없었다. 그녀는 미시간 대로에 있는 은세공품 가게—

유행이 지난 혼수용 은세공품을 파는 곳—에서 프랑스제 가위를 30달러에 샀다. 그 가위는 실을 끊거나 단추를 자르는 데는 사용하지 않고 왜건 차 뒤쪽이나 가방과 상자 속으로 사라져버렸다. 어쩌면 다시는 나타나지 않을 것이다. 그러면서도 그녀는 멕시코에서 절약할 얘기를 했다.

"당신은 스미티 돈을 쓰는 데 대해 신경 쓰지 않겠지요?"

"신경 안 써."

사실 나는 거의 신경 쓰지 않았다.

"내가 당신과 함께 안 간다면, 당신 혼자라도 갈 거지? 새와 그 외의 것을 가지고 말이야."

"물론이죠. 함께 가고 싶지 않나요?"

그러나 그녀는 내가 그녀를 혼자 보내지 않으리라는 걸 너무나 잘 알고 있었다. 비록 그것이 아프리카산 독수리나 콘도르, 타조나 불사조일지라도 말이다. 그녀는 주도권을 쥐고 나를 데리고 갔다. 만약 내가 내 나름의 독자적인 생각을 가지고 있었다면, 끌려가는 대신 리드를 했으리라. 그러나 나는 그런 생각이 없었다.

그래서 그녀는 내게 남고 싶으냐고 물었던 것이다. 그리고 내가 얼마나 그녀를 사랑했는가를 내 얼굴에서 살펴보고는 자기의 질문을 취소하고 잠자코 있었다. 유일한 소리란 기타를 내려놓을 때 울리는 소리뿐이었다.

그녀가 말했다.

"만약 새가 당신을 괴롭힌다면 그것을 볼 때까지 새에 대한 생각은 잊어요. 당신이 무엇을 해야 할지 보여 주겠어요. 그것에 대해 미리 생각지 말아요. 당신이 동물을 길들일 때, 어떤 스릴이 있을지 모른다는 것을 생각해 봐요. 얼마나 아름다울까요."

나는 충고를 받아들이려고 애썼으나 그때마다 가슴 깊이 깔린 웨스트사이드 시카고에 대한 회의가 나를 괴롭히며 "이게 무슨 짓이야!" 하고 묻는 듯했다. 우리는 동물원 가까이 있었기 때문에 나는 동물원의 독수리를 보러 갔다. 독수리는 초록색에 살짝 담근 연기 빛깔과 태양 빛깔을 띠며 두 발로 서서 터키나 제니사리[58]의 깃털로 뒤덮여 있었다. 푹 수그린 머리, 살기 띤 눈, 깊은 생명감이 가득 찬 깃털 바지를 입은 듯한 응접실 앵무새의 새장처럼 40피트 높이의 원추형 새장 속 나무줄기에 앉아 있었다. 오! 오래된 시골 공원의 잔디밭과 녹청색의 철제품이나 평범한 나무 그늘과 정원에 비치는 햇볕 속에도 이런 새들이 원하는 것은 없으리라. 누가 감히 그 새를 길들일 수 있을까 생각해 봤다. 그 새가 너무 크게 자라기 전에 텍사르카나를 출발하는 편이 좋았다.

스미스 변호사로부터 편지가 왔다. 우리는 바로 그날 왜건 차로 도시를 떠났다. 세인트루이스를 향해 늦게 출발했기 때문에 멀리 가지 못했다. 작은 천막 반쪽을 치고 야영했다. 내가 보고 싶어 했던 미시시피 강에서 가깝다는 것을 알았다. 나는 아주 흥분했다.

우리는 거목 옆에 누웠다. 백 년 묵은 거목의 몸통은 아직도 조그만 잎들의 힘으로 산다고 추측하기는 힘들었다. 곧 바람에 흔들리는 나뭇잎 소리와 곤충 소리를 구별하게 되리라. 처음엔 가깝고 높게, 그다음에는 멀리 산처럼 크게. 그때 어두운 곳마다 이런 곤충들의 소리가 파도처럼 대륙적이고 반구적(半球的)으로 끊임없이 반복되며, 또 별들처럼 계속적이고 밀도가 짙다는 것을 깨달을 것이다.

15장

 어떤 상태에서 출발했던가! 우리는 기쁨으로 충만했고, 원했던 사랑은 다 맛보았다. 그것은 우리의 이질적인 요소로 더 깊어질 수 있었을지도 모른다. 그 이유는 내겐 다나에나 꽃의 여신 플로라의 존재가 낯설지 않은 반면, 그녀에게 시카고 태생의 내가 어떤 괴상한 존재로 보였는지 추측할 수 없어서였다. 그러나 이런 차이 때문에 소중한 개성과 익숙함이 늘 그 일부가 된 지겨운 짐의 무게를 덜 수 있었으리라.

 우리가 출발했던 길, 행동하고 본 모든 것, 먹은 음식, 옷을 벗었던 나무 밑, 얼굴에서 다리로, 다시 가슴을 더듬으며 키스하는 절차, 찬성한 것과 찬성하지 않은 것, 혹은 여행 도중 우리가 만난 동물들이나 사람들, 나는 이 모든 것을 내가 원할 때는 언제든지 회상해 볼 수 있었다. 어떤 인간 조건도 갖지 않았지만 우리와 항상 같은 시대에 살고 있는, 요컨대 미주리 거룻배 위나 시카고의 쓰레기장처럼 샤를마뉴 시대에도 같은 곳에 사는 새나 개처럼 나는 지나간 역사를 깊게 생각지 않고 어떤 것을 볼 능력을 갖고 있다. 그래서 종종 나무, 물길, 풀잎 들이 초록색, 흰색, 푸른색,

가파름, 점, 주름, 잎맥, 냄새 속에서 떠오르고, 주름진 나무껍질 속의 개미 한 마리, 고깃덩어리 속의 비계, 블라우스 옷깃에 있는 색실까지도 기억할 수 있다. 혹은 장미 덤불 속에서 자신을 조화시키려고 애쓰면서 속이 뒤집혀지게 만드는 흥분의 변화를 느낄 때의 차이점들조차 기억할 수 있다. 썩은 장미조차 사람들을 반응시키고 흥분시키는 때 말이다. 다시 말해 그것은 역시 인간 체내를 순환하며 몸을 덥히는 열기가 어떤 장벽이나 파멸에 부딪히면, 내면에서 타거나, 전형적인 타다 남은 등걸불이나 상처로서 남는다. 이것은 또한 조화의 일부가 암흑과 차가운 틈이 되는 열이나 열기의 불길을 만든다. 그러므로 불타는 장미들이 있으며, 상처가 있고, 파열된 순환로들이 있다. 이런 파멸과 간섭 없이 우리를 발견하기는 힘들다.

테아와 내겐 문제점이 있었다. 내가 그녀에게 그랬듯, 그녀는 내게 불명확했다. 나는 오랜 습관대로 무관심하고 초연히 바라보며 그렇게 했다. 내가 변한다는 것은 어려운 일이었다. 그녀 편에서도 내게 아무런 약속도 할 수 없었다. 아니, 하지 않았을 것이다. 나는 스미티가 독신 해군 사관생도 하나 때문에 그녀와 이혼하지는 않을 것을 알았다. 또한 상류 사교계에서 한 가지 이탈적인 행위를 발견해 낸 것은 그리 중요하지 않다고 생각했다. 내가 그녀에게 그 문제를 얘기하자, 그녀는 받아들였다.

"물론 때로는 그렇지요. 스미티 때문이에요. 또한 저 자신 때문이지요. 하지만 우리는 그것을 생각할 필요가 없어요. 당신처럼 내게도 아무 일이 일어나지 않기 때문이에요. 미래에 대해 뭘 알겠어요? 나는 이런 경우를 당해 본 적이 없어요. 당신은 어때요?"

"나도 마찬가지야."

"물론 이것이 당신을 질투하게 할 거예요. 오기, 사람들은 당신에 대해 질투를 느낄 거예요. 틀림없어요. 그것들은 단지 우연한 사건들이에요. 당신도 알겠지만, 이 일은 세상에서 가장 하찮은 일 중의 하나일 거예요. 만약 그것이 좋다면, 왜 시기하겠어요. 만약 나쁘다면, 당신은 단지 미안함을 느끼겠죠. 내가 시도하면 당신은 나를 탓할 수 있나요? 당신은 내가 진실을 말하기를 바라지 않나요?"

그녀는 똑바로 말했다.

"오! 그러길 바라. 아니, 확신할 수 없군. 그러지 않는지도 모르지."

"보지 않았다고 가정하면 내가 뭘 알겠어요? 내가 진실을 말할 수 없다면 당신도 할 말 없을 거예요……."

그렇다. 나는 진실이 어디엔가는 있어야 한다는 걸 알았다. 이곳이 진리를 위한 장소였던가?

그녀는 모든 것을 말하고, 또 알고 싶어 했다. 그녀는 이런 욕망이 강해지자 점점 창백해졌고, 때로는 심각한 감정으로 공포에 다다랐다. 물론 그녀 역시 질투했다. 그렇다, 그녀는 질투했다. 가끔 그것을 깨닫는다는 것은 나에게 좋은 일이었다. 그녀는 진실에 대해서 진지하려 했다. 그럴 때마다 그녀는 몸을 떨며 놀라는 것이었다.

때때로 나는, 맨 처음 자기의 동생에 대한 단순한 질투심이 나에게 관심을 가져오게 했다고 생각했다. 이 생각은 위안을 주지 않았다. 그러나 사람들이 처음에는 여러 잘못된 이유로 다른 것을 바라는 것은 흔히 있는 일이다. 그런 이유에서 벗어나려는 보다 깊은 욕망이 있을지라도 말이다. 그렇지 않으면 비참하고 설익은 것 외에 인간적인 모티브가 있을 수 없고, 보다 이상적이고 성숙한 환상만이 있을 것이다. 세계사에서 보여 주고 있다고 해서라기보다는 이런 열등한 이유들이 단지 지배적인 이유는 아닐 거다. 왜 불행한 사람들이 오직 최상의 것만을 생각하기를 고집해 왔는가? 가련한 루소를 예를 들자. 수염이 까칠하고 희부연 얼굴에 줄을 꿰어놓은 듯한 가발을 쓴 그 자신의 모습을 남겨 놓은 그림에서 말이다. 그가 궁정에서 공연한 오페라에서 흐느끼는 동안 그는 심약한 부인들의 흐느낌에 의해 얼마나 격려를 받았으며 그들의 뺨에 계속 눈물을 흐르게 하고 싶다고 상상했던가. 단 한 사람의 인간과 친할 수 없었던 장 자크 같은 바보는 **최상의** 정부와 **최상의** 교육제도를 생각하고 집필하기 위해 몽모랑시 숲으로 들어갔다. 이와 비슷하게 마르크스는 심한 옴에 걸려 있었고 빈곤에 시달렸으며, 어린애들이 죽음을 당하는 것에 대해 역사의 천사는 과거로부터 불어오는 바람에 거슬러 날려고 하지만 헛수고라고 생각했다. 그 밖에도 나는 많은 사람들을 언급할 수 있다. 위대하지는 않지만 걱정하고 타락하고 괴팍스러우면서도 여전히 그 위대한 목적들을 위해 자신을 보존하기를 원하며, 적어도 하나의 가치를 믿는 사람들이다. 더욱 깊은 욕망은 표면적인 욕망보다 아래에 있다.

오, 질투 또한 그렇다. 그러나 거기에는 다른 많은 결함과 열등감이 있다. 가끔 내가 마치 막 스페인 침략에서 돌아와, 바보처럼 모자에 꽃을 꽂고 그리니치의 궁정에서부터 템스 강을 따라 내려오는 것처럼 차를 모는 동안, 좁은 바지에 사슴가죽 재킷, 부츠, 단검 찬 나 자신을 생각하지 않았던 것이다. 이것이 만족감과 행복감에 찬 나 자신을 보는 방법이다. 마음이 부풀었기 때문에 난 행복한 놈이라고 약간 변명할 수도 있다. 그러나 그녀가 다른 여자들과 우열을 다투며 뽐내거나 으스댈 때, 혹은 찬사를 듣고 싶을 때, 혹은 그녀의 머리카락이나 피부에 대해 내게 강요하지 않으면 절대 들을 수 없는 감탄의 말을 하도록 할 때, 그녀 역시 괴상하게 보일 수 있다. 나는 또 그녀가 브래지어 속에다 화장지를 꽉 차게 넣은 걸 발견하곤 했다. 화장지! 얼마나 기묘한 아이디어인가. 그녀가 뭘 가졌는지를 아는 것은 불가능하다. 다른 젖가슴으로 뭘 하려고 했는가? 나는 그녀의 블라우스 속을 넘겨다보곤 했다. 그 속의 젖가슴은 이런 문제로 나를 당황케 했다.

번민, 안타까움, 복통, 심한 코피, 구토, 임신에 대한 계속적인 공포처럼 어려운 점을 나는 더 많이 열거할 수 있다. 역시 그녀는 가끔 혈통과 가문에 관해 속물근성을 나타냈고, 음악적 재능에 관해 자랑을 늘어놓았다. 실제로 나는 어느 날 오후 교외의 도로변의 나이트클럽에서 그녀가 피아노 치는 걸 들은 적이 있었다. 그녀는 밴드 스탠드로 올라가서 재즈 음악가들이 사용해서 제대로 작동되지 않는 건반을 쳤다. 어쨌든 그녀가 슬슬 눌러 소리 냈을 때, 화음은 너무 길었고 음이 넘쳐흘러 버렸다. 그녀는 갑자기 그만두고 코에 땀을 흘리면서 테이블로 조용히 내려왔다.

"오늘은 순조롭지 않아요."

나는 그녀가 연주할 줄 아는가는 상관하지 않았다. 하지만 그녀에게는 중요한 것 같았다.

그러나 그녀와 나의 이런 결점들은 고치고 바꿀 수 있었으리라. 근본적이 아닌 것은 간단히 넘어가리라고 나는 생각했다. 마치 캠프 장비들처럼 우리를 방해하는 것에는 개의치 않았다. 우리는 그것들을 한쪽으로 치울 것을 잊고 있었다. 나는 특별한 하루를 생각하고 있다. 담요 위에는 알루미늄 컵 몇 개와 줄, 가죽 끈들이 놓여 있었다. 오후였다. 우리는 오자르크의 언덕, 즉 길가에서 떨어진 목장 근처의 숲 속에 있었다. 그곳 위쪽에는 작은 바람에 흔들리는 소나무들, 그 위에는 더 큰 나무들이 서 있었으며, 밑으로는 비탈진 땅이 있었다. 우리가 갖고 있던 물이 맛이 좋지 않아서 물에다 위스키를 탔다. 날씨는 더웠고 공기는 빛이 나는 듯했다. 구름은 하얗고 무겁고 풍요하고 위험하며 흔들리는 비단 같았다. 확 트인 대지는 눈부시게 빛나며 타는 듯했고, 밀밭은 밀이 담긴 유리그릇같이 보였으며, 소는 발을 물에 담그고 있었다. 처음엔 더위가, 다음엔 호밀이 우리의 옷, 셔츠, 바지, 마지막에는 모든 걸 벗어버리게 했다. 나는 처음에 그녀의 풍만하고 쑥 내민 분홍빛 젖가슴에 놀랐다. 나는 처음이라 다소 부끄러웠다. 내가 접시를 내려놓고 양무릎을 꿇고 키스하기 시작했을 때 그녀의 손은 내 배의 털을 쓸어내렸다. 그녀가 부드러운 키스를 해줄 때 나는 놀랐다. 몸이 떨리는 행복감이 어디서 오는지 알 수 없었다. 처음에 그녀는 얼굴의 옆면만을 허락했고, 그녀 팔로 내 머리를 안을 때까지 내 입이 그녀 입술까지 오는 걸 막았다. 흥분된 열로 전신뿐 아니라 가장 작은 털까지도 달아오름을 느꼈을 때, 나는 쉽게 그녀의 몸으로 들어갔다. 그녀는 눈을 감지 않았다. 나나 다른 것을 보기 위해 뜬 것은 아니었다. 눈을 뜬 채 천천히 움직이는 눈동자는 아무것도 보지 않고 단지 사랑을 받아들이고 나타내었다. 곧 나 역시 알아차리지 못했다. 그러나 은신, 유폐, 노력, 목적, 관찰에서 벗어난 것을 알았다. 나는 그녀를 위한 것이 아니면 아무것도 원치 않았고, 또 그녀로부터 똑같은 것을 느꼈다. 우리는 오랫동안 그대로 있다가 떨어져 편하게 서로의 팔을 베고 누워 있었다. 다시 가까이 가서 목과 가슴과 얼굴 가장자리와 머리카락에 키스했다.

그러는 동안 구름, 새들, 물속의 소, 모든 것들은 제 위치에 있었다. 그들을 본다거나 사냥을 한다거나 할 필요는 전혀 없었다.

다만 그것들이 개울이나 하늘에 있는 것처럼 땅 위에 해방된 상태로 그냥 그렇게 있는 것으로써 충분했다. 내가 동물처럼 밖을 내다본다고 말했을 때는 이 같은 걸 의미했다. 만약 내가 샤를마뉴의 사유지처럼 시카고 쓰레기장을 언급했다면, 그것은 여러 가지 이유가 있다. 어떤 공간을 들여다본다면, 나는 E1 푯말이 있는 거리―고물과 헌 병을 모으는 장소가 있는 레이크가와 같은 곳―의 격차가 심한 열에 싸인 벌들과 먼지투성이의 모기들을 회상할 수 있었고, 미친 사람들의 무서운 교회와 예배자들의 누더기와 시체를 실은 짐차를 느리게 운반하는 끝없는 정거장을 회상할 수 있었다. 때때로 나 자신이 이런 곳에서 태어난 사람이란 것을 느끼자 비참한 감정이 엄습해 왔다. 단순한 생물들이 원초적인 눈으로 바라보는 동안에 어째서 인간은 과거 역사의 협잡꾼들에게 굴복하려 하는가?

우리가 독수리를 길들이기 시작한 이래 이와 같은 오후 시간은 드물었다. 결국 사랑이란 것은 올림포스 산이나 트로이 주변의 파리스, 헬레네, 팔라몬과 에밀리 같은 신화적 인물들의 부름일지 모르나, 우리는 먹을 것을 벌기 위해 출발해야 했다. 테아가 선택한 길, 즉 새를 내보내고 또 하나의 동물을 내보내는 방법 이외에는 다른 길이 없었다. 돈을 뿌리며 빈둥거리던 여행은 텍사르카나에서 끝났다.

새장 속의 사나운 새를 보자, 나는 앞이 캄캄해지고 비에 젖은 듯이 다리에 식은땀이 났다. 아니, 그렇지는 않았다. 단지 혈관과 관계가 있을 뿐이리라. 앞으로 우리가 뭘 다루어야 할 건가를 보았을 때는 정말 온 신경이 아찔해 왔고 눈앞이 캄캄해졌다. 그 새는 하루에 한 번씩 프로메테우스에게 불을 켜는 새와 가까운 듯이 보였다. 나는 이 새가 좀 더 작은 새이길 원했다. 어릴 때부터 키워져서 어떤 안정을 느낄 수 있었으면 했다. 그러나—유감스럽게—그렇지 않았다. 새는 시카고에 있던 것만큼이나 크고 무자비해 보였다. 터키식 혹은 공수대원용 헐거운 바지처럼 발끝까지 털이 나 있었다.

테아는 상당히 흥분했고 열성적이었다.

"오, 굉장히 아름다워! 몇 년 된 걸까요? 새끼 독수리는 아니에요. 이제 다 자란 것 같아요. 12파운드는 능히 나가겠는걸요."

"30파운드는 되겠지."

내가 말했다.

"오, 그렇지 않아요."

물론 그녀가 나보다 더 많이 알았다.

"저 새를 둥지에서 가져온 것은 아니죠?"

그녀가 주인에게 물었다.

푸마, 아르마딜로, 방울뱀 등으로 노상 동물원을 경영하는 이 노인은 고대의 탐사자 아니면 사막에서 쥐를 찾는 익살꾼이었으리라. 그의 비뚤어진 눈은 단지 자연의 조화나 나쁜 광선 탓이라고 믿어달라는 듯했다. 그러나 나는 아인혼의 당구장 주변에서 헛되게 일하지 않았고, 로시 할머니로부터 양육을 헛되이 받지 않았다. 나는 그가 늙은 사기꾼이며 마음속에 가시가 있다는 것을 알아차렸다.

"아닙니다, 둥지에서 잡지 않았소. 친구가 새끼 때 가지고 왔지요. 그런데 대단히 빨리 자라더군요."

"내가 보기에는 나이 든 것 같은데요. 아마도 지금이 한창 때인 것 같아요."

그러자 테아는 말했다.

"그 새가 길들여진 것인지 야생의 것인지 알아야 해요."

"사실 부화된 후 새장 밖으로 나가 본 적이 없답니다. 아가씨도 아시겠지만, 나는 거의 이십 년간 동물들을 아가씨의 숙부님에게 보내고 있습니다."

그는 조지 H. 아무개라는 자가 그녀의 숙부라고 생각했다.

"오, 물론 우리가 그 새를 가지고 가겠어요. 아주 굉장한 놈이군요. 새장을 열어주세요."

테아가 말했다.

나는 그녀의 시선이 두려워 앞으로 뛰어갔다. 동부의 온화한 초원에서 운동을 좋아하는 작은 외국산 매를 길들이는 숙녀들과 사냥을 즐기는 신사들 앞에 있을 때는 괜찮았다. 그러나 우리는 사막과 산의 냄새가 풍기는 텍사스 부근에 있었고, 그녀는 작은 새들을 취급해 본 경험이 있고 독사들을 잡을 능력은 가졌지만 독수리를 만져본 일은 없었다. 그러나 그녀가 동물들을 다룰 때는 흔들림이 없었고, 전혀 두려움이 없었다. 긴 장갑을 끼고 새장 속에 고깃조각을 넣어주었다. 독수리는 그녀의 손에서 그것을 쪼아 먹었다. 그녀가 다른 조각을 주려 했다. 독수리는 그 자체만으로도 너무 무서운 날개를 조용히 치고는 앞으로 날려는 힘으로 어깨를 올리고 날개 아래 곰팡이병과 저승사자의 겨드랑이 혹은 깊은 구멍을 숨긴 채 날개 끝을 부채꼴로 펴며 그녀의 팔 위에 올라섰다. 독수리는 고기를 찢어 뜯을 때 발톱으로 그녀의 팔을 꽉 붙잡았다. 그러나 그녀가 독수리를 데리고 밖으로 나오려고 하자, 부리로 공격하며 쪼았다. 다음에 내가 접근했을 때 그놈은 긴 장갑을 낀 나를 쪼아서 팔에 상처를 냈다. 중상은 아니었지만 예상한 대로였다. 일이 빨리 일어나서 내가 새를 덜 무서워하게 되어 다행이었다. 테아는 독수리를 길들이려는 목적에 매혹되어 초록빛 챙모자를 쓰고 전보다 얼굴을 더 희게 하고 동작은 빠르고 강했으며 머리를 똑바로 들고 있었기 때문에, 내 팔에서 피가 솟구치는 것은 장화 밑의 자갈이 부서지는 것처럼 흔히 있을 수 있는 가벼운 일에 지나지 않았다. 그러는 동안에 그녀는 말이나 오토바이에서 떨어지거나 미끄러지거나 칼로 베이거나 사냥에서 상처 입는 등 사건의 연속이었다.

마침내 새를 왜건 차 뒤에다 옮겨 실었다. 테아는 기뻐했다. 팔에 붕대를 감거나, 새에게 더 넓은 공간을 주기 위해 상자들을 싣는 등 내가 할 일이 있었다. 이런 일로 나는 우울한 기분을 감췄다. 한편 테아가 자기 계획을 설명할 때, 그 늙은이는 구레나룻에 활짝 웃음을 띨 수 없었다. 많은 열광자처럼, 테아의 말을 심각하게 듣는 척하는 사람도 없었다. 늙은이는 독수리값으로 엄청난 돈을 받았고, 또 내가 느낀 바로는 늙은이는 눈에 거슬리는 자기의 고객을 위한 자리를 찾았기 때문에 아주 기뻤고 악의에 가득 찼다. 우리는 왜건 차의 뒤에 실린 물건을 감독하면서 출발했다. 나는 테아가 즐거워하고 편안한가에 관심을 썼고 좌석 뒤의 총을 주시했다.

나는 러시아 작가 레르몬토프가 쓴 「독수리」를 읊던 로시 할머니의 사촌을 기억한다. 그 책을 내가 열심히 읽지는 않았지만 낭독은 훌륭했고 낭만적이었다. 그녀는 어두웠고, 눈은 검으며, 목소리는 불타는 듯했으나 손은 힘이 없었다. 그녀는 할머니보다 훨씬 더 젊었고 남편은 모피 상인이었다. 나는 도시에서 자란 사람이 독수리에 대해 알고 있는 것을 수집하려고만 했다. 단지 호기심에서였다. 돈의 독수리, 뭄바이 하늘을 높이 나는 독수리들, 톱니와 불을 단 미국소총협회 독수리, 주피터의 새, 국가를 상징하는 새, 카이사르뿐 아니라 공화국의 고대 로마 군단 점쟁이들의 새, 할렘의 줄리안 장군의 검은 독수리, 독수리일지도 모르는 노아와 엘리야의 큰 까마귀, 외로운 독수리, 동물의 대통령, 그리고 도둑일 뿐만 아니라 썩은 고기를 먹는 새이다.

자, 시간이 있으면 다소의 전설들을 찾아보자.

내겐 그 새는 지금이 한창때인 것같이 보였다. 늙은이가 8개월이라고까지 거짓말을 했지만 대략은 맞았다. 미국 독수리들은 대체로 성숙하기까지 거무스름하다. 깃털의 하얀 부분을 가질 때까지 여러 번 털갈이를 한다. 우리의 독수리는 아직 털이 희지 않았다. 그렇게 되면 시력도 아주 나빠질 것이다. 독수리는 아직 왕이 아니라 검은 왕자일 뿐이다. 하지만 굉장히 멋져 보였다. 위로 향한 머리와 검은 깃에 섞인 담황색과 흰색의 깃털이 있으며, 두 눈은 섬뜩할 정도로 매력적이고, 눈의 잔주름은 의미는 없으나 잔인하게 보였다. 새는 자신의 필요로 여기에 있고 완전히 잔인성을 선포하고 있었다. 나는 처음에는 독수리를 한없이 증오했다. 밤에는 이 독수리 때문에 잠을 자지 못했고, 이것이 우리 사랑의 방해자였다. 밖에서 자다가 깨었을 때 그녀가 안 보여서 찾으면 으레 독수리 옆에 있었다. 아니면 그녀는 나를 흔들어 깨워서 이상이 없는가 확인하러 내보내는 것이었다. 새 다리에 묶인 발목 끈, 발목 끈의 구멍에 꿴 회전 쇠고리, 회전 쇠고리를 묶은 가죽 끈 등 말이다. 우리가 호텔방을 쓸 때 그놈도 같이 썼다. 나는 새의 발소리를 들은 적이 있다. 깃털을 퍼덕거리거나 눈이 미끄러지는 것처럼 쉿! 소리를 냈다. 그녀는 새에게 완전히 정신을 빼앗겼고, 강박 관념(idée fixe)으로 어린애처럼 돌봤다. 새는 그녀에게 숨 쉴 여유도 주지 않았다. 그녀는 차를 타도 자리에서 계속 새에게 고개를 돌렸고 식사할 때도 마찬가지였다. 나는 다른 때도 그녀가 항상 새를 생각하고 있지 않나 하고 생각했다.

물론 우리는 강하고 야만적인 동물이 우리 뒤에서 포로와 주인 사이의 비등하는 적대감을 갖지 않도록 독수리를 길들여야만 했다. 내가 그 일을 해야 했기에, 나는 새와 같이 지냈다. 새는 나의 사랑을 요구하지 않고 오히려 반대 방향으로 나갔다. 고기가 독수리와 친할 수 있는 유일한 것이었다. 테아는 실지로 새를 길들이는 법을 터득했고 다루는 법을 알았기 때문에, 자연히 그녀는 내가 그 새를 생각하는 것보다 더 생각해야 했다. 새는 곧 고기를 집어 먹으려고 우리의 손등으로 날아오르기 시작했다. 이럴 때 독수리의 발톱이 장갑 속의 피부를 뒤틀어 온통 상처를 입혔다. 새가 굶주려서 고기를 먹을 때, 부리로 내 피부에 상처를 입히는 일에 익숙해져야만 했다. 그러나 나중에 독수리들이 시체를 뜯어 먹는 걸 보았을 때, 나는 고상한 새가 가진 오만한 매력을 인정하게 되었다.

그리하여 우리는 텍사스를 급히 빠져나갔다. 날씨는 매우 더웠다. 새를 훈련시키기 위해 하루에 서너 번씩 멈췄다. 라레도 사막에 가까워질 무렵, 새는 왜건 차 위에서 날아내려 손등에 앉곤 했다. 이렇게 날개를 편 유령 같은 새는 냄새와 압도적인 힘으로 에트나 화산 같은 깃털과 고정된 부리를 벌린 채 사람을 질식시킬 것만 같았다. 때론 왜건 차 꼭대기로 날아가기 전에 다른 동물들처럼 아무 기색도 없이 똥을 싸버렸다. 테아는 새가 진전을 보이자 미칠 듯이 좋아했으며, 나 또한 테아에 대해서 그랬다. 내가 테아를 좋아한 이유 중에 하나는 새를 성공적으로 길들일 수 있는 것을 보고 감탄을 금할 수 없었기 때문이다.

잡은 새들은 두건을 씌워야만 했다. 테아는 이런 두건 등을 준비했다. 그것은 새가 공중에 떠서 미끼를 기다릴 수 있게 줄을 풀어주기에 앞서서, 풀었다 당겼다 할 수 있는 줄이 달린 커버였다.

그러나 독수리에 두건을 사용하기 전에는 철저히 훈련을 시켜야 했다. 나는 잠도 자지 않고 40시간 동안 새를 팔에 얹은 채 있었다. 독수리는 잠자려고 하지 않았으며 테아는 나를 자지 못하게 지켰다. 이것은 국경을 바로 넘어선 누에보 라레도에서 있었던 일이었다. 우리는 파리가 들끓는 호텔에 짐을 풀었다. 갈색 방에는 거대한 거친 선인장이 창문을 거의 가리고 있었다. 처음에는 서성이다가 마침내 어둠 속에서 팔을 테이블에 올려놓은 채 새의 위압을 느끼면서 휴식을 취했다. 몇 시간 후에는 어깨와 몸 전체가 무감각해졌다. 파리가 물었다. 나는 한 손만 자유로웠고 독수리를 놀라게 하고 싶지 않아서 내버려 두었다. 테아는 일하는 애에게 커피를 시키고는 문간에서 커피잔을 받았다. 나는 소년이 우리를 알아보려는 듯 빤히 쳐다보는 걸 보았다. 소년이 새가 있는 걸 알았기 때문이다. 희생물이 된 내 팔 위의 새의 모습과 깨어 있는 눈을 보았을지도 모른다.

호텔에 차를 들이대고는 왜건 차의 뒷문을 열자, 거기 있던 사람들이 깜짝 놀랐다. 일 분도 채 안 되어 50명이 넘는 어른들과 어린애들이 모여들었다. 독수리가 고기를 먹으러 내 손 위에 앉자, 애들이 비명을 질렀다.

"아, 저것 봐, 저거. 독수리야, 독수리!(Ay Mira, mira—el *águila*, el *águila*!)"

나는 키가 컸고 춤이 높은 모자를 쓰고 채찍이 달린 승마복을 입은 데다 테아의 아름다움과 위엄이 따랐기 때문에 정말 장관이었다. 멕시코에서는 옛날부터 내려오는 종교나, 디아스델카스티요[59]가 목격했던, 흑요석 무기로 대학살을 한 위대한 계급인 기사들로부터 독수리는 존경을 받아왔다. 독수리가 내 주먹 위에서 흔들거릴 때 애들이 "엘 아퀼라, 엘 아퀼라!(독수리야, 독수리!)"

하고 고함치는 소리를 나는 캘리굴라라는 로마인의 이름으로 알아들었다. 처음으로 스페인어를 들었기 때문이다. 나는 마음속으로 그것이 얼마나 적절한 이름인지 생각했다. 캘리쿨라!

"엘 아퀼라!"

"아니, 캘리굴라."

내가 말했다. 난 그 이름 때문에 처음으로 이 독수리에게 만족감을 느꼈다.

독수리가 내 팔을 테이블에 대고 눌러서 몹시 아팠다. 나의 입과 가슴은 형언할 수 없는 신음 소리로 가득 찼다. 그렇다고 놓아버릴 수는 없었다. 어디든 새를 끌고 다녀야 했다. 화장실에 가거나 앉거나 설 때조차도 말이다. 새는 나를 쳐다보고 있었고, 나는 그 새의 의향을 읽어내고, 또 느껴보려고 애썼다. 침울한 기분으로 가려고 일어나자 새는 푸드득거리며 목을 흔들고 눈에 활기를 띠기 시작했다. 더욱 힘 있게 꽉 잡았다. 처음 새를 화장실에 데리고 가야 했을 때, 나는 여전히 무서웠다. 나는 새를 되도록 멀리 쥐었다. 한편 새는 날개를 펴고, 튼튼한 두 다리의 위치를 바꾸었다.

오, 주목받는 것! 우리는 이것 때문에 갈등을 느꼈다. 적어도 나에겐 그렇게 보였다. 타인의 주시하에 산다는 것에 대해 테아와 얘기를 나눴다. 타인의 응시와 횡포로 피해를 입을 때는 언제였나? 오, 카인은 자신이 타인의 눈에 어떻게 비치는가를 인식하지 못했기 때문에 저주를 받았다. 경관들은 피고인들과 용의자를 화장실에까지 따라가고, 간수들은 창틈이나 구멍으로 마음대로 죄수들을 들여다본다. 민중의 폭군이나 지배자들은 자아의식 때문에 마음을 놓지 못한다. 허영도 개인적인 의미로는 같은 것이다. 어떤 압박을 받아도 문제되는 것은 인간이다. 그래서 자신을 망각할 수는 없다. 우리는 항상 다른 사람 눈에 노출된다는 걸 인식해야만 한다. 가장 개인적인 행동도 타인들의 존재와 힘을 지니게 된다. 이것은 타인이 존재하는 자신의 사고 범주 내에서 타인의 존재를 확장한다는 말이다. 기념비가 있는 죽음이 위대한 인간들을 그렇게 기억하도록 한다. 그래서 나는 캘리굴라의 시선을 참아야만 한다. 사실 나는 견뎌냈던 것이다.

독수리는 오랫동안 두건을 거부했다. 여러 번 두건을 씌우려고 시도했으나 내 손이 찢어져 상처만 났다. 나는 진심으로 새를 저주했다. 그러면서도 계속 데리고 다녔다. 때때로 테아와 교대했으나, 그녀가 들기엔 너무 무거웠다. 한 시간쯤 지나면, 휴식을 취하지 못한 내 팔에 다시 불러들였다. 마지막으로 몸을 뻗치자 더 이상 집 안에 있을 수가 없어서 새와 함께 거리로 나왔다. 거리에서 사람들이 독수리를 보고 지르는 비명 때문에 그놈을 다루기 힘들었다. 우리는 뻔뻔스럽게도 영화관으로 가서 뒷줄에 앉았다. 소음으로 새가 쪼아댈까 봐 두려웠다. 다시 방으로 데리고 가 진정시키기 위해 고기 한 점을 줬다. 한밤중에 테아의 사진 도구의 적외선 전구 밑에서 두건을 한 번 더 씌워보려고 했다. 마침내 새는 항복했다. 두건을 씌운 채 그 밑으로 고기를 계속 주었다. 드디어 조용해졌다. 눈을 가리니까 훨씬 더 유순해졌다. 그리하여 새는 나나 테아의 손등 위에 앉아서, 쪼지 않고서도 두건을 순순히 썼다.

우리가 승리하여 캘리굴라가 술 달린 두건을 쓴 채 화장대 위에 서 있게 되자, 우리는 키스하고 춤추고 쾅쾅 소리를 내며 방을 돌았다. 테아는 잠잘 준비를 했다. 나는 부츠를 신은 채 열 시간 동안 잠에 떨어졌다. 테아는 내 부츠를 벗기고 자리에 눕혔다.

밝고 뜨거운 다음 날 오후, 우리는 몬테레이를 향해 출발했다.

나무, 숲, 돌들이 뜨거운 열로 눈부실 정도로 드러나 보였다. 테아가 독수리를 밖으로 데리고 나오자, 그 거대한 새는 올라가려는 생각이 들어서인지 어깨를 움찔했다. 나는 너무 오래 자서 어지러웠다. 열을 뿜는 더위가 길과 바위에서 타오르는 듯했다. 또한 날짐승의 발과 그 발바닥의 살, 혓바닥이나 턱처럼 생긴 선인장, 그리고 선인장 가시, 송진같이 붙은 먼지, 비늘처럼 허물어지는 벽 등은 눈과 피부에 하나의 시련이었다. 그러나 차가 오르막길에 접어들고 기온이 서늘해져서 우리 둘은 기운을 차렸다.

우리는 몬테레이에서 묵지는 않고, 단지 필요한 물건 몇 가지를 샀을 뿐이었다. 다른 것보다도 캘리굴라에게 줄 생고기를 샀다. 이 낯선 도시의 저녁에 대한 호기심이 나를 끌었을지도 모른다. 이 도시는 나무가 많았고 건물들은 붉은색을 띠고 있었다. 철도역 옆의 아파트의 열린 좁은 입구와 창문에는 사람들이 들끓었다. 계속 차를 몰아 무더운 날씨를 이기자고 한 것은 테아의 생각이었다. 그것은 쉽지 않았다. 들판에는 담이 없었고, 또한 길거리에 소들이 있었기 때문이다. 길에 야간 표지판이 없어서 멍청하게 차를 몰아 내려갔다. 달빛이 밝다가 잠시 안개가 끼었다. 동물들은 이런 안개 속에서 거대한 모습을 나타냈다. 때때로 우리는 말 탄 사람들을 만났고, 말발굽 소리와 느린 채찍 소리를 뒤로하고 차를 몰았다.

발레스를 지나 어떤 마을 우물가에서 밤을 지내기 위해 멈추었다. 이것은 내가 주장했다. 공기는 차가웠고 별들이 반짝였다. 수탉들이 울고 있었다. 그리고 멕시코 마을의 잠들지 않는 부류들이 찾아와 우리의 독수리를 꺼내 보게 했다. 성상을 가진 주일 행렬처럼 사람들은 놀라서 서로 "이건 독수리다!(*Es un águila!*)" 하고 말했다. 나는 지금쯤 배설물과 더러운 냄새로 가득 차 있을 왜건 차에 새를 남겨 두려고 했었다. 새는 그곳에 머무는 걸 참지 못했다. 밤중 내내 혼자 남게 되자, 아침에는 아주 사나워졌다. 이제 테아는 새를 교육시키는 일에 너무나 열중해서 다른 생각은 거의 없었다. 그녀는 하나의 역사를 창조하고 있었기 때문이다. 20대 때에 비행기를 조종하여 뉴올리언스에서 부에노스아이레스까지, 때때로 사람과 비행기를 집어삼키는 정글을 날며, 기록을 깨기 위해 이륙하는 자본가들의 씩씩한 젊은 아들들, 그들의 정열이 이런 종류에 속함이 틀림없다. 그녀는 나에게 중세 이래로 독수리를 길들인 사람이 극히 드물었다는 사실을 상기시켰다. 나 역시 그 일이 엄청난 것이라고 생각했고 끝없이 그녀를 찬양했다. 내가 그녀의 보조자라는 것조차도 신에게 감사했다. 그러나 나는 방에 있는 독수리가 애무할 때 당황스럽고 퍽 어색하다는 걸 그녀에게 말하려 했다. 그리고 새는 우유병을 주고 돌봐 주어야만 할 요람의 어린애가 아니라, 결국 한 마리의 짐승에 불과하다는 걸 말하려 했다. 그러나 테아는 어떤 논쟁도 하지 않고 생에 대한 그녀의 목적에만 충실하려 했다. 그녀는 내가 그녀와 똑같이 느끼리라는 걸 의심하지 않았다. 단지 내가 새를 다루는 방법에 대해 의견을 달리한다고 생각했다. 이제껏 내가 알아왔던 모든 사람들을 실질적으로 괴롭혔던 것과 같은, 그녀를 지배한 힘의 동기, 그리고 비록 장소와 정도는 다르나 나 역시 가졌던 그 힘의 동기가 우리를 앞으로 나가게 했다. 물론 독수리 꼬리를 잡았을 때, 어떻게 그것을 버릴 수 있을까? 일을 시작했으면 끝까지 철저히 해야 한다. 그러나 중요한 것은 어려운 과정에서 도중하차한다는 것이 아니다. 아니, 그녀를 이끄는 것은 독수리로 하여금 거대한 도마뱀을 잡도록 하는 정열이었다.

여관(posada) 문 옆에는 검은 줄무늬 진 감처럼 더러운 석유등

두 개가 비추고 있었다. 거리의 돌들이 미끄러운 것은 이슬이나 비로 인해서가 아니었다. 짙은 장미 냄새를 가려낼 수 없을 정도로 악취가 났다. 짚, 진흙, 숯과 녹나무 연기, 오리, 돌, 똥과 옥수수 음식, 삶은 병아리, 고추, 개, 돼지, 당나귀 등의 냄새였다. 예전과 같은 것은 아무것도 없고 모든 것이 기이했다. 헛간은 두건을 쓴 캘리굴라처럼 공포를 가져다주었다. 그런데 침실에서는 마치 샘에서 나와 바다로 흐르는 긴 물줄기가 부둣가의 쓰레기나 썩은 오렌지를 밀고 내려가듯, 굴곡이 심한 산허리의 향기로운 공기가 흰 벽에 스며들어 악취를 씻어버렸다. 그리고 흰뺨거미원숭이의 환상적인 모습이 새겨진 쇠침대의 침대보를 개는 인디언 여인.

밤새 얼마 쉬지 못했다. 이른 아침부터 세탁부들이 물탱크에서 방망이질을 해댔기 때문이다. 곡식을 쿵쿵 빻는 소리. 동물들은 생기에 차 있었고 당나귀는 더했다. 교회에서 소리가 들렸다. 그러나 테아는 행복에 차 잠이 깨서는, 곧 캘리굴라에게 아침 식사로 고기 주기에 바빴다. 나는 빵과 커피를 찾으려고 습기 찬 방에 들어가 보았다.

새 때문에 우리는 보다 천천히 여행했다. 이제 테아는 새에게 미끼새를 쫓아 나는 방법을 가르치려고 했다. 이 미끼새란 것은 말편자에 병아리나 칠면조의 날개와 머리를 묶어 만든 것이었다. 생가죽으로 만든 채찍에 미끼를 묶어 던지면, 새는 푸드덕거리며 준비 태세를 갖추고 곧 미끼를 쫓아 하늘 높이 날아오른다. 새에게 곤란한 점은 조종사들처럼 거리 조정이나 기류에 관한 것이었다. 이 새의 경우는 충동적으로 날다가 땅에 앉기도 하는 작은 새의 단순한 기계 조직이 아니라 거대한 것을 움직여야 했다. 높이 올랐을 때는 벌같이 가볍게 보였으며, 그렇게 높은 고도에서 마치 비둘기처럼 공중제비 하는 것을 보았다. 새는 뜨겁고 찬 온갖 수직 기류 속을 자유자재로 움직임이 틀림없었다. 어쨌든 높이 날아올라 가 마치 대기층의 열을 굽어보거나 모든 걸 통치하는 듯한 그 새의 비행은 장엄한 것이었다. 만약 그 동기가 먹이를 강탈하고 죽인다는 행동에 근거를 두고 있다면 새도 역시 어려움을 뚫고 나가 자기 육체와 골격이 도달할 수 있는 곳까지 높이 올라간다는 승리감을 본능적으로 느꼈으리라. 다른 형태의 생명체가 그런 고도에 있는 것과는 달리, 그런 비행을 자기 의지대로 하면서 개체가 아닌 종족의 전달자로서 포자와 낙하산 종자같이 말이다.

남쪽으로 갈수록 하늘은 더욱 짙푸르러졌다. 드디어 멕시코 계곡에 다다랐다. 하늘이 인생에 비해 너무 강렬한 요소를 은밀히 간직하고 있다는 생각이 들었다. 게다가 푸른빛의 타오르는 듯한 찬란함은 이런 위협을 초월한 것처럼 때때로 식물의 엽초나 얇은 비단막 같은 무게를 가지고 흘러내리는 듯하기도 했다. 그래서 나중에 독수리가 평원의 오랜 분화구들 위로, 그리고 지하로부터 끓어오르는 석탄과 주위에 산재한 태양빛의 위험한 붉은 기운 위로, 그리고 원추형 화산 정상의 백설층 위로 높이 날았을 때—마치 사탄처럼 미끄러지듯—이곳 스페인 민족들 앞에 알데바란 별이 하늘 중앙에 나타나서 그들에게 생명이 또 다른 궤도에 다가섰는지 아닌지를 알려 주기 위해 기다리는 늙은 사제들이 있었다. 그때 그들은 제물로 바쳐진 인간의 분열되고 텅 빈 가슴 속에 새로운 불길을 지른 천체의 징조를 받았다. 그리고 또한 부근에는 예배자들이 새로 변한 신으로 변장해서 긴 기둥에 고정된 제단에서 뛰어내려 로프를 타고 미끄러지듯 내려왔다. 날개 달린 뱀, 그리고 독수리는 물론이고, 볼라도르(*Voladores*),[60] 그 외에 나는 것들이다. 오래된 것의 잔재나 개조한 것, 그와 동등한 다른 옛 것들이 있는 것처럼 시장에는 여전히 투전꾼들이 있었다. 고문대나 머리털은 썩지 않은 채 살만이 썩어내린 두개골의 피라미드 대신에 길가에는 개, 쥐, 말, 당나귀의 시체가 널려 있었다. 기한이 차서 세를 낸 무덤에서 파내진 뼈들이 거리에 쌓여 있었다. 문을 연 가게에는 마치 여자의 형태를 야비하게 비웃는 듯한 관들이 놓여 있었고, 검은색, 흰색, 회색 등 크기도 갖가지였으며, 검정색 관 위의 가장자리에는 육중한 죽음의 장식이 사폴리오 은으로 채색되어 있었다. 교회 계단에서 개 소리를 내는 거지들은 고대 스페인 교회와 더불어 마지막 남은 무력함을 행동으로 내보이며 옛날의 도리깨형의 의족, 또는 상처 등을 보여 주었다. 짐을 등에 지기 위해 앞이마에 밧줄을 감은 짐꾼들이 쓰레기 더미 속에서 낮잠을 즐기고 있었으며, 시체들처럼 자신의 모습에 전혀 무관심했다. 이러한 광경은 모두 죽음이 이런 아름다운 곳곳에서 얼마나 개방적으로 받아들여지는지를 강조하는 것이다. 누구일지라도―가장 거만한 자라도―아무렇게나 처리되고, 집게로 들려지거나, 배를 맞고 땅에 쓰러져 내던져질지도 모른다는 것을 어떻게 인정하는가를 강조해 주는 것이었다. 더 심하게는 죽음이 인간의 얼굴을 찾아오고, 한 번도 다친 적이 없는 사람도 함부로 실려 와 버려지게 되는 가공할 만큼 어이없는 일을 하기 때문이다.

캘리굴라가 이런 하늘 높이 솟구쳐 오를 때, 그 새가 오래된 분화구의 분출물 위에 있는 거대한 힘의 요소와 어떤 관계가 있을까 하고 때때로 의아스러웠다.

그러나 새는 아직 높이 날지 않고 있었다. 여전히 성가시게 미끼새와 햇볕에 부패된 미끼새의 내장을 뒤쫓고 있었으므로, 자꾸만 그것을 밑으로 던져주었다. 그것만이 새를 날게 하는 유일한 방법이었다. 새는 내 팔 밑에 맨 로프와 연결되어 있었으므로 테아가 거리를 잘못 측정할 때는 내 몸이 비틀거렸다. 그녀는 뛰어가서 새가 병아리를 삼키는 것을 보고는, 내게 줄을 잡아당기라는 신호를 했다. 그래서 새는 차츰 미끼에서 손 위로 돌아오는 방법을 배웠다. 우리가 아무리 어떤 산중에서 연습을 해도, 잠옷 같은 흰옷을 입고 고무 타이어 샌들을 신은 목동들이나 농부, 어린애, 그리고 무표정한 얼굴에 주름을 지으며 심각하게 보고 있는 등산객 들이 모여들었다.

테아는 문명의 증거인 루즈를 바르고 승마용 바지를 입은 전통적인 모습을 하고 있음에도 때때로 그들보다 더욱 야만스럽게 보였다. 그녀가 팔을 뻗으면 그곳에 독수리가 날개와 다리를 모으고 가슴에서 공기를 숨가쁘게 내쉬었다. 그녀의 모자가 흔들렸다. 나는 테아가 매우 자랑스러웠다. 그것은 내가 여태껏 본 인간의 행위 중에서 가장 찬란한 것이라고 생각했다. 그것은 아름다운 리본처럼 내 영혼을 둘러쌌다. 그녀도 또한 내가 새를 끌어들이려고 몸을 내미는 포즈를 취하자, 아주 용감하고 멋있게 보인다고 감탄하며 소리 질렀다. 물론 황홀해서 쓰러질 정도는 아니었으나 즐겁기는 했다.

열흘 후 우리는 멕시코시티에 도착했다. 테아는 스미티의 변호사 대리인을 만나야만 해서 아카틀라로 곧장 가려던 욕망과는 반대로 이곳에 머물렀다. 우리는 하루에 단돈 3페소로 라 레지나 호텔에 아주 싸게 머물 수가 있었다. 그들은 독수리에 대해 꺼리는 기색이 없었다. 그곳은 조용하고 품위 있게 보였고, 보기 드물게 깨끗했다. 중앙 천장에는 채광창이 나 있었고 복도는 방과 샤워실, 화장실로 연결되어 있었다. 로비도 매우 훌륭했고 사람도 없었다. 로비의 위쪽은 도식적인 모양이었다. 의자와 필기용 테이블이 기하학적으로 배열되어 있었으나 이용하는 사람은 아무도 없었다. 잠시 후 호텔 이름이 옛날 사이프러스의 음란했던 여왕 이름에서 유래된 것을 알았다. 벽장은 관수기(灌水機)로 가득차 있었고, 시트 밑에 고무가 깔려 있어 묵직했지만 오히려 성가실 뿐이었다. 낮 동안 호텔에는 우리와 하녀들만 있었는데, 우리가 그들을 즐겁게 해주었다. 그들은 우리가 밀회의 장소에 머무는 게 재미있다고 생각하고 시중을 들었다. 즉 세탁을 해주거나 바지를 다리거나 커피와 과일을 갖다 주었다. 우리만이 유일한 손님이었기 때문이다. 테아의 스페인어는 그들을 기쁘게 했다.(나는 단지 몇 마디를 했을 뿐이었다.) 그녀는 침대에 누운 채 하녀들을 불러 우리가 먹을 망고와 새에게 줄 고기를 갖다 달라고 요청했다. 주위에 아무런 구애를 받지 않아서 샤워장에도 타월 한 장만을 걸치고 갔다. 내가 독수리와 함께 있고 싶지 않아 다른 방에 가도 아무도 신경 쓰지 않았다. 이 레지나 호텔에 결점이 있다면 그것은 단지 밤뿐이었다. 비록 고객들이 점잖은 사람들이었을지는 모르나 조용히 하는 것에 대해서는 전혀 생각이 없었다. 문 위의 채광창에는 유리가 거의 끼어 있지 않았다. 어쨌든 우리는 밖에 나가 시내 관광을 하면서 온통 시간을 보냈고, 낮에는 잠만 실컷 잤다. 나는 팔을 쉬게 하면서 상처를 치료했다. 테아는 나를 데리고 고궁과 나이트클럽, 동물원, 교회로 갔다. 차풀테펙의 말 타는 여인들, 즉 딱딱한 모자에 멋진 스커트를 입고 꼭 맞는 조그만 검은 가죽구두를 신은 채 여자용 안장에 앉은 귀족 같은 여인들의 모습이 인상적이었다. 세상은 내가 여태껏 환상으로 그려오던 것보다 진실로 더욱 위대한 거라고 생각했다. 나는 테아에게 말했다.

"나는 사실 아는 게 많지 않아요. 이제 하나씩 보는 겁니다."

그녀가 웃으면서 말했다.

"내가 알려 줄 수 있는 것이면 무엇이든 좋아요. 그러나 얼마나 많이 알려고 하나요?"

"아니, 정말로 알아야 할 것이 많은데요."

나는 세상이 그렇게 아름답고 찬란한 데에 놀라고 말했다. 그대로 머물고 싶었으나, 우리에겐 새에 대해 할 일이 있고 그녀는 이 도시를 그리 좋아하지 않았다.

나는 캘리굴라에 대한 그녀의 견해를 물을 수 없었다. 거기서 나는 그녀와 잘 지냈으며 또 이제는 그녀가 새를 다룰 수 있는 능력을 입증해서 자신이 생겼다. 만약 나도 그런 용기가 있다고 해서 그 새를 맡았더라면, 나를 찢어 토막 냈을 것이다. 아니다, 내가 독수리에 관한 그 일을 도와주고 있는 한 그녀가 말한 대로 행동했다. 그것에 대해 더 많은 것을 알았을 때, 우리가 경계하지 않았던 것들을 생각하면 몸서리쳐졌다. 특히 독수리에게 미끼새를 포기해 버리고 주먹에 쥔 고기 먹는 방법을 가르칠 때 철망 마스크를 써야만 했다. 흰머리독수리들은 노리는 목표가 그들 밑에 있을 때가 가장 위험한 순간이기 때문이다. 그녀는 눈을 찔렸을지도 모른다. 그러나 그런 일은 일어나지 않았다. 결국 그녀는 독수리가 목소리를 듣고 곧장 몸을 구부리고 손에 쥔 고기를 먹으러 오도록 가르치는 데 성공했다. 우리는 새에게 얘기해 주며 부드럽게 다루었다. 새는 깃털을 어루만지는 걸 좋아했다. 길이 아주 잘 들었으나, 두건을 씌우고 벗길 때는 가슴이 약간 두근거렸다.

레지나에서 새를 연습시킬 때 겁 많은 하녀들을 방으로 불러들였다. 테아는 그들을 한 줄로 세우고 말했다.

"여러분, 말해 봐요, 말해 봐!(Hablen, hablen ustedes!)"

그래서 그들은 떠들어대야 했다. 캘리굴라가 사람들의 접근과 소리에 익숙해지게 하기 위해서였다. 작업복 차림의 인디언 여자들은 우리들 때문에 재미있어했을 뿐 아니라 놀라기도 했다. 그들은 한 줄로 늘어서서 테아가 독수리를 화장대에서 끌어 내려 손등에 앉히는 것을 보았다. 내가 그 새를 처음 본 순간 상상했던 것이 이 어린 계집애들에게 실제로 일어났다. 두건이 벗겨지고 잔인한 모습과 무기로 쓰이는 숨구멍이 있는 부리가 나타나자 계집애들은 그만 바지에 오줌을 싸버렸다. 그러나 이 여인들에 둘러싸인 것이 캘리굴라에겐 상당히 영향을 미쳤다. 새는 먹이를 먹고, 한순간 머리를 테아 쪽으로 기대며 마치 쓰다듬어 주기를 바라면서 여자의 다리 위에서 투정 부리는 고양이처럼 행동했다.

테아가 소리쳤다.

"오, 이것 봐요. 오기, 이 새가 뭘 하는지 봐요. 응석 부리는 거예요!"

그녀는 이 도시에서 참고 기다리지 못했다.

"지금 즉시 이 여세를 몰아가야 해요. 새를 데리고 시골에 가야 한다고요."

"그럼 차를 몰고 교외로 가지."

"아니, 그럴 수 없어요. 변호사를 만나야만 해요. 하지만 지체할 시간이 없어요. 지금 우리는 목적을 이룰 수 있어요. 녀석을 사냥에 나가게 할 수 있을 거예요."

이 말은 새에게 도마뱀을 보여 주겠다는 뜻이었다. 우리가 잡으려는 도마뱀은 그녀가 내게 보여 주었던 그림 속의 큰 주름이 있는 변종이 아니라 자그마한 도마뱀이었다. 게다가 캘리굴라는 말이나 당나귀에도 차츰 익숙해져야만 했다. 이런 거대한 도마뱀들은 노상에서 멀리 떨어진 인적이 없는 산속에 있었다. 우리는 캘리굴라를 끌고 멀고 힘든 길을 갈 수 없었다.

나는 테아가 이혼 수속을 그다지 서둘 필요가 없을 거라고 생각했다. 그녀는 많은 재산을 얻을 수 없을지 모른다. 그러나 자세한 걸 묻고 싶지 않았고, 그녀가 스스로를 오랫동안 보살필 수 있을 정도의 상속자였을 것이라고 판단했다. 그것에 대해 내가 무슨 말을 할 수 있었을까? 그녀와 스미티 간의 불화에 대해 자세히 알려고 신경 쓰지도 않았다. 물었더라면, 테아는 얘기해 주었으리라. 우리는 그런 화제를 그만두고 남는 시간에 성당 앞에서 캘리굴라를 팔 위에 올려놓고 컬러 사진을 찍었다. 성당 문에서 달려오던 기마 경찰관들이 우리를 광장 밖으로 몰아내면서 나를 거칠게 다루었다. 새가 위험하다는 그들의 말을 난 이해했다. 그들은 내게 신분증명서를 보여 달라고 소리쳤다. 테아에겐 보다 정중하게 대했으나, 여자를 호리는 미소를 띠면서 우리를 가게 했다. 테아는 아직도 캘리굴라에 대한 삽화를 넣은 기사를 《내셔널 지오그래픽》이나 《하퍼》에 팔려고 했다. 그녀는 아카틀라에 있는 우리를 도와줄 한 작가를 알았다. 그래서 금빛 연필이 붙은 빨간 가죽 표지의 멋진 작은 수첩에다 기록해 두었다. 언제라도 그것을 꺼내 무릎에 놓고, 목을 구부린 채 한두 마디에서 때로는 한 페이지까지 써내려 갔다. 도중에 생각하거나 기억해 내느라고 주춤할 때면, 마치 그림에 명암을 표시하는 사람처럼 손을 움직였다. 그녀를 세밀히 관찰했으므로 손가락 매듭이 나와 흡사하다는 것조차 알아내었다.

"텍사스에서 녀석이 큰 토끼를 추적하려고 했던 곳이 어느 마을이었죠?"

"아마 우발데 부근일걸, 그렇지 않나?"

"오, 아니에요. 어떻게 그곳일 수가 있어요?"

그녀는 내 넓적다리를 만졌다. 이 도시에서 그녀는 손톱에 황금빛을 칠했다. 그래서 그것이 빛을 발했다. 그리고 무겁기는 하나 붉은 벨벳 옷을 입었다. 단추는 바다 조개처럼 생겼다. 우리는 나무 밑의 철제 의자에 앉았다. 그녀 가슴의 깨끗한 피부를 보자, 얇은 내 양복바지 천을 통해 느껴지는 그녀 손의 체온처럼 피부의 온기가 실제로 느껴졌다. 이혼 수속이 끝나면 그녀와 곧 결혼하리라.

16장

> 이상하다, 우리가 안감힘으로 버텨온 행위를
> 슬퍼하도록 자연이 강요하다니.
> ─안토니우스와 클레오파트라

우리는 테아가 준비해 놓은 집을 보았다. 그것이 그녀의 집이라면 말이다. 어쩌면 스미티의 소유였으리라. 적당한 시간에 찾아냈다고 나는 생각했다. 그것에 대해 서두를 필요는 없었다.

탑과 마을의 지붕들이 보였고, 겹겹이 산으로 둘러싸여 있었으며, 내리막길 앞에 있는 수천 피트의 절벽 위로 큰길이 나타났다. 드디어 우리는 대성당 광장, 혹은 조칼로(zócalo)라고 하는 중앙 광장에 도착했다. 별장으로 들어가는 길이 좁았으므로 거기서 차를 세우고 걸어 들어갔다. 보통 때조차도 우리에게는 한 떼거리의 아이들이나 거지들, 할 일 없이 빈둥대는 사람들, 호텔로 손님 끄는 사람들이 따라다녔다. 더구나 손 위에 독수리를 앉히고 걸어가니, 상점과 술집, 그리고 대성당 바로 밑 천막으로 두른 시장에서 인파들이 몰려나왔다. 많은 사람들이 테아를 알아보고는 떠들어대거나 휘파람을 불고 솜브레로 모자를 들어 올렸다. 우리 주위에 먼지를 일으키는 이런 소란한 호위 속에서 우리는 조칼로 광장 중심부 위쪽으로 수백 야드 올라가 뾰족한 석조 테라스가 있는 별장 대문으로 갔다. '카사 데스쿠이타다(Casa Descuitada)',

나는 석류나무 가지 아래 푸른 타일에 쓰여 있는 글자를 읽었다. 평화로운 집. 안으로 들어가자, 요리사와 심부름하는 소년이 우리를 맞았다. 엄마와 아들로, 저편 현관의 붉은 돌에 맨발로 서 있었다. 엄마는 부엌 옆에, 애는 침실문에 있었다. 그녀는 숄에 아기를 싸 안고 있다가 두건이 씌어져 있긴 하나 새를 보고 부엌으로 다시 들어갔다. 우리는 새를 화장실에 넣어두었다. 새는 물방울 소리가 듣기 좋은 물통이나 물탱크 위에 앉았다. 하신토라는 그 소년은 우리가 새를 다루는 것을 보기 위해 따라다녔다. 그는 스릴을 느꼈다.

때때로 이런 얼빠진 작업이 돈 벌기 위한 것이라면 돈을 위해 내가 헌신해야만 하는가 생각해 보았다. 그래서 새장을 열고 새를 놓아주고 싶었다. 그러나 돈 버는 게 테아의 목적이 아님을 알고 있었다. 나는 역사 깊은 그녀의 사업의 고귀한 면, 즉 일종의 게임이나 모험적인 면을 지닌 야망, 이런 면을 모른 척하지 않았다. 또한 새를 길들이는 거대한 모험에서 태고 때와의 유대 관계조차 느꼈다. 그렇다, 나의 모든 반대와 새에 대한 두려움! 새가 홈통 주둥이로 쓰는 괴물 석상으로 변하거나 떨어져 죽기를 바랐음에도 다른 면을 보았다. 그녀를 위해 그 속에 있는 것, 즉 그녀가 줄기찬 정력에 가득 차 있다는 것이다. 그러나 생각해 보았다. 사랑의 즐거움은 무엇이 잘못인가? 왜 독수리가 있어야만 할까? 돈만 있다면 그런 핑계는 있을 수 없으리라. 다음 순간 돈에 무관심한 것은 매우 어리석은 짓임을 이해했다. 도마뱀을 잡는 것은 어처구니없는 일이나 테아는 새를 가지고 일을 시작했다. 한편 돈에 대한 내 생각은 상상력의 일시적 동요에 불과했다. 내가 그런 문제를 심각하게 생각했다면 짧은 바지와 운동모 차림으로 중부 멕시코 지역에서 뭘 하고 있단 말인가? 간단히 말하면, 돈 그

자체가 얼마나 중요한가를 새삼스레 깨달았다는 것이다. 그물 치고 땅을 파고 짐을 나르고 집어내고 소유하며 매일 되돌아가서 일하는 거대한 인류가 여기에 있다. 그중에는 정직한 자, 사기꾼, 우는 자, 위선자, 최면술에 걸린 듯한 자가 있었다. 돈은 비밀에 가까운 어떤 것, 즉 비밀의 친척 관계나 친구, 또는 여러 민족의 대표자와 같은 것이었다.

도착한 이곳에서 점심을 먹었다. 수프, 검은 몰 소스를 친 병아리 요리, 토마토, 아보카도, 커피, 구아바 젤리 등이었다. 이런 이상하고 입속이 타는 매운 음식을 맛있게 먹자 다시 돈에 관한 문제를 생각하게 되었다.

집은 멋있고 널찍했으며, 보기보다는 깊었다. 방으로 가려면 정원에서 아래로 내려가야만 했기 때문이다. 벽은 불그스름했고 마루에는 짙은 붉은색과 초록빛 타일이 깔려 있었다. 이곳에는 두 개의 스페인식 안뜰이 있었는데, 한쪽은 분수와 통 모양의 쇠가죽 의자가 있었고, 다른 쪽은 부엌 옆에 있는 오래된 사육장 같은 곳으로 여기에서 캘리굴라를 계속 훈련시켰다. 새는 하신토가 자는 헛간 기와에서 우리에게로 날아내렸다.

식사를 하는 베란다에서 내려다보면 마을과 절벽이 펼쳐졌다. 거의 바로 밑에는 광장이 있었는데 그곳엔 눈에 띄지 않는 야외 음악당 무대가 덩굴과 기괴한 나무들에 싸여 있었다. 그 성당에는 두 개의 탑과 여러 가지 푸른 빛깔의 불룩한 돔이 한 개 있었다. 그곳은 아름답게 칠해져서 마치 가열된 가마나, 때때로 벽돌 틈에서 분열되어 나오는 절단된 스펙트럼이 생기는 장소 같았다. 그 돔은 정사각형의 돌 위에 불안전하게 놓여 있는데, 때때로 그것을 보고 감탄하다가도 내장에서 올라오는 구역질을 느끼게 되어, 주위의 모든 것도 그렇게 여겨졌다. 종은 늙고 쇠약한 두 마리의 동물 모양으로 걸려 있었으며 초록빛을 띠었고 둔해 보였다. 어둠 속으로 문이 열려 있었는데, 속에는 흰 제단과 도끼와 가시에 긁히고 찢겨 상처 난 조상(彫像)이 있었다. 이렇게 겉만 번지레한 것 중에 어떤 것들은 엉덩이에 여자용 속바지를 걸치고 손톱은 두 쪽으로 갈라진 채 난도질 당해서 빨래집게 같은 흰 손가락에까지 피를 흘리고 있었다. 언덕 한편엔 끝이 뾰족하고 하얀 공동묘지가 있었고, 여러 개의 협곡이 연결되어 별 모양을 이루는 건너편 약간 높은 곳엔 은광산이 있었다. 거기에 많은 투자를 하여 움푹 패일 정도로 채굴해 댄 것을 볼 수 있었다. 산허리를 기계가 어느 정도 파고 들어갔다. 어느 날 나는 호기심이 나서 올라가 보았다. 멕시코 전역에 있는 기계들은 확실히 시대에 뒤떨어진 이상한 것이었다. 얼마나 구식의 기계가 땅을 파거나 기어 다니고 있단 말인가! 즉 갱도나 터널을 뚫는 기계, 풍뎅이 모양의 기계, 영국제나 벨기에제의 기중기, 그리고 모포를 휘감은 남자들과 군인들을 가득 실은 고장 난 화차 앞머리에는 맨체스터제 무개화차나 진흙투성이의 기관차가 있었다.

아직도 마을에는 광산으로 가는 노변을 따라 버려진 쓰레기가 오래되어 부패된 채 작은 계곡을 이루었다. 이 쓰레기 더미 위로 독수리들이 온종일 맴돌았다. 눈에 보이는 가장 높은 봉우리의 절벽에서는 폭포가 떨어지고 있었다. 이 폭포는 때론 구름에 덮여 있기도 하지만, 보통은 나무가 늘어선 위로 공기보다 더 희고 가벼운 물보라가 일어났다. 저 밑에는 소나무가 V자 형으로 주름진 바위 위에 서 있었다. 열대 수목과 꽃들이 많았고, 뜨거운 암석 지대에는 뱀, 산돼지, 사슴, 거대한 이구아나들이 있었는데 우리는 이 이구아나를 잡으러 왔었다. 그런 것들이 사는 곳에는 태양이 강하게 비추었다.

햇볕의 강도 차이가 그리 크지 않고 항상 회색 구름에 싸여 있는 파리나 런던 같은 도시에서는, 그것이 큰 힘을 발휘하지 못한다. 많은 남부 지방 주민들은 서늘한 곳이나 추운 곳에서 갖게 될 여러 가지 이점을 생각하면서 그런 곳을 부러워한다. 나는 무솔리니가 알프스 산맥과 아펜니노 산맥으로부터 독일의 안개 낀 차가운 기류가 반도를 지나도록 해서 페루지아인과 로마인들을 병사로 만든 땅덩어리에 대해서는 조롱하지 않으리라고 믿는다. 서츠가 벗겨져 내려와 맨살을 드러내고 다리를 축 늘어뜨린 채 죽어 있어서 한때는 넓은 턱에 찡그린 얼굴을 했지만 지금은 공허하기만 한 그 죽은 얼굴 위로 파리들이 기어다녔던 그 무솔리니 말이다. 아! 총탄 구멍이 난 빈약한 젖가슴을 한 그의 애인 또한 축 늘어져 죽어 있었다. 그러나 분별 있는 일을 폭로하거나 방송하는 일과 비교해서 내가 얘기하고자 하는 것은 분별 있는 사람들이 무엇을 주장하며 혹은 무엇을 환상하며 무엇을 생각하는가를 얘기하고자 하는 것이다. 테아가 자기 아버지가 중국 남부 지방에서 인력거에 앉아 찍은 사진을 가지고 다닌다는 것을 말해야겠다. 그녀는 그것을 거울테에 끼워 화장대 위에 두었다. 나는 때때로 그를 자세히 들여다보곤 한다. 그는 접시형 얼굴의 광둥 인들이 사용했던 실내화를 신고 있었으며, 흰 양복을 입고 있었다. 그는 왜 그처럼 독특한가 하고 생각했다. 어쩌면 나는 그의 딸의 애인이나 또는 미래의 남편으로서의 특별한 관심을 갖고 그를 바라보았는지도 모른다. 어쨌든 그는 인력거 속에 신사답게 앉아 있었다. 그의 주위에는 구경꾼들의 굶주린 듯한 모습, 이가 들끓는 마차, 전쟁 군수품, 죽어서 땅에 묻힌 사람의 털, 대양의 규조 식물처럼 아시아를 바쁘게 돌아다니는 차들이 있었다.

뜨거운 햇볕 속에서 거칠고 황량한 산을 보았다. 아열대에 속한 이곳의 큰 나뭇잎과 화려한 꽃송이 속에서 이구아나가 나타났고, 노동자들과 농부들도 있었다. 온대와 한대 지방에서 얼마나 많은 관광객들이 여기서 돈을 뿌리는가를 나는 즉시 깨닫지 못했다. 우리가 있는 데서 아주 가까운 곳에 카를로스 퀸토라는 호화로운 호텔이 있었다. 감미롭고 따스한 맑은 날씨처럼 정원에는 푸르고 흰 수영장이 있었다. 아카틀라는 한때 비아리츠와 산레모로 가는 사람들을 끌기 시작했으나, 지금은 정치권에서 벗어나고자 했다. 벌써 재해 지구의 양쪽에서 온 스페인 사람들이 있었다. 또한 프랑스 여인, 일본인, 러시아인, 바를 경영하고 로프를 꼬아 바닥을 댄 알파르가타(alpargatas) 신발을 만드는 중국인 가정이 있었다. 미국인 집단은 컸다. 그래서 그곳은 항상 들끓고 경기가 좋았다. 나는 처음에는 이런 것에 대해 거의 몰랐다.

이웃에 있는 카를로스 퀸토 호텔의 정원, 테라스에 있는 술집, 풀장의 수영하는 사람들, 말을 달리는 무리들! 철조망에 갇힌 작은 사슴 등을 바라보는 것은 재미있었다. 지배인은 이탈리아인이었다. 그는 외교관이 입는 바지와 긴 연미복을 입고 있었다. 그의 머리는 부드럽고 얼굴은 남에겐 자신만만하지만 자신에 대해서는 근심스러운 빛이었다. 나는 그가 동행을 하며 조끼 주머니에 얼마나 민첩하게 손을 넣었다 뺐다 하는가를 봤다. 담 너머로 테아가 나를 그에게 소개시켰다. 그는 다 피오리라는 사람이었다. 우리 침실에서 내려다보이는 정원 한쪽에 남의 눈에 잘 띄지 않는 곳에 가족을 위해 조용한 장소를 마련했다. 아침에 그의 아버지라는 자그마한 늙은이가 모자를 쓰고 짙은 초록빛의, 보풀이 이는 영국식 구식 양복을 입고 재킷 위에 벨트를 매고 밤색 단추를 단 옷을 입고 있었다. 그는 털이 난 손등으로 콧수염을 문질렀다. 걸을 땐 그 조그만 발이 그를 지탱해 낼 것 같지 않았다. 우리는 알몸을 드러낸 채 서로의 허리를 휘감고 침대에 앉아 그가 꽃들 사이를 돌아다니는 것을 바라보기를 좋아했다. 그때 그의 아들이 왔다. 그는 벌써 머리를 빗고 창백하고 따분한 표정으로 아버지 손에 키스했다. 그러자 하얀 생일 케이크 같은 작은 두 딸과 자애로워 보이는 어머니가 왔다. 모두들 그 늙은이의 작은 손에 입을 맞추었다. 그 광경은 우리에게 무한한 즐거움을 주었다. 그들은 정자에 앉아서 식사했다.

이제 독수리는 테아와 내 목소리를 익혔으므로, 우리가 부를 때마다 우리 손에 있는 것을 먹기 위해 미끼를 놓았다. 녀석에게 도마뱀을 보여 줄 때였다. 산 도마뱀은 도망칠 염려가 있어 골치였다. 그것들은 아주 작았다. 죽은 것은 테아의 마음에 들지 않았다. 그녀는 하신토가 가져온 도마뱀들에 대해 걱정하며 큰 놈을 에테르로 마취시켜 둔하게 만들자고 제안했다. 나는 그들을 좋아했다. 어떤 놈은 금방 온순해졌다. 작은 머리를 손으로 만져주면, 유순해져서 소매나 어깨, 머리에까지 기어올랐다. 저녁 식사를 할 때, 곤충들이 모여드는 전등불 가까이에 누워 있는 도마뱀을 들여다보았다. 틀림없이 들을 수 있는 그놈들은 소리를 들으려고 애쓰듯 목구멍과 혀를 재빨리 날름거렸다. 저 무섭게 시끄러운 소리를 내는 동물이 찢어진 발과 부리로 화장실 물통 위에 있을 것을 생각하고 나는 우리가 이놈을 그대로 놓아줄 수 있었으면 했다. 이런 생각에 대해 테아는 내게 재미있어하기도 하고 날카롭기도 했다. 그리고 내가 금빛 찬란한 히페리온의 아이들과 같은 이런 동물을 동정하는 데 반대해서 그녀와 논쟁을 벌일 때, 그녀는 나를 웃겼을 뿐 아니라 어색하게 했다. 이 문제에 관해 그녀 나름대로 생각해 본 적이 없는 것 같지는 않았다.

그녀는 말했다.

"오, 당신은 정말 이상하네요! 인간적인 애정을 모든 것에다 뿌리는군요. 마치 야만인처럼. 그런 바보스러운 감정은 혼자나 가져요. 저 도마뱀들은 원치 않아요. 만약 그놈들이 당신처럼 느낀다면, 도마뱀이라고 볼 수 없지요. 너무 둔해서 곧 멸종되어 버릴 거예요. 당신이 통나무인 것처럼 말이에요."

"그리고 캘리굴라가 나를 뜯어 먹겠지."

"그럴 수 있어요."

"그러면 당신이 나를 묻어주겠어?"

"내 애인이니까, 물론이지요. 당신도 나를 묻어주겠어요?"

루시 매그너스와는 달리, 그녀는 나를 남편이나, 혹은 어떤 가정적인 칭호로 결코 부르지 않았다. 나는 때때로 그녀의 결혼관이, 논쟁을 싫어한다는 걸 빼고는 미미와 비슷하다고 생각했다.

도마뱀에 관한 대화는 우리의 평범한 화제 중의 하나였다. 차츰 테아는 나에게 그녀가 나와 더불어 무엇을 할 셈인지 알아보도록 했다. 상황이 불가피할 정도로 나쁘다는 고백을 나로부터 들을 수는 없으리라. 그러나 나는 영원히 빠져나갈 길을 찾고 있었으며 내가 희망에 찬 사람인가 아니면 바보인가 하는 것은 분명히 어떤 법칙과 연결되어 있다고 느꼈다. 생각건대 그녀는 희망에 찬 나의 동상이 서 있는 영역에 대해서 조금도 신경 쓰는 것 같지 않았다. 누군가가 나를 악에 빠뜨릴 때, 나는 그것에 대한 치료책을 강구하거나 혹은 내 머리와 시선을 그것에서 빼내 딴 방향으로 돌리는 것같이 보였다. 그녀가 그런 일 때문에 나를 비난했을 때, 올바른 것에 대해 무감각하게 만들었고 자신의 견해를 내게 주입시키려고 했다.

그럼에도 나는 조그만 도마뱀이 다치고 피 흘리는 것을 보기 싫어했다. 또한 캘리굴라가 눈을 부릅뜨고 부리를 벌린 채 서 있는 발톱 밑에서, 미묘한 빛의 작고 아름다운 내장이 튀어나오는 것을 보기 싫어했다.

어느 일요일 아침 광장에서 동이 트면서 시작한 밴드가 크게 울리고 부엌 뒤뜰에서 더위가 심해질 때, 아침으로 계란 프라이를 먹은 후 우리는 새를 훈련시켰다. 뜨거운 대기 속에서 날개를 움직이는 소리를 듣는 건 굉장한 것이었다. 하신토가 우리에게 더 큰 도마뱀을 갖다 주었다. 그놈은 짧은 낚싯줄로 묶어서 도망가지 못하게 했다. 그러자 독수리는 전기가 일어날 정도로 건조한 공기 속에서 먼지를 일으키며 도마뱀에게 위협적으로 날아 덮쳤다. 민첩한 도마뱀은 끈에 묶인 채 장대 주위를 돌면서 몸부림쳤다. 그리고는 입을 벌리고 그 커다란 동물에게 무서운 분노를 보였다. 그리고 독수리가 물어뜯는 통에 몸을 움츠려 새의 턱을 덥석 물고 넓적다리에 매달렸다. 물린 다리 때문에 새는 아틸라처럼 공중으로 날아가는 듯했다. 캘리굴라가 비명을 질렀다. 나는 그 새가 일생 동안 상처받은 적이 있다고 믿지 않는다. 그리고 녀석의 놀라움이 그렇게 컸으리라고 생각지 않는다. 새는 도마뱀을 찢어놓았다. 그런데 새가 이미 쥐어짜듯 상처를 입혔지만, 어느새 도마뱀은 회복하여 펄쩍 뛰어 달아나 버렸다. 그것을 설명할 수는 없었지만, 캘리굴라가 그렇게 감정이 상한 것을 보니 기분이 매우 좋았다. 새의 다친 곳을 찾느라고 테아는 얼굴이 시뻘개져서 새에게 화를 내며 소리 질렀다.

"가서 잡아! 끝장을 내란 말이야!"

독수리는 테아의 목소리를 듣자, 일어서서 여느 때처럼 고기를 먹으러 그녀에게 날아왔다. 그러자 그녀는 그를 앉히려고 팔을 폈다. 그녀는 여전히 화를 냈다.

"이 더러운 새끼! 그렇게 작은 놈 때문에 도망가다니, 이제 어떡하면 좋지요, 오기? 당신은 웃고 있군요!"

"아니야, 햇볕 때문에 눈을 가늘게 뜬 것뿐이야."

"이제 우린 뭘 해야 할까요?"

"내가 도마뱀을 들고 캘리굴라를 다시 부르지. 불쌍한 놈, 거의 죽은 상태군."

"하신토, 그 도마뱀(*lagarto*)을 죽여 버려."

테아가 말했다.

소년은 헛간에서 맨발로 뛰어나와 돌로 그놈의 머리를 쳤다. 나는 장갑 위에 그놈을 올려놓았다. 이미 죽었다. 캘리굴라는 오기는 했으나 도마뱀을 먹으려 하지 않고 분노에 차서 그놈을 흔들어 땅에 떨어뜨렸다. 내가 먼지 묻은 도마뱀을 다시 독수리에게 내밀자, 새는 여전했다.

"오, 빌어먹을 까마귀 같은 놈! 멀리 치워주세요."

"테아, 잠깐 기다려. 이런 일은 여태껏 그에게 일어나지 않았잖아."

"기다리라고요? 녀석은 단지 한 번 알에서 나온 놈인데요. 도대체 녀석은 그것을 몇 번이나 해야 할까요? 본능을 가졌으리라고 생각했어요. 목을 비틀어버리겠어요. 이렇게 조그만 놈도 녀석에게 이런 짓을 하는데, 큰 놈과 어떻게 싸울 수 있겠어요?"

"오, 만약 당신이 다치면, 어떡하려고 그래?"

그러나 그것은 또다시 인간답게 만들려는 나의 의도였을 뿐, 그녀는 머리를 가로저었다. 테아는 맹수란 그래서는 안 된다고 믿었다.

나는 독수리를 물탱크 위에 놓았다. 차츰 테아를 진정시킬 수 있었다. 나는 말했다.

"당신은 이미 이 새를 가지고 놀랄 만한 일을 해왔어. 실수했을 리가 없어. 우린 확실히 그 일을 해낼 거야. 녀석이 생긴 것만큼 무시무시해야 할 필요는 없겠지. 아직은 어리니까."

오후가 되어서야 마침내 그녀는 화를 풀고 조칼로에 있는 일라리오 술집에 한잔하러 가자고 제안했다. 그녀가 캘리굴라로 인해 기분이 상했을 때, 나도 녀석에 대해 약간 저주하는 감정이 되었다.

일요일 오후에 조칼로에 가려고 옷을 갈아입기 위해 우리가 방에 들어갔을 때, 테아는 유난히 사랑스러워 보였다. 그녀는 옷을 벗었다. 겉옷은 투박했지만, 속옷은 명주같이 부드러웠다. 그녀는 알몸이 되자, 담배를 피우면서 타일에 반사된 빛 속에서 부츠를 벗고 셔츠도 입지 않고 앉아 있는 나를 이상하게 쳐다보았다. 나는 그녀에게로 다가가서 가슴에 머리를 묻었다. 우리는 서로 사랑하고는 있지만 목적은 다르다는 것을 알고 있었다. 그녀는 사랑을 하면 어떤 행동도 자유로이 할 수 있다고 생각했다. 이것은 우연히 캘리굴라와 관련되어 일어났다. 녀석은 그녀에게 그러한 것을 의미했다. 그러나 이제 그녀는 녀석이 약탈하는 먹이보다 가져다주는 고기를 더 좋아한다는 것을 알게 되었고, 어쩌면 나에 대해서도 내가 사랑이란 형태에서 그다음 필요한 것으로 옮겨 갈 수 있을지도 모른다고 생각하는 것 같았다.

우리는 침대에서 일어나 옷을 입었다. 레이스 달린 블라우스를 입은 그녀는 얼마나 부드럽게 보였던가. 머리카락은 등 뒤로 길게 드리워져 있었다. 그녀는 거친 자갈길에서 나의 도움이 필요해서가 아니라 내게 가까이 오기 위해 팔을 잡았다. 과일나무 그늘 아래의 그녀는 마치 세인트조의 그네 위에서처럼 소녀답게 보였다.

펜첼 집안은 오랫동안 아카틀라에 살았으므로 마을 사람들은 테아를 알아봤다. 우리는 일라리오 술집 테이블에 앉았다. 그녀가 다른 사람과 같이 자리하기를 원치 않았기 때문이다. 그럼에도 사람들은 그녀에게 인사하러 왔다. 그리고 그녀의 동생, 숙부, 숙모, 스미티 등에 대해 안부를 물었다. 물론 나를 훑어보기도 했다. 인사 온 많은 사람들이 그대로 있는데도, 테아는 계속 내 팔을 잡고 있었다.

시카고 태생인 내 눈에 이들은 나와는 성질이 다른 이상한 사람들로 보였다. 때때로 테아는 그들이 누구이며 무슨 일을 하고 있다고 설명해 주긴 했으나, 그녀의 말을 항상 알아들을 수는 없었다. 대머리인 늙은 독일인은 한때 댄서였고, 이쪽은 보석상인이고, 그의 아내는 금발인데 캔자스시티 태생이라고 했다. 화가인 50세의 여자가 있었고, 함께 있는 남자는 일종의 카우보이, 즉 레노의 카우보이였다고 했다. 그리고 지금 이곳으로 오는 저 여자는 한때 아주 부자였다고 말했다. 또한 매우 지적으로 얘기하는 여인도 있었다. 그녀는 나를 매섭게 쳐다보았다. 처음엔 내가 스미티 자리를 차지해서인가 보다고 생각했다. 이름은 네티 킬고르였는데 나쁜 여자는 전혀 아니란 것을 알게 되었다. 단지 표정이 성급해 보이고, 술주정뱅이일 뿐이었다. 그녀는 스미티에 대해 조금도 상관치 않았다. 전에 나는 괴상한 사람을 많이 알았으나, 어느 누구도 그것을 그들의 전문업으로 생각지 않았다. 이 마을의 외국인 거주지는 그리니치 빌리지, 몽파르나스, 또는 열두 나라에서 온 이와 비슷한 마을 등이었다. 폴란드 망명인, 수염을 기른 오스트리아인이 있었고, 네티 킬고르가 있었다. 또한 뉴욕에서 온 작가 두 명이 있었는데, 한 명은 윌리 몰턴, 또 한 명은 그의 친구로, 간단히 이기로 불렸다. 탈라베라는 멕시코 청년도 있었다. 그의 아버지는 택시 운수업을 하고 있었고, 말을 빌려

주었다. 이기 옆에 앉아 있는 남자는 이기의 첫 부인의 두 번째 남편으로 알려졌다. 그의 이름은 젭슨인데 아프리카 탐험가의 손자였다. 모든 사람들이 내게는 새롭고 낯설었다. 테아와 나는 잠자리에서 금방 나온 듯 상쾌한 기분으로 나란히 앉아 있었다. 그것은 호기심을 일으키기는 했지만 나를 크게 감동시키지는 않았다. 나는 일라리오가 우리 속에 가뒀던 킨카주[61]를 보고 상당히 즐거웠다. 나는 그놈에게 감자칩을 먹였다. 눈이 큰 조그만 녀석에게 말이다.

사람들이 내가 독수리 주인이라고 생각했을 때 난 우쭐했다. 물론 나는 "테아 양이 진짜 주인입니다." 하고 말했다. 사람들은 오직 남자만이 그렇게 큰 새를 감당해 낼 수 있으리라 생각하는 것 같았다. 누구도 테아가 동물을 얼마나 잘 다루는지 알지 못했다. 갈색 피부의 잘생기고 튼튼한 청년 탈라베라를 제외하고는 말이다. 비록 나는 그가 다른 사람들과 계급이 달라 보인다고 생각했지만 그의 대화엔 관심이 없었다. 나는 그들의 괴상한 면을 그냥 보아 넘길 수가 없었다. 그의 옆에 앉아 있는 사람은 머리 한가운데에 일종의 뼈가 붉어져 볏처럼 보였다. 손등은 마치 다른 사람의 발등 같았다. 희고 두꺼우며 죽은 살처럼 보였다. 그다음에는 네티 킬고르가 앉아 있었고, 다음은 붉은 눈동자의 이기가 있었다. 그 옆의 사람에게 나는 몰래 느림보 에텔레드라고 이름 붙였다.(로시 할머니나 시 위원 아인혼처럼, 나도 때때로 별명을 붙이곤 했다.) 그리고 괴기소설 작가인 윌리 몰턴이 있었다. 배가 컸고 머리는 길었다. 얼굴은 갈색 눈꺼풀 때문에 약간 교활해 보였다. 이는 작고 담뱃진이 누렇게 묻어 있었으며, 손가락 끝마디는 모두 뒤로 젖혀진 것처럼 보였다.

이들 중 몇몇에게는 어려운 일이 있었다. 즉 그들은 맞은편에 있는 신비에 싸인 거대한 산맥의 산등성이를 부분적으로나마 탐험하고 있었다.

"당신은 그 독수리로 이런 괴물들을 잡으려는 건가요?"

몰턴이 말했다.

"네, 그렇습니다."

테아가 침착하게 대답했다. 그녀가 사람들과 사이좋게 지내기 위해 계획이나 견해에 조그마한 변경도 없이 확고부동한 것은 훌륭했다.

"나는 바보 같은 장난 따위는 싫어요."

그녀는 항상 말했다.

"여태껏 그래 왔는걸요."

내가 말했다.

이때 광장에 있는 밴드가 바로 밑에서 다시 울리기 시작했다. 거친 행진곡 소리에 공기가 흔들렸다. 황혼 무렵이었다. 젊은 사람들은 산책을 했다. 밴드의 박자가 빨라지자 활발하게 움직이며 나는 듯한 느낌이 들었다. 하늘에는 폭죽이 터졌다. 눈먼 바이올린 악사는 관광객들을 위해 죽음의 무곡을 켰다. 그러자 성당에서 종소리가 울렸다. 거대하고 굵은, 슬픔을 지닌 심원한 소리였다. 이 소리가 들리자 얘기하던 사람들은 잠시 조용해졌다. 그들은 맥주를 마시기도 하고, 멕시코 사람들 식대로 멋을 부리며 엄지손가락으로 소금 맛을 보거나 귤을 한 입 먹는 듯한 태도로 테킬라 술잔을 조금씩 들이켰다. 테아는 몰턴에게 기사를 써달라고 청했다. 그녀는 다른 사람이 자기 소리를 들을 수 있을 정도로 조용할 때 그 부탁을 했다.

그가 말했다.

"나는 이제 그런 일을 하지 않습니다. 나는 니콜라이데스의 일을 봐주며 돈을 벌고 있습니다."

니콜라이데스는 몰턴이 기고하는 싸구려 잡지의 편집장이었다.

"나는 지난달 트로츠키와 인터뷰를 하라는 요청을 받는데 니콜라이데스를 위해 글 쓰는 편이 낫기 때문에 이 일을 계속하겠습니다. 최선을 다해서 연재물을 끝내야 하거든요."

몰턴은 단어들을 몽땅 머릿속에 저장해 두어 어떤 말이든 다 할 수 있을 것 같았다. 어떤 것이든지! 그는 단지 기회를 기다리고 있을 뿐이리라.

"그러나 당신은 한때 잡지 기사를 쓴 적이 있겠지요."

테아가 말했다.

"기사 쓰는 방법을 우리에게 가르쳐줄 수 있잖아요."

"나는 마치 씨가 작가가 아닌 것을 압니다."

"네."

나는 혼잣말로 대답했다.

그가 알아내려는 건 내 직업이었다. 그는 내가 세속적인 인간들에게조차 말할 수 없는 직업을 갖고 있다는 걸 아는 듯했다. 그들이 위대한 세계에 속해 있고 그렇게 되려 한다고 상상했기 때문이다. 몰턴은 내게 미소 지었고 친절했다. 눈가의 주름으로 인해 옛날 이웃에 살던 뚱뚱한 부인을 닮아 보였다.

"내가 할 수 없다면, 이기가 할 수 있을지 모릅니다."

몰턴과 이기는 친구였다. 그러나 이런 추천이 농담에 불과한 건 뻔했다. 이기는 전율을 느끼게 하는 괴기소설을 《독 세비지》와 《정글 스릴러즈》에 전문적으로 기고하고 있었기 때문에 그 외 다른 것은 쓸 수가 없었다.

나는 이기 블래키란 작가가 좋았다. 그의 본명은 구레비치였다. 그러나 이 이름은 그의 주인공들의 오만한 앵글로색슨 이름들이 가지는 위풍이 없었다. 그래서 구레비치를 버렸다. 블래키는 처음부터 그렇게 실질적이 못 되었기 때문에 이기가 완전히 이름으로 불리게 되었다. 그는 정말 당구장에 출입하는 사람의 표정을 하고 있었다. 나겔의 구석에 양동이를 든 소년은 피곤하여 정신을 잃고 있었다. 깡패 같은 저지 옷에 중국인 상점에서 산, 끈으로 엮은 모양의 샌들을 신고 있었다. 그는 마른 편이었으나 얼굴이 시뻘개서 천해 보였다. 핏발 선 푸른 눈동자와 개구리 같은 입은 넓적했고, 면도를 하다 만 더러운 목은 주름져 있었다. 목소리는 산뜻했고, 얘기는 부분적으로만 앞뒤가 맞을 뿐이었다. 그 녀석이 순진하다는 것을 아는, 사람들을 평가하는 데 경험 있는 자를 제외하고는 모두가 그 녀석을 마약 행상인, 넝마주이, 불량소년배로 여겼을 것이다. 외모 때문에 오해를 받게 마련이었다.

젊은 탈라베라로 말할 것 같으면, 나는 그를 어찌 생각해야 할지 몰랐다. 그가 나를 신중히 훑어본 것은 틀림없었다. 그는 햇볕에 그을은 채 머리 모양이 제멋대로인 내가 남들에게 어떤 인상을 줄까 하는 것을 나에게 의식하도록 만들었다. 나는 어리석은 느낌이 약간 들었으나, 나 자신도 그를 눈여겨보고 있다는 것을 인정해야 했다. 나는 외국인 관광객들, 특히 여자들에게 달라붙으려는 청년들과 원주민들을 의심할 정도로 경험 있는 사람은 아니었다. 그런 작자들이란 플로렌스의 카페 '길리' 앞에 사는, 한때 명성을 떨치던 인물들이거나, 또는 카프리 섬에 있는 푸니쿨라 기차 꼭대기에서 꼭 끼는 바지를 입고 네덜란드나 덴마크 소녀를 꾀려고 배회하는 청년들이었다. 내가 그런 경험을 가졌다 할지라도 탈라베라를 옳게 평가하지 못했을지도 모른다. 그는 여러 가지가 혼합된 타입이었다. 미남인 그는 영화의 로만 나바로

처럼 상냥하면서도 건방지게 생겼다. 직업은 광산기술자라고들 했다. 사실인지는 모르지만, 하여튼 그는 일할 필요가 없었다. 그는 운동선수였고, 그의 아버지는 부자였다.

나는 테아에게 말했다.

"저 젊은 친구는 조금도 호감이 안 가는데."

"흥, 그게 무슨 상관이에요?"

테아는 생각 없이 대답했다.

"우린 그의 아버지로부터 말을 빌려 쓰고 있을 뿐인데요."

캘리굴라 때문에 우리는 먼저 당나귀를 타보았다. 새가 두건을 쓴 채 말안장에 앉아 있으므로 안전했는데도, 당나귀는 두려워서 고개를 숙이고 털을 곤두세웠다. 그래서 이번에는 말을 탔다. 말들은 새에게 겁을 냈다. 테아가 내게 캘리굴라를 건네주자 내 자리에 앉아 있을 수가 없었다. 그녀도 마찬가지였다. 마침내 탈라베라 노인은 사파티스타[62] 반란을 겪고 게릴라 전투에서 상처를 입은 늙은 말을 내왔다. 이 말은 기마 투우사에게 어울릴 것 같았으며, 원형경기장에서 찔린 상처가 있었다. 그러나 독수리에게는 최고급이었다. 만약 그 말이 등에다 새를 태운다면 그보다 더 슬픈 일이 없을 것이라고 난 혼자 말했으리라. 늙은 비즈코초가 이 말의 이름이었다. 아직도 약간 속력을 낼 수는 있었지만 거의 느릿느릿 걷는 것 이상으로 빨리 달릴 수는 없었다.

우리는 우선 그 말을 훈련시키려고 마을 밖 평지로 끌고 나왔다. 우리는 공동묘지와 어쩌다 땅에 떨어진 뼈들을 넘고, 묘지벽을 따라 꽃들의 악취를 맡으며 갔다. 나는 앞장서서 독수리를 안고 발굽 소리를 내며 천천히 말을 타고 갔다. 그 뒤로 테아가 다른 말을 타고 왔으며, 흰 잠옷 차림에 시커먼 발을 한 하신토가 당나귀를 타고 따라왔다. 때때로 어린애의 장례 행렬을 지나치기도 했다. 관을 머리에 인 아이 아버지는 길에서 몇 발짝 물러섰다. 악사 등 모든 행렬도 그랬다. 그의 눈은 음흉함을 섞은 우웃빛 같았고, 몇몇 몽골인들과 같은 콧수염이 야만적인 입 위에 길게 늘어져 괴롭히기까지 했는데, 독수리가 지나갈 때 적의를 품은 듯이 녀석 쪽으로 휘날렸다. 거기서도 사람들은 "이봐, 이봐, 이봐, 독수리다. 독수리다!" 하고 속삭였다. 이리하여 우리는 흰 돌과 열에 칠이 벗겨진 담장, 철조망, 시체의 뼈들, 창피당한 듯 등 뒤에서 잠옷을 펄럭거리는 사람들 옆을 지나 왔다. 그리고 또 한 마차에 실려 가는, 열병으로 죽은 어린애도 만났다.

우리는 고원으로 올라갔다. 거기서 보니 마을이 그림 같은 계곡에 반쯤 덮여 있었다. 거기서 캘리굴라를 데리고 움직이다가 뛰어오르는 연습을 시켰다. 캘리굴라가 그걸 터득하자, 새에 대한 테아의 자신감은 완전히 회복되었다. 사실 우리는 잘 해나갔다. 새는 내 팔 위에 앉았다. 나는 늙은 비즈코초가 더욱 빨리 달리게 재촉했다. 그러자 새는 발로 더 꽉 잡고는 장갑 낀 내 팔을 비틀었다. 나는 두건을 걷어 올리고 회전 고리를 늦췄다. 그러기 위해 고삐를 땅에 떨어뜨려서 무릎으로 꽉 죄고 있어야 했다. 캘리굴라는 큰 날개를 치며 가슴을 앞으로 내밀더니 날아오르기 시작했다.

며칠 내로 비즈코초는 준비가 됐다. 어느 날 아침 우리는 마음을 설레면서, 큰 도마뱀을 잡으러 나갔다. 하신토는 바위 뒤에서 그놈들을 몰기 위해 함께 왔다. 우리는 산허리를 내려와 그놈들이 사는 뜨거운 지역으로 갔다. 그곳은 후끈거렸다. 빗물로 인해 미끄럽고 부식되어 마치 작은 동굴이나 캄보디아 형태로 변해 버린 바위틈은 열이 식지 않고 배어 있는 듯했다. 큰 주름과 꼬리를 가진 그 도마뱀들은 정말 컸다. 고대의 양피지처럼 말이다. 이곳에는 뱀 냄새가 났다. 마치 무서운 독이 있는 검푸른 초록빛 치자나무 속에 사는 파충류 시대에 있는 듯한 느낌이었다. 우리는 기다렸다. 조심성 있는 그 꼬마가 막대기로 나뭇잎을 쿡쿡 찔렀다. 이구아나는 아주 사나운 놈이기 때문이다. 그때 우리 위쪽의 툭 튀어나온 돌에서 한 마리가 우리를 지켜보았다. 그러나 내가 손으로 가리키자마자 엘리자베스 여왕 같은 머리를 한 그놈은 도망가 버렸다. 내가 본 것 중에서 가장 빠르고 대담한 놈이었다. 아무리 높은 곳일지라도 뛰어내려 물고기처럼 무섭게 몸부림쳤다. 그놈들은 물고기처럼 힘센 근육을 갖고 있었고 뛰는 모습은 대단히 아름다웠다. 나는 그놈들이, 경박한 사람들이 쏘는 총알처럼 작은 돌에 몸을 내던지지 않는 데에 놀랐다. 그놈들은 세게 내리쳐도 멈추지 않고 계속 달아났다. 산돼지보다 빨랐다.

나는 테아가 걱정되었다. 그녀가 어떤 상황에 처해 있는가를 알고 있었다. 그곳은 가파르고 움직일 틈도 없었다. 그녀는 방향을 바꾸어서 말을 몰았다. 나는 독수리가 짐스러웠고, 회색의 늙은 사파티스타는 비록 경험이 많고 기회를 포착할 줄은 알았지만 빨리 방향을 바꿀 수 없었다. 나는 대체로 실제 눈으로 보는 것보다 더 많은 것을 들었다.

"테아, 제발 그런 짓은 마요!"

내가 소리 질렀다.

그러나 그녀는 하신토에게 뭐라고 소리치면서, 내게도 위치를 지키라고 손을 흔들었다. 그녀는 숨을 곳도 없이 경사진 곳으로 도마뱀을 몰아넣으려 했다. 그것이 달아날 때에는 은빛으로, 때로는 먼지투성이의 회색빛으로, 또한 동상 같은 청동빛으로 보이기도 했다. 마침내 그녀는 내게 독수리의 두건을 벗기고 끈을 풀라고 신호했다. 내 몸이 좀 기울어졌다. 비즈코초는 바위가 흩어진 경사면을 달리기 시작했고, 캘리굴라는 나를 꽉 잡았다. 나는 잡아당기는 줄을 늦추고 두건을 벗기고는 회전 고리를 뽑았다. 그러자 캘리굴라는 산의 높고 푸른 창공으로 곧장 날아가다가 다시 한 번 높푸른 창공으로 떠올랐다. 새는 높이 떠서 오락가락하며 기다렸다.

테아는 소년에게서 장대를 넘겨받기 위해 말에서 뛰어내렸다. 소년은 장대로 울창한 숲을 쑤셔대며 양치류 무리 속으로 굴러떨어진 고깃덩어리처럼 빨갛고 장엄한 꽃들을 꺾고는 소리쳤다.

"벌써 왔다!(Ya, viene!)"

그러자 이구아나 한 마리가 바위 사이로 달아났다. 캘리굴라가 그걸 보고 검은 깃털을 세우곤 싸울 태세로 공중에서 위협하듯 재빨리 내려왔다. 밑에서는 이구아나가 뛰며 요란한 소리를 내고, 캘리굴라가 덮치자 두 배나 빨리 도망갔다. 낚아채려는 독수리 발톱에서 빠져나가 데굴데굴 구르며 배를 땅에 깔고, 재빠르게 덤비는 유령 같은 독수리와 싸웠다. 독수리는 다시 날아올랐다. 날카롭고 무서운 두 머리가 보였다. 캘리굴라가 발을 대자, 그놈은 뱀 특유의 오기를 띠고 모난 주둥이를 벌려 독수리의 목을 물었다. 그러자 하신토와 테아는 비명을 질렀다. 캘리굴라는 힘 있게 흔들어댔으나, 단지 몸을 빼냈을 뿐, 이구아나는 떨어져 바위에 피를 흘리면서 도망쳤다. 테아는 고함쳤다.

"쫓아가! 잡아라! 저기 도망간다!"

그러나 독수리는 쫓아가지 않고 땅에 내려앉아 날개를 치며 서 있었다. 도마뱀이 도망가는 소리가 들리지 않자, 새는 날개를 접었다. 나에게는 날아오지 않았다.

테아는 독수리에게 날카롭게 소리쳤다.

"이 더러운 겁쟁이야! 허풍쟁이 같은 놈!"

그녀는 독수리에게 돌을 던졌으나 빗나갔다. 캘리굴라는 돌이 위로 날아가자, 머리만 살짝 들었을 뿐이었다.

"테아, 제발 멈춰! 그놈이 당신 눈을 뽑아버릴 거야!"

"내게 가까이 오게 내버려 두세요. 내가 죽이고 말겠어요. 가까이 오게 둬요!"

그녀는 분노에 가득 찼고 아무것도 보이지 않는 듯했다. 그러는 그녀를 보자 팔의 힘이 쭉 빠지는 것 같았다. 나는 돌을 또 던지려는 그녀를 말리려 했으나 안 되어, 엽총을 사용하기 위해 가죽끈을 풀려고 달려갔다. 그리고 그녀를 막았다. 그녀는 또 한 번 실수했다. 그러나 이번에는 거의 맞혔으므로 캘리굴라는 위로 날아올랐다. 그러자 나는 '잘 가라!' 하고 생각했다. 캐나다나 브라질로 날아갈 수 있으리라. 그녀는 내 셔츠를 잡아당기며 참을 수 없는 고통에 눈물을 흘리며 소리 질렀다.

"공연히 그놈을 가지고 시간 낭비 했어요. 오기, 오기, 쓸모없는 놈이에요. 겁쟁이였어요!"

"어쩌면 돌이 그놈에게 상처를 입혔을지도 모르지."

"아니에요, 그놈은 작은 도마뱀에게도 마찬가지였잖아요. 상처가 났어요."

"글쎄, 독수리는 가버렸어. 도망가 버린 거야."

"어디로요?"

그녀는 찾아보려고 했으나 눈물이 가려 잘 볼 수 없는 것 같았다. 나도 녀석이 넓은 창공 어디에 있는지 알 수 없었다.

"지옥으로나 날아갔으면 좋겠어요!"

그녀는 분노로 몸을 떨며 말했다. 그녀의 얼굴은 시뻘개졌다. 그의 기만, 즉 그렇게 잔인하고 날카롭게 보이고 우두머리다운 녀석의 내면에 또 다른 기질이 있었다니.

"저렇게 나는데도 상처를 입었나요?"

"당신이 돌을 던졌잖아."

또다시 나는 그것이 나와 어떤 관련을 가진 듯한 느낌이 들었다. 새가 내 팔 위에서 길들여졌기 때문이다.

이것을 야생동물과 구별한다는 것은 힘든 일이었다. 그것에는 휴머니티가 섞여 있었기 때문이다. 키르케⁽⁶³⁾의 뜰에서 오디세우스와 그의 부하를 붙잡고 울던 짐승들이 갖고 있던 그런 휴머니티 말이다.

우리는 슬픔에 차 집에 돌아와서 하신토를 시켜 말을 탈라베라에게 돌려보냈다. 테아는 마구간에서 돌아올 힘도 없는 듯했고, 나 또한 지금은 그녀 곁을 뜨고 싶지 않았다. 뜰에 들어오자, 요리사가 아기를 데리고 부엌으로 달려들어 가며 소리 지르는 것을 보았다. 캘리굴라가 다시 돌아와서 헛간 지붕 위에서 오락가락했기 때문이다.

나는 테아에게 물었다.

"독수리가 왔어. 돌아온 거야. 녀석에게 뭘 원하지?"

"상관없어요. 아무것도 원치 않아요. 너무나 겁쟁이여서 먹이를 구할 수 없으니까 얻어먹으러 온 거겠죠."

"그렇지 않을 거야. 잘못했다고 느껴지지 않아 돌아온 거야. 녀석이 도마뱀을 움켜잡았을 때, 단지 그렇게 싸우는 동물에 익숙지 않았을 뿐이야."

"고양이 밥이나 되게 하세요."

나는 난로 옆에 있는 바구니에서 고깃덩어리를 꺼내서 독수리에게로 갔다. 새는 내게로 날아왔다. 나는 두건을 씌우고 회전 고리를 채워서 늘 있던 자리인 컴컴하고 서늘한 물통 위에 갖다 놓았다.

한 일주일쯤 지났다. 새를 관리하는 사람은 나뿐이었다. 테아는 다른 일에 관심을 두었다. 그녀는 암실 설비를 갖추고 여행 중에 찍은 필름을 현상했다. 독수리는 내가 돌보게 되어 뜰에서 혼자 훈련시켰다. 혼자서 커다란 구조선을 젓는 사람처럼. 이번에도 나는 이질인 듯 속이 좋지 않았다. 그래서 보통 때보다 더욱 자주 새를 보게 되었다. 의사는 카르보솜 약을 처방해 주었고, 독한 테킬라와 마을의 식수를 먹지 말라고 했다. 아마 나는 시커먼 테킬라를 지나치게 마셨나 보다. 그 술을 늘 마시지 않는 사람에겐 믿고 마실 수 없는 거다.

그러나 목적을 추구하는 고결함에서 시작을 하니 모든 사람에게 해를 끼치는 결과가 되었다. 테아는 암실에 들어가 있어 지루했다. 지루하다는 말은 어떤 실망과 분노가 가라앉았을 때 생각나는 단어는 아닐지도 모른다. 그리고 또한 캘리굴라를 포기한 상태에 놓이게 되자 나는 침대에 누워 있을 수 없었다. 새의 휴머니티는 말할 것도 없고 굶주림으로 위험하게 될까 봐서였다.

벽난로 옆에 있던 불쏘시개용 신문지 밑에서 책 커버는 없지만 인쇄는 잘된 큰 책을 발견했다. 그 속에는 캄파넬라의 『태양의 도시』, 모어의 『유토피아』, 마키아벨리의 『토론』과 『군주론』 등이 들어 있었고, 그 외에도 생시몽, 콩트, 마르크스와 엥겔스 등의 작품에서 발췌해 낸 긴 문구가 있었다. 어떤 현명한 자가 수집한 것인지는 모르지만, 엄청난 것임에는 틀림없었다. 이틀 동안 비가 내렸다. 젖은 나무토막이 타오르는 동안 나는 그 속에 빠져들어 갔다. 불이 활활 타오르도록 수지로 된 녹나무 한 다발을 넣었다. 캘리굴라를 훈련시키기에는 비가 너무 심했다. 나는 화장실 의자에 앉아서 새에게 두건 사이로 먹을 것을 주었다. 되도록 빨리 책을 읽으려고 고기를 새 앞에 밀어 넣었다. 나는 완전히 책에 몰두하여 내가 어떻게 하고 앉아 있었는지도 잊어버렸다. 일어서니 다리가 저렸고, 대담한 억설과 추측으로 머리가 띵해졌다. 나는 테아에게 이런 얘길 하고 싶었으나, 그녀는 다른 일에 너무 몰두해 있었다.

나는 말했다.

"이 책은 누구 거야?"

"누군가의 것이겠지요."

"어쨌든 굉장한 것이로군."

그녀는 내가 흥미를 느낄 수 있는 걸 발견한 데 대해 기뻐하기는 했으나 그 화제에 관심을 두진 않았다. 그녀는 내 얼굴 한편에 손을 얹고, 반대쪽에 키스했다. 이것은 나를 내보내기 위한 행동에 불과했다. 나는 비 오는 정원에 나가 기지개를 켰다. 담 너머로, 코를 치켜들고 정원에 있는 늙은 다 피오리를 보았다.

나는 고무 판초를 가지러 갔다. 말동무가 몹시 그리웠던 탓이다. 테아가 인화지를 사다 달라고 하여 심부름을 가게 되었다. 비를 맞으며, 테라스가 있는 넓은 돌길을 천천히 내려가자, 개천의 붉은 진흙 속에 다리가 길고 털이 많은 돼지가 처박혀 있었고, 병아리 한 마리가 그 위에서 쪼아 먹고 있었다. 축음기의 커다란 스피커를 통해 일라리오의 노래가 흘러나왔다.

    건강, 돈, 그리고 사랑
    이 세 가지만 세상에 가질 수 있다면

그다음은 클라우디아 무지오, 아니면 「마돈나의 보석」[64]의 아멜리타 갈리-쿠르치의 느린 음악이 나왔다. 엘리너 클라인은 한때 그 레코드판을 가지고 있었다. 침울한 음정은 아니었지만 나를 슬프게 했다.

악천후 때 입는 옷을 입고, 나는 성당 앞을 지났다. 그곳에는 거지들이 털옷을 흠뻑 적시고는 주름지고 갈라진 손끝을 드러내고 앉아 있었다. 나는 그들에게 동전 몇 개를 떨어뜨렸다. 그건 사실상 스미티의 것이었다. 나는 그 돈 중에 얼마는 써야 한다고 생각했다.

꽃이 가득 꽂힌 일라리오의 2층 현관에서 누군가 나를 부르며, 주의를 끌기 위해 방패가 그려진 카르타 블랑카 맥주 깡통을 두드렸다. 윌리 몰턴이었다. 그는 기뻐했다.

"올라오시오."

테이블에는 이기 외에 두 사람이 있었는데, 보기엔 부부 같았다. 사내는 나이가 쉰 살이 가까웠으나 나이보다 젊게 행동했고, 키가 크고 말랐으며, 무미건조한 사람 같았다. 나는 스텔라라는 아가씨를 소개받았다. 그녀를 보게 되어 행복했다. 그녀의 아름다움은 집, 사람, 동물, 식물 등이 지닌 그 어느 것보다 뛰어났다. 얼굴은 납작하지 않고 약간 나온 편이었고, 이지가 넘쳐 보였다. 눈동자는 요염한 빛조차 띠었다. 내가 그런 여자를 보고 행복감에 젖는 것은 당연한 일이리라. 나는 혁명가들이 통행인들의 신분을 알기 위해 그들의 손을 만져보듯이 사람들은 사랑에 빠졌을 때 이와 같은 확인을 해본다고 생각했다. 그녀는 올리버라는 사나이의 애인이었다. 그는 나를 쳐다볼 때 아무렇지도 않은 체했지만 실은 의심을 품었다. 이것이 바로 인간들의 부조리란 것이다. 그는 그가 아닌 타인들이 자기를 부러워하도록 행동했기 때문이다.

몰턴은 곧 내가 사귀는 사람이 없지 않음을 분명히 밝혔다.

"하, 볼링브룩."[65]

그가 말했다.

"그게 누구지요? 나 말입니까?"

"물론, 당신이죠. 당신은 유명 인사처럼 보이지 않을뿐더러 명성을 떨칠 것 같지도 않습니다. 당신을 보았을 때 성공할 거란 예감이 들었지요. 아직은 볼링브룩 같은 사람이 못 되었다 할지라도 결국 꼭 되어야 할 사람이 있다고 나는 말했습니다. 당신은 이 말을 싫어하지 않겠지요, 그렇죠?"

"어느 누가 볼링브룩이 되는 걸 싫어하겠습니까?"

두 사람 다 적의를 품었든 공감을 했든지 간에 그들은 각자의 버릇에 따라 농담하는 듯한 표정을 지었다.

"이분은 마치 씨입니다. 볼링브룩, 이름은 뭡니까?"

"오기입니다."

"테아 양은 안녕하신가요?"

"네."

"두 분 다 오랜만이군요. 독수리 때문에 바쁘신가 보죠."

"네, 그 녀석 때문에 아주 바쁩니다."

"당신이 왜건 차를 타고 이곳에 도착했을 때, 나는 뭐나 되는 것처럼 당신을 찬양했습니다. 당신이 그 새를 꺼내는 것도 보았습니다. 여기 앉아서 모든 걸 지켜보고 있었지요. 그러나 나는 그놈이 실패작임을 압니다."

"누가 그렇게 말하던가요?"

"오, 그놈이 실패작이란 소문이 자자하던데요."

그 조그만 하신토 녀석이구나!

"그게 사실입니까, 볼링브룩? 그렇게 힘센 독수리가 겁쟁이란 말입니까? 겁쟁이예요?"

"오, 그건 터무니없는 소립니다! 어떻게 독수리만이 다른 것과 다르겠습니까? 약간 차이는 있겠지만 다 같습니다. 독수리는 결국 독수리니까요. 이리는 이리고, 박쥐는 역시 박쥐잖아요."

"옳아요, 볼링. 인간도 역시 마찬가지죠. 우린 아주 닮았어요. 다 같아요. 다른 점들은 아주 재미있지요. 당신의 독수리에 대해서는 어떻게 생각하십니까?"

"이런 종류의 사냥을 할 정도로 성숙하진 않지만 곧 자라겠지요. 테아는 훌륭한 조련사입니다."

"나는 그 말을 부인하지는 않아요. 그러나 그놈이 겁쟁이라면, 얼마 뒤에 정말 도마뱀들을 잡았던 독수리와 같은, 실제로 세 배나 위협적이고 오줌과 식초처럼 신물을 뿜어내는 거친 독수리들을 훈련시키는 것보다 훨씬 쉬웠으리라는 것은 분명하겠지요."

"캘리굴라는 가장 힘세고 야성적인 종류인, 미국산 흰머리독수리입니다."

나는 이런 독특한 계획의 성공을 원하는 사람은 거의 없으며, 하찮은 것이 사람들의 지지를 받고 다른 모든 위대한 노력이 실패하는 건 얼마나 그들에게 위안거리가 되는가를 알았어야 했다. 내가 읽어왔던 작가들을 대신해서 나는 어떤 비탄마저 느꼈다.

"올리버는 잡지사의 편집장입니다."

이기가 말했다.

"어쩌면 독수리에 관한 당신의 기사를 원할지도 모르지요."

"어떤 잡지인가요?"

"《윌모트 위클리》입니다."

"네, 우리는 휴가차 여행을 왔습니다."

올리버란 작자가 말했다.

그는 바보스럽고 머리가 여물지 못해 보였다. 입술은 실처럼 가늘었고, 짧은 콧수염을 길렀으며, 울퉁불퉁한 광대뼈가 나온 데다 두개골이 단단해 보이지 않았다. 그는 술주정뱅이고 허영에 찬 사람임에 틀림없었다. 출세는 극히 최근의 일이리라. 몰턴과 이기는 그와 뉴욕에 있을 때부터 아는 사이였다. 몰턴이 내게 그에 대해 처음 얘기한 건 불과 이 년 전이었다. 그때 그가 만일 올리버를 집에 들어오게 했더라면, 옷가지를 훔쳐 전당포에 맡기고 위스키를 마실지도 모를 그런 위험인물이라고 했다. 그리고 마지막으로 그에 관해 들은 것은 그가 인슐린 치료를 위해 정신병원에 있으면서 히스테리를 부렸다는 것이다. 그러나 이제 그는 황홀할 정도로 옷을 차려입고 새 컨버터블 차를 갖고 배우가 되었어야만 했던 이 미녀와 함께하고 있었다. 그는 정말《윌모트 위클리》의 편집장이었다. 그는 이 잡지에 대해 이렇게 말했다.

"우리는 주로 정치 기사에 관심이 있습니다."

"오, 조니, 자네 잡지가 심각한 내용을 다룬다고 말하지 말게. 사상 잡지나 되는 것처럼 말이야. 과거엔 그렇지 않았잖아."

"발행인이 바뀌어 모든 것이 달라졌지. 당신도 알고 있잖아."

그는 곧 예측했던 식으로 화제를 바꿨다.

"나는 지난주 내 자서전을 썼지요. 휴가 가기 바로 전에요. 일주일이 걸렸어요. 어린 시절과 소년 시절, 아파트에서의 오 일간의 생활을 썼지요. 매일 1만 단어씩 썼답니다. 다음 달에 출판되어 나올 거요."

자신에 대해 얘기할 때, 그는 잠시 건강하고 희색이 만면해 만족감에 도취되어 있었다. 그런 화제가 끝나자, 그는 본래 상태로 돌아갔고, 한층 더 하찮게 보였다.

스텔라가 말했다.

"우리는 카를로스 퀸토 호텔에 머무르고 있습니다. 오셔서 함께 술이라도 마셔요."

"그럽시다."

올리버가 말했다.

"그 호텔을 충분히 이용해야 합니다. 값비싼 곳이지요. 정원에도 앉을 수 있을 겁니다."

나는 자리를 떴다. 몰턴이 독수리에 대해 빈정대는 소리에 정말로 흥분했기 때문이다. 캘리굴라가 실패한 것이 나 자신에게는 일종의 즐거움을 안겨 주리라 생각했으나 이상하게도 그렇지 않았다. 그 녀석은 전에는 우리의 사랑에 방해를 놓았고, 지금은 실패함으로써 더 많은 해를 끼쳤다. 갑자기 테아와 내가 할 일을 잃은 것만 같아서 당황스러웠다. 순수한 감정이 유지될 수 없는 것은 웬일일까? 나는 유토피아에 관한 큰 책자 속에서 특별한 때에 이러한 문인들을 만났다는 걸 안다. 희망과 예술이 이루어놓은 유토피아에서 어떻게 우리는 본성의 일부를 경시해 버릴 수 있으며, 그런 감정들을 계속 유지할 수 있다고 확신하겠는가?

나는 집으로 돌아오면서, 우리가 캘리굴라를 땅에 내려놓지 않고 날게 하여 거대한 이구아나를 잡게 하고 말리라 결심했다. 마치 그 미국인 부부처럼.

먼저 나는 허튼소리를 지껄인 하신토의 멱살을 잡으려 했으나 그는 보이지 않았다. 테아도 집에 없었다. 요리사가 말했다.

"사냥 갔어요.(*Están cazando.*)"

"어디로?(*Que?*)"

"쿨레브라스.(*Culebras.*)"

그녀는 오래된 건초 더미에서 내는 듯한 소리로 말했다. 멀리서 들리는 가냘픈 소리였다.

나는 그 단어를 사전에서 찾았다. 그들은 뱀 사냥을 간 것이었다. 캘리굴라는 화장실에 있었다.

그들은 저녁때 돌아왔다. 마을 애들 한 떼가 그들 뒤를 따라왔다. 하신토 친구들도 있었다. 그들은 '카사 데스퀴타다'의 불타는 듯한 대문의 전등 옆에서 서로 소리를 질렀다. 하신토는 상자 속에 뱀 두 마리를 넣어 가지고 있었다.

"테아, 어디 갔었어?"

"살무사 새끼를 잡았어요. 아주 좋은 놈들이에요."

"누가 잡았지? 이 애들은 같이 가지 않았겠지?"

"물론이지요, 돌아오는 길에 하신토가 우리가 한 일을 떠들어대자, 모여들었죠."

"테아, 뱀을 잡아 오다니, 놀라운걸. 정말 굉장해! 그런데 왜 나를 기다리지 않았지? 이런 놈들은 몹시 위험할 텐데."

"당신이 언제 올지 몰랐어요. 숯 굽는 사람이 와서 살무사를 봤다고 말해 줬어요. 그래서 곧 나가 그놈을 뒤쫓았지요."

그녀는 살무사들을 이구아나를 넣으려고 만들어둔 케이스에 넣었다. 이것이 그녀의 뱀 수집의 시작이었다. 얼마 안 가서 현관은 뱀 진열장이 되었다. 요리사는 자기 아이 때문에 무서워서 일자리를 그만두려고 했다.

테아가 뱀 사냥에 성공해서 생기를 되찾게 된 순간은 독수리에 대해 언급하기 좋은 때였다. 그녀는 귀를 기울여 듣다가 마음을 고쳐먹고 캘리굴라에게 다시 한 번 시도해 보게 하는 데 찬성했다. 내가 캘리굴라 때문에 그녀에게 간청하게 되리라곤 꿈에도 생각지 못했다. 다음 날 아침 하신토는 말을 빌리러 탈라베라 집으로 갔다. 나는 별장 문 앞에 새장과 막대기로 만든 덫을 준비해 두었다. 하신토가 돌아왔을 때 우리는 캘리굴라를 데리고 그곳에 있었다. 녀석은 여전히 크고 위엄 있게 보였다. 나는 미심쩍은 듯이 이따금 캘리굴라를 쳐다보는 테아를 바라보고 낯을 찡그렸다.

우리는 출발했다. 때때로 나는 새에게 말을 걸며 깃털을 쓰다듬어 주며 말했다.

"이놈아, 이번엔 잘해야 한다."

우리는 이구아나가 나타났던 그 장소로 갔다. 나는 캘리굴라가 돌 많은 산비탈을 더 잘 볼 수 있도록 전보다 높은 위치를 잡고 서 있었다. 독수리가 꽉 움켜쥔 발톱이 몹시 날카로웠다. 나는 녀석을 치켜든 팔로부터 넓적다리로 옮겨 놓으려고 했다. 비즈코초는 갈비뼈 위에서 따끔따끔하게 무는 귀찮고 사나운 파리들을 꼬리로 쫓았다.

테아가 말을 탄 채 양치류 식물이 깔린 곳을 지나는 것과 하신토가 작은 탑같이 생긴 흰 바위를 기어오르는 것을 힐끗 보았다. 그러고는 큰 동물들이 뛰거나 날 때 들리는 쿵 소리와 넘어지는 소리를 들었다. 잎이 두꺼운 화려한 꽃들이 무겁게 흔들리는 것도 보았다.

갑자기 나는 무기 아닌 동물로 사냥을 한다는 것이 무엇일까 하는 생각이 들었다. 가장 희미한 별에서 밝은 별에 이르기까지 모든 지능이란 본질적으로 같다고 추측했기 때문에, 길들일 수 있는 방법을 알았던 동물로 사냥을 한다는 것 말이다. 나는 녀석을 잡아서 쓰다듬어 주었다. 비즈코초가 나를 점검하듯 머리를 돌렸다. 그때 테아가 머리 위로 밴다나를 갑자기 움직였다. 신호였다. 나는 두건의 끈을 찾은 다음, 늑장을 부리지 말라는 재촉을 받으면서 말안장 위로 재빨리 몸을 날렸다. 비즈코초는 빨리 달리기 시작했다. 그 늙은 말이 평상시보다 훨씬 빨리 뛰는 걸 보니 내가 너무나 가파른 내리막길을 택했나 보다. 나는 넓적다리를 꼭 죄고 두건과 회전 고리를 잡아당기고는 "쫓아가!" 하고 소리쳤다. 그때 내가 너무나 갑작스럽게 달리기 시작해서, 말이 굴러

내려오는 돌 위에서 균형을 잡으려고 발굽으로 걷어차는 바람에 말머리 위로 몸이 떨어졌다. 말이 넘어졌다. 나도 마찬가지였다. 캘리굴라가 내 팔에서 뛰어 날아오를 때 나는 힘의 반동을 느꼈다. 나는 비탈진 바위 위에 흐른 내 피를 보았다. 나는 미끄러져 넘어졌다. 비즈코초가 미친 듯 울부짖고 하신토가 소리치는 걸 들었다.

"굴러요, 계속 굴러요!"

테아가 소리쳤다.

"오기, 오, 굴러요! 말이 걷어차고 있어요. 말이 상처가 났어요!"

비즈코초가 발굽으로 내 머리를 정면으로 걷어차서 나는 정신을 잃었다.

(3권에서 계속)

옮긴이 주

1) 다곤(Dargon)은 고대 페니키아 사람들이 믿었던 신으로, 반은 사람이고 반은 물고기의 모습이다.
2) 욤 키푸르(Yom Kippur)는 유대교의 속죄일로, 히브리력으로 7월 10일이다.
3) 크레시다는 그리스 신화에 나오는 여자로, 트로이의 왕자인 트로일로스와 사랑하는 사이였으나 그리스군의 디오메데스에게 마음을 주면서 그를 배반한다.
4) 크세노폰(Xenophon, 기원전 430?~기원전 355?년)은 페르시아 왕의 동생인 키로스가 형에게 반역하는 군대를 일으켰을 때 이 군대에 가담하였다. 그러나 키로스가 죽고 나자, 그는 1만 명의 군사를 이끌고 아르메니아를 거쳐 흑해 연안까지 온갖 고생 끝에 무사히 귀환했다. 그는 이 경험을 『아나바시스』라는 책으로 남겼다.
5) 성 밸런타인데이 대학살(St. Valentine's Day Massacre)은 1929년 2월 14일에 시카고의 노스 클라크가에 있는 어느 차고에서 일어났던 두 갱단 간의 살인 사건을 가리킨다. 알 카포네가 이끄는 갱단과 벅스 모란이 이끄는 갱단 사이에 충돌이 일어나 모란 측 갱 단원 일곱 명이 살해되었다.
6) 에스코리알(Escurial)은 스페인의 마드리드 근처에 있는 수도원이며 역대 왕의 묘소이고 궁전이기도 하다.
7) 하버드 클래식(Harvard Classics)을 가리킨다. 51권으로 이루어진 고전 문학 작품 전집이다.
8) 헤르만 폰 헬름홀츠(Hermann von Helmholtz, 1821~1894년)는 독일의 물리학자이며 생리학자이다. 하버드 클래식 전집 중 물리, 화학, 천문 등의 과학적 논문들이 실린 제30권에 패러디, 켈빈 등과 함께 수록되어 있다.

9) 미국 청년 지도국(National Youth Administration)을 가리킨다.

10) 시카고 메이(Chicago May)는 아일랜드 태생의 국제적으로 유명한 여자 범죄자로, 1929년에 59세의 나이로 사망하였다.

11) 카라칼라 욕장은 고대 로마의 황제인 카라칼라가 만든 목욕탕으로, 216년에 개장되었다. 1000명을 수용할 수 있을 만큼 큰 규모로 오락장과 도서관, 집회장을 갖추었다.

12) 토르티야(Tortilla)는 옥수수나 밀가루를 반죽하여 넓게 펴서 고기나 야채를 넣어 싸서 먹는 멕시코의 전통 음식이다.

13) 벤저민 조웻(Benjamin Jowett, 1817~1893년)은 잉글랜드의 고전주의 학자이자 신학자로, 플라톤과 아리스토텔레스의 작품을 번역하여 유명해졌다.

14) 팔츠는 독일 라인 주에 있는 땅으로, 신성 로마 제국의 선제후인 팔라틴 백작이 소유하고 다스리던 곳이었다.

15) 이탈리아의 시실리 섬 북서쪽에 있는 항구 도시.

16) 크누트 왕(Canute the Great, 995?~1035년)은 덴마크인으로서 잉글랜드와 덴마크, 노르웨이를 다스렸다. 그는 아무리 막으려 해도 바닷물의 물살을 되돌릴 수 없다는 것을 사람들에게 보여 주었는데, 이 이야기에서 아무리 애써도 소용없는 일을 비유할 때 자주 쓰인다.

17) 『모로 박사의 섬(The Island of Doctor Moreau)』은 1896년에 허버트 조지 웰스가 발표한 SF소설의 고전이다.

18) 프랑스 공산당 창당에 큰 역할을 한 마르셀 카생(Marcel Cachin, 1869~1958년)과 중화인민공화국을 수립한 마오쩌둥(Máo Zédōng, 1893~1976년)을 가리킨다.

19) 1923년 미국에서 제창된, 한 나라의 산업의 지배 통제를 전문 기술자에게 일임하는 주의.

20) 미국의 로드아일랜드가 원산지인 닭의 한 품종.

21) 에스겔(Ezekiel)은 기원전 597년에 바빌론에 잡혀갔던 유대인 포로들의 신앙 지도자였다.

22) 피노클(pinochle)은 트럼프 카드의 하나로 하트, 스페이드, 다이아몬드, 클로버의 네 문양이 9, 10, J, Q, K, A에만 두 장씩 있어, 총 마흔여덟 장으로 이루어져 있다.

23) 휘스트(whist)는 네 명이 하는 카드 놀이이다. 18~19세기에 널리 유행했다.

24) 샤를-모리스 드 탈레랑(Charles-Maurice de Talleyrand, 1754~1838년)은 프랑스의 성직자였으나 교회 재산의 국유화를 주장하다가 파문당했으며, 나폴레옹 시절에 외무장관을 지냈다.
25) 체즈 파레(Chez Paree)는 시카고에 있는 나이트클럽이다. 유명 아티스트들이 많이 드나들던 곳이다.
26) 루돌프 발렌티노(Rudolph Valentino, 1895~1926년)는 이탈리아 태생의 미국 영화배우로, 잘생긴 외모로 여성들에게 인기가 많았다.
27) 마사니엘로(Masaniello, 1622~1647년)는 스페인 합스부르크가에 대항해 귀족의 탄압에 억눌린 소상인들의 봉기를 이끈 나폴리의 지도자이다. 봉기는 성공하는 듯했으나 그는 자객에 의해 살해되고 목이 잘렸다.
28) 벨로즈(Veloz)와 욜란다(Yolanda)는 1930년대와 1940년대에 활동했던 댄스팀이다.
29) 파시파에(Pasiphaë)는 그리스 신화에 나오는 미노스의 아내이며, 반은 소이고 반은 인간인 미노타우로스의 어머니이다.
30) 발람(Balaam)은 고대 이스라엘의 무당, 또는 예언자이다.
31) 프란체스코 귀치아르디니(Francesco Guicciardini, 1483~1540년)는 이탈리아의 역사학자이며 정치가였다. 저작물로는 『신군주론』과 『이탈리아사(史)』가 있다.
32) 도팽(dauphin)은 프랑스의 황태자를 호칭하는 말이다.
33) 루크레티우스(Lucretius, 기원전 99~기원전 55년)는 고대 로마의 시인이며 철학자이다.
34) 페드라(Phedra)는 그리스 신화에 나오는 크레타 왕 미노스의 딸이다.
35) 칼데아(Chaldea)는 바빌로니아 남부에서 세력을 넓힌 종족으로, 성서에서는 흔히 바빌로니아와 같은 말로 쓰이고 있다.
36) 사투르누스(Saturn)는 로마 신화에 나오는 농경신으로, 아들에게 왕좌를 빼앗기지 않기 위해 차례로 아들을 잡아먹는다. 이것을 묘사한 고야의 「사투르누스」라는 그림은 보기에도 섬뜩할 만큼 광기가 흐른다.
37) 피컨 프랄린즈(pecan pralines)는 견과류에 설탕을 넣어 졸인 것을 말한다.
38) 호레이쇼 앨저(Horatio Alger, 1832~1899년)는 미국의 작가로, 『누더기를 입은 딕』 등의 소설을 써서 사회에 큰 영향을 끼쳤다. 그의 소설에 나오는 주인공들은 주로 가난을 이겨내고 부와 명성을 얻는 소년들이다.

39) 헤스페리데스의 사과는 그리스 신화에 나오는 헤라클레스의 열두 과업 중의 하나로, 헤스페리데스라는 네 명의 여신과 용 라돈이 지키는 황금 사과나무를 가리킨다.
40) 플로티누스(Plotinus, 205~270년)는 로마의 철학자로 신플라톤파의 철학을 대표하는 사람이다.
41) 『에니애드(The Enneads)』는 플로티누스의 54편의 작품을 그의 제자인 프로피리오스가 9편씩 6권으로 묶은 책을 말한다.
42) 캐나다 클론다이크 강 유역의 금광 지대.
43) 동부 유럽에서 온 미숙한 이민 노동자.
44) 크세르크세스(Xerxes, 기원전 519?~기원전 465년)는 고대 페르시아 제국의 황제이다.
45) 콘스탄티누스(Constantinus, 272~337년) 대제는 로마 황제로, 그간의 기독교 박해를 종식시키고 기독교를 정식 종교로 인정하였다.
46) 가이 포커스(Guy Fawkes, 1570~1606년)는 로마 가톨릭교를 인정하지 않는 영국 국왕 제임스 1세를 죽이기 위해 국회의사당에 폭약을 설치했으나, 발각되어 처형당했다.
47) 노동조합원만 고용하는 공장.
48) 고대 그리스에서 파종기 때 데메테르를 위해 여성들만 모여서 행하던 제전.
49) 아비시니아는 에티오피아의 옛 이름으로, 1931년 이전에 사용되었다.
50) 토머스 조너선 잭슨(Thomas Jonathan Jackson, 1824~1863년)은 미국의 남북전쟁 때 남군의 장군으로, 스톤월(돌벽)은 그의 애칭이다.
51) 티컴세(Tecumseh, 1768~1813년)는 아메리칸 인디언인 쇼니 족의 추장이다.
52) 스키넥터디(Schenectady)는 미국 뉴욕 주의 동부에 있는 도시이다.
53) 카글리오스트로(Cagliostro, 1743~1795년)는 이탈리아의 마술사이며 연금술사이다.
54) 리퍼블릭 철강 회사는 1899년 오하이오 주의 영타운에 설립되었고, 한때는 미국에서 세 번째로 큰 철강 회사였다. 1937년 전몰자 추모일에 대규모의 파업이 벌어져 많은 희생자를 낸 일이 있다.
55) 카를 하겐베크(Carl Hagenbeck, 1844~1913년)는 1907년에 독일의 함부르크에 동물원을 세웠다.
56) 하갈(Hagar)은 성서에 나오는 인물로, 아브라함의 첩이며 이스마엘의 어머니

이다.

57) 리노(Reno)는 미국 네바다 주에 있는 도시로, 이혼 재판소로 유명한 곳이다.
58) 제니사리(Janissary)는 14세기에 창설되어 1826년에 해산된 터키 정예군을 말한다.
59) 베르날 디아스델카스티요(Bernal Diaz del Castillo, 1492?~1581?년)는 에스파냐의 군인이며 정복자로, 멕시코 원정에 참여했다.
60) 볼라도르(Voladores)는 오래전부터 멕시코의 인디오들이 지내던 기우제 의식 때 높은 기둥에 몸을 줄에 묶어 하늘을 날던 사람들을 이르는 말이다.
61) 킨카주(kinkajou)는 주로 중남미에서 사는 미국너구리과의 포유류이다. 나무 위에 살며, 밤에 활동한다.
62) 사파티스타(Zapatista)는 멕시코의 무장 혁명 단체로, 1910년 이후 멕시코 혁명 때의 지도자인 에밀리아노 사파타의 이름에서 온 것이다. 1994년 이후 신자유주의적인 제국주의자들에게 맞서서 정치 또는 사회적인 투쟁을 해나가고 있다.
63) 키르케(Circe)는 호메로스의 『오디세이아』에 나오는 마녀로, 남자들을 모두 돼지로 변하게 하였다. 키르케는 '독수리'를 뜻한다.
64) 「마돈나의 보석(Jewels of the Madonna)」은 이탈리아 볼프 페라리가 작곡한 오페라로, '성모의 보석'이라고도 한다.
65) 헨리 볼링브룩(Henry Bolingbroke, 1678~1751년)은 영국의 정치가이며 문필가이다.

PENGUIN CLASSICS

유토피아 토머스 모어
서문 폴 터너/류경희 옮김

젊은 베르테르의 슬픔 괴테
김재혁 옮김·작품해설 마이클 헐스

크로이체르 소나타 레프 톨스토이
서문 도나 터싱 오윈/이기주 옮김

동물농장 조지 오웰
서문 맬컴 브래드버리/최희섭 옮김

좁은 문 앙드레 지드
이혜원 옮김·작품해설

성 프란츠 카프카
홍성광 옮김·작품해설

도리언 그레이의 초상 오스카 와일드
서문 로버트 미갤/김진석 옮김

노생거 수도원 제인 오스틴
임옥희 옮김·작품해설 매럴린 버틀러

인간의 대지 생텍쥐페리
허희정 옮김·작품해설 윌리엄 리스

위대한 개츠비 스콧 피츠제럴드
서문 토니 태너/이만식 옮김

벤자민 버튼의 시간은 거꾸로 간다
스콧 피츠제럴드 서문 오도넬/박찬원 옮김

아가씨와 철학자 스콧 피츠제럴드
서문 오도넬/박찬원 옮김

홍길동전 허균
정하영 옮김·작품해설

금오신화 김시습
김경미 옮김·작품해설

소송 프란츠 카프카
홍성광 옮김·작품해설

지하로부터의 수기 도스토옙스키
조혜경 옮김·작품해설

이탈리아 기행 괴테
홍성광 옮김·작품해설

첫사랑 이반 투르게네프
서문 빅터 S.프리쳇/최진희 옮김

차라투스트라는 이렇게 말했다
니체 서문 홀링데일/홍성광 옮김

별에서 온 아이 오스카 와일드
서문 이언 스몰/김전유경 옮김

고독의 우물 래드클리프 홀
임옥희 옮김·작품해설

오페라의 유령 가스통 르루
홍성영 옮김

기쁨의 집 이디스 워튼
서문 신시아 그리핀 울프/최인자 옮김

데이지 밀러 헨리 제임스
서문 데이비드 로지/최인자 옮김

이반 일리치의 죽음 레프 톨스토이
서문 앤서니 브릭스/박은정 옮김

대위의 딸 푸시킨
심지은 옮김·작품해설

군주론 니콜로 마키아벨리
서문 앤서니 그래프턴/권기돈 옮김

지킬 박사와 하이드 스티븐슨
서문 로버트 미갤/박찬원 옮김

PENGUIN CLASSICS

주홍 글자 너새니얼 호손
김지원, 한혜경 옮김·작품해설

채털리 부인의 연인 D. H. 로렌스
서문 도리스 레싱/최희섭 옮김

톰 소여의 모험 마크 트웨인
서문 존 실라이/이화연 옮김

로빈슨 크루소 대니얼 디포
서문 존 리체티/남명성 옮김

야간 비행·남방 우편기 생텍쥐페리
서문 앙드레 지드/허희정 옮김

광막한 사르가소 바다 진 리스
서문 앤젤라 스미스/윤정길 옮김

전원 교향악 앙드레 지드
김중현 옮김·작품해설

인상과 풍경 로르카
엄지영 옮김·작품해설

논어 공자
논어집주 주자/최영갑 옮김·작품해설

크리스마스 캐럴 찰스 디킨스
서문 마이클 슬레이터/이은정 옮김

켈트의 여명 윌리엄 버틀러 예이츠
서혜숙 옮김·작품해설

피터 팬 제임스 매튜 배리
서문 잭 자이프스/이은경 옮김

드라큘라 브램 스토커
서문 프레일링/박종윤 옮김·작품해설 힌들

1984 조지 오웰
서문 벤 핌롯/이기한 옮김

자유론 존 스튜어트 밀
서문 거트루드 힘멜파브/권기돈 옮김

오만과 편견 제인 오스틴
서문 비비엔 존스/김정아 옮김

대위의 딸 푸시킨
심지은 옮김·작품해설

한밤이여, 안녕 진 리스
윤정길 옮김·작품해설

세월의 거품 보리스 비앙
이재형 옮김·작품해설 질베르 페스튀로

그렌델 존 가드너
김전유경 옮김·작품해설

7인의 미치광이 로베르토 아를트
엄지영 옮김·작품해설

왕자와 거지 마크 트웨인
남문희 옮김·작품해설 제리 그리스월드

소공녀 프랜시스 호즈슨 버넷
곽명단 옮김·작품해설 크노이플마커

헨리와 준 아나이스 닌
홍성영 옮김

셜록 홈즈: 주홍색 연구 코난 도일
남명성 옮김·작품해설 이언 싱클레어

퀴어 윌리엄 버로스
조동섭 옮김

정키 윌리엄 버로스
서문 올리버 해리스/조동섭 옮김

모피를 입은 비너스 자허마조흐
김재혁 옮김·작품해설

PENGUIN CLASSICS

오셀로 윌리엄 셰익스피어
서문 톰 매캘린던/강석주 옮김

맥베스 윌리엄 셰익스피어
서문 캐럴 칠링턴 러터/김강 옮김

코·외투·광인일기·감찰관 고골
서문 로버트 맥과이어/이기주 옮김

알렉산드리아 사중주 : 저스틴
로렌스 더럴 권도희 옮김

알렉산드리아 사중주 : 발타자르
로렌스 더럴 권도희 옮김

알렉산드리아 사중주 : 마운트올리브
로렌스 더럴 김종식 옮김

알렉산드리아 사중주 : 클레어
로렌스 더럴 권도희 옮김

셜록 홈즈: 바스커빌 가문의 개 코난 도일
남명성 옮김·작품해설 크리스토프 프레일링

사랑에 관하여 안톤 체호프
안지영 옮김·작품해설

이상한 나라의 앨리스 루이스 캐럴
서문 휴 호턴/이소연 옮김/존 테니얼 삽화

거울 나라의 앨리스 루이스 캐럴
주해 휴 호턴/이소연 옮김/존 테니얼 삽화

메피스토 클라우스 만
오용록 옮김·작품해설

제인 에어 샬럿 브론테
서문 스티비 데이비스/류경희 옮김

목요일이었던 남자 체스터턴
김성중 옮김·작품해설

리어 왕 셰익스피어
서문 키어넌 라이언/김태원 옮김

햄릿 셰익스피어
서문 앨런 신필드/노승희 옮김

가든파티 캐서린 맨스필드
서문 로나 세이지/한은경 옮김

공산당 선언 마르크스, 엥겔스
서설 개러스 스테드먼 존스/권화현 옮김

80일간의 세계 일주 쥘 베른
서문 브라이언 앨디스/이효숙 옮김

무도회가 끝난 뒤 레프 톨스토이
박은정 옮김·작품해설

월든 헨리 데이비드 소로
서문 마이클 마이어/홍지수 옮김

허클베리 핀의 모험 마크 트웨인
백낙승 옮김·작품해설

인간 불평등 기원론 장 자크 루소
김중현 옮김·작품해설

사회계약론 장 자크 루소
김중현 옮김·작품해설

정글북 러디어드 키플링
서문 대니얼 칼린/남문희 옮김

감정교육 귀스타브 플로베르
서문 제프리 월/김윤진 옮김

레 미제라블 위고
이형식 옮김

더블린 사람들 제임스 조이스
서문 테렌스 브라운/한일동 옮김

PENGUIN CLASSICS

말테의 수기 릴케
　　서문 김재혁 옮김·작품해설

마지막 잎새 오 헨리
　　서문 가이 대번포트/최인자 옮김

자기만의 방 버지니아 울프
　　서문 미셸 배럿/이소연 옮김

타임머신 허버트 조지 웰스
　　서문 마리나 워너/한동훈 옮김

시학 아리스토텔레스
머리말 토도로프/서문 뒤퐁록, 랄로/김한식 옮김

작은 아씨들 루이자 메일 올컷
　　서문 일레인 쇼월터/유수아 옮김

쟈디그·깡디드 볼떼르
　　　이형식 옮김·작품해설

반짝이는 것은 모두 오 헨리
　　　　최인자 옮김

어느 영국인 아편 중독자의 고백
　토머스 드 퀸시 서문 헤이터/김명복 옮김

테레즈 데케루 프랑수아 모리아크
　　　서문 장 투조/조은경 옮김

밤의 종말 프랑수아 모리아크
　　　　조은경 옮김

벨아미 기 드 모파상
　　윤진 옮김·작품해설

사물들 조르주 페렉
　　김명숙 옮김·작품해설

W 또는 유년의 기억 조르주 페렉
　　　이재룡 옮김·작품해설

낙원의 이편 스콧 피츠제럴드
　서문 오도넬/박찬원 옮김

고흐의 편지 빈센트 반 고흐
　서문 로날트 데 레이우/정진국 옮김

죽은 아버지 도널드 바셀미
　김선형 옮김·작품해설

비의 왕 헨더슨 솔 벨로
　이화연 옮김

허조그 솔 벨로
　이태동 옮김·작품해설

오기 마치의 모험 솔 벨로
　이태동 옮김·작품해설

목로주점 에밀 졸라
　윤진 옮김·작품해설